www.ingramcontent.com/pod-product-compliance
Lightning Source LLC
LaVergne TN
LVHW050849051026
849532LV00006BA/2165
9788194295785

گل بوٹے سلور جوبلی سیریز

مزاحیہ مضامین

(مہاراشٹر کی درسی کُتب سے انتخاب)

مرتّب

ڈاکٹر محمد اسد اللہ

محرّک

فاروق سیّد، مدیر گل بوٹے

مزاحیہ مضامین - مہاراشٹر کی درسی کتب سے انتخاب

مرتب : ڈاکٹر محمد اسد اللہ

محرک : فاروق سیّد

ناشر : گل بوٹے پبلی کیشنز، ممبئی

بسلسلۂ گل بوٹے سلوَر جوبلی جشن - ستمبر 2019ء

کمپوزنگ : یسریٰ گرافکس، پونہ

سرورق : ریحان کوثر، کامٹی

ملنے کے لیے رابطہ : 09867169383 (کوثر احمد)
09892461465 (محمد شریف)

ISBN: 978-81-942957-8-5

Mizaahiya Mazaameen
Maharashtra ki Darsi Kutub se Intekhab
Compiler: Dr. Mohammed Asadullah
Motivator: Farooque Sayyed
Publisher: Gul Bootey Publications, Mumbai
Commemorating Gul Bootey Silver Jubilee Celebration - Sept. 2019

انتساب

اپنے مرحوم والدِ محترم

مرحوم انصاری محمد عثمان

اور

اپنی والدۂ محترمہ

انصاری خاتون بی محمد

اور

اپنے بھائی اور بہنوں

کے نام

جن کی محبتیں اور رہنمائی

میری کامیابی کی ضامن ہیں۔

منجانب

شبانہ ریاض

عرضِ ناشر

پیارے بچو!

السلام علیکم ورحمۃ اللہ!

آج کا دن اور یہ خوب صورت موقع ہمارے لیے کسی انمول تحفے سے کم نہیں۔ آج ہمارا پسندیدہ رسالہ ماہنامہ 'گل بوٹے' ممبئی اپنی تاسیس کے پچیس سال مکمل کر رہا ہے۔ اس پرمسرّت موقع پر ہم اللہ ربّ العزت کی بارگاہ میں نذرانۂ تشکر پیش کرتے ہیں جس نے ہمیں یہ مبارک دن دِکھایا۔ 'گل بوٹے' کی اشاعت کے پچیس برس مکمل ہونے پر ہم اپنے ان تمام ننھے ساتھیوں کو دلی مبارکباد پیش کرتے ہیں جو اپنے پسندیدہ رسالے سے ابتدا ہی سے جڑے رہے۔ جنھوں نے گل بوٹے کو اپنا رسالہ سمجھا، اس کا ہر مہینے بڑی شدت سے انتظار کیا، اسے پابندی سے خریدا، اس کے خوب صورت مشمولات کو پسند کیا، اس کی قیمتی باتوں کو ذہن نشین کرکے ان پر عمل کیا۔ ان تمام ساتھیوں کو بھی مبارکباد جو گل بوٹے کی ترویج وترقی اور اسے گھر گھر پہنچانے میں ہمیشہ کوشاں رہے، اس کی ترتیب و اشاعت میں اپنے قیمتی مشوروں سے نوازا، مشکل ترین حالات میں اپنی توجہ اور تعاون سے گل بوٹے کے کم سواد مدیر کی ڈھارس بندھائی، گل بوٹے ٹیم کی کوششوں کو سراہتے ہوئے ان کی حوصلہ افزائی کی، گل بوٹے کے ساتھ سفر کرتے ہوئے اپنے بچپن کو لڑکپن اور لڑکپن کو نوجوانی میں تبدیل کیا۔ آج کا دن ان تمام ننھے فرشتوں اور نوجوان دوستوں کے لیے نویدِ جاں فزا لے کر آیا ہے اور آج یہی تمام ساتھی مبارکباد کے مستحق ہیں۔ آپ تمام کو کامیابی و کامرانی کے یہ پُرمسرّت لمحات بہت بہت مبارک ہوں!

عزیز ساتھیو! ہمارے ملک میں بچوں کے رسائل کی تاریخ درخشاں رہی ہے۔ ایک زمانہ تھا جب ملک کے مختلف شہروں سے بڑی تعداد میں بچوں کے رسائل نکلتے تھے۔ آج بھی قدرے کم تعداد میں سہی لیکن بچوں کے رسائل برابر نکل رہے ہیں۔ ممبئی جیسے اُردو آبادی والے بڑے شہر سے ایک عرصے سے بچوں کے ایک معیاری رسالے کی ضرورت محسوس کی جاتی تھی۔ اللہ کا شکر ہے کہ اس نے ہمیں توفیق بخشی اور ہم نے اللہ کا نام لے کر تن تنہا اس راہ پر قدم بڑھایا اور دیکھتے ہی دیکھتے گل بوٹے کے تیئں ہمارے جنون نے پچیس بہاریں مکمل کرلیں۔ اگرچہ زمانے کی نظر میں پچیس برس کوئی بڑی مدت نہیں ہوتی لیکن کسی رسالے کے لیے اور وہ بھی اُردو زبان میں بچوں کے رسالے کے لیے یہ ایک بہت بڑی مدت ہے۔ یہ ایک ایسی مدت ہے جسے کسی جنون یا دیوانگی کے سہارے ہی پورا کیا جاسکتا ہے۔ ان پچیس برسوں میں گل بوٹے نے ترقی کے کئی رنگ دیکھے۔ پہلے پہل اسے سادے کاغذ پر یک رنگی شائع کیا گیا۔ پھر پرنٹ میڈیا میں آئے انقلابات پر لبیک کہتے ہوئے آرٹ پیپر اور مکمل رنگینی کو اپنایا۔ اِس دوران گل بوٹے زمانے کے شانہ بہ شانہ چلتا رہا لیکن اس نے تعلیمی، اخلاقی اور تہذیبی رہنمائی کے اپنے مشن سے صرفِ نظر نہیں کیا بلکہ فکری طور پر پوری قوت سے اپنے مشن پر ہمیشہ گامزن رہا۔

ہمیں اس حقیقت کا اظہار کرتے ہوئے بڑی مسرت ہورہی ہے کہ جیسے ہی ہم اپنی تاسیس کے پچیسویں سال کی طرف بڑھ رہے تھے، ہم گل بوٹے کی سلور جوبلی کچھ منفرد انداز میں منانے کا سوچ رہے تھے اور جلد ہی ہم نے یہ عزم کیا کہ گل بوٹے کی پچیسویں سالگرہ پر ہم بچوں کے ادب کو نادر موضوعات پر پچیس کتابوں کا تحفہ دیں گے۔ الحمد للہ! ثم الحمد للہ! ہمیں خوشی ہورہی ہے کہ اللہ تعالیٰ نے ہمارے اِس عزم کی لاج رکھ لی اور ہم آج مختلف موضوعات پر پچیس کتابیں شائع کرنے میں کامیاب ہوئے ہیں۔ بچوں کے ادیبوں کی ڈائرکٹری الگ۔

بچوں کے ادب پر یہ پچیس کتابیں گل بوٹے کے ادارۂ تحریر کے رفقا یعنی 'ٹیم گل بوٹے'

کی محنتوں کا ثمرہ ہے۔ ان کتابوں میں ٹیم گل بوٹے نے ان تمام موضوعات کو سمیٹنے کی کامیاب کوشش کی ہے جو اُردو میں بچوں کے ادب کے زرّیں عہد کے گواہ ہیں۔ یہ وہ موضوعات ہیں جو اَب نایاب نہیں تو کمیاب ضرور ہیں البتہ یہ بھی حقیقت ہے کہ آج کسی ایک جگہ دستیاب نہیں۔ٹیم گل بوٹے نے موضوعات کے انتخاب سے لے کر کتاب کی ترتیب و تدوین تک جس محنتِ شاقہ کا ثبوت فراہم کیا ہے اس کے لیے میں بحیثیت مدیر اور ناشر تمام مرتبین کا شکرگزار ہوں۔ ناسپاسی ہوگی اگر اس موقع پر اپنے عزیز دوست اور بال بھارتی پونہ کے اُردو افسر خان نوید الحق انعام الحق صاحب کا شکریہ ادا نہ کروں جن کی کرشماتی شخصیت نے کتابوں کی ترتیب سے لے کر سلور جوبلی تقریبات کے انعقاد تک ہر مشکل مرحلے میں میرے کندھے سے کندھا ملا کر کام کیا۔ ہر مرحلے پر ثابت قدمی دِکھاتے ہوئے کام کی پہل کی، اپنے وسیع تجربات کی روشنی میں کٹھن مراحل کو آسان بنا دیا اور اپنے آپ کو دامے درمے سخنے کلی طور پر اس کام کے لیے وقف کر دیا۔ ان احسانات کو صرف محسوس کیا جا سکتا ہے۔ زیرِ مطالعہ کتاب 'مزاحیہ مضامین - مہاراشٹر کی درسی کتب سے انتخاب' ڈاکٹر محمد اسد اللہ نے مرتب کی ہے۔ آپ نے حتی الامکان اسے خوب سے خوب تر بنانے کی کوشش کی ہے اس لیے ادارہ گل بوٹے ڈاکٹر محمد اسد اللہ کا دل کی گہرائیوں سے شکریہ ادا کرتا ہے۔

آپ کے اپنے ماہنامے 'گل بوٹے' کے جشنِ سیمیں کے موقع پر ہم ان تمام قلمکاروں، مراسلہ نگاروں اور قارئین کا شکریہ ادا کرتے ہیں جنھوں نے گزشتہ ربع صدی کے دوران ہر مرحلے پر ہمارا تعاون کر کے حوصلہ بڑھایا ہے۔ ہمیں اُمید ہے کہ بچوں کے ادب پر یہ پچیس کتابیں آج کے حالات میں ادبِ اطفال کی راہ متعین کرنے میں مشعلِ راہ ثابت ہوں گی۔ آپ کی گرانقدر آرا کا ہمیں انتظار رہے گا۔

والسلام

فاروق سیّد

عرضِ مرتب

امسال بچوں کے مقبول رسالے ماہنامہ 'گل بوٹے'،ممبئی، نے اپنی اشاعت کے پچیس برس مکمل کر لیے ہیں۔ اس موقع کا فائدہ اٹھاتے ہوئے ننھے قارئین کی ضیافتِ طبع اور ادبی تربیت کی خاطر پچیس کتابوں کی اشاعت کا اعلان کر کے یہ ثابت کر دیا کہ یہ ادارہ ادبِ اطفال کی ترویج و اشاعت کے لیے درکار گہرے شعور، ضروری وسائل اور اہلیت سے پوری طرح آراستہ ہے۔اس کارِ خیر کے لیے فاروق سیّد نے متعدد افراد کا تعاون حاصل کر نے میں کامیابی حاصل کی، اس سے ان کی شخصیت کی دلنوازی اور معاونین کی اُردو نوازی ظاہر ہے۔

یہ کتاب اسی سلسلے کی ایک کڑی ہے۔مہاراشٹر راجیہ پاٹھیہ پستک نرمتی و ابھیاس کرم سنشودھن منڈل ،معروف بہ بال بھارتی اور مہاراشٹر اسٹیٹ بورڈ پونہ، گزشتہ پانچ دہائیوں کے دوران، پہلی سے بارھویں جماعت میں پڑھائے جانے والے مختلف مضامین اور زبانوں کی درسی کتابیں تیار کرتے رہے ہیں۔ ان میں اُردو زبان کی درسی کتابیں 'بال بھارتی' اور 'کمار بھارتی' شامل ہیں۔ اُردو میڈیم اسکولوں کے علاوہ انگریزی میڈیم اسکولوں میں پڑھائے جانے والے ایک مضمون اُردو کے لیے 'تعارفِ اُردو' اور 'باغِ اُردو' نامی درسی کتابیں بھی شائع کی جاتی ہیں۔ زیرِ نظر کتاب 'بال بھارتی'، 'کمار بھارتی' اور 'تعارفِ اُردو' اور 'یووک بھارتی' سے ماخوذ طنزیہ و مزاحیہ مضامین کا مجموعہ ہے۔

اُردو میں نثری اور شعری اصناف میں ظرافت کا بہترین ذخیرہ موجود ہے۔ طنز و مزاح ادب کا ایک اسلوبِ نگارش ہے جس کے ذریعے قلمکار زندگی کی بوالعجبیوں ،سماج کی ناہمواریوں، انسانی فطرت کی بے اعتدالیوں اور سیاست کی بدعنوانیوں کو شگفتہ انداز میں

بے نقاب کرتا ہے۔طنز و مزاح کے متعلق عام خیال یہ ہے کہ ظریفانہ ادب تفریحِ طبع کا ذریعہ ہے لیکن یہ ایک محدود تصور ہے۔ادب کا یہ شعبہ نہ صرف زبان و بیان کی لطف اندوزی، تخلیقیت ،فطرتِ انسانی کی شناوری، غیر معمولی ذہانت اور معنی آفرینی بلکہ معاشرتی اصلاح سے بھی عبارت ہے۔ بقول وزیر آغا:

''ہنسی ایک ایسی لاٹھی ہے جس کی مدد سے سوسائٹی کا گلہ بان محض شعوری طور پر ان تمام افراد کو ہانک کر اپنے گلے میں دوبارہ شامل کرنے کی کوشش کرتا دکھائی دیتا ہے جو کسی نہ کسی وجہ سے سوسائٹی کے گلے سے علیحدہ ہوکر بھٹک رہے تھے۔یعنی ہنسی ایک ایسا آلہ ہے جس کے ذریعے سوسائٹی ہر اس فرد سے انتقام لیتی ہے جو اس کے ضابطۂ حیات سے بچ نکلنے کی سعی کرتا ہے۔'' **(بحوالہ: اُردو ادب میں طنز و مزاح ،ص۔۲۴)**

دیگر زبانوں کی طرح اُردو میں بھی شاعری کے علاوہ نثر کی مختلف اصناف مثلاً کہانی، ناول ،ڈراما، مضمون، سوانح، سفر نامہ ،خاکہ اور خطوط وغیرہ میں قلم کاروں نے ظرافت کے عمدہ نمونے پیش کیے ہیں۔اس کتاب میں صرف وہ طنزیہ و مزاحیہ مضامین شامل کیے گئے ہیں جو پانچویں سے بارہویں جماعت کی درسی کتابوں میں موجود ہیں۔اس کتاب کے ساتھ دیگر اصناف کی تحریریں بھی کتابی شکل میں منظرِ عام پر آرہی ہیں۔

درسی کتابوں کا سرسری جائزہ لیں تو یہ بات واضح ہو جاتی ہے کہ ان میں ادبی تخلیقات عام طور پر من وعن شائع نہیں ہوتیں ۔کبھی تعلیمی حکمتِ عملی اور تدریس کے تقاضوں کے تحت ان عبارتوں کے بعض اقتباسات حذف بھی کردیے جاتے ہیں۔ اہم اور مستند ادبا و شعرا کی تخلیقات میں کسی بھی قسم کی تبدیلی سخت ناپسندیدہ ہے تاہم نصابی ضرورت اور طوالت کے پیشِ نظر ان اسباق میں کمی اکثر ناگزیر ہوجاتی ہے۔ان قلمکاروں کی تخلیقات کو مکمل شکل میں پڑھنے کے لیے قارئین کو ان کی کتابوں سے رجوع کرنا ہوگا۔

یہاں یہ وضاحت ضروری ہے کہ بعض لوگ طنزیہ و مزاحیہ مضمون کو بھی انشائیہ قرار دیتے ہیں۔ نہ صرف مہاراشٹر بلکہ بھارت کی اکثر درسی کتابوں میں یہ غلطی راہ پا گئی ہے۔ یہاں یہ سوال اٹھایا جاسکتا ہے کہ مذکورہ درسی کتابوں کے انشائیوں کو اس کتاب میں شامل کیوں نہیں کیا گیا؟ ہم واضح کردیں کہ طنز و مزاح ایک اسلوبِ نگارش ہے جو مختلف اصناف

میں پایا جاتا ہے۔ اس کے برعکس، انشائیہ محض ایک اسلوب نہیں، نثر کی ایک علیحدہ صنف ہے۔ درسی کتابوں میں بھی اسے اکثر ایک علیحدہ صنف کے طور پر پیش کیا جاتا ہے۔

'گل بوٹے' کی مذکورہ پچیس مطبوعات میں چچا چھکن سے متعلق مضامین کا ایک مجموعہ بھی موجود ہے اسی لیے اس کتاب میں شامل اس سلسلے کے تین مضامین یہاں سے ہٹا دیے گئے ہیں تا کہ تکرار نہ ہو۔

میں جناب فاروق سیّد صاحب کا شکر گزار ہوں کہ طنز و مزاح سے میری دلچسپی کے پیشِ نظر یہ کام میرے سپرد کیا۔ بال بھارتی اُردو لسانی کمیٹی کے اسپیشل آفیسر خان نوید الحق صاحب نے ان اسباق کے انتخاب کے سلسلے میں کتابیں فراہم کیں اور قابلِ قدر تعاون سے نوازا۔ میں ان کا تہہ دل سے شکر گزار ہوں۔ اس کتاب میں شامل کئی مضامین میرے دوست ڈاکٹر شبیر احمد، سابق لکچرر انجمن جونیئر کالج ناگپور کی لائبریری میں محفوظ درسی کتابوں سے دستیاب ہوئے۔ ان کے اس مخلصانہ تعاون کے لیے ممنون ہوں۔ اسی طرح عزیزم ریحان کوثر، مدیر ماہنامہ 'الفاظِ ہند' کا بھی مشکور ہوں کہ اس کتاب کے مسودے کی کمپیوٹر کمپوزنگ میں ان کا تعاون حاصل رہا۔

ڈاکٹر محمد اسد اللہ

30، گلستاں کالونی،
نزد پانڈے اَمرائی لانس، ناگپور- 013 440
M: 9579591149
zarnigar2006@yahoo.com

مشمولات

بال بھارتی اور کمار بھارتی سے ماخوذ

تعارفِ اُردو سے ماخوذ

یووک بھارتی سے ماخوذ
(گیارھویں اور بارھویں جماعت)

سرسری مطالعہ

لاڈلا بیٹا

شوکت تھانوی

میں دہلی جب کبھی جاتا تھا حامد کے مکان پر ٹھہرتا تھا، چنانچہ اب کی مرتبہ بھی چار پانچ سال کے بعد دہلی جانا ہوا اور میں حسبِ معمول حامد کے یہاں جا کر ٹھہر گیا۔ حامد میرے پہنچتے ہی اس شاعر کی طرح جس نے کوئی تازہ غزل کہی ہو اور سنانے کے لیے بے چین ہو، مجھ سے پوچھا۔

''تم نے میرے بچوں کو دیکھا۔''

میں نے ارمان بھرے چچا کی طرح ہنستے ہوئے کہا، ''ابھی کہاں دیکھا۔ ذرا لاؤ تو سہی دیکھوں کیسے بچے ہیں؟''

حامد لپک کر زنانے مکان میں گھس گئے اور فوراً ہی ایک کو گود میں لیے ہوئے اور دوسرے کی انگلی پکڑے ہوئے آئے اور داد طلب انداز سے بولے۔

''اس کا نام محمود حامد ہے اور اس کا نام مسعود حامد۔ اس کی عمر ہے ۳ سال ۲ ماہ ۱۳ یوم ۳ گھنٹے اور اس کی عمر ہے ۵ ماہ ۱۶/ یوم ۸ گھنٹے۔ یہ بڑا بدمعاش ہے اور یہ بڑا رونا۔ اس کی صحت ہمیشہ خراب رہتی ہے، اور اس غریب کو پیٹ بھر کر دودھ نہیں ملتا ہے۔ اس کو میں بہت چاہتا ہوں اور اس کو اس کی ماں بہت چاہتی ہے۔''

میں نے نہایت پیار سے بڑے بچے کو گود میں لے لیا اور اس کی بھی پرواہ نہ کی کہ میرا سوٹ کیچڑ میں لت پت ہو جائے گا۔ وہ گود میں آتے ہوئے بہت کچھ مچلا اور غصّے میں ایک ہاتھ بھی مجھ کو رسید کیا، مگر میں بحیثیت چچا کے مجبور تھا۔ اس کو گود میں لے کر پانچ روپے دیے۔

مجھ کو چھوٹے بچوں پر جو پیار آتا ہے وہ حامد کے بڑے لڑکے پر نہیں آ رہا تھا۔ غالباً اس کی وجہ یہ تھی کہ وہ نہایت گندہ اور نہایت غلیظ تھا۔ مگر اس کے باوجود میں نے رسمی طور پر حامد سے کہا کہ ''ماشاء اللہ بڑے پیارے بچے ہیں۔ خدا ان کی عمر دراز کرے اور ان کو

صاحبِ اقبال کرے''۔

یہ سننا تھا کہ حامد باغ باغ ہوگئے اور فوراً بولے، ''ابھی یہ محمود میاں آپ سے بے تکلف نہیں ہوئے ہیں۔ جب یہ آپ سے ہل جائیں گے، اس وقت دیکھیے گا کہ کیسی دوستی بگھارتے ہیں۔ عجیب عجیب تماشے کرتا ہے یہ لڑکا اور اس قدر ذہین ہے ماشاء اللہ کہ سب کو تعجب ہوتا ہے۔ جو بات آپ ایک مرتبہ اس سے کہہ دیں ہمیشہ یاد رہے گی۔ جب میں دفتر سے واپس آتا ہوں تو اپنی ماں کی شکایتوں کا دفتر کھول کر بیٹھ جاتا ہے۔''

میں ان معجزات کو سن سن کر ہنس رہا تھا اور مصنوعی پیار کے انداز سے اس بچے کو دیکھ رہا تھا۔ حامد نے اس گھناؤنے بچے کو نہایت محبت سے بدتمیزی کے ساتھ اپنی گود میں چڑھا لیا اور نہایت فخر کے ساتھ بولے، ''بیٹا ذرا چچا کو چونچ تو دکھادو''۔

صاحبزادے نے اپنے ایک ہاتھ کی تمام انگلیوں کو جوڑ کر مجھ خاکسار کو چونچ دکھائی اور میں اس عزت افزائی پر ہنس کر خاموش ہوگیا۔ میں ابھی دل میں اس بدتمیزی پر کھول رہا تھا کہ حامد نے پھر اپنے ہونہار سے فرمایا، ''اور بیٹا ذرا چچا کو منہ تو چڑادو ... بڑا اچھا بیٹا ... ہاں کیسے؟''

اس بدتمیز لونڈے نے میری طرف منہ کر کے دانت نکالے اور نہایت مکروہ صورت بنا کر کہا، ''ای ای۔ ی ی ی''۔

میرا دل ہی تو جل گیا مگر کیا کرتا مجبور تھا۔ اگر حامد کو یہ مشورہ دیتا کہ بچے کو اس قسم کی بدتمیزی نہ سکھاؤ تو اندیشہ تھا کہ وہ بُرا مان جائیں گے، لہٰذا میں خاموش رہا۔

میں جس ضرورت سے دہلی حاضر ہوا تھا وہ کم سے کم پانچ دن میں پوری ہوسکتی تھی لہٰذا میں ایک ہفتے کی چھٹی پر تھا۔ دن بھر کی پریشانی کے بعد شام کو گھر واپس آ گیا۔ حامد میرا انتظار کررہے تھے۔ دن بھر کی مصروفیت کے تمام حالات سننے کے بعد آپ گھر میں تشریف لے گئے اور وہاں سے اسی نابکار لڑکے کو اپنے اوپر سوار کر کے لے آئے۔ حامد نے آتے ہی کہا۔

''اب چچا سے معافی مانگو، نہیں تو ہم نہیں جانتے وہ خفا ہو کر چلے جائیں گے اور تمھارے کانوں کے بیچ میں سر کر کے تمھارے منہ پر ناک لگادیں گے''۔

ان صاحبزادے نے فرمایا ''ایں، ہم نہیں، اوں''۔

حامد نے پھر کہا ''اچھا تو تم ہاتھ نہیں جوڑو گے؟''

اب میں نے مجبور ہوکر پوچھا ''آخر کیوں اس غریب کو مجرم بنا رہے ہو۔ جانے دو گھر کھیلنے''۔

حامد نے کہا، ''نہیں صاحب اس نے آپ کا بڑا نقصان کیا ہے۔ اول تو آپ کا تھرماس اُٹھا کر پھینک دیا جو چکنا چور ہوگیا۔ دوسرے آپ کا ہینڈ بیگ اُٹھا کر نالی میں ڈال آیا تھا۔''

یہ سن کر میں سناٹے میں آ گیا۔ میرا دل چاہتا تھا کہ خوب چیخ چیخ کر روؤں مگر میں نے صرف یہی کہا۔ ''بچہ ہے''۔

چائے سے فارغ ہوکر میں نے پہلے تو نہایت احتیاط سے اپنا تمام سامان مقفل کیا اور اس کے بعد اپنے کام سے چلا گیا۔ دن بھر کی مصروفیت کے بعد تھکا ہارا حامد کے مکان پر پہنچا تو حامد صاحب اُسی کمرے میں جہاں میں ٹھہرا ہوا تھا۔ بیٹھے ہوئے اخبار پڑھ رہے تھے اور ان کے صاحبزادے جن سے میری روح کانپتی تھی میرے بستر پر بیٹھے ہوئے پان چبا چبا کر چادر اور تکیوں کو منقش کرنے میں مصروف تھے۔ اب جو دیکھتا ہوں تو میری بیوی کا نہایت محنت سے بنایا ہوا تکیہ کا غلاف پان کی پچکاری سے رشک اُگالدان بنا ہوا تھا۔ میں نے دیکھتے ہی کہا ''ارے؟''

حامد نے کہا، ''کیا ہوا؟''

میں نے کہا، ''اس نے تمام بستر پر پان کھا کر خوب تھوکا ہے''۔

حامد نے مصنوعی غصے سے کہا، ''کان پکڑ کر ایک تھپڑ دو''۔

اپنے لختِ جگر کے دونوں ہاتھ پکڑ کر کہا ''ماروں؟'' اور یہ کہہ کر ان کو گود میں اُٹھالیا اور گھر کے اندر چلے گئے۔ یہاں میں اس فکر میں تھا کہ اب کیا کروں۔ آخر میں نے یہی طے کیا کہ جھوٹ بول کر جان بچائی جائے۔ جیسے ہی حامد آئے میں نے کہا۔

''اچھا بھائی اب جلدی کھانا منگاؤ۔ میں اسی ٹرین سے جا رہا ہوں۔

حامد سے رخصت ہوکر ہم جس ریلوے اسٹیشن پہنچے اس کا نام 'تاج ہوٹل فتح پوری' تھا۔

(بال بھارتی: آٹھویں جماعت۔۱۹۸۲ء)

اخبار بینی

کنہیا لال کپور

جس طرح گاؤں میں تقریباً ہر ان پڑھ دیہاتی مزدور یا کاشتکار ہونے کے علاوہ ’حکیم‘ ہوتا ہے۔ اسی طرح شہر میں ہر پڑھا لکھا شہری طالب علم یا کلرک ہونے کے علاوہ ’اخبار بین‘ ہوتا ہے۔ مگر اخبار بینوں کی بھی جماعتیں ہیں۔ پہلی جماعت ان اشخاص کی ہے جو وقتاً فوقتاً میاں فضل کریم کے بک ڈپو کے سامنے آ کھڑے ہوتے ہیں۔ ’السلام علیکم‘ ’خیر و عافیت‘ جیسی رسمی گفتگو کے بعد مالکِ دکان کے کاروبار میں سطحی قسم کی دلچسپی کا اظہار کر کے یہ ثابت کرنے کی کوشش کرتے ہیں کہ انھیں ’فضل بک ڈپو‘ نہایت عزیز ہے۔ اس کے بعد اخبارات و رسائل اٹھا اٹھا کر یوں پڑھنا شروع کرتے ہیں گویا فضل بک ڈپو، فضل بک ڈپو نہیں بلکہ پبلک لائبریری ہے۔ جہاں ’صلائے عام ہے یارانِ نکتہ داں کے لیے‘۔ مطالعہ کے دوران میں میاں فضل کریم کی آنکھ بچا کر کوئی اچھا شعر یا کسی ایکٹریس کا پتہ اپنی ڈائری میں نوٹ کرتے جاتے ہیں، اور ہر ایک رسالہ کی ورق گردانی کرنے کے بعد اُسے نہایت بے اعتنائی سے غلط جگہ پر رکھتے جاتے ہیں۔ جب علمی و ادبی رسائل پڑھ چکے تو فلمی رسائل کی طرف متوجہ ہوئے۔ ”اوہو! حضور نے کتنا ضخیم ’ایکٹریس نمبر‘ نکالا ہے۔ بھئی سرِورق پر ستارہ کی تصویر تو خوب زیب دے رہی ہے۔ ارے یہ کیا... ’فلم انڈیا‘ نے ابھی سے سالنامہ شائع کر دیا۔ ذرا دیکھیں کوئی کام کی تصویر بھی ہے یا نہیں؟“ اس طرح ایک دو گھنٹے اخبار بینی کا شغل جاری رہتا ہے۔ اس کے بعد میاں فضل کریم پر سوالات کی بوچھار کی جاتی ہے اور ان سے دریافت کیا جاتا ہے کہ ولایتی ڈاک کے آنے میں اس دفعہ اتنی تاخیر کیوں ہوئی۔ اُن کے ڈپو میں ’ٹرو اسٹوری‘ اور ’ٹرو رومانس‘ کیوں نظر نہیں آتے؟

رسالہ 'ادبِ عالم' کیوں بند ہو گیا ؟ چلتے چلتے انھیں یہ خوش خبری سنائی جاتی ہے کہ 'سویرا' کا دو ماہی نمبر خوب ہے اور ہزاروں کی تعداد میں بکے گا۔ آخری جملے کا یہ مطلب ہوتا ہے کہ گو رسالہ ہزاروں کی تعداد میں بکے گا، مگر ہم کبھی ایک کاپی مول نہیں لیں گے۔

دوسری جماعت ان لوگوں کی ہے جو اخبار بینی کے لیے اپنے ہمسائے کے مرہونِ منّت ہیں۔ اگر وہ ہوسٹل میں رہتے ہیں تو ایک ایسا ساتھی تلاش کرتے ہیں جو روزانہ اخبار خریدنے کا عادی ہو۔ سورج کی پہلی کرن کے ساتھ وہ دروازہ کھٹکھٹانا شروع کر دیتے ہیں۔ ''اُٹھو بھائی اب تو پانچ بج گئے ابھی تک بستر میں پڑے ہو۔'' آپ لیٹے لیٹے جواب دیتے ہیں۔ ''سونے بھی دو یار۔''

''واہ! سونے کی ایک ہی کہی۔ اجی اس وقت تک کون سوتا ہے اچھا دروازہ کھولو۔ تم سے ایک ضروری مشورہ کرنا ہے۔'' طوعاً وکرہاً آپ دروازہ کھولتے ہیں اور وہ کرسی پر دراز ہو کر ہنسنا شروع کر دیتے ہیں. پیشتر اس کے کہ آپ اس بدتمیزی کی داد دے سکیں، وہ میز پر پڑے ہوئے اخبار کو اُٹھا کر اُس کا مطالعہ کرنے لگتے ہیں۔ ایک گھنٹے بعد یہ حالت ہو جاتی ہے گویا اخبار انھوں نے ہی خریدا تھا۔ جس وقت گھڑی آٹھ بجاتی ہے۔ وہ چپکے سے اخبار میز پر رکھ کر اور ''آج تو کوئی دلچسپ خبر نہیں۔'' کہہ کر تشریف لے جاتے ہیں۔

بصورتِ دیگر اگر آپ گلی یا محلے میں رہتے ہیں تو وہاں بھی آپ کو کئی ایسے حضرات ملیں گے جو سالہا سال سے آپ سے اخبار مانگ کر پڑھنے کے عادی ہو چکے ہیں۔ وقت بے وقت وہ آپ کی بیٹھک میں آ دھمکیں گے اور آپ کے ماتھے کے شکن کو دُور کرنے کے لیے دو چار تعریفی یا ہمدردانہ فقرے دیں گے۔ مثلاً اخاہ! نیا سوٹ پہنا ہے، کپڑا تو خوشنما ہے، سِلا ہوا بھی اچھا ہے۔ یا مُنّی کا کیا حال ہے۔ چھوٹے میاں کی کھانسی میں کچھ افاقہ ہوا؟ آپ ان باتوں کا اصلی مقصد اچھی طرح سمجھتے ہیں۔ اس لیے آپ پر ان کا کوئی اثر نہیں ہوتا۔ اور ہونا بھی نہیں چاہیے۔ مگر کیا کیا جائے کہ بیسویں صدی ہے اور جو بات دل میں ہو وہ زبان پر نہیں لائی جا سکتی ہے ورنہ آپ ان سے کہہ سکتے ہیں۔ ''اجی مُنّی مرے یا

بچے آپ کی بلا سے، چھوٹے میاں کو کھانسی ہو یا تپِ دق آپ تو اخبار پڑھنے آئے ہیں۔ سو اُٹھائیے اور پڑھ لیجیے۔

تیسری جماعت اُن افراد کی ہے جو اخبار بینی کے لیے لائبریریوں کے محتاج ہیں۔ اس جماعت میں زیادہ تر ریٹائرڈ کلرک اور سال خوردہ کلرک ہوتے ہیں۔ یہ اصحاب اصل میں اخبار پڑھنے نہیں آتے بلکہ وقت کاٹنے آتے ہیں۔ لائبریری کے کھلنے کے وقت سے ایک آدھ گھنٹا پہلے یہ لائبریری کا طواف کرنا شروع کر دیتے ہیں۔ ادھر دروازہ کھلا اُدھر یہ داخل ہوئے۔ اِن کو دیکھ کر کئی نو وارد سمجھ لیتے ہیں کہ شاید لائبریری کے انچارج یہی ہیں۔ ان کے پڑھنے کا طریقہ بھی نرالا ہے، یعنی ایک اخبار یا رسالہ گود میں ہے اور دو اخبار ہاتھ میں، حریص اتنے ہیں کہ کسی اور کو اس وقت تک اخبار اُٹھانے نہیں دیں گے، جب تک الف سے لے کری تک سارا اخبار نہ پڑھ لیں۔ آپ نے جرأت کر کے ان کی گود میں پڑے ہوئے رسالے کی طرف ہاتھ بڑھایا اور انھوں نے عینک درست کر کے کچھ اس طرح خشم آلود نگاہوں سے آپ کی جانب دیکھا، گویا کچا ہی چبا جائیں گے۔ آپ نے ہاتھ نیچا کھینچ لیا اور انھوں نے خالی ہاتھ رسالے پر رکھ لیا۔ اب آپ منتظر ہیں کہ وہ رسالہ ان کے نیچے سے چھوٹے اور آپ پڑھیں مگر یہ موہوم خیال ہے کیونکہ بڑے میاں جب تک اس اخبار کا جو اُن کے ہاتھ میں ہے مطالعہ نہیں کر لیتے، رسالے کی باری نہیں آئے گی۔ نتیجہ یہ ہوتا ہے کہ آپ تنگ آ کر چلے جاتے ہیں مگر جب بھی جاتے ہیں تقریباً اسی قسم کے لوگوں کو رسائل اور اخبارات پر قابض پاتے ہیں۔

یہ بات بھی نہایت دلچسپ ہے کہ یہ لوگ ہر ایک اخبار میں انھیں خبروں کو دوبارہ یا سہ بارہ پڑھ کر ایک عجیب خوشی محسوس کرتے ہیں اور گھر آ کر اپنے احباب کے زُمرے میں اُن ہی خبروں کی بنیاد پر بڑے عالمانہ اور فاضلانہ تبصرے کرتے ہیں۔ عموماً سنسنی پیدا کرنے والی خبریں اُن کا دل پسند موضوع ہوتی ہیں۔ ''اجی سنا آپ نے، مراد آباد میں ایک لڑکا لڑکی بن گیا۔ اجی پڑھا آپ نے، بریلی میں عین شادی کے وقت دُلہن غائب

ہوگئی۔ کیا کہا، آپ کو یقین نہیں آتا۔ سترہ تاریخ کا ''احسان'' اُٹھا کر دیکھ لیجیے۔

اُن کے علاوہ اخبار بینوں کی ایک اور جماعت ہے کہ جس سے ریل گاڑی میں سابقہ پڑتا ہے۔ ایک دو باتصویر رسائل، ایک آدھ اخبار لے کر جوں ہی آپ ڈبے میں داخل ہوئے چاروں طرف سے صدائیں بلند ہوتی ہیں۔ یہاں بیٹھئے گا، یہاں آئیے گا، آپ سیٹ پر بیٹھے اور آپ کے ہمسفروں نے باری باری اخبارات اور رسائل مانگنے شروع کر دیے، حتیٰ کہ پانچ منٹ کے بعد آپ بالکل کورے رہ گئے اور سوچنے لگے۔ ابھی تو اخبار کھولا بھی نہیں تھا اگر یہی بات تھی تو اخبار خریدنے کی ضرورت ہی کیا تھی۔ اب جوں جوں نئے نئے آدمی نئے اسٹیشنوں پر آتے جاتے ہیں۔ آپ کے اخبار پر نئے نئے حملے شروع ہوتے رہتے ہیں۔ اگر صفحہ نمبر ایک، آپ کے سامنے بیٹھے ہوئے مسافر کے ہاتھ میں ہے تو صفحہ نمبر دس ڈبّے کے انتہائی کونے والے بزرگ پڑھ رہے ہیں، صفحہ نمبر بارہ کھینچا تانی میں آدھا آدھا ہوکر دو شریف آدمیوں کو محظوظ کر رہا ہے۔ تقریباً آپ کا تمام سفر اسی انتظار میں گزر جاتا ہے کہ اخبار ملے اور آپ بھی ایک آدھ خبر پڑھ لیں۔ اسی اثناء میں اگر آپ کی آنکھ لگ گئی تو اخبار تک غائب ہوگیا کیونکہ کوئی بزرگ غلطی سے یا اس وجہ سے کہ آپ کے اخبار کے سرورق پر کسی ایکٹریس کی رنگین تصویر تھی، اترتے وقت اخبار بھی ساتھ لے جاتے ہیں۔ بہر حال جب منزل مقصود آتی ہے تو آپ اٹھ کر اخبار کا ایک ایک ورق اکٹھا کرتے ہیں۔ لیکن پڑھنے والے ہیں کہ پھر بھی اخبار چھوڑنے میں نہیں آتے۔ جب آپ اسٹیشن پر اتر آتے ہیں اور اخبار کی طرف دیکھتے ہی تو معلوم ہوتا ہے کہ یا تو پرسوں ترسوں کا کوئی پرانا پرچہ ہے یا ردی کے چند کاغذ ہیں جن میں شاید آپ کوئی کپڑا یا کتاب لپیٹ کر لائے تھے۔

(یووک بھارتی ۱۹۹۷ء)

جھوٹ کا سچ

شوکت تھانوی

اپنی غفلت کی وجہ سے کام میں خرابی کے باعث ڈپٹی صاحب کی کچھ نامناسب باتیں سن کر اُن کے کمرے سے نکلے ہی تھے کہ ایک ایسے صاحب سے تصادم ہوگیا کہ اب بھاگنا چاہتے ہیں اور راہِ فرار نہیں ملتی، آنکھ چرانا چاہتے ہیں اور آنکھ چار ہوئی جاتی ہے۔ کترانے کی فکر ہے اور ٹکرانے کی نوبت، آخر اُن حضرت نے پہچان ہی لیا۔ اخاہ! ڈپٹی صاحب ہیں۔ آپ ہی کو تلاش کر رہا تھا۔ چپراسی سے آپ کا نام لے کر پوچھا تو اس نے آپ کی شان میں عجیب بدتمیزی کی بات کہی۔ جب عہدہ بتایا تو ہوش ٹھکانے آئے اور آپ کے کمرے کا پتہ بتایا۔ ہم نے گھبرا کر کہا۔ ''ہی ہی ہی۔ اچھا اب ذرا ٹھہریے میں ابھی حاضر ہوا۔'' اور یہ جا وہ جا۔ سیدھے ہیڈ اسسٹنٹ کے کمرے میں پہنچے۔ اپنی اچانک علالت کی اطلاع دی اور علالت بھی ایسی کہ اگر فوراً گھر جانے کی اجازت نہ دی تو گویا دفتر ہی کو تجہیز و تکفین کا انتظام بھی کرنا ہوگا۔ اجازت ملتے ہی سر پر پیر رکھ کر بھاگے۔ دفتر کے باہر اور پیچھے مڑ کر دیکھتے جاتے ہیں کہ وہ صاحب آتو نہیں رہے ہیں۔ توبہ توبہ زندگی میں یہ پہلا اتفاق تھا کہ جھوٹے کو اس بری طرح گھر پہنچایا گیا۔ ورنہ کب اس قسم کے جھوٹ کھلا کرتے ہیں اور کسی کو یہ خیال ہوسکتا ہے کہ چلتی ریل میں ایک اجنبی مسافر سے ذرا رُعب جمانے کے لیے جو غلط بیانی کی جائے گی وہ اس طرح سے جان کا عذاب بن کر رہے گی۔ بات صرف اتنی تھی کہ یہ حضرت حال ہی میں ہم سفر ہو گئے تھے۔ اور جس طرح عام مسافروں کی یہ عادت ہوا کرتی ہے کہ وہ دوسرے مسافروں سے زندگی بھر کا گویا پیمانِ وفا باندھنے کے لیے کچھ اس طرح گفتگو شروع کیا کرتے ہیں۔ ''آپ کہاں تشریف لے جارہے ہیں؟ اچھا بنارس؟ کاروبار کے سلسلے میں یا زہرِ عشق کے سلسلہ میں؟'' وغیرہ

وغیرہ۔ اسی طرح جب ان محترم نے ہماری منزل دریافت کی تو ہم نے کہہ دیا لکھنؤ۔ اور جب مشغلہ کا سوال آیا تو اب یہ کیا کہتے کہ ڈپٹی کنٹرولر فارسٹ کے دفتر میں ڈسپیچر ہیں۔ ہم نے ذرا دبے سے کام لے کر کہہ دیا کہ ڈپٹی کنٹرولر فارسٹ ہیں اور ان جنگلی کو یقین بھی آ گیا۔ حالانکہ ان کو صورت دیکھ کر ہی پہچان لینا چاہیے تھا کہ ڈپٹی کنٹرولر تو خیر نہیں البتہ "فارسٹ" ہو سکتے ہیں۔ پھر یہ کہ انٹر کلاس میں کفایت شعار سے کفایت شعار ڈپٹی کنٹرولر فارسٹ بھی آج کل سفر نہیں کرسکتا، مگر وہ حضرت بغیر یہ سمجھے بوجھے ہمارے ڈپٹی کنٹرولر فارسٹ ہونے پر ایسا ایمان لائے کہ پہلے تو فوراً ہی سگریٹ پیش کی۔ اس کے بعد ایک اسٹیشن پر گاڑی ٹھہرتے ہی ایک کیلا خرید دیا۔ پھر چند اسٹیشنوں تک پان، پانی، چائے وغیرہ کے متعلق پوچھتے رہے۔ اور آخر ناشتہ دان کھول کر ہم کو اپنا نمک خوار بنا دیا۔ معلوم یہ ہوتا تھا کہ دنیا نے ان سے بڑا ہمدرد اور کوئی پیدا ہی نہیں کیا۔ یہاں تک کہ نوٹ بک نکال کر ہمارا نام اور پتہ لکھا۔ اور آخر میں بتایا کہ میں جنگلات کا ٹھیکہ لیتا ہوں۔ آپ کے دفتر سے روزانہ کام رہا کرتا ہے۔ اب آپ کی بدولت میری ہر مشکل آسان ہو جایا کرے گی۔ ہم نے کبھی سرسری طور پر ذرا اکڑ کر کہہ دیا کہ جو کچھ میں کرسکتا ہوں ضرور کروں گا۔ بات آئی گئی ہوگئی۔ لکھنؤ کے اسٹیشن پر اتر کر ہم ان کو بھول بھی گئے اور مزے سے اپنی ڈسپیچری کر رہے تھے کہ وہ ڈسپیچر کو ڈپٹی صاحب کہتے ہوئے عین ڈپٹی صاحب کے دروازے پر آموجود ہوئے۔ اب اس کا فیصلہ اہلِ دل ہی کر سکتے ہیں کہ اس وقت ہماری پوزیشن کیسی نازک ہوگئی ہوگی اور اس کے سوا ہمارے لیے چارہ ہی کیا تھا کہ بھاگیں اپنی جان لے کر۔

یہ پہلا اور آخری حادثہ تھا کہ ریل کے سفر کا چلتا پھرتا جھوٹ ایسا جادو ثابت ہوا جو سر پر چڑھ کر بولنے ہی والا تھا۔ وہ تو کہیے کہ ہم بھاگ نکلے ورنہ ذرا تو خیال کیجیے کہ جھوٹ بولنے کی ریل سے زیادہ محفوظ جگہ اور کون سی ہوسکتی ہے۔ مسافروں کا آپس میں تھوڑی دیر کا ساتھ ہوتا ہے۔ پھر ایک دوسرے سے کوئی سروکار نہیں ہوتا۔ کوئی کہیں۔ کوئی کہیں، ہم نے تو بہت کم ریل کے ہمسفروں کو دوسری مرتبہ دیکھا بھی ہے تو اس طرح کہ ہم پہچان گئے تو وہ نہیں جانتے اور وہ پہچان گئے تو ہم نہیں جانتے۔ ایسی صورت میں اگر اجنبی مسافر ایک

دوسرے پر ذراسا رُعب جمانے کے لیے اپنی شخصیت کے متعلق غلط بیانی کر جائیں تو اس جھوٹ سے ملک و قوم کو کیا نقصان پہنچ سکتا ہے اور اخلاقی طور پر اس غیر مضرت رساں جھوٹ کے کون سے معیوب پہلو نکل سکتے ہیں؟ اس کو تو اس قسم کی وقتی تفریح کہنا چاہیے۔ دراصل اس طرح جھوٹ بولنے والا عارضی طور پر ذرا خوش ہو لیتا ہے۔ یعنی وہ اپنے کو اس حیثیت سے پیش کرتا ہے جو حیثیت اُس کے نزدیک اُس کی آخری معراج ہو سکتی ہے اور جو ایک ایسے ارمان کی صورت میں اُس کے دل میں گھٹی ہوئی رہتی ہے جو سچ مچ تو خیر کبھی پورا نہیں ہو سکتا۔ لیکن جھوٹ موٹ بس اسی طرح پورا ہو سکتا ہے کہ ذرا دیر کے لیے کسی کو یقین دلا دیا کہ ہم یہ ہیں۔ اور اس غلط بیانی سے جو رُعب سننے والے نے قبول کر لیا۔ وہی گویا اس بہروپ کا معاوضہ ہوتا ہے۔ یہ ظاہر ہے کہ اگر جھوٹ نہ بولا جائے اور جو کچھ ہیں وہ سچ سچ کہہ دیں تو بھی مخاطب تم سے یہ نہیں کہہ سکتا کہ سیٹ پر نہیں فرش پر بیٹھو۔ یا جاؤ پلیٹ فارم کے نل سے لوٹے میں پانی بھر لاؤ۔ یا ہم لیٹے ہیں تم پیر دباؤ۔ مگر یہ بھی طے ہے کہ اپنا مرتبہ ذرا بلند ثابت کرنے سے خود اپنے احساس میں ایک بلندی پیدا ہونے کے علاوہ مخاطب کی طرف سے آؤ بھگت کے کچھ امتیازی صورتیں دیکھنے میں آجاتی ہیں۔ مثلاً ہم کو یاد ہے کہ جب نویں درجے میں دو مرتبہ فیل ہو کر ہم ایک سفر کر رہے تھے تو اپنے کو گریجویٹ ظاہر کرنے کے علاوہ عازمِ انگلستان تک بتایا تھا۔ اور سننے والے پر واقعی ایسا رعب پڑا تھا کہ اس نے ہماری غلط انگریزی سے بھی یہ اندازہ نہیں کیا کر گریجویٹ ایسے نہیں ہوتے۔ ایک اور سفر میں کچھ ادبی قسم کی گفتگو میں حصہ لے کر حضرت نادر کاکوروی کی ایک مشہور نظم سناتے گئے اور سلام کرتے گئے۔ اطمینان تھا کہ اگر کسی نے کہہ دیا کہ نادر کاکوروی کی نظم ہے تو کسر نفسی سے کہہ دیں گے کہ اس خاکسار کو نادر کاکوروی کہتے ہیں اور اگر کسی نے گھر جا کر تحقیقات کی تو ہماری بلا سے۔ نہ وہ ہماری چوری پکڑنے آسکتا ہے نہ ہم سے پھر ملاقات کی کوئی امید ہے۔ اسی طرح ریلوے کا افسر اپنے کو ثابت کر کے ہمسفر کے سر آنکھوں پہ جگہ حاصل کر لی۔ کبھی کسی اور محکمے کے ذمے دار افسر اعلیٰ کی حیثیت سے اپنے کو پیش کر کے کسی شریکِ سفر سے وعدہ کر لیا کہ تمھارے لڑکے کی درخواست آتے ہی حکم

دے دوں گا اور فی الحال سوسواسو کی جگہ تو مل ہی جائے گی۔ کونسل اور اسمبلی کے ممبر سے لے کر لیڈر تک بار بار بن چکے ہیں۔ مگر خدا کے فضل و کرم سے یہ رواداری کے جھوٹ کبھی نہیں کھلے۔ البتہ اس مرتبہ تو ایسے پکڑے گئے کہ شامت ہی آ گئی تھی بھاگ وان تھے جو بچ نکلے، ورنہ وہ قلعی کھلتی کہ چودہ طبق روشن ہو جاتے اور یاد کرتے ہجے اور معنی۔

آخر میں یہ اور عرض کرنا ہے کہ ان تمام روایات میں واحدِ متکلم کا صیغہ محض اس لیے استعمال کرلیا ہے کہ ہم یہ روایتیں کسی اور کے سر منڈھنے کا کوئی حق نہیں رکھتے حالاں کہ ہم کو یقین ہے کہ اس فن کے بہت سے فنکار ریلوے ٹائم ٹیبلوں میں چھپی ہوئی تمام ٹرینوں میں دن رات سفر کیا کرتے ہیں اور اس قسم کے جھوٹ سے شاید ہی کوئی کمبخت ٹرین ہو گی جو خالی رہ جائے۔ مگر یہ جھوٹ نہ تو بیان کیے جاتے ہیں، نہ ان کا اقبال کیا جاتا ہے اور نہ ان کو قابل ذکر بات سمجھا جاتا ہے۔ جا رہے ہیں محض ہاپڑ سے پاپڑ لینے اور کہہ دیا کہ دہلی کے ایک ایسے جلسے کی صدارت کرنا ہے جس میں تمام اقوام عالم کے نمائندے شریک ہو رہے ہیں۔ ارادہ ہے بریلی کے پاگل خانے میں کسی پاگل عزیز کو دیکھ کر خود اپنے دماغ کا معائنہ کرانے کا اور بیان کر دیا کہ ہم اس تحقیقاتی بورڈ کے رکن ہیں جو اس تفتیش کے لیے بیٹھا ہے کہ ''اُلٹے بانس بریلی کو'' جو محاورہ ہے وہ کس لیے ضرب المثل بنا ہے۔ ٹکٹ لیا ہے لاہور کا، اس لیے کہ چلغوزے بیچا کریں گے اور بیان کر رہے ہیں ریل کے ہمسفروں سے کہ لاہور میں مکانات کی قلت کے باعث مردم شماری کو کم کرنے کے لیے جو کانفرنس منعقد ہو رہی ہے اس میں صرف ایک تقریر کرنے کے لیے یہ زحمت اٹھا رہے ہیں۔ اس قسم کے جھوٹ تو چلا ہی کرتے ہیں اور چلتے رہیں گے جب تک کہ ریلیں چل رہی ہیں۔

(کمار بھارتی، دسویں جماعت ۱۹۸۵ء)

مرزا غالبؔ کی شوخیاں

عبدالباری آسی

کسی صحبتِ شعروسخن یا ایسے ہی جلسے میں مرزا غالبؔ میرتقی میرؔ کے اندازِ کلام کی تعریف کررہے تھے اور استاد ذوقؔ، سوداؔ کے طرزِ بیان کی۔ مرزا صاحب نے کہا کہ اُستاد ہم تو آپ کو میرؔی سمجھتے تھے مگر اب معلوم ہوا کہ آپ سودائی ہیں۔

❖❖❖

مرزا جس مکان میں رہتے تھے اُس مکان میں دروازے کی چھت پر ایک کمرہ تھا اور اُس کی ایک جانب تنگ و تاریک چھوٹی سی کوٹھری تھی۔ گرمی کے موسم میں لؤوغیرہ سے بچنے کے لیے اسی کوٹھری میں تین چار بجے تک بیٹھتے تھے۔ اتفاق سے ایک مرتبہ رمضان کے مہینے میں اسی کوٹھری میں بیٹھے چوسر کھیل رہے تھے کہ مفتی صدر الدّین خان آزردؔہ آگئے۔ یہ رنگ دیکھ کر مرزا کو مخاطب کرکے کہنے لگے کہ مرزا صاحب ہم نے پڑھا تھا کہ رمضانِ شریف میں شیطان مقید رہتا ہے۔ مگر آج اِس حدیث کی صحت پر کچھ شبہ ہوگیا۔ مرزا صاحب نے فرمایا کہ مولانا حدیث بالکل صحیح ہے، صرف یہ بات ہے کہ جہاں شیطان مقید رہتا ہے وہ یہی کوٹھری ہے۔

❖❖❖

دوپہر کا کھانا گھر میں سے آیا۔ دسترخوان بچھا۔ بہت سے برتن تھے جن میں ذرا ذرا سا کھانا رکھا ہوا تھا مرزا صاحب حاضرین سے مخاطب ہوکر کہنے لگے، ''سبحان اللہ ہمارا بھی کیا دسترخوان ہے اگر برتنوں کی کثرت کو دیکھیے تو دسترخوان یزید کا اور کھانے کی مقدار ملاحظہ فرمائیے تو بایزید کا۔''

❖❖❖

ایک دن بہادر شاہ ظفر، آموں کے موسم میں چند مصاحبین خاص کے ساتھ باغِ حیات بخش میں ٹہل رہے تھے۔ آم کے پیڑ رنگ برنگ کے آموں سے لدے ہوئے تھے۔ مرزا بار بار آموں کو غور سے دیکھتے تھے۔ بادشاہ نے پوچھا، ''مرزا تم بڑے غور سے

دیکھ رہے ہو۔ آخر کیا دیکھتے ہو؟ کیا اس سے پہلے کبھی آم نہیں دیکھے ہیں؟ مرزا نے دست بستہ عرض کیا کہ پیرومرشد آم تو دیکھے ہیں۔ اس وقت تو میں کچھ اور ہی بات دیکھ رہا ہوں۔ اِن آموں کے دانوں پر کہیں میرا اور میرے باپ دادا کا بھی نام لکھا ہے یا نہیں۔ بادشاہ سلامت سن کر مسکرائے اور اسی دِن عمدہ عمدہ آموں کی ایک بہنگی مرزا کو بھجوا دی۔

❖❖❖

حکیم رضی الدین مرحوم جو دلّی کے ایک نہایت گرامی طبیب تھے، مرزا کے بڑے گہرے دوستوں میں تھے مگر اتفاق کی بات کہ آم اُن کو مرغوب نہیں تھے۔ ایک دن مرزا صاحب کے یہاں بیٹھے ہوئے تھے۔ مرزا بھی پاس ہی بیٹھے ہوئے تھے۔ آموں کا زمانہ تھا۔ وہاں برآمدے کے سامنے آموں کے کچھ چھلکے پڑے تھے۔ ایک گدھے والا اپنے گدھے لیے وہاں سے گذرا۔ گدھے نے آم کے چھلکے سونگھے اور چھوڑ دیے، کھائے نہیں۔ حکیم صاحب نے ہنس کر کہا۔ دیکھو مرزا تم آموں کی بڑی تعریف کرتے ہو آم ایسی چیز ہے کہ اسے گدھے بھی نہیں کھاتے۔ مرزا نے جواب دیا، جی ہاں بے شک گدھے آم نہیں کھاتے۔

❖❖❖

ایک دن مرزا پلنگ پر دراز تھے۔ اتنے میں میر مہدی مجروؔح آ پہنچے اور مرزا کے پاؤں دابنے لگے۔ مرزا نے کہا ارے بھئی تو سیّد زادہ ہو کر پاؤں دباتا ہے، بے کار کیوں مجھے گنہ گار کرتا ہے۔ مگر حسنِ عقیدت کا جوش، خلوص اور اعتقاد کی فراوانی میں کون سنتا ہے۔ مجروؔح نہ مانے برابر پاؤں دباتے رہے۔ جب مرزا نے بہت اصرار کیا تو بولے۔ قبلہ و کعبہ آپ گھبراتے کیوں ہیں۔ زیادہ سے زیادہ یہ کہ اُجرت دے دیجیے گا۔ مرزا نے کہا خیر یہاں تک مضائقہ نہیں ہے۔ جب پاؤں دبا چکے تو میر مہدی بولے کہ لائیے حضرت اُجرت دِلوائیے مرزا بولے، واہ بھئی واہ! اماں اُجرت کیسی؟ تم نے میرے پاؤں دابے میں نے تمھاری اُجرت دابی دونوں برابر ہو گئے۔

❖❖❖

ایک مرتبہ مکان بدلنے کی فکر میں تھے۔ چنانچہ اسی سلسلے میں مختلف مکانات دیکھ رہے تھے۔ ایک مکان دیکھا تو اُس کا دیوان خانہ تو پسند آیا محل سرا دیکھنے کا موقع نہ ملا۔ گھر

آ کر بیگم صاحبہ کو اُس کے دیکھنے کے واسطے بھیجا وہ دیکھ کر واپس آئیں تو حال پوچھا۔ انھوں نے جواب دیا کہ اُس مکان میں لوگ بلا بتاتے ہیں۔ مرزا ہنسے اور ہنس کر کہا۔ کیا تم سے بھی زیادہ کوئی اور بلا ہے؟

❖ ❖ ❖

ایک مرتبہ مرزا صاحب کی دعوت یا مشاعرے سے واپس آرہے تھے۔ رات زیادہ گذر گئی تھی۔ مولانا فیض الحسن صاحب فیضؔ سہارنپوری بھی ہمراہ تھے۔ ایک تنگ گلی سے ہو کر گزر رہے تھے۔ آگے ایک گدھا کھڑا تھا۔ مولانا فیضؔ نے کہا مرزا صاحب دلّی میں گدھے بہت ہیں۔ مرزا نے بے ساختہ کہا کہ نہیں صاحب باہر سے آجاتے ہیں۔ مولانا جھینپ کر چپ ہو رہے۔

❖ ❖ ❖

مرزا صاحب سے کہا گیا کہ آپ اپنی ثقلِ سماعت کا علاج کیوں نہیں کرتے۔ مرزا صاحب نے جواب دیا کہ دو وجہوں سے ایک تو یہ کہ زندگی میں بہشتی ہو گیا، دوسرے مرنے کے بعد جب نکیرین سوال کریں گے تو عذرِ گراں گوشی سے ہاں ہوں کر کے ٹال دوں گا۔

❖ ❖ ❖

مرزا غالبؔ کے خسر نواب الٰہی بخش خاں معروف نے مرزا کو ایک شجرہ نقل کرنے کے لیے دیا۔ آپ نے یہ حرکت کی کہ ایک نام لکھا اُس کے بعد ایک نام حذف کر دیا۔ پھر ایک لکھا؟ ایک حذف کر دیا۔ اسی طرح پورا شجرہ تمام کر کے اُن کے حوالے کیا۔ نواب نے دیکھا تو بہت حیران ہو کر پوچھا، یہ آپ نے کیا کیا۔ کہنے لگے ایک ایک نام حذف کر دیا ہے۔ انھوں نے کہا تم نے بڑا غضب کیا شجرہ غلط ہو گیا۔ مرزا نے کہا حضرت، شجرہ دراصل خدا تک پہنچنے کا ایک زینہ ہے۔ زینے کی حالت یہ ہے کہ اگر ایک ایک سیڑھی درمیان سے نکال دی جائے تو کوئی حرج نہیں۔ اُچک کر اوپر کی سیڑھی پر چڑھ سکتے ہیں۔ یہ سن کر وہ بہت جِز بِز ہوئے مگر مرزا دوبارہ نقل کرنے کی زحمت سے بچ گئے۔

(کمار بھارتی ۱۹۹۷ء)

❖ ❖ ❖

کتّے

احمد شاہ بخاری

علم الحیوانات کے پروفیسروں سے پوچھا، سلوتریوں سے دریافت کیا۔ خود سر کھپاتے رہے لیکن کبھی سمجھ میں نہ آیا کہ آخر کتوں کا فائدہ کیا ہے؟ گائے کو لیجیے دودھ دیتی ہے۔ بکری کو لیجیے، دودھ دیتی ہے اور مینگنیاں بھی۔ یہ کتے کیا کرتے ہیں؟ کہنے لگے، ''کتا وفادار جانور ہے۔'' اب جناب وفاداری اگر اسی کا نام ہے کہ شام کے سات بجے سے جو بھونکنا شروع کیا تو لگاتار بغیر دَم لیے صبح کے چھے بجے تک بھونکتے چلے گئے تو ہم لنڈورے ہی بھلے۔ کل ہی کی بات ہے کہ رات کے کوئی گیارہ بجے ایک کتے کی طبیعت جو ذرا گدگدائی، اس نے باہر سڑک پر آکر طرح کا ایک مصرع دے دیا۔ ایک آدھ منٹ کے بعد سامنے کے بنگلے میں ایک کتے نے مطلع عرض کر دیا۔ اب جناب ایک کہنہ مشق استاد کو جو غصہ آیا، ایک حلوائی کے چولہے میں سے باہر لپکے اور بھنّا کے پوری غزل مقطع تک کہہ گئے۔ اس پر شمال مشرق کی طرف ایک قدر شناس کتے نے زوروں کی داد دی۔

اب تو حضرت وہ مشاعرہ گرم ہوا کہ کچھ نہ پوچھیے، کم بخت بعض تو دو غزلے سہ غزلے لکھ لائے تھے۔ کئی ایک نے فی البدیہہ قصیدے کے قصیدے پڑھ ڈالے، وہ ہنگامہ برپا ہوا کہ ٹھنڈا ہونے میں نہ آتا تھا۔ ہم نے کھڑکی میں سے ہزاروں دفعہ ''آرڈر آرڈر'' پکارا لیکن ایسے موقعوں پر وہاں کسی کی بھی کوئی بھی نہیں سنتا۔ اب ان سے کوئی پوچھے کہ ''تمھیں ایسا ہی ضروری مشاعرہ کرنا تھا تو دریا کے کنارے کھلی ہوا میں جا کر طبع آزمائی کرتے۔ یہ گھروں کے درمیان آکر سوتوں کو ستانا کون سی شرافت ہے؟''

اس میں شک نہیں کہ کتوں سے ہمارے تعلقات کشیدہ ہی رہے ہیں لیکن ہم سے

قسم لے لیجیے جو ہم نے کبھی ستیہ گرہ سے منہ موڑا ہو۔ شاید آپ اس کو تعلّی سمجھیں لیکن خدا شاہد ہے کہ آج تک کبھی کسی کتے پر ہاتھ اُٹھ ہی نہ سکا۔ اکثر دوستوں نے صلاح دی کہ رات کے وقت لاٹھی چھڑی ضرور ہاتھ میں رکھنی چاہیے کہ دافع بلیات ہے لیکن ہم کسی سے خواہ مخواہ عداوت پیدا کرنا نہیں چاہتے۔ کتے کے بھونکتے ہی ہماری طبعی شرافت ہم پر اس درجہ غلبہ پا جاتی ہے کہ آپ ہمیں اگر اس وقت دیکھیں تو یقیناً یہی سمجھیں گے کہ ہم بزدل ہیں۔ شاید آپ اس وقت یہ بھی اندازہ لگالیں کہ ہمارا گلا خشک ہوا جاتا ہے۔ اگر آپ نے بھی ہم جیسی طبیعت پائی ہو تو آپ دیکھیں گے کہ ایسے موقع پر آیت الکرسی آپ کے ذہن سے اُتر جائے گی۔ اس کی جگہ آپ شاید دعائے قنوت پڑھنے لگ جائیں۔

چوں کہ ہم طبعاً ذرا محتاط ہیں اس لیے آج تک کتے کے کاٹنے کا کبھی اتفاق نہیں ہوا۔ یعنی کسی کتے نے آج تک ہم کو کبھی نہیں کاٹا۔ اگر ایسا سانحہ کبھی پیش آیا ہوتا تو اس سرگزشت کی بجائے آج ہمارا مرثیہ چھپ رہا ہوتا۔ تاریخی مصرعہ دعائیہ ہوتا کہ ''اس کتے کی مٹی سے بھی کتا گھاس پیدا ہو'' لیکن...

کہوں کس سے میں کہ کیا ہے سگ رہ بری بلا ہے
مجھے کیا برا تھا مرنا اگر ایک بار ہوتا

جب تک اس دنیا میں کتے موجود ہیں اور بھونکنے پر مصر ہیں، سمجھ لیجیے کہ ہم قبر میں پاؤں لٹکائے بیٹھے ہیں اور پھر ان کتوں کے بھونکنے کے اصول بھی تو کچھ نرالے ہیں۔ یعنی ایک تو متعدی مرض ہے اور پھر بچوں، بوڑھوں سب ہی کو لاحق ہے۔ اگر کوئی بھاری بھرکم اسفندیار کتا کبھی کبھی اپنے رعب اور دبدبے کو قائم رکھنے کے لیے بھونک لے تو ہم بھی چارونا چار کہہ دیں کہ بھئی بھونک۔ (اگرچہ ایسے وقت میں اس کو زنجیر سے بندھا ہونا چاہیے۔) لیکن یہ کم بخت دو روزہ، سہ روزہ، دو دو تین تین تولے کے پلے بھی تو بھونکنے سے باز نہیں آتے۔ باریک آواز ذرا سا پھیپھڑا اس پر بھی اتنا زور لگا کر بھونکتے ہیں کہ چلتی موٹر کے سامنے آکر گویا اسے روک ہی تو لیں گے۔ اب اگر یہ خاکسار موٹر چلا رہا ہو تو قطعاً

ہاتھ کام کرنے سے انکار کردیں لیکن ہر کوئی یوں ان کی جان بخشی تھوڑا ہی کردے گا؟

کتوں کے بھونکنے پر مجھے سب سے بڑا اعتراض یہ ہے کہ ان کی آواز سوچنے کے تمام قویٰ معطل کردیتی ہے۔ دکان کے تختے کے نیچے سے ان کا ایک پورا خفیہ جلسہ باہر سڑک پر آکر بھونکنے کا کام شروع کردے تو آپ ہی کہیے ہوش ٹھکانے رہ سکتے ہیں؟ اس ہنگامے میں دماغ بھلا کام کرے بھی تو کیا تیر مارے گا۔ بہرحال کتوں کی یہ پرلے درجے کی ناانصافی میرے نزدیک ہمیشہ قابل نفریں رہی ہے۔ اگر ان کا ایک نمائندہ شرافت کے ساتھ ہم سے آکر کہہ دے کہ عالی جناب، سڑک بند ہے تو خدا کی قسم ہم بغیر چوں وچرا کئے واپس لوٹ جائیں گے اور یہ کوئی نئی بات نہیں۔ ہم نے کتوں کی درخواست پر کئی راتیں سڑک ناپنے میں گزاردی ہیں لیکن پوری مجلس کا یوں متفقہ ومتحدہ طور پر سینہ زوری کرنا ایک کمینہ حرکت ہے۔

انگریزی میں ایک مثل ہے، کہ ''بھونکتے کتے کاٹا نہیں کرتے'' یہ بجا سہی لیکن کون جانتا ہے، کہ ایک بھونکتا ہوا کتا کب بھونکنا بند کردے، اور کاٹنا شروع کردے!

(کمار بھارتی: دسویں جماعت، ۲۰۰۷ء)

چچا کبابی دلی والے

ملا واحدی

جامع مسجد کے پھلواری والے چبوترے کے نیچے پٹری پر جہاں اور کوئی دکان دار نہیں بیٹھتا تھا، شام کے پانچ چھے بجے ایک کبابی صاحب دکان لگایا کرتے تھے اور رات کے بارہ ایک بجے تک کباب بیچتے تھے۔ ان کا نام مجھے معلوم نہیں، چچا کبابی کہلاتے تھے۔

چچا کبابی غدر ۱۸۵۷ء کے دس بارہ سال بعد پیدا ہوئے ہوں گے اور ۱۹۴۷ء سے چند سال قبل انتقال کر گئے۔ دِلّی کے سیخ کے کباب اور گولے کے کباب مشہور ہیں۔ چچا کبابی دِلّی کے ممتاز کبابی تھے۔ کباب بنانے کے اعتبار سے بھی اور انوکھی طبیعت کے اعتبار سے بھی۔ کباب بنانے کے کمال پر انھیں بڑا فخر تھا اور طبیعت کا انوکھا پن تو اس سے عیاں ہے کہ اپنے لیے وہ جگہ انتخاب کی تھی جہاں گاہک کو آنا ہو تو جامع مسجد کے جنوبی دروازے کی طرف کے دسیوں کبابیوں کو چھوڑ کر آئے۔ ایک گیارہ برس کی لڑکی آگ کا تاؤ رکھنے کی غرض سے ہر وقت پنکھا ہاتھ میں پکڑے کھڑی رہی تھی۔ غالباً ان کی بیٹی تھی۔ ذرا تاؤ کم وبیش ہوا چچا کبابی کا پارہ چڑھا۔ غصہ ناک پر رکھا رہتا تھا، لیکن کیا مجال جو زبان سے بیہودہ لفظ نکل جائے۔

گاہکوں کو باری باری کر کے کباب دیتے تھے۔ اگر آپ ان کے ہاں اول مرتبہ تشریف لائے ہیں اور ان کی طبیعت سے واقف نہیں ہیں اور دوسرے گاہکوں کی نسبت آپ کی حیثیت بلند ہے، صاف ستھرا پہنتے ہیں تانگہ یا موٹر روک کر کباب خریدنے اتر پڑے ہیں۔ آپ نے خیال کیا کہ مجھے ترجیح دی جانی چاہیے۔ ہاتھ بڑھایا، روپے تھمائے

اورفرمایا ''ڈیڑھ روپے کے کباب ذرا جلدی۔'' جلدی کا لفظ سنتے ہی چچا کبابی کا مزاج بگڑ جائے گا، وہ روپے واپس کر دیں گے اور کہیں گے۔ ''حضور! جلدی ہے تو اور سے لے لیجیے۔''

ایک روز ایک زندہ دل سے شخص چچا کبابی سے الجھ گئے۔ انھوں نے چچا کبابی کے اس فقرے پر فقرہ جڑ دیا کہ ''بھائی ! اور سے ہی لے لیں گے، اللہ نے تمھارے کبابوں سے بچایا۔ نہ جانے ہضم ہوتے یا کوئی آفت ڈھاتے۔'' چچا کبابی تلملا اٹھے۔ کہنے لگے ''حضور! کبابوں میں وہ مسالہ ڈالتا ہوں جسے مست بجار پر لتھیڑ دوں تو گل کر گر پڑے۔ میرے کبابوں سے آپ کو تکلیف پہنچ جائے تو ہسپتال تک کا خرچ دوں گا، لیکن کباب جلدی نہیں دے سکتا۔ جلدی میں کباب یا کچے رہ جاتے ہیں یا جل جاتے ہیں اور دوسرے گاہوں کا حق بھی چھنتا ہے۔ جو پہلے آیا ہے کباب اسے پہلے ملنے چاہیے۔''

چچا کبابی دھونس نہیں برداشت کرتے تھے اور اپنے اصول کے مقابلے میں تعلقات کو بھول جاتے تھے۔ عزیز اور دوست بھی ان سے بغیر باری کے کباب نہیں لے سکتے تھے۔ آپ جائیے، ان کو سلام کیجیے۔ جواب دیں گے وعلیکم السلام و رحمۃ اللہ و برکاتہ۔ پانوں کی ڈبیہ سامنے رکھ دیجیے۔ بے تکلف پان کھالیں گے۔ لیکن ناممکن ہے کہ سلام یا پان سے چچا کبابی پگھل جائیں۔ کباب باری پر ہی دیں گے۔

ایک دفعہ میری موجودگی میں تیرہ چودہ برس کا ایک لڑکا آیا اور بولا ''چار پیسے کے کباب دے دو۔''

چچا کبابی نے کہا، ''نہیں بھائی، میں تجھے کباب نہیں دوں گا۔''

اب وہ لڑکا سر ہو رہا ہے اور خوشامدیں کر رہا ہے اور چچا کبابی انکار پر انکار کیے جاتے ہیں۔ جب بہت دیر اس حجت بازی میں گزر گئی تو کسی نے ہمت کر کے پوچھ لیا، ''چچا، کیا بات ہے، اسے کباب کیوں نہیں دے رہے؟''

کہنے لگے، ''میاں! یہ پیسے چرا کر لاتا ہے۔ گھر سے لاتا ہو یا کہیں اور سے، روز چار پیسے کے کباب کھا جاتا ہے یہیں بیٹھ کر۔ دیکھونا اس کی صورت۔ جا بیٹا جا، عادت کہیں اور جا کر بگاڑ۔ میں چار پیسے کی خاطر تجھے تباہی کے راستے پر نہیں لگاؤں گا۔ مجھے یقین نہیں ہے کہ تیرے ماں باپ چار پیسے روز تجھے کباب کھانے کے واسطے دیتے ہوں گے۔''

جو لوگ ان کی دکان پر تازے اور گرم گرم کباب کھا لیتے تھے، ان سے خوش ہوتے تھے کہ پیسے تھمائے اور بتا دیجیے کہ اوپر جامع مسجد کے دالان میں انتظار کر رہا ہوں۔ کباب بھیج دینا یا آواز دے دینا۔ ایسے لوگوں کے کباب گھی سے بگھارتے، کبابوں میں بھیجا ملاتے، پیاز، پودینہ اور ہری مرچیں چھڑ کتے اور اپنے آدمی کے ہاتھ پہنچوا دیتے۔ اللہ بخشے مولانا راشد الخیری کو۔ چچا کبابی کے ہاتھ کے کباب بے حد مرغوب تھے۔ وہ میرے ساتھ ہوتے تو میں بھی جامع مسجد چلا جاتا اور وہیں کباب منگا لیتا تھا۔ تازے کبابوں کی بات ہی کچھ اور ہوتی ہے۔

(بال بھارتی: ساتویں جماعت۔ ۲۰۰۸ء)

ہم لکھ پتی بن گئے

مجتبیٰ حسین

ہم پیسے کو ہاتھ کا میل سمجھتے ہیں۔ جیب میں دس پیسے ہوں تو پیدل چلتے ہیں اور دس ہزار روپے ہوں تو ٹیکسی میں اڑتے پھرتے ہیں۔ مال ومتاع سے زندگی بھر بے نیاز رہے اور بفضل تعالیٰ دولت بھی ہم سے بے نیاز رہی۔ اس کے باوجود ہماری قسمت میں جاپان آنے کے بعد لکھ پتی بننا لکھا تھا۔ ٹوکیو پہنچنے کے بعد اٹھارہ گھنٹوں تک ہمیں اپنی جیب سے ایک پیسا بھی خرچ کرنے کا موقع نہیں ملا تھا۔ لہٰذا اس قلیل مدت میں ہمیں ٹوکیو کے آٹے دال کا بھاؤ نہیں معلوم ہوسکا تھا۔ ہمیں بتایا گیا تھا کہ سیمینار کی افتتاحی تقریب کے بعد ہمیں پندرہ دنوں کا بھتا دیا جائے گا تا کہ ہم جاپان میں موج مناسکیں۔

سیمینار کے بعد جب ہماری خدمت میں ایک لاکھ پچیس ہزار ین کا نذرانہ پیش کیا گیا تو ہم حیران رہ گئے۔ دبی زبان میں کہا بھی کہ ہم اتنی ساری دولت لے کر کیا کریں گے۔ ہم تو ننانوے کے پھیر میں ہی پریشان رہتے ہیں۔ لاکھوں کا حساب کتاب کہاں رکھیں گے۔ اتنی بھاری دولت سے کہیں ہمارا کردار خراب نہ ہو جائے اور ہمیں اپنا کردار بے حد عزیز ہے۔ مگر ہم سے کہا گیا کہ یہ یونیسکو کا بھتا ہے جسے آپ کو لینا ہی پڑے گا۔ اس میں تکلف کی کوئی بات نہیں۔ رہا دولت کی فراوانی کا معاملہ تو بھیا ٹوکیو میں جب گھومنے جاؤ گے تو خود تمھیں اپنی امارت کا اندازہ ہو جائے گا۔

غرض لکھ پتی بننے کی خوشی میں پہلی ہی رات کو ہم نے ایک دوست کو کھانے پر بلایا۔ ہم نے ایک جاپانی ریستوران میں ذرا جم کے کھانا کھایا۔ مرغ کا گوشت منگوایا اور ساتھ میں مچھلیاں بھی منگوائیں۔ سنترے کا رس تو ہر کوئی منگواتا ہی ہے۔ بل آیا تو پتہ چلا کہ ہم

پانچ ہزار ین کی بھاری رقم سے محروم ہو گئے۔ بھتا چونکہ پندرہ دنوں کا تھا اس لیے ہم نے مستقبل کے سارے ناشتوں، لنچوں اور ڈنروں کا متوقع حساب جوڑا تو احساس ہوا کہ اگر اسی رفتار سے ہم ٹوکیو میں کھانا کھاتے رہے تو جملہ پینتیس دنوں کے قیام میں ہمیں آخری سات دنوں میں بھوکوں مرنا پڑے گا۔ کہنے کو ہم لکھ پتی ضرور بن گئے تھے لیکن ساتھ ساتھ ہمیں اپنی غربت کا احساس بھی شدت سے ہو رہا تھا۔ ہماری امارت اور غربت میں اتنا کم فاصلہ رہ گیا تھا کہ لگتا تھا، ہمیں ٹوکیو میں قیام کے دوران پل صراط سے گزرنا پڑے گا۔

آیئے، ذرا جاپانی ین کا حال بیان ہو جائے۔ دو سو دس ین کا ایک امریکی ڈالر ہوتا ہے۔ یہاں کی اشیا کی قیمتیں ہزاروں میں ہیں۔ سو ین کا کوئی کرنسی نوٹ نہیں ہوتا، صرف سکہ ہوتا ہے۔ اس کے بعد پانچ سو ین، ایک ہزار ین، پانچ ہزار ین، دس ہزار ین اور پندرہ ہزار ین کے کرنسی نوٹ ہوتے ہیں۔ ان کرنسی نوٹوں کی ریز گاری کے لیے آپ کو دکانوں کے چکر لگانے کی ضرورت نہیں ہوتی۔ جگہ جگہ ریز گاری کی مشینیں نصب ہوتی ہیں۔ ایک ہزار ین کا کرنسی نوٹ مشین میں ڈالیے اور ریز گاری حاصل کر لیجیے۔ کبھی آپ غلط کرنسی نوٹ مشین میں ڈالیں تو مشین اس نوٹ کو پھر آپ کی خدمت میں واپس کر دیتی ہے۔ نہ آپ مشین کو دھوکا دے سکتے ہیں اور نہ مشین آپ کو دھوکا دیتی ہے۔ جاپانیوں کی طرح ان کی مشینیں بھی بڑی ایماندار ہوتی ہیں۔ ابتدا میں ہمیں اپنا کرنسی نوٹ مشین میں ڈالتے ہوئے بڑی گھبراہٹ ہوتی تھی۔ کیا پتہ مشین ہمارا نوٹ ہی ہڑپ کر جائے۔ ہندوستان میں وزن کرنے والی مشین کے معاملے میں اکثر ہمارے ساتھ یہی ہوتا ہے۔ ادھر سکہ ڈالا اور ادھر مشین نے ہضم کر لیا۔ بعد میں گھونسوں اور لاتوں سے مشین کی تواضع کرنی پڑتی ہے تب بھی وزن کا کارڈ برآمد نہیں ہوتا۔ جاپان میں کبھی کسی مشین کو گھونسے رسید کرنے کی ضرورت پیش نہیں آئی۔ بڑی خوددار اور ایماندار مشینیں ہوتی ہیں۔

غرض جاپانی لاکھوں میں کھیلتے ہیں اور لاکھوں کا حساب کتاب رکھتے ہیں۔ ہم تو پانچ ہزار ین کا کھانا کھا کر ہی پریشان تھے۔ بعد میں جاپانی دوستوں نے ہماری جو دعوتیں

کیس تو دیکھا کہ یار لوگ ایک ہی ڈنر کا بل ایک لاکھ ین تک ادا کرنے کی اہلیت رکھتے ہیں۔ ہم نے اپنے ایک جاپانی دوست شنجی تاجیما سے کہا بھی کہ آپ لوگ لاکھوں میں حساب کتاب کیوں رکھتے ہیں۔ ہمیں بڑی پریشانی ہو رہی ہے۔ ہم تو دو ہزار روپوں تک کا حساب کتاب جانتے ہیں کیونکہ ہمیں اتنی ہی تنخواہ ملتی ہے۔ اس کے بعد کی گنتی ہمیں نہیں آتی۔

بولے۔ ''یہ آپ کی مجبوری ہے۔ میری مجبوری یہ ہے کہ مجھے چار لاکھ ین تنخواہ ملتی ہے پھر چار لاکھ کا حساب کتاب رکھنا کون سا مشکل کام ہے۔ ایک کیلکولیٹر خرید لیجیے۔'' جاپانی ہر کام کیلکولیٹر کی مدد سے کرتے ہیں۔ آپ وقت پوچھیں تو اپنی جیب سے کیلکولیٹر نکال کر وقت بتا دیں گے۔ سو ین میں سے کسی کو پچاس ین دینا ہو تو تب بھی کیلکولیٹر کو زحمت دیں گے۔ اگر آپ پوچھیں کہ آج کیا دن ہے، تب بھی کیلکولیٹر کا بٹن دبائیں گے۔ تاریخ بھی اسی کیلکولیٹر کی مدد سے بتائی جاتی ہے۔ ہر جاپانی کی جیب میں ایک کیلکولیٹر رکھا ہوتا ہے جس کے ذریعے مشکل حساب کو آسان کیا جاتا ہے۔ ہمارے دوست شنجی تاجیما نے ایک بار ہماری تاریخ پیدائش پوچھی۔ ہم نے تاریخ بتائی تو آدھے منٹ میں کیلکولیٹر کو زحمت دے کر بتایا کہ ہم جمعرات کے دن پیدا ہوئے تھے۔ ہم نے سکندر اعظم کی تاریخ وفات بتائی تو انھوں نے سکندر کے مرنے کا دن بتا دیا۔ ہم نے بعد میں شیکسپیئر کے مرنے کا دن بھی اس سے معلوم کیا۔ کیلکولیٹر بڑے کام کی چیز ہے۔ ہم نے اس کا استعمال سیکھنے کی کوشش کی مگر ناکام رہے۔ اب ٹوکیو میں اپنا سارا حساب کتاب جاپانی دوستوں کی مدد سے رکھتے ہیں۔ جیسا کہ ہم نے بتایا یہاں کی اشیا کی قیمتیں سینکڑوں اور ہزاروں میں ہوتی ہیں۔ آدھی ڈبل روٹی سو ین کی ہوتی ہے۔ مرغ کی ایک ٹانگ پانچ سو ین کی، سستی چپل ایک ہزار ین کی اور جاپانی چھتری دو ہزار ین کی ہوتی ہے۔ اپنے سوٹ کو استری کروائیے تو تین سو ین نکالیے۔ کافی کا ایک پیالہ پیجیے تو تین سو ین دیجیے۔ جاپان میں ہمیں ایک ہی چیز سستی نظر آئی اور وہ ہے ٹیلیفون کال۔ مشین میں دس ین کا سکہ ڈال کر

بات کرتے چلے جایئے۔ جتنی دیر بات کرنی ہو اس حساب سے آپ کو وقفہ وقفہ سے دس ین کے سکے ڈالتے رہنا پڑتا ہے۔ کسی بھی فون سے آپ سارے جاپان میں کسی سے بھی بات کر سکتے ہیں۔ فرق یہ ہے کہ کسی دور دراز شہر میں کسی سے بات کرنی ہو تو سو ین کا سکہ مشین میں ڈالنا پڑتا ہے۔ ہم ٹوکیو سے اکثر اوساکا کو فون ملاتے ہیں جو پانچ سو کلومیٹر کے فاصلے پر واقع ہے اور اوساکا یونی ورسٹی میں اُردو کے ایک پروفیسر سے بات کرتے ہیں۔ کبھی غلط نمبر نہیں ملا۔ جاپانی ٹیلیفون کی خوبی یہ ہے کہ اگر مطلوبہ شخص کو فون ملانے میں دیر ہو رہی ہو اور آپ کو انتظار کرنا پڑ رہا ہو تو اتنی دیر میں ٹیلیفون پر آپ کو موسیقی سنائی جاتی ہے تاکہ آپ کا وقت ضائع نہ ہو۔ ٹیلیفون کی سہولت ہر جگہ موجود ہوتی ہے۔ ہم ایک بار جاپان کے ایک گاؤں میں گئے۔ صبح کے وقت جنگل کی سیر کو نکلے تو دیکھا کہ گھنی جھاڑیوں میں ایک ٹیلیفون بوتھ لگا ہوا ہے۔ ہم نے پوچھا اس فون کا یہاں کیا کام؟ ہمیں بتایا گیا کہ اگر ہم خدانخواستہ راستہ بھٹک گئے تو اس فون کی خدمات سے استفادہ کیا جا سکتا ہے۔

غرض حضرات! ہم جاپان میں لکھ پتی بن گئے ہیں۔ لیکن ہماری گزارش یہ ہے کہ آپ ہماری غربت پر اظہار ہمدردی کریں اور دعا کریں کہ خدا ہمیں یہاں عزت کی زندگی گزارنے کی توفیق عطا فرمائے۔ وطن عزیز کی یاد بہت آتی ہے۔ جہاں چار روپے میں ہم پیٹ بھر کر کھانا کھا لیتے ہیں۔ پچاس پیسے میں اپنے سوٹ کو استری کرواتے ہیں۔ ہم نے تہیہ کر لیا ہے کہ وطن واپس ہونے کے بعد کبھی گرانی کی شکایت نہیں کریں گے کیونکہ جس نے ٹوکیو کی گرانی دیکھی ہے وہ کسی گرانی کو گرانی نہیں سمجھتا۔

(بال بھارتی: ساتویں جماعت دسویں۔ ۲۰۰۸ء)

مہینے کی پہلی تاریخ

مرزا فرحت اللہ بیگ

دنیا میں میاں دو قسم کے ہوتے ہیں۔ ایک وہ جو ساری کی ساری تنخواہ چپکے سے لا کر بیوی کے ہاتھ میں دھر دیتے ہیں۔ دوسرے وہ جو خود حساب کرتے ہیں اور حساب سے زیادہ ایک کوڑی بیوی کو نہیں دیتے۔

دوسری صورت کو لیجیے۔ پہلی تاریخ ہوئی۔ میاں تنخواہ لائے اور حساب کرنے بیٹھے۔ بیوی سامنے آ کر کھڑی ہوگئیں۔ کاغذ آیا۔ میاں نے پنسل نکالی اور لکھائی شروع ہوئی۔

میاں : ہاں صاحب، تو اب حساب بولیے۔

بیوی : میں کیا بولوں، آخر پچھلے مہینے کا پرچہ کیا ہوا؟ جہاں مہینہ ختم ہوا اور تم نے کہا، ہاں صاحب اب بولو حساب۔ آخر پرچہ سنبھال کر کیوں نہیں رکھتے؟ دس برس سے حساب کر رہے ہو اور اب تک یہ نہیں معلوم کہ گھر میں کیا خرچ ہوتا ہے۔ خیر لکھے، مکان کا کرایہ بائیس روپے۔

میاں : اوہ، خدا غارت کرے اس مکان دار کو! ظالم کرایہ تو پہلی تاریخ کو آ کر وصول کر لیتا ہے اور مرمت کو کہو تو جواب تک نہیں دیتا۔ سامنے کی دیوار کو دیکھو، اُدھر کھڑی ہے۔ اب کی برسات میں نہ آ پڑے تو میرا ذمہ۔ خدا معلوم کون کون اس کے نیچے دب کر مرنے والا ہے؟ چھتیں ہیں تو ان کی یہ حالت ہے کہ دن کو اس میں تارے دکھائی دیتے ہیں۔ غسل خانہ ہے تو ماشاء اللہ اور ڈیوڑھی ہے تو سبحان اللہ، تو ہاں مکان کے بائیس روپے، آگے چلو۔

بیوی : امیرن کے نو روپے۔

میاں : امیرن کے آٹھ روپے۔

بیوی : آٹھ نہیں نو۔

میاں : اچھا آگے چلو۔

بیوی : گوشت والے کے سات روپے۔

میاں : اس کو تو میں ایک پیسا نہیں دوں گا۔ بدمعاش نے سارے مہینے کتوں کا راتب کھلایا ہے۔ ذرا تم ہی ایمان سے کہنا ایک دن بھی گوشت گلا۔ روپے کا دو سیر گوشت دیتا ہے اور اُٹھا کر دیکھو تو نرے چھیچھڑے ہوتے ہیں۔

بیوی : نہ دو، میرا کیا جاتا ہے، وہ جانے اور تم جانو۔

میاں : گوشت والے کے سات روپے، اور؟

بیوی : ترکاری والی کے پانچ روپے۔

میاں : ترکاری والی کے پانچ روپے۔

بیوی : بنیے کے ستر روپے۔

میاں : ستر روپے غضب خدا کا! ہم دو میاں بیوی اور یہ دو بچے، مہینے بھر میں ستر روپے کا اناج کھا گئے؟

بیوی : کھا گئے یا نہیں کھا گئے، یہ تو میں جانتی نہیں۔ لو یہ بنیے کا پرچہ ہے، خود دیکھ لو، ستر روپے ہوتے ہیں یا نہیں؟

میاں : (پرچہ دیکھ کر) گیہوں ایک من دس سیر۔ دس روپے کے، کیا بھاؤ ہوئے؟ روپے کے پان سیر ہیں۔ تمام دنیا میں غل مچ رہا ہے کہ غلہ سستا ہو گیا ہے، غلہ سستا ہو گیا ہے اور ہمارے ہاں وہی پرانا بھاؤ چلا جاتا ہے۔ یہاں محنت کرتے کرتے ہم ادھ موئے ہو جاتے ہیں اور بیوی صاحبہ ہیں کہ مال مفت دل بے رحم سمجھ کر اندھا دھند لٹائے چلی جاتی ہیں۔

بیوی : یہ بھی اچھی کہی کہ میں آپ کا روپیہ لٹا رہی ہوں۔ کبھی حساب سے ایک پیسہ زیادہ بھی مجھے دیا ہے جو یہ طوفان اٹھائے جا رہے ہیں؟ اپنے روپے خود ہی کماؤ اور خود ہی اٹھاؤ، میں بیچ میں پڑ کر مفت میں کیوں بری بنوں!

میاں : اچھا آگے چلو۔

بیوی : اور دھوبی کے تین روپے۔

میاں : قسم خدا کی، دھوبی سے تو میری جان بے زار ہو گئی! میری حکومت ہوتی تو سب سے پہلے اس کو پھانسی پر لٹکا دیتا۔ اب یہی دیکھو کہ میں جو کرتا پہنے بیٹھا ہوں

اس کا کیا حال ہے۔ دو دھوپ میں نا معقول نے دھجیاں کر دیا ہے۔

بیوی : لکڑیاں چھے روپے کی۔

میاں : کیا کہا، لکڑیاں چھے روپے کی ایک مہینہ میں اکٹھی چھے روپے کی لکڑیاں جلا ڈالیں۔

بیوی : خدا جھوٹ نہ بلوائے۔ صبح کے چار بجے سے جو چولھا سلگتا ہے تو کہیں رات کے بارہ بجے جا کر ٹھنڈا ہوتا ہے۔ آپ ہیں کہ منہ دھوئیں تو گرم پانی سے، وضو کریں تو گرم پانی سے، نہائیں تو گرم پانی سے۔ جب سارے دن چولھا دھڑ دھڑ جلے گا تو لکڑی نہ اٹھے گی تو کیا ہوگا؟

میاں : اچھا صاحب تم سچی اور ہم جھوٹے، لو لکھ لیتے ہیں لکڑیاں چھے روپے کی۔

بیوی : قرضے کے اٹھارہ روپے۔

میاں : خدا کے لیے بیوی تم سب کچھ کرو مگر للہ قرضہ نہ کرو قرضے کے نام سے میرا دم نکلتا ہے۔ آخر میں بھی تو سنوں کہ یہ قرضہ ہوا کاہے میں؟

بیوی : تم بہت دن سے کہہ رہے تھے کہ مجھے چکن کے کرتے بنا دو۔ پرسوں رام لال بزاز آیا تھا اس سے دو کرتوں کی چکن لے لی، کہو تو واپس کر دوں۔

میاں : تو کیا یہ دو کرتوں کی چکن اٹھارہ روپے کی ہوگی؟

بیوی : باقی کا میں نے پیجاموں کا کپڑا لیا۔

میاں : کیوں، پہلے کے پیجامے کیا ہوئے؟ دو ہی مہینے تو ہوئے کہ چھے پیجاموں کا کپڑا لا کر دیا تھا تمھیں، وہ کیا ہو گیا ہے؟ جہاں کوئی چیز دیکھی اور لوٹ گئیں۔ ضرورت ہو یا نہ ہو۔ تم کو خرید لینا ضرور ہے۔

بیوی : تو میں نے کب کہا ہے کہ خدا کے لیے یہ گھر داری میرے سپرد کرو۔ غضب خدا کا کہ گھر کے خرچ تو خود بڑھائیں اور بیوی پر آنکھیں نکالیں؟ جاؤ میں تمھارا روپیہ وو پیہ نہیں لیتی۔ تم جانو اور تمھارا گھر جانے۔

میاں : ناراض کیوں ہوتی ہو؟ میں تمھیں یقین دِلاتا ہوں کہ اگر ہم لوگ ''جتنی چادر دیکھو اتنے پاؤں پھیلاؤ'' پر عمل کریں تو تنخواہ میں پوری پڑنی کیسی، انشاء اللہ کچھ بچت ہی ہو!

(بال بھارتی: ساتویں جماعت دسویں۔ ۲۰۰۸ء)

اُوْنہہ

مرزا فرحت اللہ بیگ

خدا اس اونہہ سے بچائے۔ جس کی زبان پر آیا اس کو تباہ کیا۔ جس گھر میں گھسا اس کو ستیاناس کیا اور جس ملک میں پھیلا، اس میں گدھے کے ہل چلوا دیے۔ ثبوت درکار ہو تو دنیا کی تاریخ اٹھا کر دیکھ لو کہ اس اونہہ نے زمانے کے کیا کیا رنگ بدلے۔ جرنیل گروش کو نپولین حکم دیتا ہے کہ انگریزوں کی فوج کے پیچھے ابھی پہنچ جاؤ اور پو پھٹنے سے پہلے پشت پر دباؤ ڈالو۔ میں سامنے سے حملہ کرتا ہوں۔ بلوشر کے آنے سے پہلے اس فوج کو رگڑ ڈالیں گے۔'' جرنیل گروش اونہہ کر دیتا ہے۔ صبح نو بجے ناشتے سے فارغ ہو کر روانہ ہوتا ہے۔ واٹر لؤ کی لڑائی نہ صرف یورپ بلکہ ساری دنیا کا نقشہ بدل دیتی ہے۔

ہندوستان میں بھی اس اونہہ کا زور کم نہیں رہا۔ نادر شاہ چڑھا چلا آ رہا ہے۔ محمد شاہ بادشاہ رنگ رلیاں منا رہے ہیں۔ پتہ چلتا ہے کہ نادر شاہ لاہور تک آ گیا ہے۔ بادشاہ سلامت اونہہ کر دیتے ہیں۔ لیجیے ان کی ایک اونہہ سے دلّی لٹ جاتی ہے۔ خزانہ خالی ہو جاتا ہے۔ تخت طاؤس اُڑ جاتا ہے۔

مراٹھے بڑھے آ رہے ہیں۔ دہلی پر قبضہ کر کے گنج پورہ لوٹ لیتے ہیں۔ احمد شاہ ابدالی کو خبر ہوتی ہے۔ وہ بدلہ لینے چلتا ہے۔ ہولکر اور سندھیا دونوں مل کر بھاؤ کو سمجھاتے ہیں کہ توپ خانہ یہیں چھوڑ دو۔ ہلکے پھلکے ہو کر مقابلہ کرو۔ آمنے سامنے سے لڑائی مشکل ہے۔ بھاؤ اونہہ کر دیتا ہے۔ اس اونہہ کا یہ نتیجہ نکلتا ہے کہ سلطنت ہند کا جو خیال مراٹھوں کو تھا وہ پانی پت کی لڑائی سے خواب ہو جاتا ہے۔

ملک کے جلسوں کی کیفیت دیکھو تو وہاں بھی یہی رنگ نظر آئے گا۔ ممبر ہیں کہ بنے ٹھنے گدے دار کرسیوں پر رونق افروز ہیں۔ اسپیکر جوش میں بہہ کر کہیں نکلے جا رہے ہیں۔ ممبروں نے تھوڑی دیر تک یہ گفتگو سنی اور اونہہ کر کے آنکھیں بند کر لیں۔ لیجیے ان کے لیے تو جلسے کی کارروائی ختم ہوگئی۔ جو ممبر ذرا آنکھیں کھولے بیٹھے ہیں وہ کاغذ پر پھول پتے بنا رہے ہیں۔ ووٹ لینے کا وقت آیا۔ انھوں نے بے سوچے مجھے مخالفت یا موافقت میں ہاتھ اٹھا دیے۔ یہ تو صرف اونہہ کرنے اور ہاتھ اٹھانے آئے تھے۔ اس فرض کو پورا کر دیا۔ اب جلسہ کرنے والے جانیں اور ان کا کام جانے۔

طالب علموں میں دیکھو، اونہہ کا زور سب سے زیادہ انہی میں پاؤ گے۔ سال بھر کھیل کود میں گزار دیا۔ امتحان کا خیال آیا تو اونہہ کر دی، یعنی کل سے پڑھیں گے۔ آخر یہ اونہہ یہاں تک کھچی کہ امتحان آ گیا۔ فیل ہوئے۔ اس فیل ہونے پر بھی اونہہ کر دی۔ یہ اونہہ بہت ہی بامعنی ہوتی ہے۔ اس کے ایک معنی تو یہ ہیں کہ باپ زندہ ہیں، کھانے پینے اور اُڑانے کو مفت ملتا ہے۔ اگر وہ مر بھی گئے تو جائیداد موجود ہے۔ قرضہ دینے کو ساہوکار تیار ہیں۔ پھر پڑھ لکھ کر کیوں اپنا وقت ضائع کریں۔ دوسرے معنی یہ ہیں کہ ابھی عمر ہی کیا ہے۔ صرف اٹھارہ برس ہی کے تو ہیں۔ اگر مڈل کے امتحان میں دو چار بار فیل ہو چکے ہیں تو کیا حرج ہے۔ تیس سال کی عمر تک بھی انٹر پاس کیا تو سفارش کے بل بوتے پر کہیں نہ کہیں چپک ہی جائیں گے۔

اس فیل ہونے پر انھوں نے ادھر اونہہ کی، اُدھر ماں باپ نے اونہہ کی۔ اس صورت میں ابا اور اماں کی اونہہ کا دوسرا مطلب ہے۔ یعنی کہ بچہ ابھی فیل ہوا ہے۔ دل ٹوٹا ہوا ہے۔ ذرا کچھ کہا تو ایسا نہ ہو کہ رو رو کر اپنی جان ہلکان کرے۔ غرض اس اونہہ نے صاحبزادے کی تعلیم کا خاتمہ بالخیر کیا۔

بیگم صاحبہ کی اونہہ سب سے زیادہ خطرناک اونہہ ہوتی ہے۔ کسی ماما پر خفا ہو رہی

ہیں۔

وہ برابر جواب دیے جاتی ہے۔ یہ اونہہ کر کے خاموش ہوجاتی ہیں۔ لیجیے نوکر شیر ہوگئے۔ گھر کا سارا انتظام درہم برہم۔ خود ان کے اختیارات سلب۔ گھر کی حکومت ان سے چِھن، ماماؤں کے ہاتھ میں چلی گئی۔ کوئی چیز چوری ہوگئی۔ بیگم صاحبہ نے اِدھر اُدھر ڈھونڈا، کچھ تھوڑا بہت غل مچایا، آخر اونہہ کر کے بیٹھ گئیں۔ اب کیا ہے پٹاری میں سے کتھا چھالیا غائب۔ خرچ کی صندوقچی میں سے روپے پیسے غائب۔ غرض رفتہ رفتہ سارے گھر کا صفایا ہوگیا۔ بچوں نے کوئلے سے دیواروں پر لکیریں کھینچیں۔ دروازے پر پنسل سے کیڑے مکوڑے بنائے۔ پہلے تو یہ تھوڑی بہت بگڑیں، پھر اونہہ کر کے چپ ہوگئیں۔ اب جا کر دیکھو تو تھوڑے ہی دنوں میں تمام مکان نقش و نگار سے 'غار ہائے اجنتا' ہوگیا۔

ہر معاملے کی دو ہی صورتیں ہیں؛ فتح یا شکست۔ اور دونوں صورتوں میں اونہہ نقصان دہ ثابت ہوتی ہے۔ شکست پر جس نے اونہہ کی اس نے گویا شکست کو شکست نہ سمجھا۔ ایسی شکل میں وہ تلافی کی کیا خاک کوشش کرے گا۔ جس نے فتح پر اونہہ کی اس نے گویا اپنی ہمت کی قدر نہیں کی۔ وہ آج نہیں ڈوبا تو کل ڈوبے گا۔ دنیا میں وہی لوگ کچھ کر سکتے ہیں جو فتح کو فتح اور شکست کو شکست سمجھیں۔

(بال بھارتی: آٹھویں جماعت دسویں۔ ۲۰۰۹ء)

سویرے جو کل آنکھ میری کھلی

پطرس بخاری

گیدڑ کی جب موت آتی ہے تو شہر کی طرف بھاگتا ہے، ہماری جو شامت آئی تو ایک دن اپنے پڑوسی لالہ کرپاشنکر جی برہمچاری سے برسبیل تذکرہ کہہ بیٹھے کہ لالہ جی امتحان کے دن قریب آتے جاتے ہیں۔ آپ سحر خیز ہیں، ذرا ہمیں بھی صبح جگا دیا کیجیے۔

وہ حضرت بھی معلوم ہوتا ہے لفظوں کے بھوکے بیٹھے تھے، دوسرے دن اٹھتے ہی انھوں نے ایشور کا نام لے کر ہمارے دروازے پر مکا بازی شروع کی، کچھ دیر تک تو ہم سمجھے کہ عالم خواب ہے، ابھی سے کیا فکر، جاگیں گے تو لاحول پڑھیں گے۔ لیکن یہ گولہ باری تیز، لمحہ بہ لمحہ تیز تر ہوتی گئی اور صاحب جب کمرے کے چوبی دروازے لرزنے لگے، صراحی پر رکھا ہوا گلاس جلترنگ کی طرح بجنے لگا اور دیوار پر لٹکا ہوا کیلنڈر پنڈولم کی طرح ہلنے لگا تو بیداری کا قائل ہونا ہی پڑا مگر اب دروازہ ہے کہ برابر لگاتار کھٹکھٹایا جا رہا ہے، میں کیا میرے آبا و اجداد کی روحیں اور میری قسمت خوابیدہ تک جاگ اٹھی ہوگی۔ بہتیرا آوازیں دیتا ہوں ''اچھا اچھا تھینک یو جاگ گیا ہوں بہت اچھا نوازش ہے'' آں جناب ہیں کہ سنتے ہی نہیں، خدایا کس آفت کا سامنا ہے یہ سوتے کو جگا رہے ہیں یا مردے کو جلا رہے ہیں۔ آخر کار جب لیمپ جلایا تو ان کو باہر سے روشنی نظر آئی۔ اب ہم جو کھڑکی کے پاس پہنچے، آسمان کو دیکھتے ہیں تو جناب ستارے جگمگا رہے ہیں، سوچا آج پتہ چلائیں گے یہ سورج آخر کس طرح نکلتا ہے لیکن جب ہم نے گھوم گھوم کر کھڑکی اور روشندان میں سے دیکھا، اور بزرگوں سے صبح کاذب کی جتنی نشانیاں سنی تھیں، ان میں سے ایک بھی کہیں نظر نہ آئیں تو فکر سا لگ گیا کہ آج کہیں سورج گہن نہ ہو، کچھ سمجھ میں نہ آیا تو پڑوسی کو آواز دی۔

''لالہ جی!''

''لالہ جی!''

جواب آیا ''ہوں۔''

میں نے کہا، ''آج یہ کیا بات ہے کچھ اندھیرا اندھیرا سا ہے۔''

کہنے لگے اور کیا تین بجے ہی سورج نکل آئے۔

تین بجے کا نام سن کر ہوش گم ہو گئے۔ چونک کر پوچھا، ''کیا کہا تم نے؟ تین بجے ہیں؟''

کہنے لگے، ''تین تو نہیں کچھ سات ساڑھے سات منٹ اوپر ہیں...''

میں نے کہا ''ارے کم بخت، خدائی فوجدار، بدتمیز کہیں کے، میں نے تجھ سے یہ کہا تھا کہ صبح جگا دینا یا یہ کہا تھا کہ سرے سے سونے ہی نہ دینا۔ تین بجے جاگنا بھی کوئی شرافت ہے؟ ہمیں تو نے ریلوے گارڈ سمجھ رکھا ہے؟ تین بجے اٹھا کرتے تو دادا کے منظور نظر نہ ہوتے؟ ابے احمق کہیں کے، تین بجے اٹھ کر ہم زندہ رہ سکتے ہیں؟ امیر زادے ہیں، کوئی مذاق ہے؟''

''لاحول ولاقوۃ!''

دل تو چاہتا تھا کہ عدم تشدد کو خیر باد کہہ دوں، لیکن پھر خیال آیا کہ بنی نوع انسان کی اصلاح کا ٹھیکہ ہم نے لے رکھا ہے؟ ہمیں اپنے کام سے غرض، لیمپ بجھایا اور بڑبڑاتے ہوئے پھر سو گئے۔

اور پھر حسب معمول بھلے آدمیوں کی طرح نہایت اطمینان سے دس بجے اٹھے، بارہ بجے تک ہاتھ منہ دھویا اور چار بجے چائے پی کر ٹھنڈی سڑک کی سیر کو نکل گئے۔

یہ تو ہم جانتے ہیں کہ سویرے اٹھنا ہو تو جلدی ہی سو جانا چاہیے۔ کھانا باہر ہی سے کھا آئے تھے، بستر میں داخل ہو گئے۔ چلتے چلتے خیال آیا کہ لالہ سے جگانے کے لیے کہہ ہی نہ دیں؟ یوں ہماری قوت ارادی کافی زبردست ہے، جب چاہیں اٹھ سکتے ہیں لیکن پھر بھی کیا حرج ہے؟ ڈرتے ڈرتے آواز دی ''لالہ جی''

''انھوں نے پتھر کھینچ کر مارا بس...''

ہم اور بھی سہم گئے کہ لالہ کچھ ناراض معلوم ہوتے ہیں تتلا کے درخواست کی کہ لالہ جی صبح آپ کو بڑی زحمت ہوئی، میں آپ کا بہت ممنون ہوں۔ کل ذرا مجھے چھ بجے یعنی جس وقت چھ بجیں۔

جواب ندارد۔

میں نے پھر کہا ''جب چھ بج چکیں تو سنا آپ نے؟'' چپ...

''لالہ جی....''

کڑکتی ہوئی آواز نے جواب دیا سن لیا، چھ بجے جگا دوں گا۔

ہم نے کہا ''ب ....ب .... ب .... بہت اچھا...''

توبہ ... خدا کسی کا محتاج نہ کرے۔ لالہ جی آدمی بہت شریف ہیں۔ اپنے وعدے کے مطابق دوسرے دن صبح چھ بجے انھوں نے دروازے پر گھونسوں کی بارش شروع کر دی۔ ان کا جگانا تو محض اک سہارا تھا۔ ہم خود ہی انتظار میں تھے کہ یہ خواب ختم ہو لے تو بس جاگتے ہیں، وہ نہ جگاتے تو میں خود ایک منٹ بعد آنکھیں کھول دیتا۔ بہرصورت جیسا کہ میرا فرض تھا میں نے ان کا شکریہ ادا کیا، انھوں نے اسے اس شکل میں قبول کیا کہ گولہ باری بند کر دی۔

ہم نے اپنی ہمت اور اولوالعزمی کو بہت سراہا کہ ہم آج فوراً ہی جاگ اٹھے تھے، دل سے کہا، ''دل بھیا صبح اٹھنا تو محض ذرا سی بات ہے، ہم یوں اس سے ڈرا کرتے تھے۔ دل نے کہا، اور کیا؟ تمھارے تو یوں ہی اوسان خطا ہو جایا کرتے تھے۔''

خداوندا! یہ کالج والے بھی کس قدر سست ہیں، ہر ایک مستعد انسان کو چھ بجے تک قطعی جاگ اٹھنا چاہیے۔ سمجھ میں نہیں آتا کہ کالج سات بجے کیوں نہ شروع ہوا کرے۔

(لحاف سر پر) بات یہ ہے کہ تہذیب جدید ہماری تمام اعلا قوتوں کی بیخ کنی کر رہی ہے۔ عیش پسندی روز بروز بڑھتی جاتی ہے۔ آنکھیں بند۔ تو اب چھے بجے ہیں۔ تو گویا تین گھنٹے مطالعہ کیا جا سکتا ہے۔ سوال یہ ہے کہ کون سی کتاب پڑھیں۔ شیکسپیئر یا ورڈز ورتھ؟ میں جانوں شیکسپیئر بہتر ہوگا، اس کی عظیم الشان تصانیف میں خدا کی عظمت کے آثار دکھائی دیتے ہیں، اور صبح کے وقت اللہ میاں کی یاد سے بہتر اور کیا چیز ہو سکتی ہے؟

پھر خیال آیا، دن کو جذبات کے محشرستان سے شروع کرانا ٹھیک نہیں، ورڈز ورتھ پڑھیں۔ اس کے اوراق میں فطرت کوسکون واطمینان میسر ہوگا، اور دل و دماغ کی خاموش دل آویزیوں سے ہلکے ہلکے لطف اندوز ہوں گے لیکن شیکسپیئر نہیں ورڈز ورتھ ہی ٹھیک رہے گا شیکسپیئر ہیملٹ لیکن ورڈز ورتھ، لیڈی میکبتھ، دیوانگی سبزہ زار وسنجر ہلو بہاری، صید ہوس، کشمیر، میں آفت کا پر کالا ہوں۔

یہ معمہ اب فلسفہ مابعد الطبعیات ہی سے تعلق رکھتا ہے۔ پھر جو ہم نے لحاف سے سر باہر نکالا تو ورڈز ورتھ پڑھنے کا ارادہ ہی کیا تو دس بج رہے تھے۔ اس میں نہ معلوم کیا بھید ہے۔

کالج کے ہال میں لالہ جی ملے، کہنے لگے ''مسٹر صبح میں نے آپ کو آواز دی تھی۔ آپ نے جواب نہ دیا۔''

میں نے زور کا قہقہہ لگا کر کہا ''اوہ لالہ جی، یاد نہیں، میں نے آپ کو گڈ مارنگ کہا تھا؟ میں تو پہلے ہی سے جاگ رہا تھا۔''

بولے ''وہ تو ٹھیک ہے لیکن بعد میں اس کے بعد کوئی سات بجے کے قریب میں نے آپ سے تاریخ پوچھی تھی آپ بولے ہی نہیں۔''

ہم نے نہایت تعجب کی نظروں سے انھیں دیکھا، گویا وہ پاگل ہوگئے ہیں اور پھر ذرا متین چہرہ بنا کر ماتھے پر تیوریاں چڑھائے غور وفکر میں مصروف ہو گئے، ایک آدھ منٹ تک ہم اس تعمق میں رہے، پھر یکایک ایک مجوبانہ اور معشوقانہ انداز سے مسکرا کے کہا، ''ہاں ٹھیک ہے، ٹھیک ہے، میں اس وقت نماز پڑھ رہا تھا۔''

اے۔ اے۔ لالہ جی مرعوب ہو کر چل دیے اور ہم اپنے زہد وتقوی کی تسکینی میں سر نیچا کیے کمرے کی طرف چلے آئے۔

اب یہی روزمرہ کا معمول ہوگیا ہے۔ جاگنا نمبر ایک چھے بجے، جاگنا نمبر دو دس بجے اور اس دوران لالہ جی آوازیں دیں تو نماز!

(کمار بھارتی: نویں جماعت دسویں۔۲۰۱۲ء)

کتابیں پڑھنا

فکر تونسوی

ہر صبح میرے گھر کے سامنے سبزی فروش اپنی ریڑھی لگا کر صدا لگاتا ہے۔"بینگن لے لو، آلو لے لو، ٹماٹر، پیاز، گوبھی۔"

حسرت سے میرا جی چاہتا ہے، کاش ایسا ہو جائے، سبزی فروش کی صدا سنائی دے۔"دیوانِ غالبؔ لے لو، ٹیگور کی گیتا نجلی لے لو، فیضؔ، ساحرؔ، حسرتؔ کا کلام لے لو۔"

ایک دن سبزی فروش کے سامنے میں نے اپنی زرّین تجویز پیش کی تو وہ مجھے شاید احمق سمجھ کر کہنے لگا۔"بابو صاحب! غالبؔ اور ٹیگور کوئی عورت نہیں خریدتی، مگر بینگن اور آلو خرید لیتی ہے اور آپ جانیے، یہ میری روزی کا دھندا ہے اور سچ پوچھیے تو بینگن اور آلو کے مقابلے میں ٹیگور اور غالبؔ کی وقعت ہی کیا ہے؟"

میں نے مزید معلوم کیا تو پتا چلا کہ وہ سبزی والا بی۔اے۔ پاس تھا۔ ملازمت نہ ملی اور ایم۔اے کی ڈگری یافتوں تک کو نہیں ملتی تو اس نے سبزی بیچنے والوں کا پیشہ اختیار کرلیا۔ اعلیٰ تعلیم نے اسے سماج کا اقتصادی شعور عطا کر دیا تھا کہ لوگوں کے ماہانہ بجٹ میں آلو، گوبھی خریدنے کی آئٹم تو رکھی جاتی ہے، کتاب خریدنے کی نہیں۔ کتاب ایک ایسی آئٹم ہے کہ خرید لی جائے تو وہ بے کار پڑی رہتی ہے۔۔ کتاب سے تو سبزی تک نہیں پکائی جاتی۔اس لیے جس آئیٹم کا کوئی مصرف نہ ہو اسے خریدنے کا کیا فائدہ؟

لیکن ایسا بھی نہیں کہ کتاب کوئی خریدتا ہی نہیں۔ میرے ایک امیر دوست ہیں (کم از کم وہ مجھے اپنا دوست کہتے ہیں ورنہ امیری اور غریبی میں دوستی کیسی؟) انھوں نے

ایک مرتبہ مجھے اپنی نئی کوٹھی دکھانے کی دعوت دی۔ ایسے حضرات اپنی نئی کوٹھی کے لیے دعوت نامے بھیجتے ہیں جیسے اپنی بیٹی کا بیاہ کررہے ہوں ۔کوٹھی دکھاتے دکھاتے وہ مجھے اپنی اس الماری پر لے گئے جونئی اور حسین اور مجلّد کتابوں سے بھری ہوئی تھی۔ میں کتابیں دیکھ کر چکت رہ گیااور پوچھا،''مرلی دھر جی! یہ کتابیں اورآپ....۔''

''ہی ہی ہی۔اجی میرے آرکی ٹیکٹ نے کہا تھا کہ ماڈرن آرکیالوجی میں، کوٹھی میں بک شیلف کا ہونا ضروری سمجھا جاتا ہے۔اس سے مالک کے ذوق کی بلندی کا احساس ہوتا ہے۔''

'' صرف احساس؟ یا کبھی آپ ان کا مطالعہ بھی کرتے ہیں؟''

''کہاں جی؟ وقت ہی نہیں ملتا،صبح سے شام تک بزنس کے ہزاروں جھنجھٹ دم ہی نہیں لینے دیتے۔''

'' تو پھر اتنی ساری کتابیں خریدنے سے مطلب؟''

''صرف سوشل اسٹیٹس۔''

میں ان ذوقِ مطالعہ رکھنے والوں سے اپیل کرتا ہوں جو صرف بینگن خرید سکتے ہیں کتابیں نہیں۔ وہ مرلی دھر جی کی کوٹھی کا رخ کریں اوران سے پڑھنے کے لیے کتابیں مانگ کر لے آئیں۔ مانگنے سے آپ کا سوشل اسٹیٹس تو گھٹے گا ہی لیکن مرلی دھر جی کا سوشل اسٹیٹس بڑھ جائے گا۔

ہمارا ملک جو اللہ کے فضل سے غیر ترقی یافتہ ہے۔یہاں کتاب کے سلسلے میں تین طبقے ہیں (۱) کتاب خریدنے والے (۲) کتاب مانگ کر پڑھنے والے (۳) کتاب چرانے والے۔ اوران تینوں طبقوں کی کرم فرمائی ہے کہ ہمارے ملک کے پبلشرز کتابیں چھاپے جارہے ہیں اور بیچے جارہے ہیں۔ پچھلے دنوں میں نے ایک پبلشر سے پوچھا۔ ''آپ کتاب چھاپتے ہیں تو بیچتے کیسے ہیں؟ میرا مطلب ہے اعلیٰ تعلیم یافتہ لوگ جن کی

ماہانہ آمدنی تین یا چار ہزار روپے ہوتی ہے کتابیں نہیں خریدتے بلکہ بینگن خریدتے ہیں۔''

وہ بولا، ''اجی، سرکار کے لیے محکمے اور لائبریریاں ہیں، ہم تو ان کے ہاتھ کتاب مڑھ دیتے ہیں۔''

''سرکار کیوں خریدتی ہے؟''

''تاکہ لوگ کتابیں (مفت ہی سہی) پڑھنے کی عادت پیدا کریں۔''

اور پھر اس نے مجھے کان میں بتایا کہ گزشتہ دنوں اس نے ایک سرکاری محکمہ کے ہاتھ پانچ ہزار روپے کی کوڑا کرکٹ کتابیں بیچ دیں جو شاید ردی میں بھی نہ بک سکتیں۔

''سرکار نے ایسی ردی کتابیں کیسے خرید لیں؟''

''اجی سرکار بڑی فراخ دل ہے۔ خریدنے والے سرکاری افسر کے ہاتھ 'چائے پانی' کا فیصلہ کر لیا اور اس نے مجھے سپلائی کا آرڈر دے دیا۔''

اور یہ سن کر مجھے لوگوں کے ذوقِ مطالعہ کی داد دینی پڑی۔ جب پبلشر نے بتایا: ''اجی، لوگ یہ ردی کتابیں بھی پڑھ لیتے ہیں اور تعلیم یافتہ کہلانے لگتے ہیں۔''

میری پرابلم قدرے مختلف ہے کہ میں کتابیں اور رسالے خریدتا نہیں، بلا سے یہ قابلِ ندامت فعل ہو لیکن ندامت بھی تو ایک نیچرل چیز ہے۔ ہر انسان کسی نہ کسی بات پر نادم ضرور ہوتا ہے اور برا نہیں مانتا۔ لیکن ایک مرتبہ ایک لائبریری سے میں نے ایک کتاب چرائی ضرور تھی کیونکہ مجھ پر جوانی اور غریبی بیک وقت وارد ہوئی تھی۔ وہ چرائی ہوئی کتاب آجکل میرے پاس نہیں ہے شاید کوئی اہلِ ذوق چرا کر لے گیا اور اہلِ ذوق کو میں چور نہیں سمجھتا۔ یا ممکن ہے، وہ چرا کر نہ لے گیا ہو۔ مجھ سے مانگ کر لے گیا ہو۔ مانگ کر لے جانے والے ہمیشہ یہ وعدہ کرتے ہیں کہ تین دن کے بعد یقیناً لوٹا دیں گے لیکن کتاب ایک چلتی پھرتی چیز ہے۔ میرا خیال ہے کہ تین دن بعد اس کا کوئی دوست یا واقف کار مانگ کر لے گیا ہوگا کہ تین دن بعد یقیناً لوٹا دوں گا۔ اس کے بعد وہ کتاب کسی اور صاحب کے

پاس تین دن کے لیے مانگ کر لے جائی گئی ہوگی۔ یہ تین دن بہت طویل ہوتے ہیں ۔کئی مرتبہ تین سال تک پہنچ جاتے ہیں ،اور ہوسکتا ہے ،تین سال بعد آپ چاندنی چوک کے فٹ پاتھ پر سے گزریں تو رڈّی اور پرانی کتابیں بیچنے والے کے ہاں آپ کو پڑی ہوئی وہی کتاب مل جائے اور وہ پچیس پیسے میں یہ کہہ کر بیچ دے، ”صاحب ! یہ بڑی کلاسیکل کتاب ہے اور اسے اکبر بادشاہ پڑھا کرتا تھا۔“

اور آپ یہ سوچ کر بھی اپنی وہ کتاب خرید لیں کہ اکبر بادشاہ تو اَن پڑھ تھا۔

کل ایک نوجوان لڑکا میرے گھر آیا۔اس کے والد صاحب جو میرے دوست تھے۔ چند مہینے پہلے انتقال کر چکے تھے نوجوان نے مؤدبانہ کہا: ”انکل! آپ اُردو زبان جانتے ہیں نا؟“

میں نے آہ بھر کر کہا: ”بدقسمتی سے جانتا ہوں۔“

وہ بولا: ”تو میرے گھر میں اُردو کی یہ کتاب پڑی تھی۔ والد صاحب چھوڑ گئے تھے۔ ہمارے گھر میں تو اُردو کوئی نہیں جانتا۔سوچا اسے ردی میں کیوں بیچیں۔آپ کی خدمت میں پیش کردیں۔“

میں نے کتاب لے کر اسے اطمینان دلایا کہ جب میری آپ کے والد صاحب سے ملاقات ہوگی ، یہ رڈّی امانت ان کی نذر کردوں گا۔

(کمار بھارتی : دسویں جماعت۔۲۰۱۳ء)

کدّو عرف لَوکی

یوسف ناظم

کدّو بھی کیا ترکاری ہے۔ اس کے دو نام ہیں: ایک کدّو، دوسرا لوکی۔ لوکی اچھی ہوتی ہے جبکہ کدّو اچھا ہوتا ہے لیکن دونوں کا مزہ ایک سا ہوتا ہے۔ کدّو کی قسمیں بھی دو ہیں۔ لمبا کدّو جسے یا تو کھڑا رکھنا پڑتا ہے یا ٹوکری میں لٹانا پڑتا ہے۔ لیٹا ہوا کدو ایک لمبے قد کے بچے کی طرح دکھائی دیتا ہے جو پالنے میں سو رہا ہو۔ لمبے کدو بیٹھ نہیں سکتے کیونکہ ان کے گھٹنے نہیں ہوتے کہ موڑے جاسکیں۔ جس طرح لمبے کدو بیٹھ نہیں سکتے اسی طرح بیٹھنے والے کدو کھڑے نہیں ہو سکتے کیونکہ یہ فٹ بال کی طرح گول مٹول ہوتے ہیں اس لیے صرف لڑھک سکتے ہیں۔ فٹ بال میں ہوا بھری ہوتی ہے اور کدو میں گودا بھرا ہوتا ہے۔ گول کدّو جگہ زیادہ گھیرتے ہیں اس لیے کم تعداد میں پیدا ہوتے ہیں۔ ایسے کدّوؤں کو شکر قندی کدو بھی کہا جاتا ہے۔ لوگ کچھ بھی کہیں ہوتا وہ کدّو ہی ہے۔

کدّو اُن ترکاریوں میں سے ایک ہے جس کا میٹھا بنایا جائے تو گاجر کے حلوے کو بھی مات دے دے مگر شرط یہ ہے کہ آپ کو حلوہ بنانا آتا ہو۔ کدو اور گاجر میں فرق یہ ہے کہ کدو کا میٹھا انگوری رنگ کا ہوتا ہے اور گاجر کا حلوہ سرخ انار کے رنگ کا مگر رنگ سے ہمیں کیا لینا، مطلب تو حلوہ کھانے سے ہے۔

کدّو اور تربوز کی شکلیں ملتی جلتی ہیں۔ مگر شکلیں ملنے سے کیا ہوتا ہے کیونکہ کدو تربوز نہیں بن سکتا اور تربوز کدّو نہیں بن سکتا۔ تربوز کے ٹھاٹ ذرا نرالے ہیں۔ اسے گھر کے آنگن میں پیدا نہیں کیا جاسکتا، اسے ندی کا کنارا چاہیے۔ کدو گھریلو ترکاری ہے۔ اگر آپ کے گھر کے آنگن میں کونے خالی پڑے ہیں تو ایک کونے میں کدّو پیدا کیا جاسکتا ہے۔ کچھ

لوگ کدو کو آرام پہنچانے کی خاطر ایک منڈوا بھی بنا دیتے ہیں۔ یہ منڈوا گھر میں۔ پڑی پرانی لکڑی سے بنایا جاتا ہے۔ خبردار! منڈوے میں نئی لکڑی استعمال نہ کی جائے کیونکہ نئی لکڑی پر بیل چڑھنے میں وقت لگتا ہے۔ گھر میں جو کدّو پیدا ہوتے ہیں، وہ کھیت میں پیدا ہونے والے کدوؤں کے مقابلے میں ذرا دبلے ہوتے ہیں۔ ان کا قد بھی چھوٹا ہوتا ہے لیکن ان کا ذائقہ بہت مزے دار ہوتا ہے۔ کدو کا گودا بہت نرم ہوتا ہے اور رنگ سفید۔ ایسا معلوم ہوتا ہے جیسے سفید ریشم کا لچھا ہو۔ جی تو چاہتا ہے کہ جس حالت میں ہے، اسی حالت میں کھا لیا جائے لیکن ایسا کرنا نہیں چاہیے۔ اسے پکانے میں دیر ہی کتنی لگتی ہے۔

دو لمبے لمبے کدّو اگر بچوں کے ہاتھ میں تھما دیے جائیں تو بچے جنگ کے کھیل میں کافی دیر تک مصروف رہ سکتے ہیں۔ کدو تو نہیں ٹوٹیں گے لیکن بچوں کی اچھی خاصی ورزش ہو جائے گی۔ بھوک بھی کھل کر لگے گی۔ بعد میں یہی کدّو ان کے کھانے کے کام آئیں گے۔

آدمیوں کے مزاج کی طرح ترکاریوں کا بھی مزاج ہوتا ہے۔ کدو کا مزاج ٹھنڈا ہوتا ہے۔ اس کا یہ مطلب نہیں کہ اسے کھانے کے بعد پیٹ میں ٹھنڈی ٹھنڈی ہوائیں چلنے لگتی ہیں۔ مطلب یہ کہ اس کی تاثیر میں ٹھنڈک ہوتی ہے۔ یہ ہضم بھی جلد ہو جاتا ہے لیکن صرف کدو کے سہارے تو زندگی گزاری نہیں جا سکتی اسی لیے ہر وہ ترکاری، چاہے وہ زمین کے اندر پیدا ہوتی ہو یا زمین کے اوپر نظروں کے سامنے کھانی چاہیے۔

ہمارا کام تھا کہ تمھیں کدو اور لوکی سے واقف کرا دیں تمھارا جو جی چاہے کھاؤ۔

(بال بھارتی: پانچویں جماعت۔ ۲۰۱۵ء)

✤✤✤

لو، آ گئی برسات!

مجتبیٰ حسین

لیجیے، جناب! آ گئی برسات... لیکن ذرا ٹھہریے۔ برسات کے آنے کی اطلاع ہم کیوں دیں؟ برسات تو اپنی آمد کا اعلان خود کردیتی ہے۔ یہی تو وہ موسم ہے جو اس شان سے آتا ہے کہ لگتا ہے کسی بادشاہ کی سواری آرہی ہے۔ پہلے نقیب آوازیں لگائے گا۔ پھر توپوں کی سلامی ہوگی اور تب کہیں بادشاہ سلامت جلوہ گر ہوں گے۔ دوسرے ملکوں کی برسات کی بات ہم نہیں کرتے البتہ اتنا ضرور جانتے ہیں کہ ہمارے ملک کی برسات بڑی دلیر اور بہادر ہوتی ہے کیونکہ وہ دشمن پر غفلت میں حملہ نہیں کرتی بلکہ اسے پہلے سے آگاہ کردیتی ہے کہ ''لو ہم آرہے ہیں میدان چھوڑ کر بھاگ جاؤ۔'' دوسرے یہ کہ ہماری برسات بڑی ذہین اور چالاک ہوتی ہے کیونکہ یہ اسی وقت آتی ہے جب آپ گھر سے باہر ہوں اور جب آپ کے پاس چھتری بھی نہ ہو۔ تیسرے یہ کہ ہماری برسات کافی پڑھی لکھی بھی ہوتی ہے کیونکہ یہ اخبار میں موسم کا حال پڑھتی ہے اور پھر تردیدی بیان کے طور پر برستی ہے۔ بھلا بتائیے ایسا باضابطہ کردار کون سے موسم کا ہوتا ہے۔ دوسرے موسموں کا یہ حال ہوتا ہے کہ چوری چھپے آتے ہیں اور چلے جاتے ہیں۔ آپ یقین کریں کہ جب تک ہم اخبار سے درجہ حرارت معلوم نہیں کرلیتے تب تک نہ ہمیں سردی معلوم ہوتی ہے اور نہ ہی گرمی۔ ایسے موسموں کو لے کر کیا کیجیے گا۔ سچا موسم تو وہی ہوتا ہے جو آئے تو بس سارے ماحول پر چھا جائے۔ وہ اُمڈ اُمڈ کر اور گرج گرج کر برسنے والی بدلیاں اور کڑک کڑک کر چمکنے والی بجلیاں جب آتی ہیں تو سارے ماحول پر چھا جاتی ہیں۔

برسات کا موسم بڑی اُمیدوں والا موسم ہوتا ہے۔ جب ہم چھوٹے تھے اور کبھی

رات کو گھن گرج کے ساتھ طوفانی برسات ہوتی تھی تو ہم ساری رات بستر میں پڑے پڑے اپنے دل میں اس امید کو پروان چڑھایا کرتے تھے کہ صبح جب ہم اسکول جائیں تو پتہ چلے کہ سارا اسکول طغیانی میں بہہ گیا ہے۔ اسکول کے ساتھ ساتھ سارے ٹیچر بھی اپنی چھڑیوں سمیت بہہ گئے ہیں اور ساری کتابیں بھی بہہ گئی ہیں۔ یہ اور بات ہے کہ جب ہم اُمیدوں والی رات گذار کر اسکول پہنچتے تھے تو اسکول جوں کا توں کھڑا ہوتا تھا۔ مگر اس سے کون انکار کرسکتا ہے کہ برسات ہمارے دل میں سینکڑوں اُمیدیں پیدا کر دیتی ہے۔ ہمارے دل پر ہی کیا موقوف ہے، برسات کی آمد سے پہلے خود دھرتی کے سینے میں بھی بڑی اُمیدیں چھپی ہوتی ہیں جو بعد میں لاکھوں ننھے منے ہرے بھرے پودوں کی شکل میں دھرتی کے سینہ سے اُبل پڑتی ہیں۔

برسات کے موسم کی ایک خوبی یہ ہوتی ہے کہ اس سے بچنے کے لیے آدمی ہر ممکن کوشش کرتا ہے لیکن پھر بھی اس کوشش میں ہار جاتا ہے۔ سڑک پر جس کسی کو دیکھئے وہ نہ صرف رین کوٹ میں بند ہوتا ہے بلکہ ایک عدد چھتری بھی اپنے ساتھ رکھتا ہے لیکن پھر بھی بھیگ جاتا ہے۔

برسات کے موسم کی ایک خوبی یہ ہوتی ہے کہ اس میں ایک آدمی دوسرے آدمی کو پہچان نہیں پاتا کیونکہ سارے ہی لوگ رین کوٹوں، ٹوپیوں اور چھتریوں کے نیچے چھپ جاتے ہیں۔ اکثر ایسا ہوا کہ ہم مالک مکان سے اپنے گھر کی چھت کی شکایت کرنے اُن کے گھر پہنچے اور وہ ہماری نظروں کے سامنے رین کوٹ میں چھپ کر گھر سے باہر نکل کر چلے گئے اور بعد میں اُن کی بیوی نے بتایا ''ابھی جو صاحب آپ کے سامنے رین کوٹ اوڑھ کر گزرے وہ آپ کے مالک مکان ہی تو تھے۔'' اس کا بدلہ ہم نے اکثر یوں لیا کہ جب مالک مکان ہم سے کرایہ مانگنے کے لیے گھر آتے ہیں تو ہم بھی رین کوٹ اوڑھ کر ان کی نگاہوں کے سامنے سے فاتحانہ گزر جاتے ہیں۔ اینٹ کا جواب پتھر سے نہ دیا جائے، نہ سہی لیکن اینٹ کا جواب اینٹ سے دینے میں کیا قباحت ہے؟

ہم نے ہر برسات میں مکان بدلنے کی پوری پوری کوشش کی لیکن پہلی برسات کے ایک واقعے کے بعد ہم نے یہ کوشش ترک کردی ہے۔ ہوا یوں کہ ایک رات لگاتار اور دھواں دھار برسات ہوتی رہی اور اس کے ساتھ ہی ہمارے مکان کی چھت بھی ٹپکتی رہی۔ ہم ساری رات بھیگتے رہے۔ دوسرے دن ہم نے تہیہ کرلیا کہ اب مکان بدل کے رہیں گے۔ سو مکان کی تلاش میں ایک محلے میں پہنچے اور ایک پنواڑی سے پوچھا، ''کیوں بھئی ! کیا تمھارے محلے میں کوئی مکان خالی ہے؟''

وہ بولا ''بابو جی ! ایک مکان خالی تو تھا مگر آپ نے یہاں آنے میں پورے چھے گھنٹوں کی تاخیر کردی۔''

ہم نے پوچھا، ''کیا وہ مکان کرایے پر اٹھ گیا ؟''

اس پر وہ بولا، ''نہیں بابو جی کل رات کی دھواں دھار برسات کی وجہ سے ابھی چھ گھنٹے پہلے وہ مکان گر گیا۔ اگر آپ چھے گھنٹے پہلے آتے تو آپ کو ضرور مل جاتا۔'' اس واقعے کے بعد بھلا کس کی شامت آئی ہے کہ وہ نیا مکان تلاش کرے، لہٰذا اب ہم برسات کی آمد سے پہلے کھانسی، نزلہ اور زکام کی دواؤں کا اسٹاک جمع کر لیتے ہیں اور اس طرح اس چھت کا مقابلہ کرتے ہیں۔

برسات کے موسم کی ایک اور خصوصیت یہ ہوتی ہے کہ اس میں نئے نئے سماجی تعلقات اور آپ کے نئے نئے دوست پیدا ہوتے ہیں فرض کیجیے آپ برسات میں اپنی چھتری کھولے سڑک پر چلے جارہے ہیں کہ اچانک ایک صاحب آپ کے ساتھ ساتھ چلنے لگیں گے۔ تھوڑی دیر بعد وہ آپ سے بہت قریب آجائیں گے۔ ایک بار ہم نے ایک شخص کو اسی طرح اپنی چھتری کے نیچے پناہ دی تھی۔ آدمی صورت سے نہ صرف شریف لگتا تھا بلکہ وضع قطع سے یوں معلوم ہوتا تھا کہ اس نے ہماری چھتری کے نیچے آکر ہماری چھتری کو عزت بخشی ہے۔ اسی لیے ہم کافی دور جاکر اسے گھر تک چھوڑ آئے۔ اتفاق سے دوسرے دن ہماری ملازمت کا انٹرویو تھا۔ انٹرویو میں پہنچے تو دیکھا کہ وہی شخص ڈائریکٹر کی

کرسی پر بیٹھا ہے۔اس نے ہم سے کوئی سوال نہیں پوچھا۔صرف یہ کہا ''تم جا سکتے ہو۔تمھارا انتخاب ہو چکا ہے۔'' ہم جانتے ہیں کہ اس ملازمت کے لیے ہمارے پاس ایک ہی کوالیفکیشن تھی اور وہ تھی ہماری چھتری۔

برسات کا موسم آتے ہی سڑکوں پر جا بجا چھتریاں ہی چھتریاں نظر آنے لگتی ہیں۔ مردوں کی چھتریاں الگ ہوتی ہیں اور خواتین کی الگ' اگرچہ اب مردوں اور عورتوں کے لباس کا فرق مٹتا جارہا ہے مگر خدا کا شکر ہے کہ چھتریوں کے معاملہ میں ابھی جنس اتنی مشکوک نہیں ہوئی ہے۔

برسات کے موسم کی ایک اور خصوصیت یہ ہوتی ہے کہ ان دنوں کیچڑ کی بالکل قلت نہیں ہوتی کیچڑ آپ کو جا بجا مل جائے گا۔کیچڑ کا سب سے بڑا فائدہ یہ ہے کہ اس پر سے پھسلنے میں بڑا مزہ آتا ہے۔اتنا مزہ کہ بعض اوقات نہ صرف آپ کی ہڈی ٹوٹ جاتی ہے بلکہ چار پانچ سو روپیوں کا سوٹ بھی غارت ہو جاتا ہے۔یہی وجہ ہے کہ لوگ بڑے اعلیٰ اور نفیس سوٹ پہن کر کیچڑ پر سے پھسلتے ہیں اور گھر جا کر آئینے میں اپنی صورت دیکھتے ہیں۔ ہم نے بڑے بڑے شہسواروں کو کیچڑ سے پھسلتے دیکھا ہے۔ جو بدقسمت حضرات کیچڑ پر سے پھسل کر اپنے کپڑے خراب نہیں کر پاتے ان کے کپڑوں پر اب موٹریں کیچڑ اُچھالتی پھرتی ہیں کہ لو بھئی اُداس کیوں ہوتے ہو' یہ لو کیچڑ! اور پھر شڑاپ کے ساتھ آپ کا روم روم کیچڑ میں لت پت ہو جاتا ہے۔

(بال بھارتی: چھٹی جماعت۔ ۲۰۱۶ء)

جادوگروں کا الیکشن

کرشن چندر

سامنے بہت سے لوگ رنگ برنگی جھنڈیاں ہلاتے ہوئے جا رہے تھے۔ یوسف، موہن اور شہزادی بھی ان لوگوں کے پیچھے پیچھے چلنے لگے۔ مجمع زور زور سے نعرے لگا رہا تھا، ''الہ دین کو ووٹ دو... الہ دین زندہ باد۔''

مجمع نعرے لگاتا، جھنڈیاں ہلاتا شہر کے ایک بڑے چوک میں پہنچا۔ یوسف نے دیکھا لوگ بھوکے نظر آ رہے ہیں۔ ان کے کپڑے بوسیدہ اور تار تار ہیں پھر بھی وہ خوش ہیں۔ یوسف نے پوچھا، ''بھئی ! کیا ماجرا ہے؟''

ایک آدمی نے حیرت سے کہا، ''ساری دنیا کو معلوم ہے اور تمھیں معلوم نہیں؟ آج جادوگروں کا الیکشن ہے۔ وہ دیکھو، سامنے الہ دین اپنا چراغ ہاتھ میں لیے الیکشن لڑ رہا ہے۔'' یوسف نے دیکھا، واقعی بڑے بڑے رنگا رنگ جھنڈوں کے درمیان الہ دین کھڑا تقریر کر رہا ہے۔ ''بھائیو اور بہنو! میں بھی تمھاری طرح ایک معمولی آدمی ہوں۔ میں ایک درزی کا بیٹا ہوں۔ میں تمھارے دُکھ درد پہچانتا ہوں۔ مجھے معلوم ہے، تم لوگ بھوکے ہو تمھارے جسم پر کپڑے نہیں ہیں، بچوں کے لیے تعلیم نہیں ہے، پچھلی حکومت نے تمھارے لیے کچھ نہیں کیا مگر وہ سونے کے دیو کی حکومت تھی۔ میں اپنے اس جادو کے چراغ کی مدد سے تمھارے لیے ہر طرح کے عیش کا سامان مہیا کروں گا۔ دیکھو، میرے جادو کے چراغ کے کرشمے!'' یہ کہہ کر الہ دین نے چراغ کو اپنی ہتھیلی سے رگڑا۔ فوراً ایک جن ہوا میں اڑتا ہوا نظر آیا اور کہنے لگا، ''الہ دین کیا حکم ہے؟''

الہ دین نے کہا، ''میں شہر کے بے گھر لوگوں کے لیے عالی شان محل بنانا چاہتا ہوں۔

ذرا ایک محل تو لا کے دِکھا دو۔"

جن غائب ہوگیا۔ دوسرے لمحے وہی جن اپنے ہاتھ پر ایک عالی شان سات منزلوں والا چمکتا ہوا محل لیے حاضر ہوا۔ لوگوں کی نگاہیں اس خوبصورت محل کی طرف کھنچتی چلی گئیں۔ محل کے دروازے کھلے تھے۔ کھڑکیاں کھلی تھیں۔ محل کے اندر روشنیاں جگ مگ جگ مگ کر رہی تھیں۔ خوب صورت قالین اور صوفے بچھے تھے۔ میزوں پر طرح طرح کے پھل چنے ہوئے تھے۔ پلاؤ، متنجن، زردے، قورمے، طرح طرح کی سبزیاں، فالودے، فیرنیاں، شربت، آئس کریم گھومتی ہوئی میزوں پر رکھی ہوئی لوگوں کو نظر آ رہی تھیں۔ لوگوں کی رال ٹپکنے لگی۔ لاکھوں گلوں سے آواز آئی، "الہ دین کو ووٹ دو، الہ دین کو ووٹ دو، الہ دین زندہ باد۔ ایک ووٹ، ایک ملک، ایک الہ دین، ایک چراغ۔" یکایک الہ دین نے تالی بجائی۔ جن اپنے محل سمیت غائب ہوگیا۔ الہ دین نے کہا، "پہلے مجھے ووٹ دو۔ پھر یہ محل تمھیں ملے گا۔" لوگ دھڑا دھڑ ووٹ دینے کے لیے جانے لگے۔

یکایک دوسری طرف سے آواز آئی، "لوگو! بے وقوف نہ بنو۔ یہ الہ دین، درزی کا بیٹا تمھیں بے وقوف بنا رہا ہے۔ اصلی جادو تو میرے پاس ہے۔ جادو کی ٹوپی! سلیمانی ٹوپی!"

مجمع دوسری طرف پلٹ پڑا۔ جہاں ایک بہت بڑے بینڈ باجے کے ساتھ، ایک بہت بڑے چبوترے پر دو درجن لاؤڈ اسپیکروں کے سامنے ایک جادوگر سلیمانی ٹوپی ہاتھ میں لیے تقریر کر رہا تھا۔ یوسف، موہن اور شہزادی بھی ادھر چلے گئے۔ وہ کہہ رہا تھا، "الہ دین ٹھگ ہے، اسے ہرگز ووٹ نہ دینا۔ الہ دین کا چراغ پرانا ہو چکا ہے۔ اس کا جن بھی بڈھا ہو چکا ہے۔ اتنے دنوں میں وہ تمھارے لیے کچھ نہیں کر سکا، اب کیا کرے گا؟ اب کے تم مجھے ووٹ دو کیوں کہ میرے پاس سلیمانی ٹوپی ہے۔"

موہن نے کہا، "اس ٹوپی میں کیا خاص بات ہے؟ مجھے تو سیدھی سادھی سفید رنگ کی ٹوپی دکھائی دیتی ہے۔"

جادوگر نے موہن کی بات سن لی۔ وہ وہیں چبوترے سے چلا کر بولا، "یہ کوئی معمولی

ٹوپی نہیں ہے۔ اسے پہن کر آدمی یوں غائب ہو جاتا ہے جیسے گدھے کے سر سے سینگ۔ دیکھو دیکھو، سلیمانی ٹوپی کا کمال دیکھو۔'' یہ کہہ کر جادوگر نے سلیمانی ٹوپی پہن لی اور مجمع کے درمیان سے غائب ہوگیا۔ اب صرف اس کی آواز آ رہی تھی۔

''دیکھا، یہ سلیمانی ٹوپی کا کمال ہے!'' جادوگر نے سر سے ٹوپی اتاری اور اب وہ لوگوں کو نظر آنے لگا۔ ''اس ٹوپی کو پہن کر آدمی غائب ہوسکتا ہے، جہاں چاہے گھوم سکتا ہے۔ وہ ساری دنیا کی سیر کرسکتا ہے۔ وہ جہاں چاہے بغیر ٹکٹ کے جاسکتا ہے اور اسے کوئی ٹوکنے والا نہیں۔ اس ٹوپی کو پہن کر آدمی بڑے بڑے راز معلوم کرسکتا ہے۔ اس ٹوپی کو پہن کر آدمی وزیر بن سکتا ہے، نوکری حاصل کرسکتا ہے۔ یہ سلیمانی ٹوپی ہے۔ اس کے سامنے اللہ دین کا چراغ بالکل ہیچ ہے۔ اسے رگڑنے کی ضرورت نہیں کسی جِن کو بُلانے کی ضرورت نہیں۔ بس اسے سر پر پہن لیجیے۔ آپ کے سب کام پورے ہو جائیں گے۔ پھر اللہ دین کے پاس ایک ہی چراغ ہے لیکن میں نے سب کے فائدے کے لیے ہزاروں سلیمانی ٹوپیاں تیار کرائی ہیں ...... آئیے، مجھے ووٹ دیجیے اور ایک سلیمانی ٹوپی لیتے جائیے۔ ایک ووٹ، ایک سلیمانی ٹوپی؟''

لوگ ووٹ دینے کے لیے بھاگنے اور شور مچانے لگے۔ ''سلیمانی ٹوپی زندہ باد! اللہ دین کا چراغ مردہ باد!''

''ہاہاہا''... تیسرے چبوترے سے ایک زور کا قہقہہ بلند ہوا۔ سب لوگ ادھر دیکھنے لگے۔ وہاں ایک اور جادوگر سر پر سفید کاغذ کی ٹوپی رکھے، سفید کاغذ کا کوٹ پہنے، آنکھوں پر چشمہ لگائے، ہاتھ میں اخبار لیے ہنس رہا تھا اور کہہ رہا تھا، ''دوستو! یہ سلیمانی ٹوپی والا بہروپیا ہے، بہروپیا.... یہ خود تو ووٹ لے کر غائب ہوجائے گا اور آپ کو کپڑے کی ٹوپیاں دے جائے گا۔ چاہے آپ ان کو سر پر پہنیے، چاہے تھیلی بنا کر گھر لے جائیے۔ دوستو! یہ سلیمانی ٹوپی کس کام کی؟ غائب ہوکر آپ کیا کریں گے؟ اگر آپ کو اس جادو کی دنیا میں رہنا ہے تو سچا جادو تلاش کرنے کی کوشش کیجیے اور سچے جادوگر کو اپنا بادشاہ بنائیے۔

مجھے دیکھیے۔ میرا جادو کسی کو غائب نہیں کرتا۔ کوئی ہوائی محل نہیں دکھاتا۔ میں ابھی آپ کے سامنے وہ چیز رکھتا ہوں جس کی آپ کو ضرورت ہے۔'' جادوگر نے انگلی سے ایک آدمی کی طرف اشارہ کیا۔ ''کہو تم کیا چاہتے ہو؟''

اس آدمی نے کہا، ''مجھے اپنی زمین میں کنواں چاہیے۔''

جادوگر نے اپنے چبوترے پر پڑے کاغذ کے انبار میں سے ایک بڑا سا کاغذ نکالا اور اس پر کچھ منتر پڑھ کر پھونکا اور اس آدمی کو دیا۔ یکا یک اسے اپنے بنجر کھیتوں کے بیچ میں ایک کنواں نظر آیا۔ کنویں پر رہٹ چلنے لگا۔ پانی فوارے کی طرح نکل کر کھیتوں کو سیراب کرنے لگا۔ آدمی کے چہرے پر رونق آ گئی۔ اس نے دیکھا، اس کے جھونپڑے سے اس کی بیوی نکلی، پانی کا گھڑا لیے ہوئے۔ بیوی نے مسکرا کر خاوند کی طرف دیکھا۔ اور خاوند اسی وقت وہ کاغذ ہاتھ میں لے کے اپنے گھر کی طرف بھاگا۔ وہ بھاگتا جاتا تھا اور کہتا جاتا تھا، ''مجھے میرا کنواں مل گیا!''

''تمھیں کیا چاہیے؟'' جادوگر نے دوسرے آدمی سے پوچھا۔ اس آدمی نے کہا، ''ہمارے قصبے میں کوئی اسکول نہیں ہے۔ جادوگر نے کاغذ کا دوسرا پرزہ اٹھایا اور اس پر منتر پڑھ کر پھونکا اور پھر وہ پرزہ اس آدمی کے ہاتھ میں دے دیا۔ آدمی اسی وقت وہ کاغذ اپنے ہاتھ میں لے کر وہاں سے بھاگا۔ بھاگتے بھاگتے وہ کہہ رہا تھا، ہمیں اسکول مل گیا! ہمیں اسکول مل گیا!''

پھر کیا تھا۔ مجمع جادوگر پر ٹوٹ پڑا۔ ایک بولا، ''مجھے جوتا چاہیے۔'' جادوگر نے اسے کاغذ کا پرزہ دیا۔ دوسرا بولا ''مجھے موٹر چاہیے۔'' تیسرا بولا، ''ہمیں اپنے گاؤں میں ایک ہسپتال چاہیے۔''

موہن نے یوسف سے کہا، ''تمھیں کاغذ پر کچھ نظر آتا ہے؟''

یوسف نے کہا، ''مجھے تو سفید کاغذ ہی نظر آتا ہے۔''

موہن نے کہا، ممکن ہے ان لوگوں کو کچھ نظر آتا ہو۔ اگر مان لیا جائے کہ انھیں کچھ

نظر آتا ہے، تو آخر کاغذ ہی پر نظر آتا ہے نا، اس کی حقیقت کیا ہے؟'' یوسف نے اس آدمی کو بازو سے پکڑ لیا جس نے جادوگر سے جوتا مانگا تھا اور اس سے پوچھا، ''تمھیں جوتا مل گیا؟'' اس آدمی نے بڑے غصے سے کاغذ کا پرزہ یوسف کے منہ کے سامنے لا کر کہا، ''دیکھتے نہیں ہو۔ مل گیا ہے۔ یہ دیکھو۔''

یوسف کو سفید کاغذ ہی نظر آیا۔

یوسف نے کہا، ''اگر یہ جوتا ہے تو اسے پہن کر دکھاو۔''

اس آدمی نے کاغذ کے ٹکڑے کو اپنے پیر میں پہننے کی کوشش کی۔ کاغذ بیچ سے پھٹ گیا۔ چرر کی آواز سنتے ہی جادوگر زور سے گرجا، ''کون حقیقت پسند گھس آیا ہماری جادو کی دنیا میں۔ اسے جلدی نکالو ورنہ یہ سب کچھ تباہ کر دے گا۔ ہمارا جادو سب ختم ہو جائے گا۔''

اتنا سنتے ہی اللہ دین چراغ والا، سلیمانی ٹوپی والا، جادو کے کاغذ والا اور ان کے حمایتی یوسف، موہن اور شہزادی کے پیچھے بھاگے۔ وہ تو خیر ہوئی کہ یوسف نے بڑی چالاکی سے کام لیا۔ اس نے جلدی سے سلیمانی ٹوپیوں کے بنڈل سے تین ٹوپیاں نکالیں اور انھیں پہن کر تینوں مجمع کے بیچ سے غائب ہو گئے۔

(بال بھارتی: چھٹی جماعت۔ ۲۰۱۶ء)

خوجی کی بہادری

رتن ناتھ سرشار

میاں خوجی اور آزاد کو لکھنؤ آئے کافی دن ہو چکے تھے۔ سرائے میں قیام تھا۔ ایک رات عجیب واقعہ پیش آیا۔

خوجی دن بھر کے تھکے ہارے پلنگ پر دراز ہوئے تو ذرا دیر میں ان کی آنکھ لگ گئی۔ آپ جانیں کہ سرائے کے کھاٹ کھٹملوں کا بسیرا۔ پچھلے پہر ہی سے کھٹملوں نے میاں خوجی کو جھنجوڑنا شروع کر دیا۔ بدن بھر کا خون جونک کی طرح پی لیا۔ ایک طرف تھکن، دوسری طرف نیند کا غلبہ اور اس پر کھٹملوں کی یورش۔ میاں خوجی جھلا اٹھے۔ چراغ روشن کیا۔ دیکھا تو سیکڑوں کی تعداد میں کھٹمل بستر پر رینگ رہے ہیں۔ میاں خوجی کا پارہ چڑھ گیا اور لگے غصے میں چیخنے چلانے۔

''ارے، لا نا میری قرولی! ابھی ان کھٹملوں کو موت کے گھاٹ اتارتا ہوں۔ اتنی قرولیاں بھونکوں گا کہ چھٹی کا دودھ یاد آ جائے گا۔ ارے، لا نا تو میری قرولی؟'' میاں خوجی یوں دہاڑ دہاڑ کر چیخے تو تمام سرائے والوں کی نیند حرام ہوگئی۔ وہ یہ سمجھے کہ چور آ گیا۔ ہر طرف ''لینا، پکڑنا جانے نہ پائے'' کا شور مچ گیا۔ ہڑبونگ کا یہ عالم کہ کوئی آنکھ ملتا، اندھیرے میں ٹٹولتا ہے۔ کوئی کھاٹ کے پیچھے سے اپنا صندوق کھینچتا ہے۔ کوئی مارے ڈر کے آنکھیں بند کیے دبکا پڑا ہے۔ کوئی لاٹھی ہاتھ میں لیے چور کے پیچھے بھاگتا ہے۔ ''چور چور، لینا پکڑنا، جانے نہ پائے۔''

میاں خوجی نے جو لینا، پکڑنا، جانے نہ پائے، جاگتے رہنا۔ چور –چور'' کی آوازیں سنیں تو خود بھی غل مچانے لگے۔'' خبردار! جانے نہ پائے، لانا میری قرولی۔ اے چور! گیدی۔ ٹھہرے رہنا۔''

اب میاں خوجی کو یہ کون بتائے کہ یہ شگوفہ خود ان کا ہی چھوڑا ہوا ہے۔ نہ وہ سوتے

نہ کھٹمل کاٹتے ، نہ وہ چیختے چلاتے اور نہ کھٹمل کا چور بنتا۔ بات کا بتنگڑ انھی نے بنایا تھا۔

اب میاں خوجی کی رگِ بہادری پھڑک گئی۔ ایک دم سے کنڈی کھول کر چور پر لپک پڑے۔ جدھر سے زیادہ آوازیں آ رہی تھیں، تیزی سے بڑھے۔ چاروں طرف اندھیرا تھا۔ کسی چیز سے ٹکرائے، ٹھوکر کھائی اور اڑا اڑا دھم، اوندھے منہ زمین پر آ رہے۔ بدقسمتی سے وہاں کمھار کے برتن رکھے تھے۔ ان پر جو گرے تو برتن چکنا چور ہو گئے۔

کمھار نے جو دیکھا کہ کوئی برتنوں پر سے کود کر بھاگ رہا ہے تو اس نے بھی چیخنا شروع کر دیا، ''چور چور پکڑو، پکڑو۔ جانے نہ پائے۔''

مسافر، بھٹیارے، حوالی موالی؛ کوئی ڈنڈا لیے ہے کوئی بید گھماتا ہے، کوئی لکڑی ہلاتا ہے اور میاں خوجی ٹوٹے ہوئے برتنوں پر بے دم پڑے آوازیں لگا رہے ہیں۔

کمھار نے جو دیکھا کہ ایک آدمی پڑا ہے تو سمجھا کہ یہی چور ہے۔ آگے بڑھ کر گلا پکڑا۔ جھٹکے سے زمین سے کھینچا اور سیدھا کھڑا کر دیا اور زور زور سے چلانے لگا، ''ارے دوڑو۔ چور پکڑ لیا۔ چور پکڑ لیا۔''

آنے والوں نے خوجی کو چور سمجھ کر ایسی خاطر تواضع کی ، اتنے لات گھونسے رسید کیے کہ میاں کے انجر پنجر ڈھیلے ہو گئے۔ جب لوگ مار مار کر تھک گئے تو مسافروں میں سے کسی نے کہا، ''اے ٹھہرو ٹھہرو۔ یہ تو وہی خوجی ہے جو پانچ سات روز سے اس سرائے میں ڈیرا جمائے ہے۔''

فوراً چراغ جلایا گیا۔ لوگوں نے دیکھا تو پہچانا کہ یہ تو وہی تیرھویں صدی کا بالشتیا خوجی ہے۔ سب نے ایک زبان ہو کر کمھار سے کہا، ''چھوڑ دے۔ چھوڑ دے۔ چور نہیں ہے، خوجی ہے۔''

اللہ اللہ کر کے میاں خوجی کی جان بچی۔ جیسے ہی کمھار نے انھیں چھوڑا، ان کی رگ حمیت پھڑک اٹھی۔ زمین پر بیٹھ گئے۔ کہنے لگے، ''ابے کمھار گیدی، ہٹتا ہے یا ماروں قرولی۔''

یار لوگوں نے جب خوجی کی حالت غیر دیکھی تو کسی نے سر ہلایا، کسی نے سہارا دیا اور میاں خوجی ذرا سی دیر میں گرد جھاڑ کر اٹھ کھڑے ہوئے۔

ادھر آزاد کو خبر ملی کہ خوجی چوری کرتے پکڑے گئے ہیں۔ کسی مسافر کی ٹوپی چرا لی

تھی۔ کسی نے آزاد کو بتایا کہ کمھار کی ہنڈیا چرانے گئے تھے۔ جاگ پڑ گئی۔ پکڑے گئے۔ بے بھاؤ کی پڑی۔ غرض کہ جتنے منہ اتنی باتیں۔

آزاد کو بہت صدمہ ہوا کہ ان کا ساتھی اور چوری میں گرفتار ہو۔ مگر یہ بات ان کے دل کو نہیں لگتی تھی۔ وہ تو بس فقرہ بازی جانتا ہے، شیخی بگھارتا ہے۔ بھلا چوری چکاری بھی کرتا تو کمھار کی ہنڈیوں کی؟

آزاد کو غصہ آ گیا۔ جلدی سے چارپائی سے اترے اور لکڑی ہاتھ میں لی کہ جو بولے گا اس کو مزہ چکھادوں گا اور خوجی کی مزاج پرسی کو چلے۔

ابھی آزاد اپنی کوٹھری سے باہر نکلے ہی تھے کہ ان کے کان میں آواز آئی، ''ہت تیرے گیدی کی! بڑا آزاد بنا پھرتا ہے۔ ایسے آزاد بہت دیکھے ہیں۔ چارپائی پر پڑے خرخر کیا کیے اور ہماری خبر نہ لی۔'' یہ سن کر آزاد مسکرائے۔ دو قدم چلے ہوں گے کہ دیکھا خوجی جھومتا جھامتا چلا آتا ہے اور بڑبڑاتا جاتا ہے، ''نہ ہوئی قرولی ورنہ اس وقت کمھار کی لاش پھڑکتی ہوتی۔''

خوجی لڑکھڑاتا، جھومتا جھامتا آزاد کی کوٹھری تک چلا آیا۔ جب قریب پہنچا تو آزاد نے کہا، ''خیر ہم کو تو پیچھے گالیاں دینا۔ اب یہ بتاؤ کہ ہاتھ پیر تو نہیں ٹوٹے؟''

''ہاتھ پاؤں۔'' خوجی بولا، ''ہونہہ۔ یہ لوہے کی سلاخیں ہیں۔ پچاس آدمی گھیرے ہوئے تھے۔ پورے پچاس۔ وہ وہ ہاتھ دکھائے کہ سب دنگ رہ گئے۔ چٹکیوں میں گھیرا توڑ، لوگوں کو بکھیر کر رکھ دیا۔ نہ ہوئی قرولی ورنہ چار پانچ لاشیں پھڑک رہی ہوتیں۔''

آزاد مزاج داں تھے مسکرا کر کہا ''وہ کیسے؟''

خوجی نے فوراً ہاتھ پھینک کر کہا، ''واللہ! میں اس وقت پھلجھڑی بنا ہوا تھا۔ بس کیفیت یہ تھی کہ دس آدمی اس کندھے تو دس آدمی اس کندھے۔ میں جو پھرا تو کسی کو اَنٹی دی، وہ دھم سے زمین پر گرا۔ کسی کو کمر پر لاد کر مارا، کھٹ سے چھپّر کھٹ کی پٹی پر۔ دو چار تو میرے رعب میں آ کر ہی گر پڑے۔ دس بارہ کی ہڈی پسلی ایک کردی۔ جو میرے سامنے آیا، اسے نیچا دکھایا۔ اور وہ کمھار گیدی تو ساری عمر یاد رکھے گا کہ کس سے واسطہ پڑا تھا۔''

آزاد نے بہت غور سے ہی سب کچھ سنا اور کہا، ''درست فرمایا۔ آپ سے یہی توقع تھی۔ بہادر ایسا ہی کرتے ہیں۔''

(بال بھارتی: ساتویں جماعت۔ ۲۰۱۷ء)

مچھلیوں کا شکار

شفیق الرحمٰن

ہم ہر اتوار جھیل کے کنارے گزارتے۔ بڑے اہتمام سے مچھلیاں پکڑنے کا پروگرام بنتا۔ مچھلیاں بھوننے کا سامان بھی ساتھ ہوتا۔ ہمارے مچھلیاں پکڑنے کے طریقے بھی صحیح تھے لیکن ہم نے کبھی وہاں ایک بھی مچھلی نہیں پکڑی۔ انجینئر صاحب اور ڈاکٹر صاحب کا خیال تھا کہ اس جھیل میں مچھلیاں بالکل نہیں ہیں۔ جھیل کے پانی میں کوئی خرابی تھی۔ اس میں معدنیات کے کچھ ایسے اجزا شامل تھے جن کی وجہ سے مچھلیاں زندہ نہیں رہ سکتی تھیں لیکن ہمیں اس پر بالکل یقین نہ آتا۔ ایسی خوشنما جھیل میں تو مچھلیاں دور دور سے آ کر رہیں گی۔

ہم اداس ہوتے یا ہمیں دھمکایا جاتا تو ہم سیدھے جھیل کا رخ کرتے۔ گھاس پر بیٹھ جاتے، بادشاہوں، پریوں اور بحری ڈاکوؤں کی کہانیاں پڑھتے۔ ذرا سی دیر میں ہم بھول جاتے کہ اس خوبصورت گوشے کے علاوہ دنیا کے اور حصے بھی ہیں جہاں اسکول ہیں۔ اسکول کا کام ہے، ماسٹر صاحب کی ڈانٹ ہے، گھر والوں کی گھڑکیاں ہیں۔

ہم دوسرے کنارے کی باتیں کرتے جسے دیکھنے کا ہمیں بے حد | شوق تھا۔ ہم قیاس آرائیاں کرتے کہ وہاں کیا کچھ ہوگا، شاید وہاں کسی قسم کی دنیا ہوگی۔ ہم نے کئی مرتبہ ارادہ کیا کہ جھیل کو عبور کر کے دوسری طرف جا پہنچیں لیکن ہمیں کشتی نہ مل سکی، نہ ہمیں تیرنا آتا تھا۔

ہم چاندنی رات میں جھیل کے کنارے بیٹھ کر ایک دوسرے کو پریوں کی کہانیاں

سناتے تو جیسے سارے کردار ہماری آنکھوں کے سامنے چلنے پھرنے لگتے۔ چاندنی کچھ یوں بدل جاتی اور دوسرا کنارہ ایسا پُرسحر خطہ معلوم ہونے لگتا کہ ہم سچ مچ پریوں کے ملک میں پہنچ جاتے۔

اگر وہ جھیل وہاں نہ ہوتی تو نہ جانے ہمارے دن کیونکر گزرتے۔ کیونکہ گھر میں ہر ایک ہم دونوں کا دشمن تھا اور ڈانٹ پلانے پر تلا ہوا تھا۔ ان کا رویّہ یہ تھا کہ اگر کچھ کیا ہے تو کیوں کیا ہے اور اگر نہیں کیا ہے تو کیوں نہیں کیا؟ ان دنوں سب کے دلوں میں یہ خیال بیٹھ گیا تھا کہ ہم دونوں نہایت نالائق ہیں اور بالکل نہیں پڑھتے۔ ابّا کا تبادلہ حسبِ معمول آبادی سے دور کسی ویرانے میں ہوا اور مجھے روفی کے یہاں بھیج دیا گیا۔ گھر سے ہر خط میں تاکید آتی کہ لڑکے کی پڑھائی کا خاص خیال رکھا جائے۔ چناں چہ خاص سے بھی زیادہ خیال رکھا جاتا۔ گیہوں کے ساتھ گھن باقاعدہ پستا اور ننھے میاں کی خوب تواضع ہوتی۔ ننھے میاں سونے سے پہلے بڑے خشوع وخضوع سے دعا مانگتے کہ رب العالمین! ہمارے کنبے والوں کو نیک ہدایت دے اور بتا کہ چھوٹے بچوں کے ساتھ کیسا سلوک کیا جاتا ہے کیونکہ اب تک یہ لوگ اس سے بے بہرہ ہیں۔

ایک دن گھر میں سب بیٹھے باتیں کررہے تھے۔ جھیل کی باتیں شروع ہوگئیں۔ مچھلیوں کے متعلق ان کے شبہات بدستور تھے۔ ہم نے بڑے وثوق سے کہا کہ وہاں بڑی بڑی مچھلیاں ہیں۔ ہم اکثر پکڑتے رہتے ہیں۔ ہم نے کئی مرتبہ انھیں بھونا بھی ہے۔ بولے اچھا، اس مرتبہ پکڑو تو گھر لانا۔ ہم بھی چکھیں گے۔

اگلے اتوار کو ہم صبح سے شام تک چھڑیاں پانی میں ڈالے بیٹھے رہے لیکن کچھ نہ ملا۔ واپسی پر بازار میں مچھلی والے سے بڑی بڑی مچھلیاں خریدی گئیں اور باورچی کے حوالے کی گئیں۔ اتفاق سے اس شام کو سب کہیں باہر مدعو تھے۔ گھر میں صرف میں اور روفی تھے اور ایک بزرگ جو ننھے میاں کو ساتھ بٹھا کر کھانا کھایا کرتے تھے۔ رات کو انھیں اچھی طرح

دکھائی نہیں دیتا تھا۔ ننھے میاں پہلے تو دستر خوان پر بیٹھتے تھے، پھر چپکے سے اٹھ جاتے۔ ادھر بلیاں قطار باندھے منتظر ہوتیں اور بڑے اطمینان کے ساتھ آ بیٹھتیں۔ وہ یہی سمجھتے کہ ننھے میاں ساتھ بیٹھے ہیں۔ چناں چہ وہ بار بار بلیوں سے کہتے، ''برخوردار! بھوکے مت رہنا۔'' چیزیں اُٹھا اُٹھا کر ان کے سامنے رکھتے۔ ''یہ چکھو برخوردار ... یہ بھی کھاؤ برخوردار!'' ادھر بلّیاں بڑے سکون سے کھاتیں۔

چناں چہ ہماری خریدی ہوئی مچھلیاں اس روز بلیوں نے کھائیں۔ اگلی مرتبہ ہم جھیل پر گئے اور مچھلیاں خرید لائے تو نہ جانے کس کے مشورے سے مچھلیاں ڈاکٹر صاحب کے ہاں بھیج دی گئیں۔ اس سے اگلی مرتبہ انجینئر صاحب کے ہاں۔ پھر ایک روز کیا ہوا کہ سب کے سامنے مچھلی والا حساب لے کر آ گیا۔ دراصل ہمارا جیب خرچ ختم ہو چکا تھا اور مچھلیاں اُدھار آ رہی تھیں۔ سب کو پتا چل گیا۔ ہمارا خوب مذاق اڑایا گیا۔

(بال بھارتی: ساتویں جماعت۔ ۲۰۱۷ء)

دعوت

رشید احمد صدیقی

ایک مثل مشہور ہے: ''مجھے میرے دوستوں سے بچاؤ۔'' میرا خیال ہے کہ اس کے ساتھ ساتھ یہ مَثل بھی عام ہونی چاہیے: ''مجھے دعوتوں سے بچاؤ۔'' گو دوستوں سے بچنے کے معنی ہی یہ ہیں کہ دعوتوں سے بھی نجات مل جائے گی۔

بھوک کی مانند دعوت کا بھی یہی حال ہے کہ اس کا نہ کوئی وقت مقرر ہے اور نہ موقع۔ کسی نے ٹھیک ہی کہا ہوگا ؎

گُلبۂ افلاس میں دولت کے کاشانے میں بھوک
دشت و در میں، شہر میں، گلشن میں، ویرانے میں بھوک
بھوک ہے ہنگامہ آرا قلزمِ خاموش میں
ڈوب جاتے ہیں سفینے بھوک کی آغوش میں

تہوار تقریب ہو، کوئی مہمان آیا ہو، کوئی چل بسا ہو، رقعۂ دعوت بہر حال موجود ہے، ماحضر موجود ہے اور ایک بزرگ نے تو جوش میں آ کر اس کی بھی فرمائش کر دی، ''براہِ کرم تناول ماحضر فرمائیے۔''

دعوت میں نہ جائیے تو غرور یا بے توجہی کی شکایت۔ جائیے تو معدہ اور عاقبت دونوں خراب۔ میں نے جس جس قسم کی اور جن مواقع پر دعوت کھائی ہے وہ بہت کم لوگوں کو نصیب ہوئی ہوگی۔ سب سے پہلی دعوت خوب یاد ہے۔ گو اس کے یہ معنی ہرگز نہیں ہیں کہ میرے کسی بزرگ کی دعوت رہی ہو اور وہ مجھے اسی اصول پر بن بلائے ساتھ لے گئے ہوں جس اُصول پر ریل میں کرایہ نہیں ادا کرنا پڑتا یعنی معصوموں کے لیے نہ کرایہ ادا کرنے کی ضرورت ہے اور نہ رقعۂ دعوت کی۔

بعض ریلوے لائنوں کے بارے میں کہا جاتا ہے کہ وہاں فی گاڑی دو سادھو کے

حساب سے مفت سفر کیا جا سکتا ہے۔ ادھر کے کوئی ٹکٹ کلکٹر اُس لائن پر مامور ہوئے۔ انھوں نے ایک بزرگ کو بے ٹکٹ سفر کرتے پکڑا تو انھوں نے نہایت گھور کر عارفانہ ڈپٹ کے ساتھ کہا، ''ابھی شراپ دوں گا، بھسم ہو جائے گا۔ جانتا نہیں فی گاڑی دو سادھو مفت!'' بے چارے ٹکٹ کلکٹر ایسے مبہوت ہوئے کہ گاڑی کے نیچے کٹتے کٹتے بچے۔

پہلی دعوت مجھے ایسے صاحب کے ہاں کھانی پڑی جہاں ساری بستی مدعو تھی۔ مئی کا مہینہ اور دوپہر کا وقت۔ مکان و میدان کا کوئی نشیب و فراز ایسا نہ تھا جہاں کھانے والے نہ بیٹھے ہوں۔ فرش و دسترخوان کا وہاں کوئی دستور نہ تھا۔ جس کو جہاں جگہ مل گئی بیٹھ گیا۔ ایک ہاتھ میں گرم گرم تنوری روٹی دے دی گئی۔ مٹی کے ایک برتن میں زمین پر سالن رکھ دیا گیا۔ بھشتی نے مشک سے تام چینی کے گندے شکستہ گلاس میں پانی پلانا شروع کیا۔

سامنے ایک نیازمند کتّے صاحب بھی موجود تھے، دُم ٹانگوں کے درمیان، خود دو زانو بیٹھے ہوئے، نظریں نیچی، بہت کچھ بھوُکی، چہرے اور جسم پر ہنسا کے غیر فانی نقوش، جن پر مکھیاں مصروفِ غزل خوانی تھیں۔

پاس ہی ایک بوڑھے کھانستے جاتے تھے، کھاتے جاتے تھے اور خلال کرتے جاتے تھے۔ ناتی گود میں، پوتا کندھے پر۔ پوتے نے ایک ہڈی کتّے کے سامنے پھینک دی۔ اب معلوم ہوا کہ ایک اور کتّے صاحب کہیں قریب ہی مراقبے میں بیٹھے ہوئے تھے جنھوں نے یک لخت غرا کر جو جست کی ہے تو میرے مقابل کے کتے پر آ گرے لیکن جست کے دوران دادا نانا پوتا ناتی کے پورے شجرۂ نسب کو ڈھاتے چلے گئے۔ خلال دادا یا نانا کے گلے میں جا پھنسا اور پوتے ناتی میرے سالن میں آ رہے۔ ایک ہلّڑ مچا۔ سارے کھانے والے بھاگ کھڑے ہوئے۔

یہ تو میرے ایام جاہلیت کا قصہ تھا۔ ہوش سنبھالا تو ایک مشہور شہر میں ڈیپوٹیشن پر جانے کا اتفاق ہوا۔ رمضان کا مہینہ تھا۔ شام کو وہاں کی مشہور مسجد کے امام صاحب کے ہاں افطار پر ہم سب مدعو تھے جہاں ایک ہجوم تھا۔ ہمارے سامنے بھی افطاری رکھ دی گئی۔ ابھی ہم نے مشکل سے دو ایک لقمے فرو کیے ہوں گے کہ ایک حملہ ہوا۔ چند سورما ہم پر ٹوٹ پڑے اور جو کچھ سامنے تھا، اسے چٹ کر کے آگے بڑھ گئے۔ معلوم ہوا کہ وہاں کا یہی

دستور تھا کہ جو چاہے جس کے سامنے سے افطاری اُچک لے۔ ایسا کرنے سے میزبان کو ثواب ملتا ہے۔ ہمارے ساتھ روہیل کھنڈ کے ایک پٹھان طالب علم تھے۔ وہ بڑے متحیر ہوئے۔ ان کے تیور سے معلوم ہوتا تھا کہ وہ اس واقعے کو نظرانداز نہ کریں گے۔ جب نماز کے لیے لوگ کھڑے ہوئے اور ہر شخص نیت باندھ چکا تو انھوں نے اپنی ٹوپی تو جیب میں رکھی اور سامنے سے ایک نمازی کی پگڑی اُچک کر اپنے سر پر رکھ لی اور سلام پھیرتے ہی اسے چھت سے نیچے پھینک دیا جہاں ہزاروں فقیر ٹوٹ پڑے اور آناً فاناً پگڑی کا تبرک تقسیم ہوگیا۔ جھگڑا بڑھا تو انھوں نے فرمایا، ہماری طرف دستور ہے کہ نماز میں جو جس کا عمامہ چاہے اُچک لے، نماز کے بعد وہی عمامہ غربا میں بٹوا دیا جاتا ہے۔

رات کو دعوت تھی۔ سارے مہمان دوزانو بیٹھے۔ بالکل ایسا معلوم ہوتا تھا جیسے ٹھگوں کا گروپ ہے۔ ہم سب بھی بیٹھ گئے۔ ایک بڑی سینی میں بریانی کا اہرامِ مصر بنا ہوا تھا جس کے اوپر ایک دیگچی شوربے کی اُنڈیل دی گئی۔ لوگ سینی پر ٹوٹ پڑے اور براہ راست دست بدہن ہو گئے۔ ہمارے روہیل کھنڈی دوست چپ چاپ بیٹھے رہے۔ میزبان تو انھیں دیکھ کر خاموش رہے لیکن ایک بزرگ جن کی ڈاڑھی چاولوں کی مالا بن گئی تھی اور شوربا گنگا جمنی خضاب کی بہار دِکھا رہا تھا، قاب سے سر اٹھائے بغیر بولے، ''کھاؤ سیٹھ صاحب کھاؤ، نہیں تو ایک مسلمان کا مال ضائع ہوگا۔'' دوست بولے، ''بالکل درست لیکن دوسرے مسلمان کی جان بھی تو ضائع ہوگی۔''

وہاں کے زمانۂ قیام ہی میں ایک اور جگہ سے دعوت نامہ آیا۔ ہمارے میزبان وہاں کے معزز اور دولت مندترین لوگوں میں سے تھے۔ میزبانی کے فرائض خاتونِ خانہ ادا کر رہی تھیں۔ ڈرائنگ روم میں پہنچے تو دن کو تارے نظر آنے لگے۔ ایسی خوب صورت، قیمتی، پرتکلف اور نایاب چیزیں ایک ساتھ کب دیکھنا نصیب ہوتی تھیں۔ البتہ ان کا تذکرہ میلادوں میں سنا تھا یا طلسمِ ہوش رُبا میں پڑھا تھا۔

سب سے بڑی مصیبت یہ تھی کہ کھانا ایسے ایسے یونیفارم یا لباسِ فاخرہ یا ملبوساتِ عروسی میں لایا جاتا کہ یہ طے کرنے میں دشواری ہوتی کہ اُن پر حملہ کیا جائے یا ان کی عبادت کی جائے یا کھڑے ہو کر قومی ترانہ گایا جائے۔ دوسری مصیبت یہ تھی کہ کس آلہ سے

کس چیز پر حملہ کیا جائے۔ اس لیے کہ جان لینے کے لیے تو آپ آزاد ہیں، جو آلہ چاہیے شوق سے استعمال کیجیے لیکن کھانوں کے لیے مخصوص آلات مقرر ہیں۔ تیسری مصیبت یہ کہ جو کھانا پیش کیا جارہا تھا، اس کے دوسرے عزیز و اقارب نہ معلوم کون کون اور تھے جن کی عدم موجودگی میں کھانے کو ہاتھ لگانا بڑا گنوار پن ہوتا۔ میز بان خاتون کو مسکرانے اور خواہ مخواہ اخلاق برتنے سے فرصت کہاں کہ وہ کچھ بتائیں یا ہم پوچھ سکیں۔ بیروں کو دیکھیے تو زرہ بکتر اور چار آئینے لگائے ہوئے اس طور پر مصروف کار تھے جیسے بعض نالائق اور بد دماغ، امتحان کے ہال میں امیدواروں کی نگرانی کرتے ہیں۔ اس قسم کے بیروں کا غور سے مطالعہ کیا جائے تو کچھ وہم سا ہونے لگتا ہے کہ یہ کہیں نہ کہیں اپنے یونیفارم یا پیٹی ٹھپّوں میں کوئی پیش قبض بھی چھپائے ہوئے ہیں۔ کھانا تھا کہ چلا ہی آ رہا تھا، ہم نے بھی چھری اس طور پر پکڑ رکھی تھی جیسے کسی قلم تراش چاقو سے گینڈے کی قربانی کرنے والے ہوں۔ کانٹا ہمارے ہاتھ میں ایسا معلوم ہوتا تھا جیسے پلیٹ پر کوئی کیکڑا مسلّط ہے۔

خدا خدا کر کے کھانا ختم ہوا۔ کافی آئی، بغیر دودھ یا شکر کے۔ ایسا معلوم ہوتا تھا جیسے تمباکو کا گل پیس کر گرم پانی ملا دیا گیا ہے یا نادر شاہ کے اصلاحِ معدہ کے لیے املتاس کا مسہل جام بلّوریں میں پیش کیا گیا ہے۔ مشکل یہ ہے کہ کافی سے انکار کیجیے تو بعض میز بان خفا ہوتے ہیں۔

فرض کیجیے کسی رئیس کے ہاں دعوت ہوئی۔ وہ کھانا اس طور پر کھلائے گا گویا مہمان کی سات پشتوں تک کو نواز ڈالا۔ قورمہ ہر دعوت میں ملتا ہے اور معمولی سے معمولی لوگ بھی اپنے گھروں میں کھاتے ہیں لیکن رئیس کے یہاں کا قورمہ کچھ اور ہوتا ہے۔ ادائے خاص سے فرمائیں گے، مولانا کہیے! قورمے سے بھی شوق فرمایا؟ جی ہاں، شکریہ، ماشاء اللہ۔ فرمائیں گے، صاحب! ایسا حلوان دلّی بھر میں نہ ملے گا۔ بادام پر پلا تھا۔ ذرا بوٹی کی خستگی پر نظر رکھیے۔ سبحان اللہ! کیوں نہیں۔ ارشاد ہوتا، ہاں ہاں خوب کھائیے۔ بہت ہے جی۔ ہاں، خوب سیر ہو کر کھایا۔ نہیں نہیں، آپ تکلف کرتے ہیں۔ فلانے چلو! مولانا کو قورمہ اور دو۔ لیکن فلانے کو پکاریں گے اور قورمے کا آرڈر اس طور پر دیں گے گویا مولانا کو پٹوا دینے کا ارادہ ہے۔ قورمہ پلیٹ میں ڈال دیا گیا اور مولانا کو قورمے سے نفرت ہونے لگی۔ ارشاد

ہوگا، مولانا! یہ باورچی اب دہلی میں اکیلا رہ گیا ہے۔ اس کا دادا معمولی حجام تھا، والد نے اس کو کھانا پکانا سکھایا۔ وہ خود کھانے کے بڑے شائق تھے۔ اب اس کا ثانی دور دور نہ ملے گا۔ بس مولانا! قورمہ کھا لیجیے۔ یہ چیز اب معدوم ہوتی جارہی ہے۔ غرض مولانا کو اس شفقت اور تپاک سے کھلائیں گے گویا اپنے والد مرحوم کے فاتحہ کا کھانا کسی نابینا حافظ کو کھلا رہے ہیں۔

دوسری آفت ملاحظہ ہو۔ بعض میزبان حماقت اور محبت کے سلسلے میں اصرار کرتے کرتے کھانا آپ کی پلیٹ میں ڈال دیں گے اور فرمائش کریں گے، کھایئے! میرے سر کی قسم کھایئے۔ حالانکہ اس وقت بھی یہی چاہتا ہے کہ پلیٹ سر پر مار لیجیے اور گریبان پھاڑ کر کہیں بھاگ جایئے۔ ایسی دعوت سے مجھ کو قلبی نفرت ہے جہاں میزبان بار بار کھانے کے لیے اصرار کرے اور اپنے ہاتھ سے میری پلیٹ میں کھانا رکھ دے اور کہتا یہ رہے کہ آپ کو کھانا پسند نہیں آیا۔ آپ کے لیے کچھ انتظام نہ ہو سکا۔ بھائی، جلدی میں یہی دال دلیا ہو سکا۔ آپ نے کچھ بھی تو نہیں کھایا۔ حالانکہ اس کی نیت یہ ہوتی ہے کہ میں یہ کہوں کہ ایسا کھانا مجھے تو کیا، میری سات پشت کو نصیب ہوا اور نہ ہوگا اور آپ نے جس مروّت اور ایثار کا ثبوت دیا ہے، اُس کی مثال دنیا میں نہیں مل سکتی۔

بعض دعوتوں میں عجیب قسم کے بدتمیزوں سے سابقہ پڑتا ہے۔ بعض کھانا نہیں کھاتے، منہ میں جوتیاں چٹخاتے ہیں۔ کچھ ایسے ہیں جو ساری اُنگلیاں سالن میں ڈبو دیں گے اور منہ میں لقمے کی پذیرائی اس طور پر کریں گے جیسے سرکس کے گھوڑے کو چابک لگاتے ہیں۔ کچھ ایسے ہوتے ہیں جو بدحواس ہو کر بہت زیادہ حصہ پلیٹ میں لے لیں گے تھوڑا کھائیں گے اور بقیہ کو گھنگول کر چھوڑ دیں گے۔ ڈونگے میں سے بوٹیاں چمچے سے نکالنے کے بجائے ٹٹول ٹٹول کر اُنگلیوں سے نکالیں گے۔ کبھی پلیٹ میں نکالی ہوئی بوٹیوں کو پھر ڈونگے میں ڈال دیں گے۔ پانی پئیں گے تو معلوم ہوگا گویا بھری بوتل حلق میں انڈیلی جارہی ہے اور گلے سے قلقل مینا کا کام لے رہے ہیں۔ کچھ لوگ چپاتی کے حاشیے توڑ توڑ کر دسترخوان پر انبار لگا دیں گے۔ سنی ہوئی انگلیاں روٹی سے پونچھیں گے اور ڈکار اس طور پر لیں گے جیسے دوسرے کے دسترخوان پر نہیں، اپنی چارپائی پر ہیں۔

(کمار بھارتی: نویں جماعت۔ ۲۰۱۷ء)

دلّی کا نہاری والا

اشرف صبوحی

نہاری کیا تھی ، بارہ مسالے کی چاٹ ہوتی تھی۔ امیر سے امیر اور غریب سے غریب اس کا عاشق تھا۔ نہاری اب بھی ہوتی ہے اور آج بھی دلّی کے سوا نہ کہیں اس کا رواج ہے، نہ اس کی تیاری کا کسی کو سلیقہ۔ دلّی کا ہر بھٹیارا نہاری پکانے لگا، ہر نان بائی نہاری والا بن بیٹھا مگر نہ وہ ترکیب یاد ہے، نہ وہ ہاتھ میں لذت۔ کھانے والے نہ رہیں تو پکانے والے کہاں سے آئیں۔

نہاری کا نام سن کر باہر والے لوٹ ہو جاتے ہیں۔ ملنے والوں سے نہاری کی فرمائش ہوتی ہے۔ اب اگر میزبان سلیقے مند ہے تو خیر ورنہ کھانے والوں کو منہ پیٹنا پڑتا ہے۔ چار آنے کی نہاری میں آٹھ آنے کا گھی کون ڈالے۔ پھر آج کل لوگ یہ بھی نہیں جانتے کہ نہاری کے بعد تر تراتے حلوے یا گاجر کی تری سے مسالوں کی گرمی کو مارا جاتا ہے۔ اس لیے نہاری بدنام ہوگئی ہے۔ اس کے سوا نہاری بیچنے والوں کو بھی تمیز نہیں رہی۔ ایرے غیرے نتھو خیرے نہاری کی دکانیں لیے بیٹھے ہیں۔ پہلے گنتی کے نہاری والے تھے: ایک چاندنی چوک میں، ایک لال کنویں پر، ایک حبش خاں کے پھاٹک میں اور ایک چتلی قبر اور مٹیا محل کے درمیان۔ ان میں سے ہر ایک شہر کا ایک ایک کونا دبائے ہوئے تھا۔ سب سے زیادہ مشہور دلّی نہاری والے کی دکان تھی جو گھنٹا گھر کے پاس قابل عطّار کے کوچے اور سیدانیوں کی گلی کے بیچ میں بیٹھتا تھا۔ جب تک یہ زندہ رہا، نہاری اپنے اصلی معنوں میں نہاری رہی۔ یہ کیا مرا کہ نہاری کا مزہ ہی مر گیا۔ نہاری کیا کھاتے ہیں کلیجا جلاتے ہیں۔

یہ دکان ہم نے دیکھی ہے، بلکہ وہاں جا کر نہاری بھی کھائی ہے۔ شوقین دور دور

سے پہنچے تھے۔ گرم گرم روٹی اور تُرت دیگ سے نکلی ہوئی نہاری .. جتنی نلّیاں چاہیں جھڑوالیں۔ بھیجا ڈلوایا۔ پیاز سے کڑکڑاتا ہوا گھی ، بے ریشہ بوٹیاں، ادرک کا لچّھا، کتری ہوئی ہری مرچوں کی ہوائی اور کھٹّے کی پھٹکار۔ سبحان اللہ! نواب رام پور کا پورا دستر خوان صدقے تھا۔ گھروں میں اس سامان کے لیے پورے اہتمام کی ضرورت ہے اس لیے جو اصل میں نہاری کا لطف اٹھانا چاہتے تھے، انھیں دکان ہی پر جانا پڑتا تھا۔ شہر کے نہاری بازوں کی آج بھی نہاری والوں کے ہاں بھیڑ لگی رہتی ہے۔ صبح سے دس بجے تک تانتا نہیں ٹوٹتا تو اس کا ذکر ہی کیا، خصوصاً دلّی والے کی دکان پر۔ سورج نکلا نہیں کہ لوگوں کی آمد شروع ہوگئی۔ دس اندر بیٹھے کھا رہے ہیں تو بیس پیالے، کٹورے، بادیے، پتیلیاں لیے کھڑے ہیں۔ ایک پیسے سے لے کر دو روپے تک کے گاہک ہوتے تھے لیکن مجال ہے کوئی ناراض ہو یا کسی کو اس کی مرضی کے مطابق نہ ملے۔ زیادہ سے زیادہ نو بجے دیگ صاف ہوجاتی تھی۔

یہ دکان دار 'دلّی کا نہاری والا' کے نام سے مشہور تھا۔ اس کی آن کا کیا کہنا: سنا ہے کہ دلّی کے ایک رئیس اس کی دکان کو خریدنا چاہتے تھے۔ ہزار کوششیں کیں، روپے کا لالچ دیا، جائداد کی قیمت دگنی اور چوگنی لگا دی، یہاں تک کہ دکان میں اشرفیاں بچھا دینے کو کہا۔ دوسرا ہوتا تو آنکھیں بند کر لیتا۔ وہیں کہیں قابل عطّار کے کوچے میں بلّی ماروں میں یا رائے مان کے کوچے میں جا بیٹھتا لیکن میاں دلّی والے مرتے دم تک اپنی اسی آن سے وہیں بیٹھے رہے۔

ہم پانچ چار دوست پیٹ بھر کر نہاری کے شوقین تھے۔ جاڑا آیا اور نہاری کا پروگرام بنا۔ یوں تو اتوار کے اتوار باری باری سے کسی نہ کسی کے گھر پر نہاری اُڑا ہی کرتی تھی لیکن ہر پندرھویں دن اور اگر کوئی باہر کا مہمان آ گیا تو اس معمول کے علاوہ بھی خاص دکان پر جا کر ضرور کھالیا کرتے تھے۔ ہمارا دستور تھا۔ ہم پر کیا منحصر ہے، نہاری بازوں کے یہ بندھے ہوئے قاعدے تھے کہ صبح کے لیے رات سے تیاری ہوتی تھی۔ تازہ خالص گھی دو

چھٹانک فی کس کے حساب سے مہیا کیا جاتا تھا۔ گاجر کا حلوا حبش خاں کے پھاٹک یا جمال الدین عطّار سے لیتے تھے۔ اور تو کیا کہوں، اب ویسا حلوا بھی کھانے میں نہیں آتا۔ گندے نالے کی پھکسی ہوئی نیلی سفید، پھیکی سیٹھی، کچّی یا اتری ہوئی گاجروں کی گلتھّی ہوتی ہے۔ اب اور کیا تعریف کروں۔ خیر! صبح ہوئی، مؤذّن نے اذان دی اور نہاری نے پیٹ میں گدگدیاں کیں۔ ہمارے دوستوں میں خدا بخشے ایک سیّد صاحب تھے۔ بڑے زندہ دل، یاروں کے یار، نہایت خدمتی۔ یہ ان کی ڈیوٹی ہوتی تھی کہ اندھیرے سے اُٹھ کر ایک ایک دوست کے دروازے کی کنڈی پیٹیں اور ایک جگہ سب کو جمع کر دیں۔ سامان اسی غریب پر لا دا جاتا۔

جب تک ہماری یہ ٹولی زندہ سلامت رہی اور میاں دلّی والے نیچی باڑ کی مَسلی مسلائی لیس دار ٹوپی سے اپنا گنج ڈھانکے، چھینٹ کی روئی دار کمری کی آستینوں کے چاک اُلٹے، آلتی پالتی مارے، چمچہ لیے دیگ کے سامنے گدّی پر دِکھائی دیتے رہے، نہ ہمارا یہ معمول ٹوٹا اور نہ نہاری کی چاٹ چھوٹی۔ دو چار مرتبہ کی تو کہتا نہیں ورنہ عموماً ہم اتنے سویرے پہنچ جاتے تھے کہ گاہک تو گاہک دکان بھی پوری طرح نہیں جمنے پاتی تھی۔ کئی دفعہ تو تنور ہمارے پہنچنے پر گرم ہونا شروع ہوا اور دیگ میں پہلا چمچا ہمارے لیے پڑا۔ دکان کے سارے آدمی ہمیں جان گئے تھے اور میاں دلّی والے کو بھی ہم سے ایک خاصی دلچسپی ہوگئی تھی۔ تین چار موقعوں پر اس نے خصوصیت کے ساتھ ہمارے باہر والے احباب کی دعوت بھی کی اور یہ تو اکثر ہوتا تھا کہ جب علی گڑھ یا حیدر آباد کے کوئی صاحب ہمارے ساتھ ہوتے، وہ معمول سے زیادہ خاطر کرتا۔ فرمائش کے علاوہ نلّی کا گودا، بھیجا اور اچھی اچھی بوٹیاں بھیجتا رہتا اور باوجود اصرار کے، کبھی ان چیزوں کی قیمت نہ لیتا۔ اب یہ اپنے شہر والوں کی پاس داری کہاں؟ ہماری وضع میں کیا سلوٹیں آئیں کہ زندگی کی شرافت ہی میں جھول پڑ گئے۔

باتیں بڑے مزے کی کرتے تھے۔ مجھ کو پرانے آدمیوں سے پرانی باتیں سننے کا

بچپن سے لپکا ہے۔ جب تک دکان لگتی، گاہک آتے میں ان کا دماغ چاٹا کرتا۔ ایک دفعہ میرے چند دوست باہر سے آ گئے اور آتے ہی فرمائش کی، ''یار نہاری نہیں کھلواتے؟'' میں نے کہا، ''نہاری! کل صبح ہی سہی۔ وہیں سے نظام الدینؒ چلے چلیں گے۔'' شام کو سیّد صاحب سے کہہ دیا اور سویرے ہی دکان پر جا پہنچے۔ دیگ ابھی کھلی نہ تھی۔ تنور گرم ہو رہا تھا۔ ہمیں دیکھتے ہی دلّی والے کہنے لگے، ''حضّت، پندرہ منٹ انتظار کرنا پڑے گا۔ ذرا تنور کا تاؤ آ جائے۔ مگر آج یہ آپ کے ساتھ کون صاحب ہیں؟ پنجاب کے معلوم ہوتے ہیں۔''

''ہاں، خاص مالیر کوٹلہ کے رہنے والے ہیں۔ میں نے کہا، کیا یاد کریں گے۔ نہاری تو کھلا دو۔''

''مگر میاں، نہاری میں تو مرچیں زیادہ ہوتی ہیں۔''

''جو کچھ بھی ہو، کوئی صورت ایسی نہیں کہ مرچوں کی جھونجھ کم ہو جائے۔''

''کھٹّے اور گھی کے سوا اور کیا علاج ہے لیکن میاں تمھارے کھانے کا مزہ جاتا رہے گا۔''

''خیر! اللہ مالک ہے، کھلاؤ تو سہی۔''

''اپنی طرف سے تو کمی نہیں کروں گا، پھر بھی ناک آنکھ بہنے لگے تو ان کی تقدیر۔''

(بال بھارتی: آٹھویں جماعت۔ ۲۰۱۸ء)

ٹائیگر

شوکت تھانوی

میں نے کہا، ''شوں''

بیگم نے کہا، ''اوں''

ٹائیگر مرے قدموں میں پڑا ہوا زبان نکالے ہانپ رہا تھا اور بیگم صاحبہ کے قدم مع جوتیوں کے مسہری پر رکھے ہوئے تھے انھوں نے کہا، ''مجھے نہیں اچھا معلوم ہوتا۔''

میں نے پیار سے ٹائیگر کو دلار سے دیکھتے ہوئے کہا۔ ''کون؟ میرا ٹائیگر؟''

جل کر کہنے لگیں، ''ہاں یہی موا۔ اسے یا تو باہر ہی رکھا کیجیے، نہیں تو کسی دن...

اگر ٹائیگر کے احساسات اور جذبات کا احترام نہیں ہے تو کم سے کم میرا ہی خیال کرو کہ مجھ کو کتے کی شان میں تمھاری یہ گستاخیاں کس قدر بری معلوم ہوتی ہیں۔ اس قدر عالی خاندان کتا، اس قدر قیمتی جانور، اس قدر وفا شعار رفیق اور اس کو تم اس طرح برا بھلا کہتی ہو؟''

بولیں، ''ہاں میں تو اسی طرح بلکہ اس سے زیادہ اس موذی کو کہوں گی، اگر آپ کو اپنے کتے کا ایسا ہی خیال ہے تو اس کو باہر ہی رکھا کیجیے، گھر میں آیا تو ٹانگ توڑ دوں گی۔''

معلوم نہیں بیگم کی اس بداخلاقی پر ٹائیگر اپنے دل میں کیا کہتا ہوگا۔ بہر حال خود ہم کو اپنے معزز کتے کی اس کھلی ہوئی توہین پر اذیت ہوئی اور ہم فوراً آؤ بیٹا کہہ کر ٹائیگر کو ساتھ لیے ہوئے باہر چلے گئے اور یہ طے کر کے کہ آج سے بیگم کو ٹائیگر سے پردہ کرائیں گے۔ چوکیدار سے کہہ دیا کہ دیکھو ٹائیگر کو باہر ہی رکھا کرو۔ اندر نہ جانے پائے۔ اور جب ہم نہ ہوا کریں تو اس کو باندھ دیا کرو۔

اس دن کے بعد سے ٹائیگر کبھی اندر نہ گیا۔ بیگم کو تو اطمینان تھا لیکن ہم کو سخت تکلیف تھی۔ بیگم کی ضد نے ہم کو مجبور کر دیا تھا کہ ہم گھر کے اندر کچھ وقت گزاریں اور کچھ ٹائیگر کے پاس باہر، مختصر یہ کہ جس جھگڑے کی وجہ سے ایک بیوی کی موجودگی میں دوسری شادی کے مخالف تھے وہی جھگڑا بغیر دوسری شادی کیے ہوئے ہمارے گھر میں موجود تھا۔ پھر بھی مناسب موقع کی تلاش میں تھے کہ بیوی کو سمجھا بجھا کر ٹائیگر سے مصالحت کروادیں گے۔ بہت ممکن ہے کہ یہ گھریلو اختلاف ختم ہو جائے۔

ایک دن صبح کے وقت میز کی ایک طرف بیگم بیٹھی تھی اور دوسری طرف ہم۔ چائے نوشی کے ساتھ ساتھ بیگم کو خوش اخلاق اور ہنس مکھ پا کر ہم نے ٹائیگر کا مسئلہ چھیڑ دیا اور اس سنہری موقع سے فائدہ اٹھانا چاہتے تھے مگر بیگم نے کہا۔

''آخر آپ کو یہ موا کتا کیوں پسند ہے، مجھ کو تو صورت دیکھ کر ڈر معلوم ہوتا ہے۔''

آج معلوم ہوا کہ آپ محض ڈرتی ہیں۔''

جلدی سے کہنے لگیں، ''ہاں مذہباً بھی کتا گھر میں رکھنا کوئی ثواب نہیں ہے۔''

ہم نے کہا، ''ایک بات بتایئے کہ آپ ڈرتی ہیں یا مذہباً کتے کو الگ رکھنا چاہتی ہیں۔''

کہنے لگیں، ''دونوں باتیں ہیں، موئی صورت بھی تو کیسی خوفناک ہے۔ آگ لگے اس موئے کی شرافت میں اور جھاڑو پھرے اس کی صورت پر، میں تو یہ کہتی ہوں کہ آپ اس سے بلی پال لیتے۔ مجھ کو بلی اچھی لگتی ہے اور وہ ناپاک بھی نہیں ہوتی۔''

ہم نے ہنس کر کہا، ''بلی؟''

آواز آئی، ''کھل گیا۔ کھل گیا۔''

اور بیگم ہڑبڑا کر اس طرح کرسی سے اٹھ کر میز پر پھاند پڑیں کہ ایک بھونچال آ گیا، چائے کے کچھ برتن زمین پر گر کر ایک ایک کے دس دس ہو گئے اور کیتلی مع دودھ دان کے ہماری گود میں اس طرح آ رہی کہ ہم بھی ناچ گئے۔ البتہ ٹائیگر صاحب اس کے

قریب زبان نکالے ہوئے کمر مٹکا مٹکا کر دم ہلا رہے تھے اور میز پر چڑھی ہوئی بیگم کے منہ سے الفاظ تک نہیں نکلتے تھے۔ ہم بڑی دیر کے بعد سمجھ سکے کہ کیا واقعہ ہوا ہے اور جب حواس بجا ہوئے تو بیگم کی حماقت پر خاموش ہنسی ہنستے ہوئے 'ٹائیگر کا پٹہ' پکڑ کر باہر چلے گئے۔

اس دن کے بعد سے ہم کو پورا یقین ہو گیا کہ بیگم اور ٹائیگر کے درمیان اختلافات کو مٹانا ممکن ہی نہیں ہے۔ چنانچہ ہم نے پھر اس کی کوشش بھی نہیں کی۔ البتہ ہم کو یہ اندیشہ ضرور تھا کہ کہیں بیگم صاحبہ ہمارے عزیز جان ٹائیگر کو زہر نہ دے دیں کسی نوکر کو رشوت دے کر اس کو قتل نہ کرا دیں۔ چنانچہ اس کے لئے تو ہم نے نوکروں کو آگاہ کر دیا تھا کہ اگر ٹائیگر کا بال بھی بیکا ہوا تو ملازموں میں سے کوئی بھی پھانسی سے نہ بچ سکے گا۔ لیکن ضرورت اس بات کی تھی کہ بیگم کو بھی اس عذاب جہنم سے ڈرا دیں جو کتے کو قتل کرنے یا کرانے یا زہر دینے یا دلوانے کے بعد خدا کے یہاں انسان پر ہوتا ہے چنانچہ ہم نے بیگم سے کہا۔

''اب ٹائیگر کے لیے باقاعدہ انتظام کر دیا ہے کہ وہ کبھی گھر میں نہ آنے پائے۔''

بیگم نے کہا، ''اب کی آیا تو اس کی قضا بھی آ جائے گی۔''

ہم نے کہا، ''نہیں اب وہ نہیں آئے گا مگر دیکھیے کہیں آپ یہ حرکت نہ کر بیٹھیے گا کہ اس بے زبان جانور کو زہر دے کر مار ڈالیں۔ اس لیے کہ بڑا گناہ ہے۔''

بیگم نے لاپرواہی سے کہا، ''ہاں کتے کو مار ڈالنا گناہ ہے اور کتے کو پالنا تو گویا ثواب ہی ہے۔''

بہر حال بیگم صاحبہ نے قتلِ ٹائیگر سے ہاتھ اٹھا لیا لیکن وہ یہ برابر کہتی رہیں کہ ''اگر گھر میں آیا تو ٹانگ توڑ دوں گی۔''

ہم نے کہا، ''ہاں اگر تم خود ٹانگ توڑنے کی ہمت رکھتی ہو تو میں ابھی ٹائیگر کو حاضر کرتا ہوں۔''

بیگم نے جلدی سے کہا، ''دیکھیے آپ کو خدا کی قسم جو لائے۔''

ہم نے کہا، ’’نہیں آپ شوق سے ٹانگ توڑ دیں۔‘‘ اور یہ کہہ کر باہر کی طرف بڑھے۔

بیگم نے ہاتھ پکڑ کر کہا، ’’دیکھیے اچھا نہ ہوگا۔‘‘

اور ہم ہنستے ہوئے دفتر چلے گئے۔

دفتر سے واپس آ کر سب سے پہلے ٹائیگر کی کوٹھری میں گئے لیکن وہاں ٹائیگر کا کہیں پتا نہ تھا۔ دل دھک سے ہوگیا کہ ہو نہ ہو آج بیگم نے اس بے زبان کو خدا جانے کس عذاب میں مبتلا کیا ہوگا۔ معلوم نہیں مار ڈالا یا کہیں چھڑوا دیا۔ بہرحال اب ہم کو پورا یقین ہوگیا کہ ہم سے بچھڑا ہوا ٹائیگر اب ہم کو نہ ملے گا۔ بیگم کے ظلموں پر غصہ آ رہا تھا اور دل چاہتا تھا کہ ہم بھی گھر میں نہ جائیں۔ چوکیدار سے پوچھا تو وہ گدھا فوراً دوڑ کر کوٹھری میں گھس گیا جہاں ہم خود دیکھ چکے تھے کہ ٹائیگر نہیں ہے اور وہاں سوالیہ نشان بن کر کھڑا ہوگیا۔

ہم نے ڈانٹ کر پوچھا، ’’کہاں ہے ٹائیگر؟‘‘

کہنے لگا، ’’حضور ابھی یہیں تھا۔‘‘

ہم نے گھونسا تان کر کہا، ’’تو کیا ہوا بتاؤ نہیں تو جان لے لوں گا۔‘‘

کہنے لگا، ’’حضور ابھی میں نے اس کو دودھ دیا تھا۔ کوئی پانچ منٹ ہوئے۔‘‘

ہم نے کہا، ’’کیا تجھ سے بیگم نے اس کو کہیں چھڑوایا نہیں۔‘‘

کہنے لگا، ’’نہیں حضور۔‘‘

ہم نے کہا، ’’اچھا ٹھہرو تم، ابھی میں بتاتا ہوں۔‘‘ اور ہم خود دندناتے ہوئے گھر کے اندر گئے کہ آج ٹائیگر کی دشمنی کا بدلہ لے لیں گے اور خود بھی اس گھر سے جدھر منہ اُٹھے گا چلے جائیں گے، لیکن گھر میں جا کر عجیب نقشہ دیکھا۔ ٹائیگر تو نہایت متانت سے بیچ صحن میں کھڑے ہوئے دم ہلا رہے تھے اور بیگم صاحبہ لاپتا تھیں۔

ہم نے آواز دی، ’’آپ کہاں ہیں؟‘‘

جواب آیا، ''ہٹایئے اس موذی کو۔''

ہم نے پھر آواز دی، ''آپ آخر ہیں کہاں، ہم نے تو اس کو پکڑ لیا ہے۔''

جواب آیا، ''نہیں اس کو پہنچا دیجیے۔''

اب جو ہم دیکھتے ہیں تو غسل خانے میں اندر سے زنجیر لگی ہوئی ہے۔ ہم نے ٹائیگر کو باہر پہنچا کر چوکیدار کے سپرد کیا اور فوراً اندر آ کر کہا، ''ٹائیگر باہر گیا اب آپ نکلیے۔''

بیگم بالکل ٹائیگر کی طرح ہانپتی ہوئی غسل خانے سے اس طرح برآمد ہوئیں کہ نہ پیر میں جوتا نہ سر پر دوپٹا۔ ہم نے کہا، ''آخر یہ بھی کوئی وحشت ہے۔ چوکیدار کو بلوا کر ٹائیگر کو باہر بھجوا دیا ہوتا۔''

''جی ہاں باہر بھجوا دیا ہوتا۔ وہ موا ایک دم سے سر پر آ گیا، آپ آج ہی اس کو گھر سے نکالیے نہیں تو کسی دن مر جاؤں گی۔''

ہم نے سنجیدگی سے اس مسئلے پر غور کیا تو سمجھ میں آیا کہ یہ صورت بدلنے والی نہیں ہے، چنانچہ اب ٹائیگر تو ہمارے دوست مسٹر اسکاٹ کے یہاں ہے اور ہمارے گھر میں بھی امن ہے بلکہ اب ہم میاں بیوی کے تعلقات پہلے سے زیادہ خوشگوار ہیں۔

(کمار بھارتی: نویں جماعت۔۱۹۹۴ء)

❖❖❖

اپنے ہمسایے سے

کنہیالال کپور

آؤ میاں سمجھوتا کرلیں۔ آج تک ہم ایک دوسرے پر رعب جمانے کے لیے ایسی باتیں اور حرکتیں کرتے رہے ہیں جنھیں فضول ہی نہیں، مضحکہ خیز کہا جا سکتا ہے۔ لیکن سوال یہ ہے، آخر ہم کب تک ایک دوسرے کو محض مرعوب کرنے کے لیے اپنی حیثیت سے زیادہ خرچ کرتے رہیں گے یا جھوٹ بول کر اپنی عاقبت خراب کریں گے؟ کیوں نہ ہم اس حقیقت کو تسلیم کرلیں کہ ہم دونوں میں سے کوئی بھی رئیس ابنِ رئیس نہیں بلکہ تم ایک معمولی تاجر ہو اور میں ایک معمولی معلم ہوں اور دونوں پچھلے پانچ برس سے ایک دوسرے کو دھوکا دینے کی بے کار کوشش کررہے ہیں۔ چنانچہ اگر تم کہتے ہو کہ تمھارا بھائی دہلی میں مجسٹریٹ ہے تو میں تمھیں مطلع کرتا ہوں، میرا بھائی الٰہ آباد ہائی کورٹ کا جج ہے۔ حالانکہ حقیقت یہ ہے کہ تمھارا بھائی کسی مجسٹریٹ کا چپراسی ہے اور میرا کوئی بھائی ہی نہیں کیونکہ میں اپنے والدین کا اکلوتا بیٹا ہوں۔

دو سال ہوئے تم نے کہا تھا، میں بیوی اور بچوں کے ساتھ کسی صحت افزا مقام غالبًا نینی تال جارہا ہوں۔ اور میں نے تمھیں بتایا تھا، میں بھی مع اہل وعیال اوٹا کمنڈ جارہا ہوں۔ لیکن تم نینی تال گئے اور نہ میں اوٹا کمنڈ۔ تم نے وہاں نہ جانے کا یہ بہانہ ڈھونڈا کہ یک لخت تمھاری بیوی کی طبیعت خراب ہوگئی اور ڈاکٹر نے اسے گھر پر مکمل آرام کرنے کے لیے کہا ہے۔ میں نے اوٹا کمنڈ نہ جانے کی یہ وجہ بتائی کہ میرے سالے کی شادی ہے اور مجھے اس کا انتظام کرنا ہے۔ لطف یہ ہے کہ مجھے معلوم تھا، تمھاری بیوی بھلی چنگی ہے اور تمھیں پتا تھا کہ میرے سالے کی شادی تو کیا، ابھی سگائی تک نہیں ہوئی۔ پچھلے دنوں

جب تم نے مجھ پر رعب جمانے کے لیے قسطوں پر ایک فریج خریدا تو میری بیوی میرے سر ہوگئی کہ ہمارے گھر میں فریج ضرور ہونا چاہیے۔ چنانچہ نہ چاہتے ہوئے بھی مجھے فریج خریدنا پڑا۔ اب سنا ہے کہ تم قسطوں پر ٹیلی وژن سیٹ خریدنا چاہتے ہو۔ خدا کے لیے ایسا نہ کرنا۔ ورنہ میں تباہ ہو جاؤں گا۔ فریج کی قسط بھی بڑی مشکل سے ادا کرتا ہوں اور اگر ٹیلی وژن کی قسط بھی ادا کرنی پڑی تو میرا تو دیوالہ ہی پٹ جائے گا۔ میں جانتا ہوں، کم و بیش تمھارا بھی یہی حال ہے۔ لیکن بقول شاعر ؎

تم مسکرا رہے ہو مگر جانتا ہوں میں
بہتر تمھارا حال نہیں میرے حال سے

یہ دوسری بات ہے کہ تم کھلے بندوں کبھی اس بات کا اعتراف نہیں کرو گے کہ ہم دونوں ایک ہی ناؤ میں سوار ہیں۔

کبھی کبھی تم میرا قافیہ تنگ کرنے کی خاطر اپنی بیوی کے لیے قیمتی ساڑی یا زیور لے آتے ہو۔ اُسے پہن کر جب تمھاری بیوی شیخی بگھارتی ہے، ''یہ ساڑی پانچ سو میں آئی ہے۔ یہ زیور دو ہزار روپے کا ہے،'' تو میری بیوی کے سینے پر سانپ لوٹنے لگتے ہیں اور وہ اسی دن سے فرمائش کرنے لگتی ہے کہ اس سے قیمتی ساڑی یا زیور لائیے، نہیں تو مجھے کھانا ہضم نہیں ہوگا اور نہ ہی نیند آئے گی۔

گزشتہ اتوار کو تمھاری بیوی نے اپنے بچے کے جنم دن پر پچیس عورتوں کو مدعو کیا۔ اب میری بیوی کا تقاضا ہے کہ دو ہفتوں کے بعد جب میں اپنے بچے کا جنم دن مناؤں گی تو کم از کم پچاس عورتوں کو دعوت دوں گی ورنہ ہمسائی کی نظر سے گر جاؤں گی۔

ہر بات میں ایک دوسرے کو نیچا دکھانے کی تمنا یہ رنگ لائی ہے کہ اب بیماریوں کے معاملے میں بھی ہم ایک دوسرے سے بازی لے جانے کی کوشش کرنے لگے ہیں۔ چنانچہ میری بیوی کہتی ہے، ''کل رات مُنّے کو ایک سو چار ڈگری بخار تھا۔ بیچارا ساری رات ہائے ہائے کرتا رہا۔'' تو تمھاری بیوی فوراً منہ بنا کر جواب دیتی ہے، ایک سو چار ڈگری بخار بھی کوئی بخار ہوتا ہے؟ تین دن ہوئے ہماری بڑی مُنّی بیمار پڑ گئی، تھرما میٹر لگایا تو معلوم ہوا

ایک سو چھے ڈگری بخار ہے۔ وہ چھے گھنٹے بے ہوش پڑی رہی لیکن میں ذرا بھی نہیں گھبرائی۔ ڈاکٹر تک کو فون نہیں کیا۔ سوچا، بخار ہی تو ہے، خودبخود اتر جائے گا۔''

ایک دن تمھاری بیوی اور میری بیوی اس موضوع پر بحث کر رہی تھیں کہ سوتے وقت تم زیادہ زور سے خراٹے لیتے ہو یا میں۔ تمھاری بیوی کہہ رہی تھی، ''وہ جب خراٹے لیتے ہیں تو ان کے خراٹوں کی آواز ایک فرلانگ سے سنی جاسکتی ہے۔'' میری بیوی اسے بتا رہی تھی ''ہمارے صاحب جب خراٹے لیتے ہیں تو ان کے خراٹوں کی آواز سول ہسپتال میں سنائی دیتی ہے۔ کئی بار ڈاکٹر ہمارے گھر یہ پوچھنے کے لیے آتے ہیں کہ خیریت تو ہے؟''

ہماری بیویوں کی دیکھا دیکھی ہمارے بچے بھی لاف زنی کی عادت کا شکار ہو گئے ہیں۔ اگر تمھارا بچہ کہتا ہے، ''مجھے ہر روز دو روپے جیب خرچ کے لیے ملتے ہیں''، تو میرا بچہ اس کا مذاق اڑاتے ہوئے جواب دیتا ہے، ''اونہہ، صرف دو روپے! ہمیں تو ہر روز پانچ روپے ملتے ہیں۔'' اگر تمھارا بڑا لڑکا کہتا ہے، ''میرے باپ نے ایک دفعہ مٹی کا تیل بلیک مارکیٹ میں فروخت کر کے سات ہزار روپے کمائے تھے،'' تو میرا لڑکا اس سے بازی لے جانے کی نیت سے اسے بتاتا ہے: ''میرے ڈیڈی نے ایک مرتبہ اسکول کے فنڈ سے دس ہزار روپے اُڑا لیے تھے۔''

صورت حال اتنی نازک ہوگئی ہے کہ ڈر لگتا ہے کہ کسی دن ہم دونوں اپنے بچوں یا بیویوں کے بیانات کی بنا پر گرفتار نہ کر لیے جائیں اس لیے آؤ، آج سے سمجھوتا کر لیں کہ آئندہ نہ ہم اور نہ ہماری بیویاں اور نہ بچے، ایک دوسرے پر رعب ڈالنے کی کوشش کریں گے بلکہ بڑی شرافت کے ساتھ تسلیم کر لیں گے کہ ہم دونوں معمولی حیثیت کے آدمی ہیں اور اگر ہم یہ سمجھتے ہیں کہ ہم رئیس ہیں تو ایک دوسرے کو نہیں صرف اپنے آپ کو دھوکا دے رہے ہیں۔

(کمار بھارتی: جماعت دسویں جماعت۔ ۲۰۱۸ء)

❖❖❖

طنزیہ و مزاحیہ مضامین
تعارفِ اُردو
(پانچویں سے دسویں جماعت)

مُرغیاں

مشتاق احمد یوسفی

میں نے عرض کیا، ”کچھ بھی ہو، میں گھر میں مرغیاں پالنے کا روادار نہیں؟“

اس کے بعد انھوں نے ایک نہایت پیچیدہ اور گنجلک تقریر کی اور کہنے لگے، ”یہ نسل مٹائے نہیں مٹتی۔ جہاں تک اس جنس کا تعلق ہے دو اور دو چار نہیں بلکہ چالیس ہوتے ہیں۔ فرض کیجیے کہ آپ دس مرغیوں سے مرغبانی کی ابتدا کرتے ہیں تو ایک اعلا نسل کی مرغی سال میں اوسطاً دو سو سے ڈھائی سو تک انڈے دیتی ہے۔ اس حساب سے پہلے سال میں ڈیڑھ ہزار انڈے ہوں گے اور دوسرے سال ان انڈوں سے جو مرغیاں نکلیں گی وہ دو لاکھ پچیس ہزار انڈے دیں گی جس سے تیسرے سال میں محتاط اندازے کے مطابق تین کروڑ سینتیس لاکھ پچاس ہزار چوزے باہر نکلیں گے۔ بالکل سیدھا سا حساب ہے۔“

”مگر یہ سب کھائیں گے کیا؟“ میں نے بے صبری سے پوچھا۔

ارشاد ہوا، ”مرغ اور مُلا کے رزق کی فکر تو اللہ کو بھی نہیں ہوتی۔ ان کی خوبی یہ ہے کہ اپنا رزق آپ تلاش کرتے ہیں۔ آپ پال کر تو دیکھیے۔ دانہ دُنکا، کیڑے مکوڑے، کنکر پتھر چگ کے اپنا پیٹ بھر لیں گے۔“

پوچھا، ”اگر مرغیاں پالنا اتنا آسان اور نفع بخش ہے تو آپ اپنی مرغیاں مجھے کیوں

دینا چاہتے ہیں؟''

فرمایا، ''یہ آپ نے پہلے ہی کیوں نہ پوچھا۔ آپ جانتے ہیں کہ میرا مکان پہلے ہی کس قدر مختصر ہے۔ آدھے میں ہم رہتے ہیں اور آدھے میں مرغیاں۔ اب مشکل یہ آپڑی ہے کل کچھ سسرالی عزیز چھٹیاں گزارنے آرہے ہیں اس لیے...''

اور دوسرے دن ان کے نصف مکان میں سسرالی عزیز اور ہمارے گھر میں مرغیاں آگئیں۔

ایک دن موسلا دھار بارش ہورہی تھی۔ تھکا ماندہ بارش میں شرابور گھر پہنچا تو دیکھا کہ تین مرغ میرے پلنگ پر باجماعت اذان دے رہے ہیں۔ سفید چادر پر جا بجا پنجوں کے تازہ نشان تھے۔ اس وقت یقین ہوگیا کہ یہ سنگین غلط فہمی ہے کہ مرغیاں ڈربے میں رہتی ہیں۔ میرے تجربے کا نچوڑ یہ ہے کہ مرغیاں ڈربے کے سوا ہر جگہ نظر آتی ہیں۔

ایک اتوار کی دوپہر کو شور سے آنکھ کھلی تو دیکھتا کیا ہوں کہ بچے اصیل مرغ کو مار مار کر بیضوی پیپر ویٹ پڑھ رہے ہیں۔ اس دفعہ مرغ بے قصور تھا۔ لیکن دوسرے دن اتفاقاً دفتر سے ذرا جلد واپس آ گیا تو دیکھا کہ محلّہ بھر کے بچے جمع ہیں اور ان کے سروں پر چیل کوے منڈلا رہے ہیں۔ ذرا نزدیک گیا تو پتا چلا کہ میرے نئے کیرم بورڈ پر لنگڑے مرغ کا جنازہ بڑی دھوم دھام سے نکل رہا ہے۔ سب بچے اپنے قد کے مطابق چار چار کی ٹولیوں میں بٹ گئے۔ باری باری کندھا دے رہے ہیں۔

اُفتادِ طبع کے اعتبار سے میں گوشہ نشین واقع ہوا ہوں اور اگر یہ مرغیاں نہ ہوتیں تو محلے میں مجھے کوئی نہ جانتا۔ دونوں ڈربے والا مکان اس علاقے میں ایک روشن مینار کی حیثیت رکھتا تھا۔ جس کے حوالے سے ہمسائے اپنی گمنام کوٹھیوں کا پتا بتاتے تھے۔ انھی کے توسط سے ہمسایوں سے تعارف اور تعلق ہوا اور انھی کی بدولت بہت سی دور رس دیرپا رنجشوں کی بنیاد پڑی۔ شمعون صاحب سے اس لیے عداوت ہوئی کہ میری مرغی ان کی گلاب کی پود کھاگئی۔ ہارون صاحب سے اس واسطے بگاڑ ہوا کہ ان کا کتا اس مرغی کو کھا

گیا۔ دونوں مجھ ہی سے خفا تھے۔

ایک دن خلیل منزل والے قوی ہیکل مرغ نے ہماری بکاؤلی کی آنکھ پھوڑ دی۔ میں رات بھر اپنی تقریر کا ریہرسل کرنے کے بعد دوسرے دن خلیل صاحب کو ڈانٹنے گیا۔

میں نے اپنا تعارف کراتے ہوئے کہا، ''میں ڈربے والے مکان میں رہتا ہوں۔''

بولے، ''کوئی حرج نہیں۔''

میں نے کہا، ''کل آپ کے مرغے نے میری مرغی کی آنکھ پھوڑ دی۔''

فرمایا، ''اطلاع کا شکریہ۔ دائیں یا بائیں؟''

حافظے پر بہت زور دیا مگر کچھ یاد نہ آیا کہ کون سی تھی، ''اس سے کیا فرق پڑتا ہے۔'' میں نے جھنجھلا کر کہا۔

کہنے لگے، ''آپ کے نزدیک دائیں بائیں میں کوئی فرق نہیں ہوتا۔''

میں نے اصل واقعے کی طرف توجہ دلائی تو کہنے لگے، ''آپ کی مرغی دوغلی ہے۔''

''اور آپ کا مرغا راج ہنس ہے۔'' میں نے بات کاٹی۔

تڑپ کر بولے، ''آپ مجھے برا بھلا کہہ لیجیے، مرغ تک کیوں جاتے ہیں؟''

غرض کہ ظلم و زیادتی کے خلاف جب بھی آواز اُٹھائی اپنی رہی سہی اوقات خراب کرائی۔

اگرچہ بار ہا رانی کھیت کی وبا آئی اور آن کی آن میں ڈربے کے ڈربے صاف کرگئی، لیکن اللہ کی رحمت سے ہماری مرغیاں ہر دفعہ محفوظ رہیں۔ مگر آئے دن کی رقابتیں اور رنجشیں رانی کھیت سے کہیں زیادہ جان لیوا ثابت ہوئیں اور یہ قضیہ رفتہ رفتہ یوں طے ہوا کہ مرغیاں تو پڑوسیوں کے کتے کھا گئے اور جو ان سے بچ رہیں ان کو پڑوسی کھا گئے۔

(تعارف اُردو: دسویں جماعت۔ ۲۰۱۳ء)

✤✤✤

چالاک گدھا

ادارہ

ایک گدھا کسی ہرے بھرے کھیت میں چر رہا تھا۔ کہیں سے ایک بھوکا بھیڑیا ادھر آ نکلا۔ بھیڑیے نے غراتے ہوئے گدھے سے کہا، ''میں صبح سے بھوکا پھر رہا ہوں اور تو یہ ہری ہری گھاس اڑا رہا ہے۔ ادھر آ، میں تجھے کھاؤں گا۔'' گدھے کو چالاکی سوجھی۔ اس نے لنگڑاتے ہوئے چند قدم بڑھائے، بڑے زور سے ہائے کی اور بولا،

''بھائی بھیڑیے! تم مجھے ضرور کھا لینا مگر مہربانی کر کے میرے سُم میں سے یہ کیل تو نکال دو، مجھے بہت تکلیف ہو رہی ہے۔''

بھیڑیے نے کہا، ''مجھے کیا ضرورت ہے کہ میں تجھ پر رحم کروں''

گدھے نے کہا، ''بھائی! میں تمھارے بھلے کے لیے کہہ رہا ہوں۔ فرض کرو تم نے مجھے کھانا شروع کر دیا اور اگر یہ کیل تمھارے حلق میں اٹک گئی تو؟''

بھیڑیے نے سوچا کہ گدھا کہتا تو ٹھیک ہے۔ چھوٹی سی کیل اس کے پاؤں میں اتنی تکلیف دے رہی ہے، اگر یہ میرے حلق میں اٹک گئی تو میرا کیا حشر ہوگا؟ میں تو مفت میں مارا جاؤں گا۔ چلو ٹھیک ہے، اس کی کیل نکال کر ہی کھاؤں تو اچھا رہے گا۔ ''لاؤ، اپنا پاؤں۔'' بھیڑیے نے گدھے سے کہا۔ گدھے نے فوراً اپنا ایک پیر ذرا اوپر اٹھا لیا۔ بھیڑیے نے کہا، ''بتاؤ کہاں ہے کیل، مجھے تو نظر نہیں آ رہی۔'' گدھے نے پھر ایک بار ہائے کی اور کہا۔ ''ذرا قریب آ کر غور سے دیکھو بھائی، ہائے میں مرا۔'' جیسے ہی بھیڑیا کیل دیکھنے کے لیے اور قریب آیا تو گدھے نے پوری طاقت سے بھیڑیے کے منہ پر ایسی دولتی ماری کہ بھیڑیا دور جا گرا۔ اس کے دانت ٹوٹ گئے۔ وہ بری طرح زخمی ہو گیا اور درد کے مارے بلبلانے لگا۔ اسے زخمی کر کے بھلا اب گدھا وہاں کیوں ٹھہرتا؟

(تعارف اُردو: پانچویں جماعت۔ ۲۰۱۶ء)

زیرو ناٹ آؤٹ

مشتاق احمد یوسفی

پروگرام کے مطابق کرکٹ میچ ٹھیک دس سے شروع ہونا چاہیے تھا مگر امپائر کا کوٹ استری ہو کر دیر سے آیا اسی لیے چھپے ہوئے پروگرام کے بجائے ساڑھے گیارہ بجے تک کھلاڑی مؤنگ پھلی کھاتے رہے۔ پندرہ منٹ کے بعد یہ طے پایا کہ جو ٹیم ٹاس ہارے وہی بیٹنگ کرے۔ پھر کل دار روپیا کھنکا، تالیاں بجیں، رومال لہرائے اور مرزا کسے بندھے بیٹنگ کرنے نکلے۔ ہم نے دُعا دی، ''خدا کرے تم واپس نہ آؤ''۔

مصیبت اصل میں یہ تھی کہ مخالف ٹیم کا لمبا تڑنگا بالر (خدا جھوٹ نہ بلوائے) پورے ایک فرلانگ سے ٹہلتا ہوا آتا، یک بارگی جھٹکے کے ساتھ رُک کر کھنکارتا، پھر نہایت تیزی سے گیند پھینکتا۔ اس کے علاوہ حالانکہ وہ صرف دائیں آنکھ سے دیکھ سکتا تھا مگر گیند بائیں ہاتھ سے پھینکتا تھا۔ مرزا کا خیال تھا کہ اس بے ایمان نے یہ چکرا دینے والی صورت انتظاماً بنا رکھی ہے۔ لیکن ایک مرزا ہی نہیں، کوئی بھی یہ اندازہ نہیں کرسکتا تھا کہ وہ گیند کیسے اور کہاں پھینکے گا، بلکہ اس کی صورت دیکھ کر کبھی کبھی تو یہ شبہ ہوتا کہ اللہ جانے پھینکے بھی یا نہیں۔

مرزا کے کھیلنے کا انداز یہ تھا کہ وہ بیٹ کو پوری طاقت کے ساتھ گوپھن کی طرح گھمائے جا رہے تھے۔ تین اوور اسی طرح خالی گئے اور گیند کو ایک دفعہ بھی بیٹ سے ہم کنار ہونے کا موقع نہیں ملا۔ مرزا کے مسکرانے کا انداز صاف بتا رہا تھا کہ رَن نہ بننے کی بڑی وجہ بالر کی نالائقی سے زیادہ مرزا کے اپنے پینترے تھے۔ وہ اپنا وکٹ ہتھیلی پر لیے پھر

رہے تھے۔ وہ کرتے یہ تھے کہ اگر گیند اپنی طرف آتی ہوتی تو صاف ٹل جاتے لیکن اگر ٹیڑھی آتی تو اس کے پیچھے بیٹ لے کر نہایت جوش وخروش سے دوڑتے۔ کپتان نے بہتیرا اشاروں سے منع کیا مگر وہ دو دفعہ گیند کو باونڈری لائن تک چھوڑنے گئے۔ ایک اووَر میں بالر نے گیند ایسی کھینچ ماری کہ مرزا کے سر سے ایک آواز (اور منہ سے کئی) نکلی اور ٹوپی اُڑکر وکٹ کیپر کے قدموں پر جا پڑی۔ جب امپائر نے مرزا کو ٹوپی پہنانے کی کوشش کی تو وہ ایک انچ تنگ ہو چکی تھی۔

اس کے باوجود مرزا خوب جم کر کھیلے اور ایسا جم کر کھیلے کہ ان کی اپنی ٹیم کے پاؤں اکھڑ گئے۔ اس کی تفصیل یہ ہے کہ جیسے ہی ان کا ساتھی گیند پر ہٹ لگاتا، ویسے ہی مرزا اسے رن بنانے کی پُرزور دعوت دیتے اور جب وہ تین بٹے چار پچ طے کر لیتا تو اسے ڈانٹ ڈپٹ کر بلکہ ڈھکیل کر اپنے وکٹ کی جانب واپس بھیج دیتے۔ مگر اکثر یہی ہوا کہ گیند اس غریب سے پہلے وہاں پہنچ گئی اور وہ مفت میں رن آؤٹ ہو گیا۔ جب مرزا نے یکے بعد دیگرے اپنی ٹیم کے پانچ کھلاڑیوں اور کپتان کا اس طرح جلوس نکال دیا تو کپتان نے سختی سے تنبیہ کر دی کہ خبردار! اب مرزا کے علاوہ کوئی رن نہ بنائے۔

لیکن مرزا نے آخری وکٹ تک ایک بھی رن بنا کے نہیں دیا۔ اس کے باوجود ان کا اسکور اپنی ٹیم میں سب سے اچھا رہا۔ اس لیے کہ رن تو کسی اور نے بھی نہیں بنائے مگر وہ سب آؤٹ ہو گئے۔ اس کے برعکس مرزا خود کو بڑے فخر کے ساتھ زیرو ناٹ آؤٹ بتاتے تھے۔

ناٹ آؤٹ! اور یہ بڑی بات ہے۔

(تعارف اُردو: آٹھویں جماعت۔ ۲۰۱۷ء)

***

بلٹ ٹرین

مجتبیٰ حسین

جاپان کی ریل گاڑیاں دنیا کی ترقی یافتہ ریل گاڑیاں سمجھی جاتی ہیں لیکن پھر بھی ہماری ریل گاڑیوں کا مقابلہ نہیں کرسکتیں۔ مثال کے طور پر ہم اپنے وطن کی گاڑیوں میں اکثر دروازے سے لگے ہوئے ڈنڈے سے لٹک کر سفر کرتے ہیں تو بڑا لطف آتا ہے۔ یہ سہولت جاپانی ریل گاڑی میں بالکل نہیں ہے۔ جاپانی ٹرینوں کے مسافر بڑے بداخلاق ہوتے ہیں۔ کسی سے کوئی بات نہیں کرتا۔ بھلا یہ سفر کرنے کا کوئی طریقہ ہوا! ہم جاپانی ٹرینوں میں پچھلے ایک مہینے سے سفر کر رہے ہیں۔ کسی مسافر نے پلٹ کر یہ نہیں پوچھا، میاں کہاں رہتے ہو، کہاں جا رہے ہو؟ آپ کے شہر میں پیاز کا کیا بھاؤ ہے وغیرہ وغیرہ۔ جاپانی لوگ ٹرین میں سفر کرتے وقت مون برت رکھ لیتے ہیں۔ پلیٹ فارم پر کھڑے کھڑے کتابیں پڑھتے رہتے ہیں۔ ٹرین آتی ہے تو کتاب میں انگلی رکھ کر ٹرین میں گھس جاتے ہیں اور سیٹ پر بیٹھتے ہی پھر کتاب کھول کر پڑھنے میں لگ جاتے ہیں۔ ہمیں اکثر یوں محسوس ہوتا ہے جیسے ہم کسی لائبریری میں بیٹھے ہیں اور لائبریری کے نیچے پہیے لگا دیے گئے ہیں۔ انھیں کون سمجھائے کہ میاں ریل گاڑیوں میں لوگ چہرے پڑھتے ہیں، کتابیں نہیں۔ ایک دوسرے کی خیریت دریافت کرتے ہیں اور حالات حاضرہ پر تبصرہ کرتے ہیں۔

ہمیں جاپانی ریل گاڑیوں سے یہ شکایت بھی ہے کہ یہ بہت ٹھیک وقت پر چلتی ہیں۔ انتظار میں جو لذت ہوتی ہے اس کا مزہ جاپانیوں کو کیا معلوم۔ آپ یقین کریں کہ میں ٹوکیو میں کسی بھی اسٹیشن پر ٹرین کے لیے دو منٹ سے زیادہ انتظار نہیں کرنا پڑا۔ ایک ٹرین جاتی ہے تو دوسری اس کے پیچھے آ جاتی ہے۔ اور پھر ان کی رفتار بھی ایسی تیز کہ آدمی کا کلیجا منہ کو آ جائے۔ پتا نہیں انھیں کہاں جانے کی جلدی ہوتی ہے۔ ہماری ریل گاڑیاں اسٹیشن میں داخل ہونے سے پہلے بیرونی سگنل کے پاس ضرور رکتی ہیں۔ سیٹیاں بجاتی ہیں۔ مسافر کھڑکیوں میں سے جھانک جھانک کر سگنل کو دیکھتے ہیں۔ کتنا مزہ آتا ہے۔

ہم نے جاپان کی بلٹ ٹرین کی شہرت بہت سنی تھی۔ اس میں بھی سفر کر کے دیکھ

لیا۔ بالکل واہیات گاڑی ہے۔ ہمیں بلٹ ٹرین میں بیٹھ کر کیوٹو جانا تھا۔ فاصلہ پوچھا تو معلوم ہوا کہ تقریباً پانچ سو کلومیٹر سے کچھ اوپر ہے۔ ہم نے پوچھا، ''اتنا لمبا سفر ہے، بستر بند بھی ساتھ رکھ لیں؟'' سنجی تاجما (یونیسکو کے عہدیدار) نے ہنس کر کہا، ''اس میں سونے کی جگہ ہی کہاں ہوتی ہے کہ آپ اپنا بستر لگا سکیں۔'' ہمیں بتایا گیا کہ کیوٹو جانے کے لیے ٹوکیو سینٹرل اسٹیشن سے بلٹ ٹرین ٹھیک آٹھ بج کر اکتالیس منٹ پر نکلے گی۔ ہم ٹوکیو سینٹرل اسٹیشن پہنچے تو ساڑھے آٹھ بج چکے تھے اور بلٹ ٹرین کا دور دور تک کوئی پتا نہ تھا۔ ہم نے تاجما کو چھیڑنے کے انداز میں کہا، ''حضرت وہ جو بلٹ ٹرین آٹھ بج کر اکتالیس منٹ پر چلنے والی تھی، وہ کہاں ہے؟'' تاجما نے کہا، ''بس آتی ہی ہوگی۔'' ٹھیک آٹھ بج کر پینتیس منٹ پر بلٹ ٹرین پلیٹ فارم پر نمودار ہوئی۔ اس کا انجن طیارے کی شکل کا ہوتا ہے۔ ہم ٹرین میں داخل ہوئے تو یوں لگا جیسے ہم طیارے میں پہنچ گئے ہیں۔ یہ ٹرین ٹوکیو سے ہکاتا تک ایک ہزار ستر کلومیٹر کا فاصلہ تقریباً چھے گھنٹوں میں طے کرتی ہے۔ یہ دنیا کی سب سے تیز رفتار ٹرین سمجھی جاتی ہے کیونکہ یہ ایک گھنٹے میں ۲۱۰ رکلومیٹر کا فاصلہ طے کرتی ہے۔

ہم ٹرین میں بیٹھے اپنی گھڑی کو دیکھ رہے تھے کہ ٹھیک آٹھ بج کر اکتالیس منٹ پر ٹرین گولی کی طرح اسٹیشن سے نکلی۔ تب ہمیں یقین آیا کہ اس ٹرین کو بلٹ ٹرین کیوں کہتے ہیں۔ تقریباً تین گھنٹوں بعد جب ہم کیوٹو پہنچے اور گھڑی دیکھی تو پتا چلا کہ گاڑی کے پہنچنے کے وقت میں آدھے منٹ کا بھی فرق نہیں ہے۔ بلٹ ٹرین سے اترنے کے بعد ہمارے دوست سنجی تاجما نے پوچھا، ''آپ کا سفر کیسا رہا؟'' ہم نے کہا، ''مسٹر تاجما! آپ ہندوستان کی ٹرینوں میں سفر کر چکے ہیں۔ ہماری ٹرینوں میں جو سہولتیں ہوتی ہیں وہ آپ کے ہاں کہاں۔ وہ سفر ہی کیا جس میں آدمی کو دھکا نہ لگے۔ ہم نے تین گھنٹے آپ کی ٹرین میں سفر کیا، کسی نے ہمارے سر پر صندوق نہیں رکھا۔ کسی کا ہولڈال ہمارے پاؤں پر نہیں گرا۔ بھلا یہ بھی کوئی ٹرین کا سفر ہے۔''

لہٰذا صاحبو! کبھی جاپان جاؤ تو بلٹ ٹرین میں بالکل نہ بیٹھو۔ بڑی واہیات ٹرین ہے۔ بلٹ ٹرین میں بیٹھنے سے بہتر یہی ہے کہ آدمی ہوائی جہاز میں بیٹھ جائے۔

(تعارفِ اُردو: جماعت نویں۔ ۲۰۱۷ء)

سورج

ابنِ انشا

اخبار میں ایک برطانوی سائنس داں کا بیان آیا ہے کہ سورج کی میعاد ختم ہونے والی ہے۔ ایک روز یک لخت اس کا چراغ گل ہو جائے گا۔ اس کا جانا ٹھہر گیا ہے، صبح گیا یا شام گیا۔

یہ خبر پڑھ کر ہماری آنکھوں کے آگے اندھیرا سا چھا گیا کیونکہ اس امر کے باوجود کہ ہمیں سورج پر بعض اعتراض ہیں، اس کی خوبیاں اظہر من الشّمس ہیں مثلاً یہی کہ اس میں تیل پڑتا ہے نہ بجلی کا خرچ ہے، پھر بھی اچھی خاصی روشنی دیتا ہے۔ ہمارا اس پر اعتراض فقط یہ ہے کہ یہ غلط وقت پر نکلتا ہے یعنی صبح سات بجے جبکہ ہماری بھرپور نیند کا وقت ہوتا ہے۔ اگر دوپہر کو یا شام کو نکلا کرے تو کتنی اچھی بات ہو۔ لیکن کوئی نہ کوئی نقص تو ہر چیز میں ہوتا ہے حتیٰ کہ کہتے ہیں 'داغ تو سورج میں بھی ہوتا ہے۔'

سورج اگر ختم ہو گیا تو اس کے نتائج بڑے سنگین اور دور رس ہوں گے۔ عام لوگ تو اس کا اندازہ بھی نہیں کر سکتے۔ سب سے زیادہ زد تو دھوبیوں پر پڑے گی کیونکہ ان بیچاروں کا تو روزگار ہی کپڑے دھونا ہے۔ خیر دھو تو لیں گے، سُکھائیں گے کیسے؟ دوسری کاری ضرب ان کارخانوں اور دکانوں پر پڑے گی جو چھتریاں بناتے بیچتے ہیں۔ ٹھنڈی بوتلوں والوں کا کاروبار بھی ٹھنڈا ہو جائے گا۔ پھر اس کا اثر دنیا کے علاوہ دین پر بھی پڑنے کا اندیشہ ہے۔ رمضان شریف کے دنوں میں سورج بڑے کام آتا ہے۔ روزہ رکھنے میں تو خیر کوئی ایسی مشکل نہیں کیونکہ تڑکے رکھا جاتا ہے لیکن لوگ کھولا کیسے کریں گے؟ اس کے لیے تو غروب

آفتاب کی شرط ہے۔ ہم اپنے ایک دوست کے بارے میں بھی فکر مند ہیں۔ ان کا اصول ہے کہ صبح صبح ستاروں کی چھاؤں میں چرند پرند کے ساتھ اُٹھ بیٹھتے ہیں اور سورج نکلنے تک سیر اور ورزش کرتے ہیں۔ نہ سورج ہو نہ نکلے۔ ظاہر ہے قیامت تک سیر کرتے رہیں گے۔ یا ڈنڈ پیل پیل کر بے حال ہو جائیں گے۔ اب تو لوگ تاریکی سے گھبرا کر سویرا ہونے کی آرزو کرتے ہیں۔ آئندہ رات کے ہونے کی تمنا کیا کریں گے کیونکہ رات میں کم از کم چاند تو ہوتا ہے۔ دن میں تو تارے تک نہیں ہوتے۔ ہوتے بھی ہیں تو ہر ایک کو نظر نہیں آتے۔ اور ہم اُردو کے محاورہ داں آئندہ کس چیز کو چراغ دکھایا کریں گے؟

ہم ان سائنس دانوں کے ہاتھوں بہت تنگ ہیں۔ کبھی کہتے ہیں دنیا ختم ہونے والی ہے۔ سامان باندھ لو۔ تیار رہو، کبھی فرماتے ہیں، سورج کا آخری وقت آن پہنچا ہے۔ عزیزو ! اب اللہ ہی اللہ ہے۔ ہمیں تو یہ ساری کارستانی برطانوی سائنسداں صاحب کی معلوم ہوتی ہے۔ ایک زمانہ تھا کہ برطانیہ کے اقبال کا آفتاب کبھی غروب نہ ہوتا تھا لیکن پھر غروب ہونا شروع ہوا تو ہوتا ہی چلا گیا۔ اب انگریز کہتے ہیں کہ ہم تو ڈوبے ہیں میاں، تم کو بھی لے ڈوبیں گے۔ یقین ہے آگے چل کر اس سلسلے میں اور نظریے بھی سامنے آئیں گے۔ امریکہ کو بین الاقوامی کمیونزم کی سازش نظر آئے گی کہ اندھیرا کر کے یہ لوگ ہم پر میزائیل پھینکنا چاہتے ہیں۔ روس امریکی سامراج کی سازش کا سراغ لگائے گا کہ اب امریکہ کے تیل کے اجارہ داروں کی بن آئے گی۔ مٹی کا تیل غریب ملکوں میں جس بھاؤ چاہیں گے بیچیں گے۔ پیکنگ ڈیلی کا سیاسی وقائع نگار یوں بھانڈا پھوڑے گا کہ یہ امریکہ اور روس کی ملی بھگت ہے کیونکہ چین مشرق کی طرف ہے اور سورج مشرق ہی سے نکلا کرتا تھا۔

اتنا بڑا واقعہ ہو جانے پر ہر طرف ہلچل سی مچ جائے گی۔ اخبارات سورج نمبر نکالیں گے۔ ہاکر آواز لگاتے پھریں گے، ''ہو گیا ہو گیا سورج کا ڈبا گول ہو گیا۔'' بیانوں میں ہر

چیز کا خیر مقدم کرنے والے اب کے یہ بیان بھی دیں گے کہ ہم سورج کے ختم ہونے کا خیر مقدم کرتے ہیں۔ اپوزیشن والے کہیں گے، "بالغ رائے دہندگی کو نظر انداز کرنے کا یہی نتیجہ ہونا تھا۔" کوئی بیان دے گا کہ میں نے ۱۹۲۱ء ہی میں بتا دیا تھا کہ ایسا ہونے والا ہے۔ ڈاکٹر صاحب فرمائیں گے کہ علامہ اقبالؔ نے مجھے ہدایت کی تھی کہ سورج کا خیال رکھنا، اسے کوئی نقصان نہ پہنچ جائے لیکن اخبار والے اپنے کالم میں بتائیں گے کہ سورج کے نہ ہونے کا خوابوں کی نفسیاتی تحلیل پر کیا اثر پڑے گا۔ بڑے بڑے عالم انسائیکلوپیڈیا کے حوالے دے کر بتائیں گے کہ سورج بڑی پرانی چیز ہے۔ وہ اس کے سارے نام بھی گنائیں گے۔

ہم نے اس خبر کا صرف ضروری حصہ کالم کے شروع میں دیا ہے ورنہ خبر لمبی ہے اور اس میں بہت سی تفصیلات ہیں جن سے ہمیں یا ہمارے قارئین کو کوئی دلچسپی نہیں ہوسکتی مثلاً یہی کہ یہ حادثہ آج سے تین کروڑ سال بعد پیش آئے گا اگر آیا تو...

(تعارفِ اُردو: دسویں جماعت۔ ۲۰۱۸ء)

✤✤✤

ہمارے مہرباں

سجاد حیدر یلدرم

میرے دوست احمد مرزا ہیں جنھیں میں بھڑ بھڑیا دوست کہتا ہوں۔ یہ نہایت معقول آدمی ہیں اور میری ان کی دوستی نہایت پرانی اور بے تکلفی کی ہے مگر حضرت کی خلقت میں یہ داخل ہے کہ دو منٹ نچلا نہیں بیٹھا جاتا۔ جب آئیں گے شور مچاتے ہوئے، چیزوں کو الٹ پلٹ کرتے ہوئے۔ غرض کہ ان کا آنا بھونچال کے آنے سے کم نہیں ہے۔ جب وہ آتے ہیں تو میں کہتا ہوں، ''کوئی آرہا ہے، قیامت نہیں ہے۔'' ان کے آنے کی مجھے دور سے خبر ہو جاتی ہے باوجود یہ کہ میرے لکھنے پڑھنے کا کمرہ چھت پر ہے۔ اگر میرا نوکر کہتا ہے کہ ''میاں اس وقت کام میں بہت مشغول ہیں۔'' تو وہ فوراً چیخنا شروع کر دیتے ہیں کہ'' کم بخت کو اپنی صحت کا بھی تو کچھ خیال نہیں (نوکر کی طرف مخاطب ہو کر) خیراتی! کب سے کام کر رہے ہیں؟''

''بڑی دیر سے۔''

''توبہ توبہ! اچھا بس میں ایک منٹ ان کے پاس بیٹھوں گا۔ مجھے خود جانا ہے۔ چھت پر ہوں گے نا؟ میں پہلے ہی سمجھتا تھا۔'' یہ کہتے ہوئے وہ اوپر آتے ہیں اور دروازے کو اس زور سے کھولتے ہیں کہ گویا کوئی گولہ آ کے لگا (آج تک انھوں نے دروازہ کھٹکھٹایا نہیں) اور آندھی کی طرح داخل ہوتے ہیں۔

''اہاہاہا! آخر تمھیں میں نے پکڑ لیا مگر دیکھو دیکھو، میری وجہ سے اپنا لکھنا بند مت کرو۔ میں حرج کرنے نہیں آیا۔ خدا کی پناہ! کس قدر لکھ ڈالا ہے۔ کہو طبیعت تو اچھی ہے؟ میں تو صرف یہ پوچھنے آیا تھا۔ واللہ! مجھے کس قدر خوشی ہوتی ہے کہ میرے دوستوں میں

ایک شخص ایسا ہے جو مضمون نگار کے لقب سے پکارا جاسکتا ہے۔ لو اب جاتا ہوں ، میں بیٹھوں گا نہیں ۔ ایک منٹ نہیں ٹھہرنے کا۔ تمھاری خیریت دریافت کرنی تھی ، خدا حافظ !''

یہ کہہ کے وہ نہایت محبت سے مصافحہ کرتے ہیں اور اپنے جوش میں میرے ہاتھ کو اس قدر دبا دیتے ہیں کہ انگلیوں میں درد ہونے لگتا ہے اور میں قلم نہیں پکڑ سکتا۔ یہ تو علیحدہ رہا، اپنے ساتھ میرے کل خیالات کو بھی لے جاتے ہیں۔ خیالات کو جمع کرنے کی کوشش کرتا ہوں مگر اب وہ کہاں؟ اور دیکھا جائے تو میرے کمرے میں ایک منٹ سے زیادہ نہیں رہے، تاہم وہ اگر گھنٹوں رہتے تو اس سے زیادہ نقصان نہ کرتے۔ کیا میں انھیں چھوڑ سکتا ہوں؟ میں اس سے انکار نہیں کرتا کہ میری اور ان کی دوستی بہت پرانی اور وہ مجھ سے بھائیوں کی طرح محبت کرتے ہیں، تاہم میں انھیں چھوڑ دوں گا۔ ہاں چھوڑ دوں گا۔ اگر چہ کلیجے پر پتھر رکھنا پڑے گا۔

اور لیجیے، دوسرے دوست محمد تحسین ہیں۔ یہ بال بچوں والے صاحب ہیں اور رات دن ان ہی کی فکر میں رہتے ہیں۔ جب بھی ملنے آتے ہیں تو تیسرے پہر کے قریب آتے ہیں، جب میں کام سے تو فارغ ہو جاتا ہوں لیکن اس قدر تھکا ہوا ہوتا ہوں کہ دل میں چاہتا ہے کہ ایک گھنٹا آرام کرسی پر خاموش پڑا رہوں مگر تحسین آئے ہیں اور ان سے ملنا ضروری ہے۔ ان کے پاس باتیں کرنے کے لیے، سوائے اپنی بیوی بچوں کی بیماری کے کوئی مضمون ہی نہیں۔ میں کتنی ہی کوشش کروں مگر وہ اس مضمون سے باہر نہیں نکلتے۔ اگر میں موسم کا ذکر کرتا ہوں تو وہ کہتے ہیں ہاں بڑا اخراب موسم ہے، میرے چھوٹے بچے کو بخار آ گیا منجھلی لڑکی کھانسی میں مبتلا ہے۔ اگر پولیٹکس یا لٹریچر کے متعلق گفتگو شروع کرتا ہوں تو تحسین صاحب فوراً معذرت پیش کرتے ہیں کہ بھائی آج کل گھر بھر بیمار ہے، مجھے اتنی فرصت کہاں کہ اخبار پڑھوں۔ اگر کسی عام جلسے میں آتے ہیں تو اپنے لڑکوں کو ضرور ساتھ لیے ہوتے ہیں اور ہر ایک سے بار بار پوچھتے رہتے ہیں کہ ''طبیعت تو نہیں گھبراتی ؟ پیاس تو نہیں معلوم ہوتی ؟'' کبھی کبھی نبض دیکھ لیتے ہیں اور وہاں بھی کسی سے ملتے ہیں تو گھر کی

بیماری ہی کا ذکر کرتے ہیں۔

ایک صاحب ہیں جو مجھ سے کبھی نہیں ملتے مگر جب آتے ہیں، میں ان کا مطلب سمجھ جاتا ہوں۔ یہ حضرت ہمیشہ قرض مانگنے کے لیے آتے ہیں اور ایسے وقت آتے ہیں جب میں باہر جانے والا ہوتا ہوں۔ ایک صاحب ہیں جو مجھ سے ملتے ہی کہتے ہیں، ''میاں ! عرصے سے میرا دل چاہتا ہے تمھاری دعوت کروں'' مگر کبھی اپنی خواہش پوری نہیں کرتے۔ ایک دوست ہیں؛ وہ آتے ہی سوالات کی بوچھار کر دیتے ہیں۔ جب میں جواب دیتا ہوں تو متوجہ ہو کر نہیں سنتے یا اخبار اُٹھا کر پڑھنے لگتے ہیں یا گانے لگتے ہیں۔ ایک صاحب ہیں جو جب آتے ہیں، اپنی ہی کہے جاتے ہیں، میری نہیں سنتے۔

یہ سب میرے عنایت فرما اور خیر طلب ہیں مگر اپنی طبیعت کو کیا کروں، صاف صاف کہتا ہوں کہ ان میں سے ہر ایک سے کہہ سکتا ہوں، ع

مجھ پر احساں جو نہ کرتے تو یہ احساں ہوتا

اب چونکہ میں نے یہ حال لکھنا شروع کر دیا ہے، مناسب معلوم ہوتا ہے کہ چند اور احباب کے متعلق اپنے دلی خیالات ظاہر کروں۔ دروازے پر ایک گاڑی آ کے رکی ہے، میں سمجھ گیا کہ کون صاحب تشریف لا رہے ہیں۔ میں ان کی شکایت نہیں کرنے کا کیونکہ کیا یہ تعجب کی بات نہیں ہے کہ تین گھنٹے سے میں مضمون لکھ رہا تھا کہ کسی کرم فرما نے کرم نہیں فرمایا اس لیے اس کے شکریے میں میں اس مضمون کو اسی ناتمام حالت میں چھوڑتا ہوں اور اپنے دوست کا خیر مقدم کرتا ہوں۔

''آیئے، آیئے۔ مزاجِ عالی.. بہت دن بعد تشریف لائے۔''

(تعارف اُردو: دسویں جماعت۔ ۲۰۱۸ء)

طنزیہ ومزاحیہ مضامین
یووک بھارتی
(گیارھویں اور بارھویں جماعت)

صف شکن کی تلاش

پنڈت رتن ناتھ سرشار

ایک چوب دار برہنہ سر پریشان و مضطرب لپکتا ہوا آیا، ''خداوند! بڑا غضب ہوگیا''

نواب: کیا؟

چوب دار: کیوں کر کہوں۔

نواب: ''کہو، ایں خیر تو ہے؟ بولو تو!''

سب کا رنگ فق کہ خدا ہی خیر کرے۔ نواب کا کلیجا دہل گیا۔

نواب: ''میاں کچھ منہ سے بولو، سر سے کھیلو، آخر کیا آفت آئی؟ کچھ معلوم تو ہو!

چوب دار: **(ہاتھ جوڑ کر)** جاں بخشی ہو تو عرض کروں، بٹیر سب اڑ گئے۔

نواب: **(ہاتھ ملتے ہوئے)** سب !!! ارے سب اُڑ گئے! ہائے میرے صف شکن کو جو ڈھونڈھ لائے ہزار نقدا نقد گنوائے) اس وقت میں جیتے جی مرمٹا۔ اُف اُف بھئی سانڈنی سواروں کو حکم دو کہ پنچ کوس دورہ کریں۔ جہاں بھی صف شکن ملے سمجھا بجھا کر لے ہی آئیں۔

مصاحب: خداوند! سمجھانا کیسا۔ وہ بھی کوئی آدمی ہے کہ سمجھ جائے گا۔ جنور لاکھ پڑھے پھر جنور ہے۔

نواب: کوئی ہے؟

رفقا: حاضر!

پیرومرشد!

خداوند!

جی حضور!

نواب: ان پر جوتے پڑیں۔ لوصاحب، ہم تو اس وقت گھبرائے ہوئے ہیں۔ یہ بات کاٹتا ہے۔ صف شکن کو تم ایسے گدھوں سے زیادہ تمیز ہے۔

ایک رفیق: حق ہے۔ اے حضور وہ تو عربی بھی سمجھ لیتا ہے۔

دوسرے بولے خداوند اس کو قرآن کے کئی پارے یاد ہیں۔ تیسرے نے کہا قسم پنج تن پاک کی میں نے اس کو نماز پڑھتے دیکھا ہے۔ چوتھا بولا۔ ایک دن ہنس رہا تھا۔ پانچویں نے کہا۔ اجی ہم نے ڈنڈ پیلتے دیکھا ہے۔

(نواب صاحب کو ان کل باتوں کا یقین آ گیا۔ اس بے چارے مصاحب کی گدی پر دو چار گدّے پڑ گئے۔)

بٹیر کیا اُڑ گئے، نواب صاحب کے ہاتھوں کے طوطے اڑ گئے۔ آنکھوں سے اشک جاری۔ ٹپ ٹپ آنسو گر رہے ہیں۔ کلیجا بلیوں اُچھل رہا ہے۔ چہرے پر ہوائیاں اُڑ رہی ہیں۔

نواب: ہائے رے میرا صف شکن۔ پیارا صف شکن۔ مجھے تو اس سے عشق ہو گیا تھا جی۔ میں تو اس کی بانکی ادا پر جان دیتا تھا۔ یار وہ نکیلی چونچ۔ وہ بے تابی سے کاگن چگنا۔ چکھی کھائی اور ڈٹ گیا۔ سینکڑوں معرکوں میں لڑا مگر کورا آیا۔ دو دو چونچیں ہوئیں اور بٹیر دم دبا کر بھاگا۔ پھر سامنا ہوا اور منہ پھیر دیا۔ کس بانکپن سے جھپٹ کر لات دیتا تھا کہ پالی بھر تھرا اٹھتی تھی۔ اور اس کی بساط ہی کیا تھی منجھولا جنور لیکن بلا کا کس بل۔

مصاحب: حضور کو یاد ہوگا کہ رمضان شریف کے مہینے میں اس نے دن کے وقت دانہ تک نہ چھوا۔ حضور سمجھے تھے بوندا ہو گیا مگر میں تاڑ گیا کہ پابندِ صوم و صلوٰۃ ہے۔ جَلّ جلالہٗ۔ جَلّ جلالہٗ۔ کیا شانِ کبریائی ہے۔ خداوند اب میں حضور سے کہتا ہوں کہ دس پانچ دفعہ میں نے افیم بھی پلا دی مگر واللہ باللہ ثم باللہ جو ذرا

بھی نشہ ہوا ہو۔ ہاں انکھڑیوں میں لال لال ڈورے تو پڑ گئے تھے۔

میر صاحب: پیرومرشد یقین جانیے پچھلے پہر سے سحر کاذب تک حق حق کی آواز کابک سے آیا کرتی تھی۔ غفور تم کو بھی ہم نے کئی بار جگا کر سنایا کہ صف شکن یادِ خدا میں مصروف ہے۔

غفور: ہاں میاں پچھلے پہر سے حق حق کیا کرتے تھے اور اکثر دیکھا تھا کہ سجدہ کر رہے ہیں۔

خوجی: جَلّ جلالہٗ۔ جَلّ جلالہٗ۔ واہ میاں صف شکن علی شاہ۔

نواب: بھئی ہم نے اسے پہچانا ہی نہیں۔ اُف اُف بھئی کوئی پنکھا جھلنا۔

مصاحبین: **(غل مچا کر)** پنکھا لاؤ۔ جلدی۔ سامنے کھڑے ہو کر جھلو۔

نواب: پیتم جو میں جانتی کہ پیت کیے دُکھ ہوئے
نگر ڈھنڈورا پیٹتی کہ پیت کرے نہ کوئے

خوجی: **(پینک سے چونک کر)** ہاں ذری اونچے سروں میں۔ واہ استاد چھیڑے جائیے۔ اس وقت تو میاں شوری کی روح پھڑک گئی ہوگی۔

نواب: چپ نامعقول۔ کوئی ہے۔ ان کو یہاں سے ٹہلاؤ۔ یہ رئیسوں کی صحبت کے لائق نہیں۔ مجھ کو بھی کوئی گویّا مقرر کیا ہے۔ یہاں تو جی جلتا ہے اور اندر ہی اندر پھنک رہا ہوں۔ ان کے نزدیک قوالی ہو رہی ہے۔ کہنے لگے ''اونچے سروں میں''۔ میاں شوری یاد آتے ہیں۔ تم ایسے مفت خوروں کو کسی کے دکھ درد سے کیا سروکار۔ تم کو تر چکھوتیوں سے مطلب ہے اور بس۔۔ فیرنی ہو، کھیر پکے، مزعفر پر ہاتھ پڑے؛ ٹکڑے کھائے دل بہلائے کپڑے پھٹے گھر کو آئے۔

خوجی: خداوند! غلام تو اس دم اپنے آپ میں نہیں۔ صف شکن کی کابک خالی ہو اور میں اپنے ہوش وحواس سے چوکس رہوں۔ میرا معشوق نظر سے غائب ہو تو طبیعت کیوں کر حاضر ہو۔ حضور نے اس وقت مجھ پر جبر کیا۔ افسوس ہائے افسوس۔ ارے یارو صف شکن کو کہیں سے ڈھونڈھ لاؤ۔ کوئی تو پتہ لگاؤ۔ چور گیدی سے

خدا سمجھے۔

نواب: شاباش۔ خوجی شاباش ! اس وقت طبیعت بہت ہی خوش ہوگئی۔ بے شک تم نمک حلال، تمھارے باپ دادا نمک حلال۔ ارے بھئی سانڈنی سوار دوڑائے گئے یا نہیں؟

مصاحب: شجاعت علی سے کہو ابھی سانڈنی تیار ہو اور پنج کوس چکر لگائے۔ جہاں صف شکن ملیں ان کو سمجھا بجھا کر لے ہی آئے۔

شجاعت: جاتا تو ہوں مگر وہ تو منطق پڑھے ہیں میری کیا سنیں گے۔ کوئی مولوی بھی تو ساتھ بھیجیے۔ ان سے بحثے گا کون۔ غلام تو کچھ اونٹ ہی چلانا خوب جانتا ہے۔ ان سے دلیل کون کرے بھلا۔

خوجی: خداوند قربان جاؤں۔ افیم، چانڈو، مدک، چرس کی بحث ہو تو بندۂ درگاہ کو بھڑا دیجیے۔ مگر وہاں تو حقانی باتیں ہوں گی۔ اس میں ایں جانب کو واجبی ہی واجبی دخل ہے۔ پھر دخل در معقولات دے کر اُلّو بنوں مفت میں۔

میاں آزاد: پیرو مرشد۔ بانک، بِنوٹ، لکڑی، پٹے کا چرچا ہوتا تو بندہ بھی تلوار سوت کے عین موقع واردات پر جاڈٹتا اور چر کے پر چرکا، نشتر پر نشتر گاتا۔ مگر منطق کی بحث کچھ خالہ جی کا گھر تو ہے نہیں۔ کسی جغادری مولانا کو بلوائیے۔

مصاحبین نے ایک مولانا صاحب کو تجویزا۔ مولانا بے چارے پھٹے حالوں تھے۔ سمجھے کہ جو ملے غنیمت ہے مگر یاروں نے ان سے کل داستان نہیں بیان کی۔ چوب دار مکان پر گیا اور کہا کہ نواب صاحب نے آپ کو یاد کیا ہے۔ چلیے کسی بڑے عالم سے بحث ہوگی۔

مولانا: السلام علیکم۔ حضور نے آج یاد فرمایا ہے۔ زہے نصیب۔۔

نواب: وعلیکم السلام (آپ کو اس وجہ سے تکلیف دی کہ میرا قرۃ العین لخت جگر نور بصر ناراض ہو کر چلا گیا مگر منطقی آدمی ہے۔ اسرارِ خدائی سے واقف، علم مناظرہ میں طاق، پابندِ روزہ و نماز۔ آپ بحث کیجیے اور معقول کر کے لے آیئے۔

مولانا: انشا اللہ۔ والدین کا بڑا حق ہوتا ہے۔ وہ کیسے نادان آدمی ہیں کہ والدین سے خفا

ہو گئے۔ مقام استعجاب ہے۔

خوجی: مولانا صاحب وہ بٹیر ہے مگر خوش تمیز، عارف، زاہد، متقی، منطقی، فلسفی، عربی خواں۔

میر صاحب: کیا صف شکن کا نام مولانا صاحب نے نہ سنا ہوگا۔ وہ روم تک مشہور ہے۔ قبلہ حقیقت حال یوں ہے کہ سرکار کا بٹیر صف شکن کل کابک سے اُڑ گیا۔ اب تجویز یہ ہوئی کہ ایک سانڈنی سوار جائے اور سمجھا بجھا کر لے آئے۔ مگر شتربان پھر شتربان ہے لاکھ صحبت یافتہ ہو تو کیا۔ لہٰذا آپ بلائے گئے کہ سانڈنی پر سوار ہو جیے اور ان کو بہ لطائف الحیل لائیے۔

مولانا: آپ سب کے سب نشے میں تو نہیں ہیں۔ ہوش کی باتیں کیجیے۔ خود مسخرہ بنتے ہو یا مجھے مسخرہ بناتے ہو۔ بٹیر منطقی کیسا لاحول ولاقوۃ۔ آپ نے مجھے بھی کوئی نقلِ محفل بنایا ہے۔ اور سنیے بٹیر اُڑ گیا، اس کو سمجھا بجھا کر لاؤ۔ وہ کبھی کوئی مولوی ہے یا آدمی ہے۔ صف شکن۔ کون سی لڑائی سر کی تھی۔ استغفراللہ، اچھے گاودیوں کا مجمع ہے۔ بندہ رخصت ہوتا ہے۔

نواب: یہ کس کوڑھ مغز کو لائے تھے۔ خاصا جانگلو ہے۔

آزاد: اچھا حضور بھی کیا یاد کریں گے کہ اتنے بڑے دربار میں ایک بھی منطقی نہ نکلا۔ اب غلام نے بیڑا اٹھالیا کہ جاؤں گا۔ ایک تو سانڈنی دیجیے بادرفتار اور دو دن کی خوراک دیجیے اور ایک خط اپنے دستِ مبارک سے لکھ دیجیے۔ تیسرے دن غلام مع صف شکن خان بہادر کے ڈیوڑھی پر موجود نہ ہو تو مونچھیں منڈوا ڈالیے۔

نواب: اچھا آپ جایئے اور لیس ہو کر آئے۔ میں یہاں بندوبست کیے دیتا ہوں۔ مگر ابھی آیئے۔ دیر نہ ہونے پائے، اتنا خیال رہے۔

میاں آزاد گھر گئے تو اور مصاحبوں میں کھچڑی پکنے لگی۔ یارو یہ تو بازی جیت لے گیا۔ پالا اسی کے ہاتھ رہا اور جو کہیں صف شکن کو لے آیا تو پھر ہم سب پر شیر ہو جائے گا پھر آزاد ہی آزاد چوطرفہ نظر آئیں گے۔ ہم کو آپ کو کوئی نہ پوچھے گا۔ اس کی فکر

ضرور کیجیے۔

خوجی: حضور جاں بخشی ہو تو عرض کروں۔

نواب: کہیے یہ جاں بخشی کا کون سا موقع ہے۔کوئی عمدہ صلاح بتایئے۔کوئی معقول تدبیر نکالیے۔

خوجی: حضور میاں آزاد ابھی دو دِن سے اس دربار میں آئے ہیں۔ان کا اعتبار کیا۔ خدا جانے اُچکے ہیں۔ اٹھائی گیرے ہیں۔ چور ہیں۔ گرہ کٹ ہیں۔کوئی کیا جانے اور سانڈنی ہی لے کر رفو چکّر ہوں تو پھر کوئی کہاں ان کا پتا لگاتا پھرے۔ انصاف سے کہیے گا ایک خانہ برباد خانہ بدوش آدمی کا ٹھکانہ ہی کیا۔

مصاحب: ہاں خداوند کہتے تو سچ ہیں۔

رفیق: پیرومرشد سِڑی ہے تو کیا ہوا مگر کہتا پتے کی ہے۔

میر صاحب: یہ خوجی صورت سے ہی ایسے معلوم ہوتے ہیں لیکن بات کہی ٹھکانے کی۔ یہاں ایسے آزاد کا ٹھکانہ کیا۔سانڈنی گوڑے کر کے اور اپنی راہ لے۔

مرزا بیگ: ہم تو حضور کو صلاح نہ دیں گے کہ میاں آزاد کو سانڈنی دیجیے۔

نواب: چلو بس بہت نہ بکو۔تم اٹھائی گیرے مفت خورے ہو نہ۔ سب کو اپنا ہی ایسا سمجھتے ہو۔ آزاد کی چتون کہے دیتی ہے کہ وہ وزارت کے قابل ہے۔تم میں سے کوئی اس کی جوتی کی پھٹ پھٹ کو نہیں پہنچتا اور فرض کرو کہ سانڈنی جاتی ہی رہے تو کیا میں بھی کوئی ٹکڑا گدا ہوں کہ سانڈنی کے کھونے سے مجھے بھیک مانگنے کی نوبت آئے گی اور ہزار بات کی ایک بات تو یہ ہے کہ صف شکن پر سے لاکھوں صدقے ہیں۔سانڈنی کس شمار میں ہے۔

(یووک بھارتی: جماعت گیارھویں ۱۹۸۵ء)

مرحوم کی یاد میں

پطرس بخاری

صبح اٹھا تو اٹھنے کے ساتھ ہی نوکر نے یہ خوش خبری سنائی کے حضور! وہ بائیسکل آ گئی ہے۔

میں نے کہا، ''اتنے سویرے؟''

نوکر نے کہا، ''وہ تو رات ہی کو آ گئی تھی۔ آپ سو گئے تھے۔ میں نے جگانا مناسب نہ سمجھا اور ساتھ ہی مرزا صاحب کا آدمی یہ ڈھبریاں کسنے کا ایک اوزار بھی دے گیا ہے۔''

میں حیران تو ہوا کہ مرزا صاحب نے سائیکل بھجوا دینے میں اس قدر عجلت سے کیوں کام لیا لیکن اس نتیجے پر پہنچا کہ آدمی نہایت شریف اور دیانت دار ہیں۔ روپے لیے تھے تو سائیکل کیوں روک رکھتے۔

نوکر سے کہا، ''دیکھو یہ اوزار یہیں چھوڑ جاؤ اور دیکھو، بائیسکل کو کسی کپڑے سے خوب اچھی طرح جھاڑ دو اور یہ موڑ پر جو بائیسکلوں والا بیٹھتا ہے، اس سے جا کر بائیسکل میں ڈالنے کا تیل لے آؤ اور دیکھو... ابے بھاگا کہاں جا رہا ہے ہم ضروری بات تم سے کہہ رہے ہیں۔ بائیسکل والے سے تیل کی ایک کپی بھی لے آنا اور جہاں جہاں تیل دینے کی جگہ ہے وہاں تیل دے دینا اور بائیسکلوں والے سے کہنا کہ کوئی گھٹیا سا تیل نہ دے دے۔ جس سے تمام پرزے ہی خراب ہو جائیں۔ بائیسکل کے پرزے بڑے نازک ہوتے ہیں اور بائیسکل باہر نکال کر رکھو، ہم ابھی کپڑے پہن کر آتے ہیں۔ ہم ذرا سیر کو جا رہے ہیں اور دیکھو صاف کر دینا اور بہت زور زور سے کپڑا ابھی مت رگڑنا، بائیسکل کا پالش گھس جاتا ہے۔''

جلدی جلدی چائے پی، غسل خانے میں بڑے جوش خروش کے ساتھ ''چل چنبیلی

باغ میں'' گاتا رہا۔ اس کے بعد کپڑے بدلے، اوزار کو جیب میں ڈالا اور باہر نکلا۔

برآمدے میں آیا تو برآمدے کے ساتھ ہی ایک عجیب وغریب مشین پر نظر پڑی۔ ٹھیک طرح پہچان نہ سکا کہ کیا چیز ہے؟ نوکر سے دریافت کیا۔ ''کیوں بے یہ کیا چیز ہے؟''

نوکر بولا، ''حضور یہ بائیسکل ہے۔''

میں نے کہا، ''بائیسکل؟ کس کی بائیسکل؟''

کہنے لگا، ''مرزا صاحب نے بھجوائی ہے آپ کے لیے''۔

میں نے کہا، ''اور جو بائیسکل رات کو انھوں نے بھیجی تھی وہ کہاں گئی؟''

کہنے لگا، ''یہی تو ہے''۔

میں نے کہا، ''کیا بکتا ہے جو بائیسکل مرزا صاحب نے کل رات کو بھیجی تھی وہ بائیسکل یہی ہے؟''

کہنے لگا، ''جی ہاں''۔

میں نے کہا، ''اچھا'' اور پھر اسے دیکھنے لگا۔

''اس کو صاف کیوں نہیں کیا؟''

''حضور دو تین دفعہ صاف کیا ہے؟''

''تو یہ میلی کیوں ہے؟''

نوکر نے اس کا جواب دینا شاید مناسب نہ سمجھا۔

''اور تیل لے آ؟''

''ہاں حضور لایا ہوں''۔

''دیا؟''

''حضور وہ جو تیل دینے کے چھید ہوتے ہیں وہ نہیں ملتے''۔

''کیا وجہ؟''

''حضور دُھروں پر میل اور زنگ جما ہے۔ وہ سوراخ کہیں بیچ ہی میں دب دبا گئے ہیں''۔

رفتہ رفتہ میں اس چیز کے قریب آیا۔ جس کو میرا نوکر بائیسکل بتا رہا تھا۔ اس کے مختلف پرزوں پر غور کیا تو اتنا تو ثابت ہوگیا کہ بائیسکل ہے لیکن مجمل ہیئت سے یہ صاف ظاہر تھا کہ ہل اور رہٹ اور چرخہ اور اس طرح کی اور جدید ایجادات سے پہلے کی بنی ہوئی ہے۔ پہیے کو گھما گھما کر وہ سوراخ تلاش کیا جہاں کسی زمانے میں تیل دیا جاتا تھا۔ لیکن اب اس سوراخ میں سے آمدورفت کا سلسلہ بند تھا۔ چنانچہ نوکر بولا، ''حضور وہ تیل تو سب ادھر اُدھر بہہ جاتا ہے۔ بیچ میں تو جاتا ہی نہیں۔'' میں نے کہا، ''اچھا اوپر اوپر ہی ڈال دو یہ بھی مفید ہوتا ہے''۔

آخر بائیسکل پر سوار ہوا۔ پہلا ہی پاؤں چلایا تو ایسا معلوم ہوا جیسے کوئی مردہ اپنی ہڈیاں چٹخا چٹخا کر اپنی مرضی کے خلاف زندہ ہو رہا ہے۔ گھر سے نکلتے ہی کچھ تھوڑی سی اترائی تھی اس پر بائیسکل خود بخود چلنے لگی لیکن اس رفتار سے جیسے تارکول زمین پر بہتا ہے اور ساتھ ہی مختلف حصوں سے طرح طرح کی آوازیں برآمد ہونی شروع ہوئیں۔ ان آوازوں کے مختلف گروہ تھے۔ چیں۔ چاں۔ چوں کی قسم آوازیں زیادہ تر گدی کے نیچے اور پچھلے پہیے سے نکلتی تھیں۔ کھٹ، کھڑ کھڑ۔ کھڑڑ کے قبیل کی آوازیں مڈگارڈوں سے آتی تھی۔ چر۔ چرخ۔ چر۔ چرخ کی قسم کے سُر زنجیر اور پیڈل سے نکلتے تھے۔ زنجیر ڈھیلی ڈھیلی تھی۔ میں جب کبھی پیڈل پر زور ڈالتا تھا، زنجیر میں ایک انگڑائی سی پیدا ہوتی تھی جس سے وہ تن جاتی تھی۔ پچھلا پہیہ گھومنے کے علاوہ جھومتا بھی تھا۔ یعنی ایک تو آگے چلتا تھا اور اس کے علاوہ داہنے سے بائیں اور بائیں سے داہنے کو بھی حرکت کرتا تھا۔ چنانچہ سڑک پر جو نشان پڑ جاتا تھا اس کو دیکھ کر ایسا معلوم ہوتا تھا جیسے کوئی مخمور سانپ لہرا کر نکل گیا ہے۔ مڈگارڈ تھے تو سہی لیکن پہیوں کے عین اوپر نہ تھے۔ ان کا فائدہ صرف یہ معلوم ہوتا تھا کہ انسان شمال کی سمت سیر کرنے کو نکلے اور آفتاب مغرب میں غروب ہو رہا ہو تو مڈگارڈوں کی بدولت ٹائر دھوپ سے بچے رہیں گے۔ اگلے پہیے کے ٹائر میں ایک بڑا سا پیوند لگا تھا جس کی وجہ سے پہیہ ہر چکر میں ایک دفعہ لمحہ بھر کو زور سے اوپر اُٹھ جاتا تھا اور میرا سر پیچھے کو یوں جھٹکے کھا رہا تھا جیسے کوئی متواتر ٹھوڑی کے نیچے مکے مارے جا رہا ہو۔ پچھلے اور اگلے پہیے کو ملا کر چوں

چوں پھٹ۔ چوں چوں پھٹ... کی صدا نکل رہی تھی۔ جب اتار پر بائیسکل ذرا تیز ہوئی تو فضاء میں ایک بھونچال سا آ گیا۔ اور بائیسکل کے کئی اور پرزے جو اب تک سو رہے تھے۔ بیدار ہو کر گویا ہوئے۔ ادھر اُدھر کے لوگ چونکے۔ ماؤں نے اپنے بچوں کو سینوں سے لگا لیا۔ کھڑ کھڑ کے بیچ میں پہیوں کی آواز جدا سنائی دے رہی تھی لیکن چونکہ بائیسکل اب پہلے سے تیز تھی اس لیے چوں چوں پھٹ، چوں چوں پھٹ کی آواز نے اب چچوں پھٹ، چچوں پھٹ، کی صورت اختیار کر لی تھی۔

اس قدر تیز رفتاری بائیسکل کی طبع نازک پر گراں گزری۔ چنانچہ اس میں یک لخت دو تبدیلیاں واقع ہو گئیں۔ ایک تو ہینڈل ایک طرف کو مڑ گیا جس کا نتیجہ یہ ہوا کہ میں جا تو سامنے کو رہا تھا لیکن میرا تمام جسم دائیں طرف کو مڑا ہوا تھا۔ اس کے علاوہ بائیسکل کی گدی دفعتہً چھے انچ کے قریب نیچے بیٹھ گئی۔ چنانچہ جب پیڈل چلانے کے لیے میں ٹانگیں اوپر نیچے کر رہا تھا تو میرے گھٹنے میری تھوڑی تک پہنچ جاتے تھے۔ کمر دہری ہو کر باہر کو نکلی ہوئی تھی اور ساتھ ہی اگلے پہیے کی اٹکھیلیوں کی وجہ سے سر برابر جھٹکے کھا رہا تھا۔

گدی کا نیچا ہو جانا از حد تکلیف دہ ثابت ہوا۔ اس لیے میں نے مناسب یہی سمجھا کہ اس کو ٹھیک کر لوں۔ چنانچہ میں نے بائیسکل کو ٹھہرا لیا اور نیچے اترا۔ جیب سے میں نے اوزار نکالا، گدی کو اونچا کیا، کچھ ہینڈل کو ٹھیک کیا اور دوبارہ سوار ہو گیا۔

دس قدم بھی چلنے نہ پایا تھا کہ اب کے ہینڈل یک لخت نیچے ہو گیا۔ اتنا کہ گدی اب ہینڈل سے کوئی فٹ بھر اونچی تھی۔ میرا تمام جسم آگے کو جھکا ہوا تھا، تمام بوجھ دونوں ہاتھوں پر تھا جو ہینڈل پر رکھے تھے اور برابر جھٹکے کھا رہے تھے۔ آپ میری حالت کا تصور کریں تو آپ کو معلوم ہوگا کہ میں دور سے ایسا معلوم ہو رہا تھا جیسے کوئی عورت آٹا گوندھ رہی ہو۔

ہینڈل تو نیچا ہو ہی گیا تھا۔ تھوڑی دیر بعد گدی پھر نیچے ہو گئی اور میں ہمہ تن زمین کے قریب پہنچ گیا۔ ایک لڑکے نے کہا۔ ''دیکھو یہ آدمی کیا کر رہا ہے''۔ گویا اس بدتمیز کے نزدیک میں کوئی کرتب دکھا رہا تھا۔ میں نے اتر کر ہینڈل اور گدی کو اونچا کیا۔

لیکن تھوڑی دیر کے بعد ان میں سے ایک نہ ایک پھر نیچے ہو جاتا۔ وہ لمحے جن کے دوران میں میرا ہاتھ اور میرا جسم دونوں برابر ایک ہی بلندی پر واقع ہوں بہت ہی کم تھے اور ان میں بھی میں یہی سوچتا رہتا تھا کہ اب کے گدی پہلے بیٹھے گی یا ہینڈل؟ چنانچہ نڈر ہو کر نہ بیٹھتا بلکہ جسم کو گدی سے قدرے اوپر ہی رکھتا لیکن اس سے ہینڈل پر اتنا بوجھ پڑ جاتا کہ وہ نیچا ہو جاتا۔

جب دو میل گزر گئے اور بائیسکل کی اٹھک بیٹھک نے ایک مقرر باقاعدگی اختیار کر لی تو فیصلہ کیا کہ کسی مستری سے پیچ کسوا لیے جائیں چنانچہ بائیسکل کو ایک دکان پر لے گیا۔

بائیسکل کی کھڑکھڑ سے دکان میں جتنے لوگ کام کر رہے تھے، سب کے سب سر اٹھا کر میری طرف دیکھنے لگے لیکن میں نے جی کڑا کر کے کہا۔ ''ذرا اس کی مرمت کر دیجیے''۔

ایک مستری آگے بڑھا۔ لوہے کی ایک سلاخ اس کے ہاتھ میں تھی جس سے اس نے مختلف حصوں کو بڑی بے دردی سے ٹھونک بجا کر دیکھا۔ معلوم ہوتا تھا اس نے بڑی تیزی کے ساتھ سب حالات کا اندازہ لگا لیا ہے لیکن پھر بھی مجھ سے پوچھنے لگا۔ ''کس کس پرزے کی مرمت کرائیے گا''؟

میں نے کہا، ''بڑے گستاخ ہو تم دیکھتے نہیں کہ صرف ہینڈل اور گدی کو ذرا اونچا کروا کے کسوانا ہے بس اور کیا؟ ان کو مہربانی کر کے فوراً ٹھیک کر دو اور بتاؤ کتنے پیسے ہوئے؟''

مستری نے کہا، ''مڈگارڈ بھی ٹھیک نہ کر دوں؟''

میں نے کہا، ''ہاں، وہ بھی ٹھیک کر دو''۔

کہنے لگا، ''اگر آپ باقی چیزیں بھی ٹھیک کرا لیں تو اچھا ہو''۔

میں نے کہا، ''اچھا کر دو''۔

بولا، ''یوں تھوڑا ہو سکتا ہے۔ دس پندرہ دن کا کام ہے آپ اسے ہمارے پاس چھوڑ جائیے۔''

''اور پیسے کتنے لو گے؟''

کہنے لگا، ''بس تیس چالیس روپے لگیں گے''۔

ہم نے کہا، ''بس جی جو کام تم سے کہا ہے کردو اور باقی ہمارے معاملات میں دخل مت دو۔'' تھوڑی دیر بعد ہینڈل اور گدی پھر اونچی کر کے کس دی گئی۔ میں چلنے لگا تو مستری نے کہا۔

''میں نے کس تو دیا ہے لیکن پیچ سب گھسے ہوئے ہیں، ابھی تھوڑی دیر میں پھر ڈھیلے ہو جائیں گے۔''

میں نے کہا، ''ہیں! بدتمیز کہیں کا، تو دو آنے پیسے مفت میں لے لیے؟''

بولا، ''جناب آپ کو بائیسکل بھی تو مفت میں ملی ہوگی، یہ آپ کے دوست مرزا صاحب کی ہے نا؟ للّو یہ وہی بائیسکل ہے جو پچھلے سال مرزا صاحب یہاں بیچنے کو لائے تھے۔ پہچانی تم نے؟ بھئی صدیاں ہی گزر گئیں لیکن اس بائیسکل کی خطا معاف ہونے میں نہیں آئی۔''

میں نے کہا، ''واہ مرزا صاحب کے لڑکے اس پر کالج آیا جایا کرتے تھے اور ان کو کالج چھوڑے ابھی دو سال بھی نہیں ہوئے۔''

مستری نے کہا، ''ہاں وہ تو ٹھیک ہے لیکن مرزا صاحب خود جب کالج میں پڑھتے تھے تو ان کے پاس بھی تو یہی بائیسکل تھی۔''

میری طبیعت یہ سن کر کچھ مردہ سی ہوگئی۔ میں بائیسکل کو ساتھ لیے آہستہ آہستہ پیدل چل پڑا۔ لیکن پیدل چلنا بھی مشکل تھا۔ اس بائیسکل کے چلانے میں ایسے ایسے پٹھوں پر زور پڑتا تھا جو عام بائیسکلوں کو چلانے میں استعمال نہیں ہوتے۔ اس لیے ٹانگوں اور کندھوں اور کمر اور بازوؤں میں جابجا درد ہو رہا تھا۔

میں نے بہتر یہی سمجھا کہ جس طرح ہو سکے اب اس بائیسکل کو اونے پونے داموں میں بیچ کر جو وصول ہو اسی پر صبر شکر کروں۔ بلا سے دس پندرہ روپیہ کا خسارہ سہی۔ چالیس روپے تو ضائع نہ ہوں گے۔ راستے میں بائیسکلوں کی ایک اور دکان آئی وہاں ٹھہر گیا۔

دکاندار بڑھ کر میرے پاس آیا لیکن میری زبان کو جیسے قفل لگ گیا تھا۔ عمر بھر کبھی کسی چیز کے بیچنے کی نوبت نہ آئی تھی مجھے یہ بھی معلوم نہیں کہ ایسے موقعے پر کیا کہتے ہیں آخر بڑے سوچ بچار اور بڑے تامل کے بعد منہ سے صرف اتنا نکلا ''یہ بائیسکل ہے۔''

دکاندار کہنے لگا، ''پھر؟''

میں نے کہا، ''لو گے''۔

کہنے لگا، ''کیا مطلب؟''

میں نے کہا، ''بیچتے ہیں ہم۔''

کہنے لگا، ''وہ تو ٹھیک ہے مگر کوئی اس کو لے کر کرے گا کیا؟''

میں نے کہا، ''اس پر چڑھے گا اور کیا کرے گا۔''

کہنے لگا، ''اچھا چڑھ گیا پھر؟''

میں نے کہا، ''پھر کیا؟ پھر چلائے گا اور کیا''

دکاندار بولا، ''اچھا؟ ہوں۔ خدا بخش ذرا یہاں آنا۔ یہ بائیسکل بکنے آئی ہے۔''

جن حضرت کا اسم گرامی خدا بخش تھا انھوں نے بائیسکل کو دور ہی سے یوں دیکھا جیسے بو سونگھ رہے ہوں۔ اس کے بعد دونوں نے آپس میں مشورہ کیا، آخر میں وہ جن صاحب کا نام خدا بخش نہیں تھا میرے پاس آئے اور کہنے لگے۔

''تو آپ سچ مچ بیچ رہے ہیں؟''

میں نے کہا، ''تو اور کیا محض آپ سے ہم کلام ہونے کا فخر حاصل کرنے کے لیے میں گھر سے یہ بہانہ گھڑ کر لایا تھا؟''

کہنے لگا، ''تو کیا لیں گے آپ؟''

میں نے کہا، ''تم ہی بتاؤ۔''

کہنے لگا، ''سچ مچ بتاؤں؟''

میں نے کہا، ''ہاں؟''

کہنے لگا، ''تین روپے دوں گا اس کے۔''

میرا خون کھول اٹھا اور میرے ہاتھ پاؤں اور ہونٹ غصّے کے مارے کانپنے لگے۔ میں نے کہا، ''او صنعت و حرفت سے پیٹ پالنے والے انسان! مجھے اپنی توہین کی پروا نہیں لیکن تو نے اپنی بیہودہ گفتاری سے اس بے زبان چیز کو جو صدمہ پہنچایا ہے اس کے لیے تجھے قیامت تک معاف نہیں کر سکتا۔'' یہ کہہ کر میں بائیسکل پر سوار ہو گیا اور اندھا دھند پاؤں چلانے لگا۔

مشکل سے بیس قدم گیا ہوں گا کہ مجھے ایسا معلوم ہوا کہ جیسے زمین یک لخت اچھل کر مجھ سے آ لگی ہے۔ آسمان میرے سر پر سے ہٹ کر میری ٹانگوں کے بیچ میں سے گزر گیا اور ادھر اُدھر کی عمارتوں نے ایک دوسرے کے ساتھ اپنی اپنی جگہ بدل لی ہے۔ حواس بجا ہوئے تو معلوم ہوا میں زمین پر اس بے تکلفی سے بیٹھا ہوں، گویا بڑی مدت سے مجھے اس بات کا شوق تھا جو آج پورا ہوا۔ اردگرد کچھ لوگ جمع تھے جن میں سے اکثر ہنس رہے تھے۔ سامنے وہ دکان تھی جہاں ابھی ابھی میں نے اپنی ناکام گفت و شنید کا سلسلہ منقطع کیا تھا۔ میں نے اپنے گرد و پیش پر غور کیا تو معلوم ہوا کہ میری بائیسکل کا اگلا پہیہ بالکل الگ ہو کر لڑھکتا ہوا سڑک کے اس پار جا پہنچا ہے اور باقی سائیکل میرے پاس پڑی ہے۔ میں نے فوراً اپنے آپ کو سنبھالا جو پہیہ الگ ہو گیا تھا اس کو ایک ہاتھ میں اٹھایا دوسرے ہاتھ میں باقی ماندہ بائیسکل کو تھاما اور چل کھڑا ہوا۔ یہ محض ایک اضطراری حرکت تھی ورنہ حاشا وکلاّ وہ بائیسکل مجھے ہرگز اتنی عزیز نہ تھی کہ میں اس کو اس حالت میں ساتھ ساتھ لیے پھرتا۔

تھوڑی دیر کے بعد میں آبادی سے دور نکل گیا۔ اب میری رفتار میں ایک عزیمت پائی جاتی تھی۔ میرا دل جو کئی گھنٹوں سے کش مکش میں پیچ و تاب کھا رہا تھا اب بہت ہلکا ہو گیا تھا۔ میں چلتا گیا چلتا گیا حتیٰ کہ دریا پر جا پہنچا۔ پل کے اوپر کھڑے ہو کر میں نے دونوں پہیوں کو ایک ایک کر کے اس بے پروائی کے ساتھ دریا میں پھینک دیا جیسے کوئی لیٹر بکس میں خط ڈالتا ہے۔ اور واپس شہر کو روانہ ہو گیا۔

(یووک بھارتی: جماعت گیارھویں ۱۹۸۵ء)

سن

مشتاق احمد یوسفی

اوروں کا حال معلوم نہیں، لیکن اپنا تو یہ نقشہ رہا کہ کھیلنے کھانے کے دن پانی پت کی لڑائیوں کے سن یاد کرنے، اور جوانی دیوانی نپولین کی جنگوں کی تاریخیں رٹنے میں کٹی۔ اس کا قلق تمام عمر رہے گا کہ جو راتیں لڑائیوں کے سن حفظ کرنے میں گزریں، وہ فقط لطیفوں کی نذر ہو جاتیں تو زندگی سنور جاتی۔

اولاد آدم کے سر پر جو گزری ہے اور گزر رہی ہے، اس کی ذمہ داری مشاہیر عالم پر عائد ہوتی ہے۔ یہ نری تہمت طرازی نہیں بلکہ فلسفہ تاریخ ہے، جس سیاس وقت ہمیں کوئی سروکار نہیں۔ ہم تو اتنا جانتے ہیں کہ بنی نوع آدم کو تواریخ نے اتنا نقصان نہیں پہنچایا جتنا مورّخین نے۔ انھوں نے اس کی سادہ اور مختصر سی داستان کو یادگار تاریخوں کا ایک ایسا کیلنڈر بنا دیا جس کے سبھی ہندسے سرخ نظر آتے ہیں۔

جو سن نہ ہوتے تو ہم نہ ہوتے، جو ہم نہ ہوتے تو غم نہ ہوتا۔ معلوم ایسا ہوتا ہے کہ مؤرّخین سن کو ایک طلسمی طوطا سمجھتے ہیں جس میں وقت کے ظالم دیو کی روح مقید ہے۔ کچھ اسی قماش کے عقیدے پر آرچ بشپ مانکس نے چند سال پہلے طنز کیا تھا کہ جب ان کی ۹۳ویں سالگرہ پر ایک اخبار کے رپورٹر نے اپنی نوٹ بک نکالتے ہوئے بڑے گمبھیر لہجے میں دریافت کیا:

”آپ کے نزدیک ۹۳ برس کی عمر تک پہنچنے کی اصل وجہ کیا ہے؟“

”برخوردار! اس کی اصل وجہ یہ ہے کہ میں ۱۸۶۴ء میں پیدا ہوا تھا۔“

اور کچھ مؤرّخین پر ہی موقوف نہیں۔ مارچ ۱۹۳۸ء میں میٹرک کے امتحان سے کچھ دن قبل مرزا عبدالودود بیگ نے اس راز کو فاش کیا کہ شقی القلب ممتحن بھی سن ہی سے قابو میں آتے ہیں۔ چنانچہ زیرک طالب علم ہر جواب کی ابتدا کسی نہ کسی سن سے کرتے ہیں۔ خواہ سوال سے اس کا دور کا بھی تعلق نہ ہو۔ ذاتی مشاہدے کی بنا پر عرض کرتا ہوں کہ ایسے ایسے غبی لڑکے جو نادر شاہ درانی اور احمد شاہ ابدالی میں تمیز نہ کر سکے، اور چنگیز خاں کو مسلمان سمجھتے ہیں، محض اس وجہ سے فرسٹ کلاس آئے کہ انھیں قتل عام کی صحیح تاریخ اور پانی پت کی حافظہ شکن جنگوں کے سن ازبر تھے۔ خود مرزا، جو میٹرک میں بس اس وجہ سے اول آ گئے کہ انھیں مرہٹوں کی تمام لڑائیوں کی تاریخیں یاد تھیں۔

ترقی یافتہ ممالک میں مارچ کا مہینہ بے حد بہار آفرین ہوتا ہے۔ یہ وہ رت ہے جس میں سبزہ اوس کھا کھا کر ہرا ہوتا ہے اور ایک طرف دامن صحرا موتیوں سے بھر جاتا ہے تو دوسری طرف

موجہ گل سے چراغاں ہے گزرگاہِ خیال

اس تمہید دل پذیر سے میرا یہ مطلب نہیں کہ اس کے برعکس پس ماندہ ممالک میں اس مست مہینے میں پت جھڑ ہوتا ہے۔ توجہ صرف اس امر کی جانب دلانا چاہتا ہوں کہ برصغیر میں یہ فصل گل آبادی کے سب سے معصوم اور بے گناہ طبقے کے لیے ہر سال ایک نئے ذہنی کرب کا پیغام لاتی ہے، جس میں چار سال سے لے کر چوبیس سال کی عمر تک سبھی مبتلا نظر آتے ہیں۔ ہمارے یہاں یہ سالانہ امتحانوں کا موسم ہوتا ہے۔ خدا جانے محکمہ تعلیم نے اس زمانے میں امتحانات رکھنے میں کونسی ایسی مصلحت دیکھی، ورنہ عاجز کی رائے میں اس ذہنی عذاب کے لیے جنوری اور جون کے مہینے نہایت مناسب رہیں گے۔ یہ اس لیے عرض کر رہا ہوں کہ کلاسیکی ٹریجڈی کے لیے خراب موسم انتہائی ضروری تصور کیا گیا ہے۔

بات سے بات نکل آئی، ورنہ کہنا یہ چاہتا تھا کہ اب جو پیچھے مڑ کے دیکھتا ہوں تو

یک گونہ افسوس ہوتا ہے کہ عمر عزیز کی پندرہ سولہ بہاریں اسی سالانہ جاں کنی کی نذر ہو گئے۔

یادش بخیر! وہ سلونا موسم جس کو اگلے وقتوں کی زبان میں 'جوانی کی راتیں، مرادوں کے دن' کہتے ہیں، شاہ جہان کے چاروں لڑکوں کی لڑائیاں اور فرانس کے تلے اوپر اٹھارہ لوئیوں کے سن ولادت و وفات یاد کرنے میں بسر ہوا اور تنہا فرانس کا کیا مذکور۔ برطانیہ کی تاریخ میں بھی چھ عدد جارج اور آٹھ آٹھ ایڈورڈ اور ہنری گزرے ہیں، جن کی پیدائش اور تخت نشینی کی تاریخیں یاد کرتے کرتے زبان پر کانٹے اور حافظے میں نیل پڑ گئے تھے۔

قیاس کہتا ہے کہ تاریخی نام رکھنے اور تاریخ وفات کہنے کا رواج اسی مشکل کو حل کرنے کی غرض سے پھیلا ہوگا۔ اس میں کوئی شبہ نہیں کہ ان کی مدد سے حافظے کو ایسی تاریخیں یاد رکھنے میں آسانی ہوتی ہے، جن کا بھول جانا ہی بہتر ہوتا ہے۔ بعض شعراء بہ نظر احتیاط ہر سال اپنا قطعہ تاریخ وفات کہہ کر رکھ لیتے ہیں تاکہ مرنے کی سند رہے اور وقت ضرورت پس ماندگان کے کام آئے۔ کون واقف نہیں کہ مرزا غالبؔ نے جو مرنے کی آرزو میں مرتے تھے، متعدد بار اپنی تاریخ رحلت کہہ کر شاگردوں اور قرض خواہوں کو خواہ مخواہ ہراساں کیا۔ لیکن جب قدرت نے ان کو مرنے کا ایک سنہری موقع فراہم کیا تو وہ یہ کہہ کر صاف ٹال گئے کہ وبائے عام میں مرنا ہماری کسرِ شان ہے۔

جیسا کہ عرض کر چکا ہوں، مجھے سن یاد نہیں رہتا اور مرزا کو وہ واقعہ یاد نہیں رہتا جو اس سن سے متعلق ہے۔ فرض کیجیے۔ مجھے کچھ کچھ یاد پڑتا ہے کہ فرانسیسی انقلابیوں نے کسی صدی کے آخر میں قلعہ باستیل کا محاصرہ کیا تھا۔ لیکن سن یاد نہیں۔ اب مرزا کو یقیناً اتنا یاد ہوگا کہ ۱۷۷۹ء میں کچھ گڑبڑ ضرور ہوئی تھی۔ کہاں ہوئی اور کیوں ہوئی - یہ وہ بغیر استخارہ کیے نہیں بتا سکتے۔ چنانچہ مارچ ۱۹۴۲ء کا ذکر ہے۔ ہم دونوں ایک دوسرے کی کمزوری پر افسوس کر رہے تھے، اچانک مرزا بولے، "یار! یہ بڑے آدمی مر کے بھی چین سے نہیں بیٹھنے دیتے۔"

مرنے والے مرتے ہیں لیکن فنا ہوتے نہیں

میں نے کہا، ''کارلائل کا قول ہے کہ تاریخ مشاہیر کی سوانح عمری ہے۔''

کہنے لگے، ''سچ تو کہتا ہے بچارا! تاریخ بڑے آدمیوں کا اعمال نامہ ہے جو غلطی سے ہمارے ہاتھ میں تھما دیا گیا ہے۔ اب یہ نہ پوچھو کہ کس نے کیا کیا اور کیوں کیا۔ بس یہ دیکھو کہ کب کیا۔''

عرض کیا، ''دیکھو تم پھرسن اور سَمبت کے پھیر میں پڑ گئے۔ ایک مفکر کہتا ہے...''

بات کاٹ کر بولے، ''بھئی تم اپنے اچھے بھلے خیالات بڑے آدمیوں سے کیوں منسوب کر دیتے ہو؟ لوگ غور سے نہیں سنتے۔''

مکرر عرض کیا، ''واقعی ایک مفکر کہتا ہے کہ عظیم انقلابات کی کوئی تاریخ نہیں ہوتی۔ تم دیکھو گے زبردست تبدیلیاں ہمیشہ دبے پاؤں آتی ہیں۔ تاریخی کیلنڈر میں ان کا کہیں ذکر نہیں۔ سب جانتے ہیں کہ سکندر نے کس سن میں کون سا ملک فتح کیا۔ لیکن یہ کوئی نہیں بتا سکتا کہ بن مانس کون سے سن میں انسان بنا۔ اتنا تو اسکول کے بچے بھی بتا دیں گے کہ سیفو کب پیدا ہوئی اور سقراط نے کب زہر کا پیالہ اپنے ہونٹوں سے لگایا لیکن آج تک کوئی مورخ یہ نہیں بتا سکا کہ لڑکپن کس دن رخصت ہوا، ادھیڑپن کب ختم ہوا اور بڑھاپا کس گھڑی شروع ہوا۔''

سنہ عیسوی سے کہیں زیادہ مشکل ان تاریخوں کا یاد رکھنا ہے جن کے بعد میں ''قبل مسیح'' آتا ہے۔ اس لیے کہ یہاں مورخین گردش ایام کو پیچھے کی طرف دوڑاتے ہیں۔ ان کو سمجھنے اور سمجھانے کے لیے ذہنی شرشاسن کرنا پڑتا ہے جو اتنا ہی دشوار ہے جتنا الٹے پہاڑے سنانا۔ اس کو طالب علموں کی خوش قسمتی کہیے کہ تاریخ قبل میلاد مسیح نسبتاً مختصر اور ادھوری ہے۔ اگرچہ مؤرّخیں کوشاں ہیں کہ جدید تحقیق سے بے زبان بچوں کی مشکلات میں اضافہ کریں۔ بھولے بھالے بچوں کو جب یہ بتایا جاتا ہے کہ روم کی داغ بیل ۷۵۳ قبل مسیح میں

پڑی تو ننھے منے ہاتھ اُٹھا کر یہ سوال کرتے ہیں کہ اس زمانہ کے لوگوں کو یہ پتہ کیسے چل گیا کہ حضرت عیسیٰ کے پیدا ہونے میں ابھی ۷۵۳ سال باقی ہیں۔ ان کی سمجھ میں یہ بھی نہیں آتا کہ ۷۵۳ ق۔م کو ساتویں صدی شمار کریں یا آٹھویں۔ عقل مند استاد ان جاہلانہ سوالات کا جواب عموماً خاموشی سے دیتے ہیں۔ آگے چل کر جب یہی بچے پڑھتے ہیں کہ سکندر ۳۵۰ ق۔م میں پیدا ہوا اور ۳۲۳ ق۔م میں فوت ہوا تو وہ اسے کتابت کی غلطی سمجھتے ہوئے استاد سے پوچھتے ہیں کہ یہ بادشاہ پیدا ہونے سے پہلے کس طرح مرا؟ استاد جواب دیتا ہے کہ پیارے بچو! اگلے وقتوں میں ظالم بادشاہ اسی طرح مرا کرتے تھے۔

اور یہ واقعہ ہے کہ حافظہ خراب ہو تو آدمی زیادہ عرصے تک جوان رہتا ہے۔ وجہ اس کی یہ ہے کہ وقتِ احساس بذات خود ایک آزار ہے، جس کو اصطلاحاً بڑھاپا کہتے ہیں۔ ڈاکٹر جانسن نے غلط نہیں کہا، ''یوں تو مجھے دو بیماریاں ہیں- دمہ اور جلندھر۔ لیکن تیسری بیماری لاعلاج ہے اور وہ ہے عمر طبعی!'' غور کیجیے تو عمر بھی ضمیر اور جوتے کی مانند ہے، جن کی موجودگی کا احساس اس وقت تک نہیں ہوتا جب تک وہ تکلیف نہ دینے لگیں۔

میں یہ ثابت کرنے کی کوشش نہیں کر رہا کہ اگر سن پیدائش یاد رکھنے کا رواج اُٹھ جائے، تو بال سفید ہونے بند ہو جائیں گے۔ یا اگر کیلنڈر ایجاد نہ ہوا ہوتا تو کسی کے دانت نہ گرتے۔ تاہم اس میں کلام نہیں کہ جس شخص نے بھی ناقابل تقسیم رواں دواں وقت کو پہلی بار سکینڈ، سال اور صدی میں تقسیم کیا، اس نے انسان کو صحیح معنوں میں پیری اور موت کا ذائقہ چکھایا۔ وقت کو انسان جتنی بار تقسیم کرے گا، زندگی کی رفتار اتنی ہی تیز نتیجتاً موت اتنی ہی قریب ہوتی جائے گی۔

(یووک بھارتی: جماعت گیارھویں ۱۹۸۵ء)

مرزا چپاتی

اشرف صبوحی

خدا بخشے مرزا چپاتی کو! نام لیتے ہی صورت آنکھوں کے سامنے آ گئی۔ گورا رنگ، بڑی بڑی ابلی ہوئی آنکھیں، لمبا قد، شانوں پر سے ذرا جھکا ہوا، چوڑا ماتھا، تیموری ڈاڑھی، چنگیزی ناک مغلی ہاڑ ہے اور لڑکپن تو قلعے کی در و دیوار نے دیکھا ہوگا۔ جوانی دیکھنے والے بھی ٹھنڈا سانس لینے کے سوا کچھ نہیں کہہ سکتے۔ ڈھلتا وقت اور بڑھاپا ہمارے سامنے گزرا ہے۔ لٹے ہوئے عیش کی ایک تصویر تھے۔ رنگ روغن اترا ہوا۔ محمد شاہی کھلونا تھا جس کی کوئی قیمت نہ رہی تھی۔

کہتے ہیں کہ دلّی کے آخری تاج دار بہادر شاہ ظفر کے بھانجے تھے۔ ضرور ہوں گے۔ پوتڑوں کی شہزادگی ٹھیکروں میں دم توڑ رہی تھی، لیکن مزاج میں رنگیلا پن وہی تھا۔ جلی ہوئی رسّی کے بل گن لو۔ جب تک جیے پرانی وضع کو لیے ہوئے جیے۔ مرتے مرتے نہ کبوتر بازی چھوٹی، نہ پتنگ بازی۔ مرغ لڑائے یا بلبل، تیراکی کا شغل رہا یا شعبدے بازی کا۔ خدا جانے غدر میں یہ کیوں کر بچ گئے اور جیل کے سامنے والے خونی دروازے نے ان کے سر کی بھینٹ کیوں نہ قبول کی؟ انگریزی عمل داری ہوئی۔ بدامنی کا کوئی اندیشہ نہ رہا تو ''مراحم خسروانہ'' کی لہر اٹھی۔ خاندان شاہی کی پرورش کا خیال آیا۔ پینشنیں مقرر ہوئیں مگر برائے نام۔ ساڑھے تیرہ روپے مرزا چپاتی کے حصے میں آئے۔ اللہ اللہ! کیا زمانے کا انقلاب ہے! ایک ذرا سے چکر میں تقدیر ہزار قدم پیچھے ہٹ گئی۔

لیکن صاحبِ عالم، مرزا فخرالدین عرف مرزا فخرو الملقب بہ 'مرزا چپاتی' نے مردانہ زندگی گزاری۔ گھر بار کبھی ہوگا۔ ہماری جب سے یاد اللہ ہوئی دمِ نقد ہی دیکھا۔ قلعے کی گود

میں بازیوں کے سوا اور سیکھا ہی کیا تھا جو بگڑے وقت میں آبرو بناتا۔ اپنے والد مرزا رحیم الدین حیئ سے ایک فقط شاعری ورثے میں ملی تھی، پڑھنا لکھنا آتا نہ تھا۔ پھر زبان توتلی مگر حافظہ اس بلا کا تھا کہ سوسو بند کے مسدس از بر تھے۔ کیا مجال کہ کہیں سے کوئی مصرع بھول جائیں! گویا گراموفون تھے، کوک دیا اور چلے۔ قلعۂ مرحوم کے حالات اور موجودہ تہذیب پر ان کی نوکا جھوکی جتنا مزہ دیتی تھی وہ میرا دل ہی جانتا ہے۔ کبھی کبھی وہ مجھے پتنگ کے دنگوں میں لے جاتے تھے۔ بیسیوں مرغ اور بیلوں کی بالیاں بھی دکھائیں۔ تیراکی کے میلوں میں بھی لے گئے۔ کبوتر بھی مجھے دکھا دکھا کے اڑائے۔ سب کچھ کیا، میں جہاں تھا وہیں رہا۔ ہر جگہ ان کا دماغ کھایا۔ انھیں بھی میری خاطر ایسی منظور تھی کہ با دلِ خواستہ یا ناخواستہ وہ سب کچھ مجھے بتاتے۔

ایک دن دوپہر کے کوئی دو بجے ہوں گے۔ برسات کا موسم تھا۔ کئی گھنٹے کی موسلا دھار بارش کے بعد ذرا بادل چھٹے تھے کہ حضرت معمول کے خلاف میرے پاس تشریف لائے۔ منہ بنا ہوا، آنکھیں اُبلی ہوئیں۔ چہرے سے غصہ ٹپک رہا تھا۔ میں نے کہا " خدا خیر کرے! آج تو صاحبِ عالم کے تیور کچھ اور ہیں!" کئی منٹ تک خاموش بیٹھے رہے اور میں ان کا منہ تکتا رہا۔ ذرا سانس درست ہوا تو بولے۔ "سیّد! اس پٹھانچے کا ٹڑھ مغز اپن بھی دیکھا! بڑا افلاطون بنا پھرتا ہے۔ باوا تو جھک جھک کر مجرا کرتے کرتے مرگیا۔ یہ بابو بن کر بابو کی طرح دولتیاں جھاڑتا پھرتا ہے! ہے شرط کہ چار جامہ کس دوں! ساری ٹرفش نکل جائے گی

میں : میں بالکل نہیں سمجھا ہوا کیا؟ کون پٹھانچہ؟

مرزا : ایسے ننھے! سمجھے ہی نہیں؟ میاں! وہی کالے خان کا لڑکا جو کچہری میں نوکر ہے۔

میں : اس نے کچھ گستاخی کی؟

مرزا : گستاخی! نہ ہوا ہمارا زمانہ۔ خاندان بھر کو کولھو میں پلوا دیتا۔

میں : بڑا نالائق ہے! کیا بات ہوئی ؟

مرزا : ہوا یہ کہ میں کبوتروں کا دانہ لینے نکلا۔ گلی کے نکڑ پر بنیے کی دکان ہے۔ نالیوں میں دھائیں دھائیں پانی بہہ رہا تھا۔ ساری گلی میں کیچڑ ہی کیچڑ تھی۔ محلّے والوں نے جا بجا پتھر رکھ دیے تھے کہ آنے جانے والے ان پر پاؤں رکھ کر گزر جائیں۔ دیکھتا کیا ہوں، وہ اکڑے خان بیچ گلی میں کھڑے ہوئے ایک خوانچے والے سے جھک جھک کر رہے ہیں۔ گلی تنگ؛ کیچڑ اور پانی؛ پتھروں پر ان کا قبضہ، کوئی بھلا مانس گزرے تو کہاں سے؟ میں نے کہا کہ ”میاں! راستہ چھوڑ کے کھڑے رہو۔ یہ کون سی انسانیت ہے کہ سارا راستہ روک رکھا ہے۔“ تڑّا کر جواب دیا کہ ”چلے جاؤ۔“ مجھے تاؤ آ گیا۔“ بولا کہ ”تمھارے سر پر سے جاؤں؟“ بس پھر کیا تھا، جامے سے باہر نکل پڑا۔ وہ تو پاس پڑوس کے دو چار آدمی نکل آئے اور بیچ بچاؤ کرا دیا ورنہ آج یا تو وہ نہیں تھا یا میں۔ خیر جاتا کہاں ہے؟ آج کے شُھپے آج ہی نہیں جلا کرتے۔

میں : صاحبِ عالم! آپ اپنی طرف دیکھیے۔ جو ظرف میں ہوتا ہے وہی چھلکتا ہے۔ آنے دیجیے، وہ ڈانٹ بتاؤں کہ ہاتھ جوڑتے ہی بنے۔ سنا ہے کہ قلعے کے آخری دور میں ہی شہر کی حالت بدل گئی تھی۔ نہ چھوٹوں کا رکھ رکھاؤ تھا، نہ بڑوں کا ادب۔

مرزا : توبہ توبہ! تم نے دلّی کو دم توڑتے ہی نہیں دیکھا۔ اس کا مردہ دیکھا ہے مردہ، وہ بھی لاوارث اور تو خدا بخشے دلّی کی صفتیں تم کیا جانو؟ پڑھے لکھے بھی ہو، شاعری کا بھی شوق ہے۔ بھلا بتلاؤ تو سہی اُردو کی کتنی قسمیں ہیں؟

میں : (حیران ہوکر) صاحبِ عالم؛ اُردو کی قسمیں کیسی؟ یہ بھی ایک ہی کہی۔ مجھ پر بھی داؤں کرنے لگے؟

بولے ”واہ بھئی معلوم ہوا کہ تم دلّی والے نہیں“ پھر انھوں نے انگرکھے کے دامن

سے منہ پونچھ کر کہنا شروع کیا ''دیکھ! اول نمبر پر تو اُردوئے معلیٰ ہے جس کو ماموں حضرت اور ان کے پاس اٹھنے بیٹھنے والے بولتے تھے۔ وہاں سے شہر میں آئی اور قدیم شرفا کے گھروں میں آ چھپی۔ دوسرا نمبر قل اعوذی اُردو کا ہے جو مولویوں، واعظوں اور عالموں کا گلا گھونٹتی رہتی ہے۔ تیسرے خودرنگی اُردو ہے یہ ماں ٹینی باپ کلنگ والوں کے رنگ برنگ کے بچے نکالے ہیں۔ اخبار اور رسالوں میں اسی قسم کی اُردو، ادب کا اچھوتا نمونہ کہلاتی ہے۔ چوتھے ہڑدنگی اُردو، مسخروں اور آج کل کے قومی بلّم ٹیروں کی منہ پھٹ زبان ہے۔ پانچویں لفنگی اُردو جسے آ کا بھائیوں کی لٹھ مار، کڑاکے دار بولی کہو یا پہلوانوں، کرخن داروں، ضلع جگت کے ماہروں، پھبتی بازوں اور گلیروں کا روز مرّہ۔ چھٹے نمبر پر فرنگی اُردو ہے جو تازہ ولایت انگریز، ہندوستانی عیسائی، ٹوپ لگائے ہوئے کرانی دفتر کے بابو، چھاؤنیوں کے سوداگر وغیرہ بولتے ہیں۔ پھر ایک سر بھنگی اُردو ہے یعنی چرسیوں، بھنگیڑوں، بے نواؤں اور تکیہ داروں کی زبان۔'' میں نے کہا ''آج تو بہرہ کھلا ہوا ہے۔ بھئی خوب تقسیم ہے؟ کیوں نہ ہو، آخر شاہجہانی دیگ کی کھرچن ہے۔'' میری طرف دیکھ کر ایک ٹھنڈا سانس بھرا۔ آنکھوں میں آنسو آ گئے۔ کہنے لگے ''سید! ابھی تم نے کیا دیکھا ہے اور کیا سنا ہے۔ قلعہ آباد ہوتا، دربار دیکھے ہوتے تو اصلی زبان کا بناؤ سنگار نظر آتا۔ اب تو ہماری زبان بھی ہنسی ہوگئی ہے۔ اشراف گردی نے بھلے مانسوں کو گھر بٹھا دیا۔ فیل نشین پالکیوں میں بیٹھنے والے کھپریل میں پڑے ہوئے ہیں۔ مفلسی، ناداری نے رذالوں کے آگے سر جھکوا دیے۔ موری کی اینٹ چوبارے چڑھ گئی۔ کم ظرفوں، ٹینیوں کے گھر میں دولت پھٹ پڑی۔ زمانہ جب کمینوں کی پشتی پر ہو تو خاندانیوں کی کون قدر کرتا؟ پیٹ کی مار نے صورتیں بگاڑ دیں۔ چال چلن میں فرق آ گیا۔ ہمت کے ساتھ حمیت بھی جاتی رہی۔''

میں : مگر یہاں والوں کو فضول کھیلوں، دولت کو لٹانے والی بازیوں اور بے کار مشغلوں کے سوا کام ہی نہ تھا۔

مرزا : تم کیا جانو کہ وہ بازیاں اور ان کے مشغلے کیسے کمال کے تھے۔ ویسے ہنر آج

کوئی نہیں پیدا کر لیتا۔ زہرہ پھٹ جائے زہرہ۔ بات یہ ہے کہ ساری چیزیں وقت سے ہوتی ہیں۔ شریفوں کا شغل ڈنڈ، مگدر، بانک، بنوٹ، پھکیتی، اکنگ، تیراندازی، نیزہ بازی، پنجہ کشی تھا۔ کہہ دو بے کار تھا! تیراکی، پنجہ کشی، شکرے اور باز کا شکار، پتنگ لڑانا، کبوتر بازی وغیرہ سے دلچسپی تھی۔ کہہ دو یہ بھی فضولیات ہیں۔

میں : فضولیات نہیں تو اور کیا ہیں؟

مرزا : جی ہاں! فضولیات ہیں۔ خدا کے بندے! انھی باتوں سے تو ولّی دلّی تھی ورنہ شاہ جہاں کی بسائی ہوئی محمد شاہی دلّی اور خورجہ، بلند شہر میں کیا فرق؟ پھکیت اور بنوٹیے ایسے ہوتے تھے کہ موقع پڑتا تو رومال میں صرف پیسہ یا ٹھیکری باندھ کر حریف کے سامنے آجاتے اور دو جھکائیوں میں ہتھیار چھین لیتے۔ تیراکی کا یہ حال تھا کہ پالتی مارے ہوئے پانی پر بیٹھے ہیں جیسے مسند پر۔ قلعے کی حمام والی نہر تو دیکھی ہوگی۔ گز سوا گز کا پاٹ ہے اور بالشت بھر سے زیادہ گہرائی نہیں۔ اس میں آج کوئی مائی کا لال تیر کر تو دکھائے، تو میں جانوں۔ میر مچھلی تو خیر استاد تھے۔ ان کا سا کمال تو کسے میسّر ہے؟ دو چار گز تو اتنے پانی میں تیر کر میں بھی دکھا سکتا ہوں۔

میں : اجی جناب! آپ ریت پر تیریے، حبابوں پر کھڑی لگائیے۔ نتیجہ؟ کھیل ہی تو تھے۔ پھر یہ کبوتر بازی، پتنگ بازی، مرغ بازی، مینڈھے بازی کیا بلا تھی بے چارے بے زبانوں کو لہولہان کرنا اور اپنا دل بہلانا۔ کیا اچھے ہنر تھے؟

مرزا : ایرانی، تورانی من چلے کیا چوڑیاں پہن لیتے؟ جنگ و جدل کا خیال، انسانی قربانیوں، ملک ستانیوں کے چاؤ، خون کی پچکاریوں سے ہولی کا وقت تو لد گیا تھا۔ نہ ان پر کوئی چڑھ کر آتا تھا، نہ یہ کہیں چڑھائی کرتے تھے۔ انگریزی عمل داری کی برکت سے نکسیریں بھی نہیں پھوٹتی تھیں۔ وہ جانوروں ہی کو لڑا کے

اپنے دل کی بھڑاس نکال لیتے تھے۔

میں کچھ اور کہنے والا تھا کہ مرزا نے ایک جھرجھری لی اور یہ کہتے ہوئے کہ ''بھئی غضب ہوگیا۔ شام ہونے کو آئی۔'' یہ جا وہ جا۔

ان باتوں کو کوئی ایک مہینہ گزرا ہوگا کہ صبح ہی صبح مرزا صاحب چلے آتے ہیں۔ آتے ہی فرمانے لگے۔ ''پرانی عیدگاہ چلنا ہوگا۔''

میں نے کہا ''خیریت!''

بولے ''لکھنؤ سے پیچ ہے۔ جانوں ڈھیری یا مالوں ڈھیری۔ پانچ روپے پیچ ٹھہرا ہے۔ بڑا معرکہ ہوگا۔''

میں نے عرض کیا ''کیوں مرزا صاحب جب قلعہ آباد تھا، اس وقت بھی پتنگ بازی کے ایسے ہی دنگل ہوتے تھے؟''

مرزا : ایک دھوپ تھی کہ ساتھ گئی آفتاب کے۔ جہاں اپنی حکومت، گھر کی بادشاہت اور پرائی دولت ہوتی ہے۔ یہی رنگ ہوا کرتے تھے۔ عشرت گاہوں میں ہر وقت نمازیں نہیں پڑھی جاتیں۔ مجاہدے اور مراقبے نہیں ہوتے یہ نہ اٹھائیں تو زندگی کی راحت کون اٹھائے! دنیا میں ہمیشہ یہی ہوتا رہتا ہے۔ سلطنتوں کی بھی عمریں ہوتی ہیں۔ جس طرح آدمی، کوئی پیٹ میں، کوئی پیدا ہوتے ہی، کوئی بچپن میں، کوئی جوان ہوکر اور کوئی عمر طبیعی طے کرنے کے بعد مرتا ہے، اسی طرح بادشاہتیں ہیں۔ کوئی ایک پشت چلتی ہے، کوئی دو پشت کسی کا سلسلہ سو پچاس برس میں ٹوٹ جاتا ہے اور کسی کی عمارت صدیوں کی خبر لاتی ہے۔ مغلوں نے چھ سو برس تخت کو سنبھالا۔ آخر بڑھاپا تو سبھی کو آتا ہے۔ موت اور زوال بہانہ ڈھونڈتے ہیں۔ ہمارے لیے عیش و عشرت ہی بہانہ ہوگئی۔

(یووک بھارتی: جماعت بارھویں ۱۹۸۶ء)

❖❖❖

خُسر اَلحذر

مشتاق احمد یوسفی

وہ آدمی ہے مگر دیکھنے کی تاب نہیں۔

یادش بخیر! میں نے ۱۹۴۵ء میں جب قبلہ کو پہلے پہل دیکھا تو ان کا حلیہ ایسا ہو گیا تھا جیسا اب میرا ہے۔لیکن ذکر ہمارے یار طرح دار بشارت علی فاروقی کے خسر کا ہے،لہٰذا تعارف کچھ انہی کی زبان سے اچھا معلوم ہو گا۔ہم نے بارہا سنا،آپ بھی سنیے۔

وہ ہمیشہ سے میرے کچھ نہ کچھ لگتے تھے۔جس زمانے میں میرے خسر نہیں بنے تھے تو پھوپھا ہوا کرتے تھے۔اور پھوپھا بننے سے پہلے میں انھیں چچا حضور کہا کرتا تھا۔اس سے پہلے بھی یقیناً وہ کچھ اور لگتے ہوں گے،مگر اس وقت میں نے بولنا شروع نہیں کیا تھا۔ ہمارے یہاں مراد آباد اور کانپور میں رشتے ناتے ابلی ہوئی سویوں کی طرح اُلجھے اور پیچ در پیچ گتھے ہوتے ہیں۔ ایسا جلالی، ایسا مغلوب الغضب آدمی زندگی میں نہیں دیکھا۔ بارے ان کا انتقال ہوا تو میری عمر آدھی ادھر، آدھی ادھر، چالیس کے لگ بھگ تو ہو گی۔ لیکن صاحب! جیسی دہشت ان کی آنکھیں دیکھ کر چھٹپن میں ہوتی تھی، ویسی ہی نہ صرف ان کے آخری دم تک رہی، بلکہ میرے آخری دم تک بھی رہے گی۔ بڑی بڑی آنکھیں اپنے ساکٹ سے نکلی پڑتی تھیں۔ لال سرخ۔ ایسی ویسی؟ بالکل خون کبوتر! لگتا تھا بڑی بڑی پتلیوں کے گرد لال ڈوروں سے ابھی خون کے فوارے چھوٹنے لگیں گے اور میرا منہ خونم خان ہو جائے گا۔

وہ چچا سے پھوپھا بنے اور پھوپھا سے خسر الحذر لیکن مجھے آخر وقت تک نگاہ اٹھا کر بات کرنے کی جسارت نہ ہوئی۔ نکاح کے وقت وہ قاضی کے پہلو میں بیٹھے تھے۔

قاضی نے مجھ سے پوچھا، قبول ہے؟ ان کے سامنے منہ سے ہاں کہنے کی جرأت نہ ہوئی۔ بس اپنی ٹھوڑی سے دو مؤدبانہ ٹھونگیں ماردیں جنھیں قاضی اور قبلہ نے رشتہ مناکحت کے لیے ناکافی سمجھا۔ قبلہ کڑک کر بولے، لونڈے! بولتا کیوں نہیں؟، ڈانٹ سے میں نروس ہو گیا۔ ابھی قاضی کا سوال بھی نہیں پورا ہوا تھا کہ میں نے۔جی ہاں! قبول ہے کہہ دیا۔ آواز یک لخت اتنے زور سے نکلی کہ میں خود چونک پڑا۔ قاضی اچھل کر سہرے میں گھس گیا۔ حاضرین کھلکھلا کے ہنسنے لگے۔اب قبلہ اس پر بھنارہے ہیں کہ اتنے زور کی 'ہاں' سے بیٹی والوں کی ہیٹی ہوتی ہے۔

کسی زمانے میں راجپوتوں اور عربوں میں لڑکی کی پیدائش نحوست اور قہر الٰہی کی نشانی تصور کی جاتی تھی۔ ان کی غیرت یہ کیسے گوارا کرسکتی تھی کہ ان کے گھر برات چڑھے۔ داماد کے خوف سے وہ نوزائیدہ لڑکی کو زندہ گاڑ آتے تھے۔قبلہ اس وحشیانہ رسم کے خلاف تھے۔وہ داماد کو زندہ گاڑ دینے کے حق میں تھے۔

چہرے، چال اور تیور سے کوتوال شہر لگتے تھے۔کون کہہ سکتا تھا کہ بانس منڈی میں ان کی عمارتی لکڑی کی معمولی سی دوکان ہے۔ نکلتا ہوا قد۔ چلتے تو قد، سینہ اور آنکھیں، تینوں بیک وقت نکال کر چلتے تھے۔ گٹھا ہوا کسرتی بدن ململ کے کرتے سے جھلکتا تھا۔ چنی ہوئی آستین اور اس سے بھی مہین چنی ہوئی دو پلی ٹوپی۔ گرمیوں میں خس کا عطر لگاتے۔ کیکری کی سلائی کا چوڑی دار پاجامہ۔ چوڑیوں کی یہ کثرت کہ پاجامہ نظر نہیں آتا تھا۔ دھوبی الگنی پر نہیں سکھاتا تھا۔علیحدہ بانس پر دستانے کی طرح چڑھا دیتا تھا۔آپ رات کے دو بجے بھی دروازہ کھٹکھٹا کر بلائیں تو چوڑی دار ہی میں برآمد ہوں گے۔

"واللہ! میں تو یہ تصور کرنے کی بھی جرأت نہیں کرسکتا کہ دائی نے انھیں چوڑی دار کے بغیر دیکھا ہوگا۔ بھری بھری پنڈلیوں پر خوب کھبتا تھا۔ہاتھ کے بنے ریشمی ازار بند میں چابیوں کا گچھا چھنچھناتا رہتا۔ حد یہ کہ اس تالے کی بھی چابی تھی جو پانچ سال پہلے چوری ہو گیا تھا۔ محلّے میں اس چوری کا برسوں چرچا رہا،اس لیے کہ چور صرف تالا، پہرہ دینے والا

کتا اور ان کا شجرہ نسب چرا کر لے گیا تھا۔ فرماتے تھے کہ اتنی ذلیل چوری کوئی عزیز رشتے دار ہی کر سکتا ہے۔

تمباکو، قوام، خربوزے اور کڑھے ہوئے کُرتے لکھنو سے، حقہ مراد آباد اور تالے علی گڑھ سے منگواتے تھے۔ حلوہ سوہن اور ڈپٹی نذیر احمد والے محاورے دلّی سے۔ دانت گرنے کے بعد صرف محاوروں پر گزارا تھا۔ سلیم شاہی جوتیاں اور چنری آپ جے پور سے منگواتے تھے۔ باہر نکلتے تو ہاتھ میں پان کی ڈبیا اور بٹوہ رہتا۔ بازار کا پان ہرگز نہیں کھاتے تھے۔ کہتے تھے بازاری پان صرف تماش بین اور بمبئ والے کھاتے ہیں۔ صاحب، یہ نفاست اور پرہیز میں نے انھی سے سیکھا۔ ڈبیا چاندی کی۔ نقشین۔ بھاری۔ ٹھوس۔ اس میں جگہ جگہ ڈینٹ نظر آتے تھے جو انسانی سروں سے تصادم کے باعث پڑے تھے۔ طیش میں اکثر پانوں بھری ڈبیا پھینک مارتے۔ بڑی دیر تک تو یہ پتہ ہی نہیں چلتا تھا کہ مضروب کے سر اور چہرے سے خون نکل رہا ہے یا بکھرے پانوں کی لالی نے غلط جگہ رنگ جمایا ہے۔ بٹوے خاص طور سے آپ کی جائے پیدائش ریاست ٹونک سے منگواتے تھے۔ کہتے تھے کہ وہاں کے بٹوے ایسے ڈورے ڈالتے ہیں کہ اک ذرا گھنڈی کو جھوٹوں ہاتھ لگا دو تو بٹوہ آپی آپ مصاحبوں کی باچھوں کی طرح کھلتا چلا جاتا ہے۔ گٹکا بھوپال سے آتا تھا لیکن خود نہیں کھاتے تھے۔ فرماتے تھے میٹھا پان، ٹھمری، گٹکا اور ناول۔ یہ سب نابالغوں کے شغل ہیں۔ شاعری سے کوئی خاص دلچسپی نہ تھی۔ ردیف قافیے سے آزاد شاعری سے بطور خاص چڑتے تھے۔ یوں بھی، بقول شخصے، آزاد شاعری کی مثال ایسی ہے جیسے بغیر نیٹ کے ٹینس کھیلنا۔

آخری زمانے میں عزلت گزیں اور مردم بیزار ہو گئے تھے اور صرف دشمنوں کے جنازے کو کندھا دینے کے لیے باہر نکلتے تھے۔

بشارت کی زبانی تعارف ختم ہوا۔ اب کچھ میری کچھ ان کی زبانی سنیے اور رہی سہی زبان خلق سے جسے کوئی نہیں پکڑ سکتا۔

کانپور میں پہلے بانس منڈی اور پھر کوپر گنج میں قبلہ کی عمارتی لکڑی کی دکان تھی۔ اسی کو آپ ان کا حلیۂ معاش اور وسیلہ مردم آزاری کہہ سکتے ہیں۔ تھوڑی بہت جلانے کی لکڑی بھی رکھتے تھے مگر اسے کبھی لکڑی نہیں کہا۔ سوختہ یا ہیزم سوختنی کہتے تھے۔ ان کی دکان کو کبھی کوئی نا آشنائے مزاج ٹال کہہ دیتا تو دو سیری لے کر دوڑتے۔ جوانی میں پنسیری لے کر دوڑتے تھے۔ تمام عمر پتھر کے باٹ استعمال کیے فرماتے تھے۔ لوہے کے فرنگی باٹ بھاری اور بے برکت ہوتے ہیں۔

ہمہ وقت طیش کا عالم طاری ہوتا تھا۔ سونے سے پہلے ایسا موڈ بنا کر لیٹتے کہ آنکھ کھلتے ہی غصہ کرنے میں آسانی ہو۔ پیشانی کے تین بل سوتے میں بھی نہیں مٹتے تھے۔ غصے کے آخر ہوتے ہوتے یہ بھی یاد نہیں رہتا کہ آیا کس بات پر تھا۔ بیوی ان کو روزہ نہیں رکھنے دیتی تھیں۔ غالباً ۱۹۳۵ء کا واقعہ ہے۔ ایک دن عشا کی نماز کے بعد گڑگڑا گڑگڑا کر اپنی دیرینہ پریشانیاں دور ہونے کی دعائیں مانگ رہے تھے کہ ایک تازہ پریشانی کا خیال آتے ہی ایک دم جلال آ گیا۔ دعا ہی میں کہنے لگے کہ تو نے میری پرانی پریشانی ہی کون سی رفع کر دی جو اَب یہ نئی پریشانی دور کرے گا اس رات مصلّیٰ تہ کرنے کے بعد پھر کبھی نماز نہیں پڑھی۔

ہم واقعہ یہ بیان کرنے چلے تھے کہ گرمیوں کے دن تھے قبلہ اولے کا قورمہ اور خربوزہ تناول فرما کر کیبن میں قیلولہ کر رہے تھے کہ اچانک کن ملیے نے کیبن کے دروازے پر بڑے زور سے آواز لگائی ''کان کا میل'' خدا جانے میٹھی نیند سو رہے تھے یا کوئی بہت ہی حسین خواب دیکھ رہے تھے جس میں گاہک ان سے تگنے داموں دھڑا دھڑ لکڑی خرید رہے تھے۔ ہڑبڑا کر اٹھ بیٹھے۔ ایک دفعہ تو دہل گئے۔ چق کے پاس پڑی ہوئی لکڑی اُٹھا کر اس کے پیچھے ہولیے۔ کمینے کی یہ جرات کہ ان کے کان سے فقط ایک گز دور بلکہ پاس ایسے گستاخانہ طریقے سے چیخے۔ یہ کہنا تو درست نہ ہوگا کہ آگے آگے وہ اور پیچھے پیچھے یہ، اس لیے قبلہ غصے میں ایسے بھرے ہوئے تھے کہ کبھی کبھی اس سے آگے بھی نکل جاتے۔ سڑک

پر کچھ دور بھاگنے کے بعد کن میلیا گلیوں میں نکل گیا اور آنکھوں سے اوجھل ہو گیا۔ مگر قبلہ محض اپنی چھٹی حس کی بتائی ہوئی سمت میں دوڑتے رہے اور یہ وہ سمت تھی جس طرف کوئی شخص جس کے پانچوں حواس سلامت ہوں، جارحانہ انداز میں لکڑی لاٹھی گھماتا ہرگز نہ جاتا کہ یہ تھانے کی طرف جاتی تھی۔ اس وحشیانہ دوڑ میں قبلہ کی لکڑی اور کن میلیے کا پگڑ جس کے ہر پیچ میں اس نے میل نکالنے کے اوزار اڑس رکھے تھے، زمین پر گر گیا۔ اس میں سے ایک ڈبیا بھی نکلی جس میں اس نے کان کا میل جمع کر رکھا تھا۔ نظر بچا کر اسی میں سے تولہ بھر میل نکال کر دکھا دیتا کہ دیکھو یہ تمھارے کان سے نکلا ہے۔ کسی کے کان سے گولر کے بھنگے برآمد کر کے کہتا کہ تمھارے کان میں جو بھن بھن تن تن کی آوازیں آ رہی تھیں وہ انھیں کی تھیں۔ لیکن یہ سچ ہے کہ وہ کان کی بھول بھلیوں میں اتنی دور تک سہج سہج سلائی ڈالتا چلا جاتا کہ محسوس ہوتا ابھی کان کے راستے آنتیں نکال کر ہتھیلی پر رکھ دے گا۔ قبلہ نے اس پگڑ کو بلّی پر چڑھا کر بلّی اپنی کیبن کے سامنے اس طرح گاڑ دی جس طرح اگلے وقتوں میں کوئی بے صبرا ولی عہد، یا وہ نہ ہو تو پھر کوئی دشمن، بادشاہ سلامت کا سر کاٹ کر نیزے پر ہر خاص و عام کی اطلاع کے لیے بلند کر دیتا تھا۔ اس کی دہشت ایسی بیٹھی کہ دکان کے سامنے سے بڑھئی، کھٹ بُنے، سینگی لگانے والیوں اور سحری کے لیے جگانے والوں نے بھی نکلنا چھوڑ دیا۔ ملحقہ مسجد کا کریہہ الصوت موذّن بھی عقب والی گلی سے آنے جانے لگا۔

(یووک بھارتی: جماعت گیارھویں۔۱۹۹۴ء)

❖❖❖

لکھنؤ کا چہلم

پنڈت رتن ناتھ سرشار

خانہ بدوش دخانہ برباد میاں آزاد ایک دن نور کے تڑکے جو کلبلا کر اٹھتے ہیں تو گھٹا ٹوپ اندھیرا چھایا ہوا۔ ہر سمت تیرہ و تار۔ ظلمات کی سی کیفیت نمودار۔ کوئی شے نظر ہی نہیں آتی۔ نور کا فور۔ سرا بھر میں نہ ایک دیا ٹمٹماتا ہے نہ چراغ جھلملاتا ہے۔ کوٹھری کے باہر آئے تو چوطرفہ دل بادل۔ قبلہ کی طرف سے جھومتی ہوئی گھٹا اٹھی۔ کالی گھٹا متوالی گھٹا۔ ابر اٹکھیلیوں پر ہے۔ شاخیں مستوں کی طرح جھوم رہی ہیں۔ ہوا اس زناٹے سے چل رہی ہے کہ کلیجا لرزا جاتا ہے۔ مرغان خوشنوا گھونسلوں میں دبکے بیٹھے ہیں۔ پرندہ پر نہیں مارتا۔ ایک دفعہ ہی بجلی لونکی اور رعد نے گرجنا شروع کیا۔ پھر تاریکی نے وہ زور باندھا کہ کالے کوسوں تک کالی کالی گھٹا ہی نظر آتی تھی اور ہوائے سرد سن سن کرتی جاتی تھی۔

ایک دفعہ ہی پھر دامنی دمکی اور بجلی چمکی تو اندھیری رات میں بس یہی معلوم ہوا کہ سونا کسوٹی پر کسا گیا۔ چشم زدن میں برق چشمک زن الوپ انجن تھی۔ پھر اندھیرا گھپ میاں آزادی چپ۔ سرا میں سناٹا، سیر نہ سپاٹا۔ فِفرّو ہونے ہی کو تھے کہ بادل کی صورت دیکھ کر کنکوا ہتھے پر سے اکھڑ گیا۔ وہ کاٹا، اتنے میں ننھی ننھی بوندیں پڑنے لگیں... اور بی بھٹیارن نے الاپنا شروع کیا کہ

برسن کو آئیں گھٹا کاری کاری
او دری دھمری کاری بجری کی اجیاری
کارے کارے پیرے پیرے بدرا لیے سنگ
بدرا کی گرج سنت حمیرا لرجت
برسن کو آئی گھٹا کاری کاری

مگر ہوا نے پھر وہ زور بندھا کے بادل اوپر ہی اوپر اڑنچھو ہو گئے۔ کچھ یوں ہی سی بدلی تھی تو دیکھتے کیا ہیں کہ دھانی دوپٹہ پھڑکاتی ایک حسین مہ جبین چمکتی چلی آتی ہے۔ وہ اودی اودی گھٹا اور وہ ہلکا دھانی دوپٹہ، فصل کی چیز، ہردلعزیز۔ پوچھا کہاں سواری چلی۔ مسکرا کر بصد ناز و ادا جواب دیا۔(لکھنؤ کا چہلم دیکھنے) میاں آزاد تو لکھنؤ کے محرم الحرام اور مجالس عزا کی دھوم دھام پر لٹو ہو گئے تھے۔ ٹھان لی کہ چہلم کی چہل پہل بھی دیکھیں گے اور ضرور دیکھیں گے۔ ایک زقند بھرنے کی دیر تھی کہ لکھنؤ کے اسٹیشن پر دن سے داخل ہو گئے۔ بگھی پر سوار ہو کر ہوا سے باتیں کرتے کھٹ سے تال کٹورے کی کربلا پہنچے۔ اللہ اللہ جہاں تک پیک نظر کی رسائی ہے۔ بگھیوں اور یکوں اور گھوڑوں اور ہاتھیوں اور رتھ اور بہل اور ڈولیوں اور فینسوں کا تانتا لگا ہے۔ جدھر جاؤ دھوم، جدھر دیکھو ہجوم۔ بانکے، ترچھے، تیکھے، گنڈے، لقے لقندرے دوانگل کی تکہ دار ٹوپیاں آلپین سے مستک پر جمائے۔ انکھڑیوں میں سرمہ لگائے۔ بانڈی ٹیکتے، آنکھیں سینکتے، بررتے، اینڈتے، تنتے، اینٹھتے۔ شربتی کی تین کمر توئی اور اوچی چولی کے انگھرکھے پھڑکاتے پرلے جماتے جا رہے ہیں۔ جو اوچی بنا پر ڈنڈ بل پر بل کرتا ہے۔ صوفیان صافی کی ہوحق کی صدا بلند ہے۔ مگر افشائے راز میں زبان بند ہے۔ خوش باش بھی پوقدمے جاتے ہیں۔ ادھر ادھر دل بہلاتے ہیں۔ چانڈو باز بڑھ بڑھ کر دم لگاتے ہیں۔ جب گرماتے ہیں تو دھویں بقے اڑاتے ہیں اور غین ہو جاتے ہیں۔ میاں آزاد گھبرائے کہ ایں! یہاں بھی چانڈو خانہ! یہ چانڈو کا ٹھیکہ دار ہے یا دیوانہ۔ بھلا چانڈو خانہ اور بانبو کا یہاں کیا کام ہے۔ واللہ یہاں کتنا اژدھام ہے۔ اُمرا و رؤسا، عمائدِ شہر، چھولداریوں، شامیانوں، خس کے بنگلوں اور خیموں میں تین دن سے گلچھرے اڑا رہے تھے، مگر مومن پاک اللہ سے لو لگا رہے تھے۔ اُمرا کی شان ہی اور تھی۔ رؤسا کی آن بان ہی اور تھی۔ کشمیر جنت نظیر کے شال بافوں کا بار منت سب کی گردن پر تھا۔ دوشالہ دوسالہ، زیب دوش تھا۔ کوئی چاندی کی گڑگڑی گڑگڑاتا ہے۔ کوئی مشکبو دھواں دھار پیچوان پیتا ہے۔ آگے بڑھتے ہیں تو ارباب نشاط کے جمگھٹے، معشوقوں کے جھمکڑے وہ چھب وہ ادا، وہ ناز و غمزہ کہ زہاد صد سالہ بھی تسبیح و تہلیل بھول جائیں۔ اور صوفی کے بھی

ہاتھ پاؤں پھول جائیں۔ میاں آزاد گو رنگین طبع، سودائی مزاج، رند مشرب، بے باک آدمی تھے، مگر دیکھتے ہی بگڑ گئے اور ایسے گرمائے جیسے چونے پر پانی چھڑک دیا۔ لاحول ولاقوۃ۔ انھوں نے یہاں بھی پیچھا نہ چھوڑا۔ اس متبرک مقام سے بھی منہ نہ موڑا۔ ایک عاشق تن سنتے ہی لال بھبوکا ہو گئے اور میاں آزاد کی طرف گھور کر کہنے لگے کہ

دھواں بھٹی سے اٹھ کر یا الٰہی ابر رحمت ہو

کہ پیش زاہدان خشک تر دامن کی عسرت ہو

اتنے میں باجے کی آواز کان میں آئی۔ لوگوں نے کہنا شروع کیا کہ جناب نواب ممتاز الدولہ بہادر کا تعزیہ آتا ہے۔ بڑی دھوم دھڑکے سے اٹھتا ہے۔ میاں آزاد بھی ایک اونچے ٹیکرے پر کھڑے ہو گئے کہ کل کیفیت دیکھیں۔ اللہ اللہ کوسوں تک جلوس ہے۔ ۵۴ ہاتھی دتیلے، ایک دنتے، مست، دم کٹے، کوئی زنجیر کو سونڈ سے اچھالتا ہے، کوئی جھومتا ہوا آتا ہے، کوئی سر پر خاک ڈالتا ہے۔ مستیوں کی دھت۔ گھوڑے چابکی کی لت۔ اونٹ بلبلاتے ہیں، شتر غمزے کرتے جاتے ہیں۔ لاحول ولاقوۃ۔ کیا بھیانک جانور ہے۔ کیا قطع ہے۔ یہ گردن ہے یا شیطان کی آنت۔

باجے والے وردیاں ڈانٹے گھوڑوں پر اکڑے بیٹھے ہیں۔ دماغ عرش بریں پر ہے۔ نیچے زمین آسمان بالائے سر ہے۔ خاکی پلٹن کے چار سو تلنگے رپ رپ کرتے جا رہے ہیں۔ برچھی برداروں کی لال لال وردی سے گل لالہ کھلا تھا۔ سر خا سرخ، بیر بہوٹی بنے ہوے، بان دار بان چمکاتے، پھریرے اڑاتے بڑے دھڑلے سے ساتھ ہیں۔ باد بہاری شہید کربلا کی سواری، طنبورے چھیڑ رہے ہیں۔ باجے نے دہ رنگ جمایا کہ راگ اور راگنی نے مرحبا کا طنطنہ بلند فرمایا۔ نشان کی وہ آن بان، عجب تیری قدرت عجب تیری شان۔ کشتیوں کی قطار اور ان پر گلاب پاش عنبر بار، گنگا جمنی پر بہار انگیٹھیوں میں مشک ناف وعنبر، چوبدار عصائے نقرئی وطلائی لئے۔ جلوس کا زیب وزین ہے۔ کسی سمت آہ و بکا اور صدائے بین ہے۔ چپراسی لال لال پگیاں جمائے ہد ہد کی صورت بنائے۔ ہاتھ میں خوشنما لکڑیاں اور ان میں تیل کی پھلیاں، پھکیت کتکہ لیئے اکڑ رہے ہیں۔ گھائی اور

چھوٹ لڑ رہے ہیں۔ طمانچہ دکھایا اور ہاتھ گھمایا۔ باہر دیا اور ہتکٹی کا ہاتھ لگایا۔ کنکہ سو قدم پر اچھل گیا۔ ہاتھوں ہاتھ سیر بھر حلوہ سوہن لیا۔ یہ چمکایا وہ کڑک کر پالٹ کر بھرپور ہاتھ لگایا۔ واہ استاد اس صفائی کے قربان، کیوں نہ ہو، واہ پہلوان۔ پھر ایک دفعہ ہی تین کی دوہری صاف کی تو پرے کے پرے صاف تھے۔ پیچ کھیت گھار لڑتے ہیں۔ کنکے پر کنکے پڑے ہیں۔ اب ماتم داروں کا نام لیا تو کردبیوں نے عرش بریں کو تھام لیا۔ زمین کا گھوارہ ڈانواں ڈول تھا۔ ہزاروں کا غول تھا۔ حسنؑ اور حسینؑ کی صدا کرسیِ آسمان تک بلند تھی۔ گریہ وزاری بکا و اشکباری اور برسوں سے دو چند تھی۔

ہزار اعزادار شریک ماتم، سینہ مجروح آنکھیں پرنم، مرثیہ خواں خوش الحان، گریہ کناں چھماں چھماں جا رہے ہیں۔

واحسرتا کہ ماہ محرم گذر گیا
اور چہلم امام دو عالم گذر گیا

تیسرا مصرعہ غل میں نہ سن سکے۔

ماتم رہا پہ موسم ماتم گذر گیا

☆☆

اک دن اسی طرح سے یہ دنیا تمام ہے
پھر شاہ کربلا کی عزا ناتمام ہے
اور یوں بیان کرتے تھے سجاد خستہ حال
بندی بنا کے لے چلے دیکھو یہ بدخصال
سر ننگے بال کھولے میرا کاروان تھا
سب اونٹ پر سوار تھے میں ساربان تھا

اتنے میں ریلا آیا تو ٹیپ کا شعر سننا درکنار ٹوپی چیت گاہ سے ایڑی پر آرہی۔ اس کے بعد کوئی ۵۳ تعزیے آئے۔ ایک سے ایک خوش نما۔ ہر ایک ضریح مبارک قابل دید تھی بلکہ دید تھی نہ شنید تھی۔ چو طرفہ علم اور سونے کے پنجے اور سہرے اور ان میں گوہر شاہوار لٹکتے

اور درِ یتیم و آبدار چھلکتے۔ پھولوں کی بو باس سے دماغ طبلۂ عطار بن گیا۔ دلدل سبحان اللہ، سبحان اللہ۔ اشہب آہو شکار، تندخو راہوار، سمند وغا پسند (کرنگ نقرہ خنگ جو یائے جنگ کمیت اور سرنگ سونے کی دمچی، گنگا جمنی لٹو، ڈھال نڈھال اس کے باہر شمشیر خارا شگاف و خوش غلاف لٹکتی ہوئی) چادر میں خون کے ایسے دھبے جس نے عزاداروں کو خون رلایا۔ ہر مومن پاک آنسو بھر لایا۔ بس یہی معلوم ہوتا تھا کہ دلدل سوار نے ابھی زخم کھایا ہے اور فرس سلیقہ شعار اس سانحۂ ہوش ربا کی خبر لایا ہے اور میدان کارزار سے سیدھا چلا آیا ہے۔ باگ ایک طرف کٹی ہوئی ہے۔ ہائے یہ واقعہ بھی کیسا جگر خراش ہے۔ ہے ہے سینہ پاش پاش ہے۔ ادھر تیر ادھر کمان۔ ادھر دستانہ ادھر عمامہ۔ حضرت فردوس آشیاں۔ فخر زمین وزماں۔ پل پر مجمع خاص و عام تھا۔ خاتون بلقیس منزلت اور بیگمات لکھنؤ کا بند گاڑیوں میں اژدھام تھا لوگ پلے پڑے تھے۔ چپے چپے پر لڑتے تھے۔ ساقنوں کی دکان دھواں دھار ایک دم میں آسمان کے پار۔ میاں آزاد یہاں سے بھاگے تو افتاں وخیزاں کربلا میں دم لیا۔ کیوں میاں یہ قبر کس کی ہے۔ ایک جوان طناز باسینۂ بریان و دیدۂ گریاں بول اٹھا کہ یہ مقام فشار ہے تیر غم جگر کے پار ہے۔ ارے نادان یہ حسو جان کا مزار ہے۔ ہے ہے دل فگار ہے۔ چشم اشکبار ہے۔ ادھر ادھر گلاس اور ہانڈیوں کی قطار۔ بیچ میں مردنگوں کی بہار۔ قبر زربفت کی چادر اور مقیش کی جھالر چوطرفہ کرن، قبر ہے یا دلہن، مسہری میں زمرد گر دگھنڈیاں لگی ہیں۔ ان سب پر زربفت کا نمگیر استم ڈھاتا ہے۔ دل ہے کہ امڈ آتا ہے۔ اچھے اچھے وضعدار اردگرد کھڑے آٹھ آٹھ آنسو روتے ہیں۔ عشق اور جنون کے صدقے میں عقل سے ہاتھ دھوتے ہیں۔ میاں آزاد کا دل بھی بھر آیا اور زار زار رونے کا لگا لگایا۔ اتنے ہنسیا کلوارن کی صورت جو دیکھی تو بدن پر رعشہ آ گیا۔ ہاتھ کانپنے لگے۔ پاؤں ڈگمگائے۔ رنگ فق ہو گیا۔ کلیجا شق ہو گیا۔ یا خدا یہ کس کی صورت دکھائی۔ آنکھ کھولی تو پھر وہی سرا نظر آئی۔

(یووک بھارتی، بارھویں جماعت۔ ۱۹۹۵ء)

✤✤✤

ٹوکیو کے بازاروں میں

مجتبیٰ حسین

بازار چاہے دہلی کے ہوں یا ٹوکیو کے، ان سے ہمارا رشتہ آج تک قائم نہ ہو سکا

دنیا میں ہوں، دنیا کا طلب گار نہیں ہوں
بازار سے گزرا ہوں ، خریدار نہیں ہوں

ٹوکیو کے بازار دنیا بھر کی چیزوں سے بھرے پڑے ہیں۔ بہت سی چیزوں کے بارے میں تو ہمیں یہ بھی نہیں معلوم کہ کس کام آتی ہیں اور ان کے خریدار کون ہیں۔ یوں بھی ٹوکیو میں ہمیں جاپانیوں کی محبت اور خلوص کے سوائے کچھ نہیں خریدنا تھا۔ کیوں کہ یہی شئے ہے جس پر وطن عزیز میں کسٹم والے کوئی ڈیوٹی نہیں لگاتے۔ وہ لاکھ تلاشی لیں مگر ہمارے دل میں چھپی ہوئی محبت کی دولت کو کہاں پکڑ سکتے ہیں۔ پھر سو باتوں کی ایک بات یہ کہ دن بھر میں تین وقت کا کھانا خریدنے کے بعد ہماری جیب میں کوئی اور چیز خریدنے کی گنجائش ہی کہاں باقی رہتی تھی۔ البتہ ایک چیز ہم جاپان میں ضرور خریدنا چاہتے تھے اور وہ ہے ہمارا لباس۔ ہم جاپان جاتے ہوئے بڑی مشکل سے کپڑوں کے تین جوڑے لے گئے تھے۔ سوچا تھا جاپان جا کر اپنے لیے بڑھیا کپڑے خریدیں گے۔ بلکہ ہم تو کپڑوں کا ایک ہی جوڑا لے جانے والے تھے مگر خدا بھلا کرے ہماری اہلیہ محترمہ کا کہ انھوں نے زبردستی دو پرانے جوڑے مزید ہمارے سامان میں رکھ دیے۔ اب جو جاپان جا کر ہم نے ٹوکیو کے بازاروں میں اپنے لیے کپڑے تلاش کرنے شروع کیے تو پتا چلا کہ ان کپڑوں میں اتنی سکت نہیں ہے کہ وہ ہمیں اپنے اندر سمو سکیں۔

جاپانیوں کا قد بہت چھوٹا ہوتا ہے اسی لیے وہ اپنے حساب سے کپڑے تیار کرتے

ہیں۔کوئی پتلون کمر میں برابر آتی تو پائینچے چھوٹے ہو جاتے اور پائینچے برابر ہوتے تو پتلون کمر میں تنگ ہو جاتی تھی۔ یہی حال شرٹس کا بھی ہوا۔ٹوکیو کا چپہ چپہ چھان مارا۔ہمیں اپنے سائز کے کپڑے نہ ملے۔لوگوں نے کہا کپڑے خرید کر سلوا لیجیے۔ہم اس خیال سے متفق بھی ہو گئے لیکن اپنے خیال کو عملی جامہ پہنانے سے پہلے احتیاطاً سلائی کے دام پوچھے تو پتا چلا کہ کپڑے کے دام سے دس گنا زیادہ ہوں گے۔ایک ڈپارٹمینٹل اسٹور کے بارے میں پتا چلا کہ وہاں امریکیوں کے سائز کے کپڑے ملتے ہیں۔ ہم وہاں بھی گئے۔ کپڑے ہماری سائز کے مطابق نکلے لیکن جاپانیوں نے ان تیار کپڑوں کے دام امریکیوں کی معاشی خوشحالی کے حساب سے رکھے تھے۔سو کپڑوں کی طرف سے ایسے مایوس ہوئے کہ چار و ناچار اپنے تین پرانے جوڑوں پر ہی جاپان میں اپنے قیام کو نپٹایا۔ رات میں چوری سے اپنے ہوٹل میں ایک جوڑا دھوتے اور دوسرے دن خود اپنے ہاتھوں ان پر استری پھیر لیتے تھے۔ جاپان جانے کے بعد ہی ہم نے کپڑوں پر استری کرنے کا گر سیکھا۔ صاحبو! اگر آپ کا قد پانچ فٹ گیارہ انچ اور آپ کا وزن 70 کلوگرام ہے اور اس کے باوجود اگر آپ کو جاپان جانے کا موقع ملے تو اپنے کپڑے اپنے ساتھ لیتے جائیے۔ پھر نہ کہنا ہمیں خبر نہ ہوئی۔اس معاملے میں جاپانیوں پر بالکل بھروسا مت کیجیے۔

جب ہمیں احساس ہو گیا کہ ہم ٹوکیو کے بازاروں سے کچھ نہیں خرید سکتے تو ہم ان بازاروں میں بے دھڑک گھومنے لگے۔ اس لیے ہم ٹوکیو کے بازاروں کے بارے میں اور لوگوں کے مقابلے میں زیادہ جانتے ہیں۔ ہم ہر شام ان بازاروں میں کھو جاتے تھے۔ ہمارا ریلوے پاس اکھیابارا کے اسٹیشن پر ختم ہوتا تھا اور اکھیابارا صرف ٹوکیو بلکہ سارے جاپان کا سب سے بڑا الکٹرانک اشیا کا بازار ہے۔ وہ الکٹرانک اشیا جن سے جاپان ساری دنیا میں جانا اور پہچانا جاتا ہے، وہ یہاں فروخت ہوتی ہیں۔ ایک سے ایک عالی شان دکان ہے جن میں انواع و اقسام کے ریڈیو، ٹرانزسٹر، ٹیلی ویژن کیلکیولیٹر، واکی ٹاکی، گھڑیاں اور کیمرے فروخت ہوتے ہیں۔لوگ سبزیوں کی طرح الکٹرانک اشیا خریدتے ہیں۔ یہاں

جا کر ہمیں جاپانیوں کی عظمت کا احساس بھی ہوتا تھا اور ان پر ترس بھی آتا تھا۔ مانا کہ جاپان الکٹرانک اشیا کی تیاری کے مقابلے میں اس وقت دنیا میں سب سے آگے ہے۔ دنیا بھر میں اس کی سیکو اور سٹی زن گھڑیاں، نیشنل پیناسونک ریڈیو، ہٹاچی اور سونی کے ٹرانزسٹروں، یاشیکا کیمروں، ٹویوٹا اور ڈاٹسن کی موٹروں کی دھوم ہے مگر دنیا والوں کو جاپان کے ادیبوں، فن کاروں اور آرٹسٹوں کے بارے میں کچھ بھی نہیں معلوم۔ جاپان کے باہر کوئی ان کے نام نہیں جانتا۔ جاپان کے ادب، آرٹ اور کلچر کو بنانے والے ٹرانزسٹروں، گھڑیوں، کیمروں اور موٹر کاروں کے نیچے دب گئے ہیں۔

ہم نے کئی جاپانی فنکاروں سے مذاق مذاق میں کہا ''میاں! چیزیں ضرور بناؤ مگر اتنی اچھی بھی نہ بناؤ کہ تم پسِ پشت چلے جاؤ۔ چیزیں جاپان کی شناخت کا حصہ ضرور ہیں مگر تم بھی تو جاپان کی شناخت کا حصہ بنو۔ ہم بھی چیزیں بناتے ہیں مگر یہ ہم سے زیادہ مقبول نہیں ہیں۔ بھلے ہی ہمارے ٹرانزسٹروں، کیمروں اور موٹروں کو کوئی نہ پوچھتا ہو مگر ہمارے کالی داس، میرا بائی، امیر خسروؔ، غالبؔ، میرؔ، رابندر ناتھ ٹیگور اور ڈاکٹر اقبالؔ کو ساری دنیا جانتی ہے۔''

جاپانی فنکار ہماری بات کو مذاق میں ٹال دیتے تھے۔ ہو گی کوئی مصلحت ان کی۔ صاحبو! ان سب باتوں کے باوجود ٹوکیو جاؤ تو اکھیابارا ضرور جاؤ بشرطیکہ آپ اپنی عقل کو دنگ اور زبان کو گنگ کرنا چاہیں۔ اور ہاں ٹوکیو جاؤ تو ٹوکیو کے چاندنی چوک ضرور جانا جسے جاپانی اساکسا کہتے ہیں۔ یہاں قدیم جاپان کی جھلک اب تک دکھائی دیتی ہے۔ جاپانی خواتین اور مرد اب بھی جاپان کے روایتی لباس کیمونو میں دکھائی دیتے ہیں۔ کیمونو پہننے کے بعد جاپانی عورت کی چال میں ایک عجیب سی طرحداری پیدا ہو جاتی ہے جو قدموں کو ناپ ناپ کر رکھنے کا نتیجہ ہوتی ہے۔ یہ علاقہ ٹوکیو کے دیگر علاقوں سے بالکل مختلف ہے۔ یہاں کے بازاروں کی سجاوٹ بھی روایتی ہے۔

اساکسا میں ہی کینین کا مشہور بودھ مندر ہے جو ساتویں صدی عیسوی میں بنایا گیا

تھا۔ لکڑی کا بنا ہوا ہے مگر اس کی طرزِ تعمیر آپ کو حیرت میں ڈال دے گی۔ وہ چودھویں کے چاند کی رات تھی جب ہم اس مندر کو دیکھنے گئے تھے۔ لوگ دھڑا دھڑ اس مندر میں عبادت کے لیے آ رہے تھے اور دونوں ہاتھ جوڑ کر آگے کھڑے ہو جاتے تھے۔ پوجا کا یہ طریقہ ہمیں خالص ہندوستانی لگا۔ جاپان کے دو بڑے مذہب بدھ مت اور شنٹو مت ہیں۔ شنٹو مت جاپان کا قدیم مذہب ہے مگر عموماً سارے جاپانی دونوں مذاہب پر یقین رکھتے ہیں۔ شنٹو مندر میں بھی جاتے ہیں اور بودھ مندر میں بھی۔ شادی شنٹو مندر میں کرتے ہیں تو ان کی آخری رسومات بدھ مت کے عقیدوں کے مطابق انجام پاتی ہیں۔ ایک جاپانی دوست نے ہمیں بتایا تھا ''بھیا! ہم تو کاروباری آدمی ہیں۔ دونوں مذہبوں پر یقین رکھتے ہیں۔ پتا نہیں کب کون سے خدا سے کام پڑ جائے۔''

ٹوکیو کے سب سے مشہور علاقے دو ہیں: ایک کا نام گنزہ ہے اور دوسرے کا شنجوکو۔ گنزہ کو جاپان کا شوکیس کہا جاتا ہے۔ دکانوں کی سجاوٹ، بازار کی رونق، روشنیوں کی جگمگاہٹ، انسانوں کی ریل پیل، گنزہ کو چاندی کی طرح چمکدار بنا دیتی ہے۔ یوں بھی جاپانی میں گنزہ چاندی کو کہتے ہیں۔ یہاں جاپان کے سب سے عالی شان تھیٹر، سنیما گھر، ریستوراں اور دکانیں آباد ہیں۔ یہیں کے ایک کابکی تھیٹر میں ہم نے ایک کابکی شو بھی دیکھا تھا۔ 'کابکی' کو موسیقی ریز ڈراما کہہ لیجیے۔ اس میں قصور کابکی کا نہیں بلکہ ہمارا تھا کہ یہ ہمیں پسند نہیں آیا۔ یہاں کے ایک ہندوستانی ریستوراں میں ہم نے اپنے جاپانی دوستوں کو کھانے پر بلایا تھا۔ (ریستوراں کا نام نہیں بتائیں گے کیونکہ ہم وطنوں کی برائی کرنا دیش سے غداری ہے۔) یہاں بیرے سر پر پگڑی باندھے، کارٹون بنے پھرتے ہیں مگر بعد میں گاہکوں کی پگڑی اُچھالتے ہیں۔ بہت دنوں سے بریانی نہیں کھائی تھی، سو بریانی منگائی۔ قورمہ تو ہر کوئی کھاتا ہے۔ ہم چھے دوست تھے۔ جانے لگے تو لتا منگیشکر کے ایک فلمی گیت کی مدھر دھن کی آڑ میں بیرے نے ہم سے ہنستے ہنستے بیس ین وصول کر لیے۔ صاحبو! اپنے دیش کا کھانا اپنے ہی دیش میں اچھا لگتا ہے۔ بعد میں ہم ٹوکیو کے اور بھی کئی علاقوں

کے ہندوستانی ریستورانوں میں گئے۔ کھانا کھانے کے لیے نہیں بلکہ لتا منگیشکر یا محمد رفیع کا گیت سننے۔

ایشیائی ثقافتی مرکز کے ڈائریکٹر مسٹر یمادکا ہمیں اکثر گنزہ لے جاتے تھے۔ ان کا کہنا تھا کہ یہ جاپان کے شرفا کا علاقہ ہے۔ مگر چند دنوں بعد ہمارے نوجوان دوست شنجی تاجمانے میں طعنہ دیا کہ جو لوگ بوڑھے ہو جاتے ہیں وہ مجبوراً شریف بن جاتے ہیں۔ آپ تو خدا کے فضل سے ابھی اتنے بوڑھے نہیں ہوئے کہ اپنی مرادوں کی شامیں گنزہ میں برباد کریں۔ میرے ساتھ شنجوکو چلیے جہاں جاپان کے نوجوانوں کی شامیں گذرتی ہیں۔ ہم فوراً سینگ کٹا کر بچھڑوں میں جا ملے جیسا کہ ہماری عادت ہے۔ اور پھر اس کے بعد جتنے دن ٹوکیو میں رہے اپنے وجود سے شنجوکو کی شاموں کو روشن اور معطر کرتے رہے۔ ہائے وہ شنجوکو کی شامیں! لفظوں میں اتنی سکت کہاں کہ وہ ان شاموں کی کیفیت بیان کر سکیں۔ سچ جانیے! ہم تو ان شاموں سے یوں گذرتے تھے جیسے کوئی گہری نیند میں کسی اچھوتے خواب سے گزر جاتا ہے۔ ہمارے بزرگ دوست مسٹر یمادکا نے پھر شرفا کے علاقے کا حوالہ دے کر ہمیں گنزہ لے جانا چاہا۔ مگر ہم نے صاف کہہ دیا کہ اگلی بار اگر ٹوکیو آنا ہوا تو انشاء اللہ گنزہ میں ضرور اپنی شامیں گزاریں گے اور عمر رفتہ کو آواز دیں گے۔ مگر اب تو شنجوکو کی شامیں ہمیں آواز دے رہی ہیں۔ للہ ہمیں نہ روکیے۔ ہر چراغ گل ہونے سے پہلے بھڑکتا ہے۔ سو ہمیں بھی بھڑکنے دیجیے۔ شام ہوتے ہی ہم اپنے نوجوان جاپانی دوستوں کے ساتھ شنجوکو کی بانھوں میں پہنچ جاتے تھے۔

شنجوکو میں ٹوکیو کی بلند عمارتیں ہیں۔ ساری عمارتیں زلزلہ پروف ہیں۔ زلزلہ آئے تو یہ اسی طرح ہلتی ہیں جس طرح تیز ہوا میں پیڑ ہلتے ہیں۔ مگر زلزلے کا زور تھمتے ہی پھر اپنی اصلی حالت میں آ جاتی ہیں۔ ہمیں شنجوکو کی نومرا بلڈنگ بہت پسند تھی۔ جس کی پچاسویں منزل پر شیشے کا گھر تھا۔ اس بلڈنگ کی لفٹ اتنی تیز رفتار ہے کہ آدھے منٹ میں پچاسویں منزل پر پہنچا دیتی ہے۔ ہم سرِ شام شیشے کے اس گھر میں جا کر بیٹھ جاتے تھے۔

چاروں طرف دور دور تک ٹوکیو ہی ٹوکیو دکھائی دیتا ہے۔

ہمیں یہ بلڈنگ اس لیے بھی پسند تھی کہ یہاں سے فیوجی پہاڑ کا نظارہ بڑا دل فریب ہوتا ہے۔ ویسے تو فیوجی پہاڑ ٹوکیو سے ڈھائی تین سو کلو میٹر دور ہے۔ مگر نومرا بلڈنگ کے اس شیشہ گھر میں بیٹھے بیٹھے اکثر ہمارا جی چاہتا تھا کہ ہم شیشہ گھر کی کھڑکی سے باہر ہاتھ نکال کر فیوجی پہاڑ کے سر پر سے اس برفانی ٹوپی کو اُچک لیں جو پہاڑ کا طرۂ امتیاز ہے۔ ہم گھنٹوں فیوجی پہاڑ کو گھورتے رہتے تھے۔ پھر جب رات کا اندھیرا اُترنے لگتا اور فیوجی پہاڑ کی برفانی ٹوپی دھندلی ہونے لگتی تو ہم اپنی نظروں کو وہاں سے ہٹا کر ٹوکیو کی جگمگاتی اور دوڑتی بھاگتی سڑکوں پر ڈال دیتے تھے۔ لاکھوں موٹریں اور ہزاروں ٹرینیں نہ جانے کہاں بھاگی پھرتی ہیں۔ انھیں کیا پتا کہ ایک پردیسی نومرا بلڈنگ کی پچاسویں منزل پر بیٹھا ان کی بھاگ دوڑ کا مزہ لے رہا ہے۔

درونِ خانہ ہنگامے ہیں کیا کیا
چراغِ رہ گزر کو کیا خبر ہے

ٹوکیو کی آخری شام بھی ہم نے نومرا بلڈنگ کے شیشہ گھر میں گزار دی تھی۔ فیوجی پہاڑ کو ہم نے اس شام اس قدر گھورا کہ ہمیں یقین ہے کہ اس کی ٹوپی کی برف ضرور پگھل گئی ہوگی۔ اس کی برفانی ٹوپی پگھلی ہو یا نہ پگھلی ہو، ہم تو پگھل گئے تھے اور اپنی ہی آنکھوں سے آنسو بن کر ٹپک گئے تھے۔ کچھ یادیں ایسی ہی ہوتی ہیں جو دل سے ابھر کر آنکھوں سے چھلک جاتی ہیں۔

(یووک بھارتی: جماعت گیارھویں ۲۰۱۵ء)

سینما کا عشق

پطرس بخاری

'سینما کا عشق' عنوان تو عجب ہوس خیز ہے لیکن افسوس کہ اس مضمون سے آپ کی تمام توقعات مجروح ہوں گی کیونکہ مجھے تو اس مضمون میں کچھ دل کے داغ دِکھانے مقصود ہیں۔

اس سے آپ یہ نہ سمجھیے کہ مجھے فلموں سے دلچسپی نہیں یا سینما کی موسیقی اور تاریکی میں جو رومان انگیزی ہے، میں اس کا قائل نہیں۔ میں تو سینما کے معاملے میں اوائل عمر ہی سے بزرگوں کا موردِ عتاب رہ چکا ہوں لیکن آج کل ہمارے دوست مرزا صاحب کی مہربانیوں کے طفیل سینما گویا میری دکھتی رگ بن کر رہ گیا ہے۔ جہاں اس کا نام سن پاتا ہوں بعض دردانگیز واقعات کی یاد تازہ ہو جاتی ہے جس سے رفتہ رفتہ میری فطرت ہی کج بیں بن گئی ہے۔

اول تو خدا کے فضل سے ہم کبھی وقت پر نہیں پہنچ سکے۔ اس میں میری سستی کو ذرا دخل نہیں یہ سب قصور ہمارے دوست مرزا صاحب کا ہے جو کہنے کو تو ہمارے دوست ہیں لیکن خدا شاہد ہے ان کی دوستی سے جو نقصان ہمیں پہنچے ہیں کسی دشمن کے قبضہ قدرت سے بھی باہر ہوں گے۔

جب سینما جانے کا ارادہ ہوتا ہے تو ہفتہ بھر پہلے سے انھیں کہہ دیتا ہوں کہ کیوں بھئی مرزا اگلی جمعرات سینما چلو گے نا! میری مراد یہ ہوتی ہے کہ وہ پہلے سے تیار رہیں اور اپنی مصروفیات کچھ اس ڈھب سے ترتیب دے لیں کہ جمعرات کے دن ان کے کام میں کچھ ہرج واقع نہ ہو لیکن وہ جواب میں عجب قدر ناشناسی سے فرماتے ہیں:

''ارے بھئی چلیں گے کیوں نہیں؟ کیا ہم انسان نہیں؟ ہمیں تفریح کی ضرورت نہیں ہوتی؟ اور پھر کبھی ہم نے ایسی بے مروّتی آج تک برتی ہے کہ تم نے چلنے کو کہا ہو اور ہم نے تمھارا ساتھ نہ دیا ہو؟''

ان کی تقریر سن کر میں کھسیانا سا ہو جاتا ہوں۔ کچھ دیر چپ رہتا ہوں اور پھر دبی زبان سے کہتا ہوں:

''بھئی اب کے ہوسکا تو وقت پر پہنچیں گے۔ٹھیک ہے نا؟''

میری یہ بات عام طور پر ٹال دی جاتی ہے کیونکہ اس سے ان کا ضمیر کچھ تھوڑا سا بیدار ہو جاتا ہے۔ خیر میں بہت زور نہیں دیتا۔صرف ان کو بات سمجھانے کے لیے اتنا کہہ دیتا ہوں:

''کیوں بھئی سینما آج کل چھے بجے شروع ہو جاتا ہے نا؟''

مرزا صاحب عجیب معصومیت کے انداز میں جواب دیتے ہیں۔ ''بھئی یہ ہم کو معلوم نہیں۔''

''میرا خیال ہے چھے بجے ہی شروع ہوتا ہے۔''

''اب تمھارے خیال کی تو کوئی سند نہیں۔''

''نہیں مجھے یقین ہے۔ چھے بجے ہی شروع ہوتا ہے۔''

''تمھیں یقین ہے تو میرا دماغ کیوں مفت میں چاٹ رہے ہو؟''

اس کے بعد آپ ہی کہیے کہ کیا بولوں؟

خیر جناب جمعرات کے دن چار بجے ہی ان کے مکان کو روانہ ہو جاتا ہوں اس خیال سے کہ جلدی جلدی انھیں تیار کرا کے وقت پر پہنچ جائیں۔ دولت خانے پر پہنچتا ہوں تو آدم نہ آدم زاد۔ سارے مردانے کمرے گھوم جاتا ہوں۔ ہر کھڑکی سے جھانکتا ہوں ہر شگاف سے آواز دیتا ہوں لیکن کہیں سے رسید نہیں ملتی آخر تنگ آ کر ان کے کمرے میں بیٹھ جاتا ہوں۔ وہاں دس منٹ سیٹیاں بجاتا رہتا ہوں۔ دس پندرہ منٹ بلاٹنگ پیپر پر

تصویریں بناتا رہتا ہوں پھر سگریٹ سلگا لیتا ہوں اور باہر ڈیوڑھی میں نکل کر اِدھر اُدھر جھانکتا ہوں۔ وہاں بدستور ہو کا عالم دیکھ کر کمرے میں واپس آ جاتا ہوں اور اخبار پڑھنا شروع کر دیتا ہوں۔ ہر کام کے بعد مرزا صاحب کو آواز دے لیتا ہوں۔ اس امید پر کہ شاید ساتھ کے کمرے میں یا عین اوپر کے کمرے میں تشریف لائے ہوں یا سو رہے تھے تو ممکن ہے جاگ اٹھے ہوں۔ یا نہا رہے تھے تو شاید غسل خانے سے باہر نکل آئے ہوں لیکن میری آواز مکان کی وسعتوں میں سے گونج کر واپس آ جاتی ہے۔ آخر کار ساڑھے پانچ بجے کے قریب زنانے سے تشریف لاتے ہیں۔ میں اپنے کھولتے ہوئے خون پر قابو میں لا کر متانت اور اخلاق کو بڑی مشکل سے مدنظر رکھ کر پوچھتا ہوں:

"کیوں حضرت... آپ اندر ہی تھے؟ میری آواز آپ نے نہیں سنی؟"

"اچھا یہ تم تھے؟ میں سمجھا کوئی اور ہے؟"

آنکھیں بند کر کے سر کو پیچھے ڈال لیتا ہوں اور دانت پیس کر غصے کو پی جاتا ہوں اور پھر کانپتے ہوئے ہونٹوں سے پوچھتا ہوں:

"اچھا آپ چلیں گے یا نہیں؟"

"وہ کہاں؟"

"ارے بندۂ خدا آج سینما نہیں جانا؟"

"ہاں سینما۔ سینما (یہ کہہ کر وہ کرسی پر بیٹھ جاتے ہیں) ٹھیک ہے۔ سینما، میں بھی سوچ رہا تھا کہ کوئی نہ کوئی بات ضرور ہے جو مجھے یاد نہیں آتی ہے۔ اچھا ہوا تم نے یاد دلایا ورنہ مجھے رات بھر الجھن رہتی۔"

"تو پھر چلیں۔"

"ہاں وہ تو چلیں گے ہی۔ میں سوچ رہا تھا آج ذرا کپڑے بدل لیتے خدا جانے دھوبی کمبخت کپڑے لایا ہے یا نہیں۔ یاران دھوبیوں کا کچھ انتظام کرو۔"

اگر قتل انسانی ایک سنگین جرم نہ ہوتا تو ایسے موقع پر مجھ سے ضرور سرزد ہو جاتا لیکن

کیا کروں اپنی جوانی پر رحم کھاتا ہوں۔ صرف یہی کہہ سکتا ہوں:

''بھئی مرزا، للہ مجھ پر رحم کرو۔ میں سینما چلنے کو آیا ہوں۔ دھوبیوں کا انتظام کرنے نہیں آیا۔ پونے چھے بج چکے ہیں اور تم جوں کے توں بیٹھے ہو۔''

مرزا صاحب عجب مربیانہ تبسم کے ساتھ کرسی پر سے اٹھتے ہیں گویا یہ ظاہر کرنا چاہتے ہیں کہ اچھا بھئی تمھاری طفلانہ خواہشات آخر ہم پوری کرہی دیں۔ چنانچہ یہ کہہ کر تشریف لے جاتے ہیں کہ اچھا کپڑے پہن آؤں۔

مرزا صاحب کے کپڑے پہننے کا عمل اس قدر طویل ہے کہ اگر میرا اختیار چلے تو قانون کی رو سے انھیں کپڑے اتارنے ہی نہ دوں۔ آدھ گھنٹے کے بعد وہ کپڑے پہنے ہوئے تشریف لاتے ہیں۔ ایک پان منہ میں دوسرا ہاتھ میں۔ اٹھ کھڑا ہوتا ہوں۔ دروازے تک پہنچ کر مڑ کے دیکھتا ہوں تو مرزا صاحب غائب۔ پھر اندر جاتا ہوں مرزا صاحب کسی کونے میں کھڑے کچھ کرید رہے ہیں۔

''ارے بھئی چلو۔''

''چل تو رہا ہوں یار۔ آخر اتنی بھی کیا آفت ہے؟''

''اور یہ تم کیا کر رہے ہو؟''

''پان کے لیے تمباکو لے رہا تھا۔''

تمام راستے مرزا صاحب چہل قدمی فرماتے رہے۔ میں ہر دو تین لمحے کے بعد اپنے آپ کو ان سے چار پانچ قدم آگے پاتا ہوں۔ کچھ دیر ٹھہر جاتا ہوں تو پھر چلنا شروع کر دیتا ہوں۔ پھر آگے نکل جاتا ہوں۔ پھر ٹھہر جاتا ہوں۔ غرض کہ گو چلتا دگنی تگنی رفتار سے ہوں اور پہنچتا ان کے ساتھ ہی ہوں۔

ٹکٹ لے کر اندر داخل ہوتے ہیں تو اندھیرا گھپ۔ بہتیرا آنکھیں جھپکاتا ہوں کچھ سجھائی نہیں دیتا۔ ادھر سے کوئی آواز لگاتا ہے۔ ''دروازہ بند کر دو جی!'' یا اللہ اب جاؤں کہاں۔ رستہ، کرسی، دیوار، آدمی، کچھ بھی تو نظر نہیں آتا۔ ایک قدم بڑھاتا ہوں تو سر

ان بالٹیوں سے جاٹکراتا ہے جو آگ بجھانے کے لیے دیوار پر لٹکی رہتی ہیں۔تھوڑی دیر کے بعد تاریکی میں کچھ دھندلے سے نقوش دکھائی دینے لگتے ہیں۔ جہاں ذرا تاریک سا دھبہ دکھائی دے جائے۔ وہاں سمجھتا ہوں خالی کرسی ہوگی۔خمیدہ پشت ہوکر اس کا رخ کرتا ہوں اس کے پاؤں کو پھاند گھٹنے سے ٹکرا کر خواتین سے دامن بچا کر، آخر کار کسی کی گود میں جا بیٹھتا ہوں۔تو وہاں سے نکال دیا جاتا ہوں اور لوگوں کے دھکوں کی مدد سے کسی خالی کرسی تک پہنچتا ہوں۔ مرزا صاحب سے کہتا ہوں: ''میں نہ بکتا تھا کہ جلدی چلو خواہ مخواہ ہم کو رسوا کروادیانا۔ گدھا کہیں کا!'' اس شگفتہ بیانی کے بعد معلوم ہوتا ہے کہ ساتھ کی کرسی پر جو بزرگ بیٹھے ہیں اور جن کو میں مخاطب کررہا ہوں وہ مرزا صاحب نہیں کوئی اور بزرگ ہیں۔

اب تماشے کی طرف متوجہ ہوتا ہوں اور سمجھنے کی کوشش کرتا ہوں کہ فلم کون سا ہے۔ اس کی کہانی کیا ہے؟ اور کہاں تک پہنچ چکی ہے؟ سمجھ میں صرف اس قدر آتا ہے کہ ایک مرد اور ایک عورت جو پردے پر بغلگیر نظر آتے ہیں، ایک دوسرے کو چاہتے ہوں گے۔اس انتظار میں رہتا ہوں کہ کچھ لکھا ہوا سامنے آئے،تو معاملہ کھلے کہ اتنے میں سامنے کی کرسی پر بیٹھے ہوئے حضرت ایک وسیع وفراخ انگڑائی لیتے ہیں جس کے دوران میں کم از کم دو تین سوفٹ فلم گزر جاتی ہے۔ جب انگڑائی کو لپیٹ لیتے ہیں تو سر کو کھجانا شروع کرتے ہیں اور اس عمل کے بعد ہاتھ کو سر سے نہیں ہٹاتے بلکہ بازو کو ویسے ہی خمیدہ رکھے رہتے ہیں۔ میں مجبوراً سر کو نیچا کر کے چائے دانی کے دستے کے بیچ میں سے اپنی نظر کے لیے راستہ نکال لیتا ہوں اور اپنے بیٹھنے کے انداز سے بالکل ایسا معلوم ہوتا ہے جیسے ٹکٹ خریدے بغیر اندر گھس آیا ہوں اور چوروں کی طرح بیٹھا ہوا ہوں۔تھوڑی دیر کے بعد انھیں کرسی کی پشت پر کوئی مچھر یا پالتو پسو محسوس ہوتا ہے چنانچہ وہ دائیں سے ذرا اونچے ہوکر بائیں طرف کو جھک جاتے ہیں۔ میں مصیبت کا مارا دوسری طرف جھک جاتا ہوں۔ ایک دو لمحے کے بعد وہی مچھر دوسری طرف ہجرت کر جاتا ہے۔ چنانچہ ہم دونوں پھر سے پینترا بدل لیتے ہیں۔غرض

یہ دل لگی یوں ہی جاری رہتی ہے وہ دائیں تو میں بائیں ، وہ بائیں تو میں دائیں۔ ان کو کیا معلوم کہ اندھیرے میں کیا کھیل کھیلا جا رہا ہے۔ دل یہی چاہتا ہے کہ اگلے درجے کا ٹکٹ لے کر ان کے آگے جا بیٹھوں اور کہوں کہ لے بیٹا! دیکھوں تو اب تو کیسے فلم دیکھتا ہے؟

پیچھے سے مرزا صاحب کی آواز آتی ہے: ''یار! تم سے نچلا نہیں بیٹھا جاتا۔ اب جو ہمیں ساتھ لائے ہو تو فلم تو دیکھنے دو۔''

اس کے بعد غصّے میں آ کر آنکھیں بند کر لیتا ہوں اور قتل عمد، خودکشی، زہر خورانی کے معاملات پر غور کرنے لگتا ہوں۔ دل میں کہتا ہوں کہ ایسی کی تیسی اس فلم کی۔ سو سو قسمیں کھاتا ہوں کہ پھر کبھی نہ آؤں گا اور اگر آیا بھی تو اس کمبخت مرزا سے ذکر نہیں کروں گا۔ پانچ چھے گھنٹے پہلے جاؤں گا۔ اوپر کے درجے میں سب سے اگلی قطار میں بیٹھوں گا۔ تمام وقت اپنی نشست پر اچھلتا رہوں گا! بہت بڑے طرے والی پگڑی پہن کر آؤں گا اپنے اوورکوٹ کو دو چھڑیوں پر لٹکا دوں گا! بہرحال مرزا کے پاس نہ پھٹکوں گا۔

لیکن اس کمبخت دل کو کیا کروں؟ اگلے ہفتے پھر کسی اچھی فلم کا اشتہار دیکھ پاتا ہوں تو سب سے پہلے مرزا کے پاس جاتا ہوں اور گفتگو پھر وہیں سے شروع ہوتی ہے کہ کیوں بھئی مرزا! اگلی جمعرات سینما چلو گے نا؟''

(یووک بھارتی: جماعت گیارھویں ۲۰۱۵ء)

میبل اور میں

پطرس بخاری

میبل لڑکیوں کے کالج میں تھی، لیکن ہم دونوں کیمبرج یونیورسٹی میں ایک ہی مضمون پڑھتے تھے اس لیے اکثر لیکچروں میں ملاقات ہوجاتی تھی۔ اس کے علاوہ ہم دوست بھی تھے، کئی... دلچسپیوں میں ایک دوسرے کے شریک ہوتے تھے۔

تصویروں اور موسیقی کا شوق اسے بھی تھا۔ میں بھی ہمہ دانی کا دعویدار تھا۔ اکثر گیلریوں یا کانسرٹوں میں اکھٹے جایا کرتے تھے۔ دونوں انگریزی ادب کے طالب علم تھے، کتابوں کے متعلق باہم بحث مباحثے رہتے۔ ہم میں سے اگر کوئی نئی کتاب یا نیا مصنف دریافت کرتا تو دوسرے کو ضرور آگاہ کردیتا، اور پھر دونوں مل کر اس پر اچھے برے کا حکم صادر کرتے۔

لیکن اس تمام یک جہتی اور ہم آہنگی میں ایک خلش ضرور تھی۔ ہم دونوں نے بیسویں صدی میں پرورش پائی تھی، عورت، مرد کی مساوات کا قائل تو ضرور ہوں، تاہم اپنے خیالات میں اور بعض اوقات اپنے رویے میں کبھی نہ کبھی اس کی تکذیب ضرور کردیتا تھا۔ بعض حالات کے تحت میبل اپنی ایسی رعایت کو اپنا حق سمجھتی جو صرف صنفِ ضعیف ہی کے ایک فرد کو ملنی چاہئیں، اور بعض اوقات میں تحکم اور رہنمائی کا رویہ اختیار کرلیتا جس کا مطلب یہ تھا کہ گویا ایک مرد ہونے کی حیثیت سے میرا یہی فرض ہے۔ خصوصاً یہ احساس

میرے لیے بہت زیادہ تکلیف دہ تھا کہ میبل کا مطالعہ مجھ سے بہت وسیع ہے۔ اس سے میرے مردانہ وقار کو صدمہ پہنچتا تھا، کبھی کبھی میرے جسم کے اندر میرے ایشیائی آباواجداد کا خون جوش مارتا اور میرا دل جدید تہذیب سے باغی ہو کر مجھ سے کہتا کہ مرد اشرف المخلوقات ہے۔ اس طرح میبل عورت مرد کی مساوات کا اظہار مبالغہ کے ساتھ کرتی تھی یہاں تک کہ بعض اوقات ایسا معلوم ہوتا تھا کہ وہ عورتوں کو کائنات کی رہبر اور مردوں کو حشرات الارض سمجھتی ہے۔

لیکن اس بات کو میں کیوں نظر انداز کرتا کہ میبل ایک دن دس بارہ کتابیں خریدتی اور ہفتہ بھر بعد انھیں میرے کمرے میں پھینک دیتی اور یہ کہہ جاتی کہ میں انھیں پڑھ چکی ہوں، تم بھی پڑھ چکو گے تو ان کے متعلق باتیں کریں گے۔ اول تو میرے لیے ایک ہفتے میں دس بارہ کتابیں ختم کرنا محال تھا، لیکن فرض کیجیے مردوں کی لاج رکھنے کے لیے راتوں کی نیند حرام کر کے ان سب کا پڑھ ڈالنا ممکن بھی ہوتا تو ان میں دو یا تین کتابیں فلسفے یا تنقید کی ضرور ایسی ہوتیں کہ ان کو سمجھنے کے لیے کافی عرصہ درکار ہوتا۔ چنانچہ ہفتے بھر کی جانفشانی کے بعد ایک عورت کے سامنے مجھے اس بات کا اعتراف کرنا پڑتا کہ میں اس دوڑ میں پیچھے رہ گیا ہوں۔ جب تک وہ میرے کمرے میں بیٹھی رہتی، میں کچھ کھسیانا سا ہو کر اس کی باتیں سنتا رہتا اور وہ نہایت عالمانہ انداز میں بھنویں اوپر کو چڑھا کر باتیں کرتی۔ جب میں اس کے لیے دروازہ کھولتا، یا اس کے سگریٹ کے لیے دیا سلائی جلاتا یا سب سے زیادہ آرام دہ کرسی اس کے لیے خالی کر دیتا تو وہ میری خدمات کو حق نسوانیت نہیں بلکہ حق استادی سمجھ کر قبول کرتی۔

میبل کے چلے جانے کے بعد ندامت بتدریج غصّے میں تبدیل ہوجاتی۔ جان یا مال کا ایثار سہل ہے، لیکن آن کی خاطر نیک سے نیک انسان بھی ایک نہ ایک دفعہ تو ضرور ناجائز ذرائع کے استعمال پر اتر آتا ہے۔ اسے میری اخلاقی پستی سمجھیے لیکن یہی حالت میری بھی ہوگئی۔ اگلی دفعہ جب میبل سے ملاقات ہوئی تو جو کتابیں میں نے نہیں پڑھی تھیں

ان پر بھی میں نے رائے زنی شروع کردی لیکن جو کچھ کہتا سنبھل سنبھل کر کہتا تھا۔ تفصیلات کے متعلق کوئی بات منہ سے نہ نکالتا تھا۔ سرسری طور پر تنقید کرتا تھا اور بڑی ہوشیاری اور دانائی کے ساتھ اپنی رائے کو جدت کا رنگ دیتا تھا۔

کسی ناول کے متعلق میبل نے مجھ سے پوچھا تو جواب میں نہایت لاابالانہ کہا: ''ہاں اچھی ہے، لیکن کچھ ایسی اچھی نہیں۔ مصنف سے دور جدید کا نقطہ نظر کچھ نبھ نہ سکا لیکن پھر بھی نکتے نرالے ہیں۔ بری نہیں بری نہیں۔'' کنکھیوں سے میبل کی طرف دیکھتا گیا لیکن اسے میری ریا کاری بالکل معلوم نہ ہونے پائی۔ ڈرامے کے متعلق کہا کرتا تھا: ''ہاں پڑھا تو ہے لیکن ابھی تک میں یہ فیصلہ نہیں کرسکا کہ جو کچھ پڑھنے والے کو محسوس ہوتا ہے، وہ اسٹیج پر جا کر بھی باقی رہے گا یا نہیں؟ تمھارا کیا خیال ہے؟''

اور اس طرح سے اپنی آن بھی قائم رہتی اور گفتگو کا بار بھی میبل کے کندھوں پر ڈال دیتا۔ تنقید کی کتابوں کے بارے میں فرماتا:

''اس نقاد پر اٹھارہویں صدی کے نقادوں کا کچھ کچھ اثر معلوم ہوتا ہے لیکن یوں ہی نامعلوم سا کہیں کہیں بالکل ہلکا سا اور شاعری کے متعلق اس کا رویہ دلچسپ ہے۔ بہت دلچسپ۔ بہت دلچسپ۔'' رفتہ رفتہ مجھے اس فن پر کمال حاصل ہوگیا۔ جس روانی اور نفاست کے ساتھ میں ناخواندہ کتابوں پر گفتگو کرسکتا تھا اور اس پر میں خود حیران رہ جاتا تھا۔ اس سے جذبات کو ایک آسودگی نصیب ہوئی۔

اب میں میبل سے نہ دبتا تھا۔ اسے بھی میرے علم وفضل کا معترف ہونا پڑا۔ وہ اگر ہفتے میں دس کتابیں پڑھتی تھی تو میں صرف دو دن کے بعد ان سب کتابوں پر رائے زنی کرسکتا تھا۔ اب اس کے سامنے ندامت کا کوئی موقع نہ تھا۔ میری مردانہ روح میں احسان فتح مندی سے بالیدگی سی آ گئی تھی۔ اب میں اس کے لیے کرسی خالی کرتا یا دیا سلائی جلاتا تو عظمت وبرتری کے احساس کے ساتھ جیسے ایک تجربہ کار تنومند نوجوان ایک نادان کمزور بچی کی حفاظت کر رہا ہو۔

صراط مستقیم پر چلنے والے انسان میرے اس فریب کو نہ سراہیں تو نہ سراہیں لیکن میں کم از کم مردوں کے طبقے سے اس کی داد ضرور چاہتا ہوں۔ خواتین میری اس حرکت کے لیے مجھ پر دہری لعنتیں بھیجیں گی کہ ایک تو میں نے مکاری اور جھوٹ سے کام لیا اور دوسرے ایک عورت کو دھوکا دیا۔ ان کی تسلی کے لیے میں یہ کہنا چاہتا ہوں کہ آپ یقین مانیے کئی دفعہ تنہائی میں میں نے اپنے آپ کو برا بھلا کہا۔ بعض اوقات اپنے آپ سے نفرت ہونے لگتی۔ ساتھ ہی اس بات کا بھلانا بھی مشکل ہوگیا کہ میں بغیر پڑھے ہی علمیت جتاتا رہتا ہوں۔ میبل تو یہ سب کتابیں پڑھ چکنے کے بعد گفتگو کرتی ہے تو بہر حال اس کو مجھ پر تفوق تو ضرور حاصل ہے۔ میں اپنی کم علمی ظاہر نہیں ہونے دیتا، لیکن حقیقت تو یہی ہے کہ میں وہ کتابیں نہیں پڑھتا۔ میری جہالت اس کے نزدیک نہ سہی میرے اپنے نزدیک تو مسلّم ہے۔ اس خیال سے اطمینان قلب مفقود ہوجاتا اور اپنا آپ ایک عورت کے مقابلے میں پھر حقیر نظر آنے لگتا۔ پہلے تو میبل کو صرف ذی علم سمجھتا تھا۔ اب وہ اپنے مقابلے میں پاکیزگی اور راست بازی کی دیوی معلوم ہونے لگی۔

علالت کے دوران میرا دل زیادہ نرم ہوجاتا ہے۔ بخار کی حالت میں کوئی بازاری سا ناول پڑھتے وقت بعض اوقات میری آنکھوں سے آنسو جاری ہوجاتے ہیں۔ صحت یاب ہوکر مجھے اپنی اس کمزوری پر ہنسی آتی ہے لیکن اُس وقت کمزوری کا احساس نہیں ہوتا۔ میری بدقسمتی کہ ان ہی دنوں مجھے خفیف سا انفلوئنزا ہوا، مہلک نہ تھا۔ بہت تکلیف دہ بھی نہ تھا، تاہم گزشتہ زندگی کے تمام چھوٹے چھوٹے واقعات گناہ کبیرہ بن کر نظر آنے لگے۔ میبل کا خیال آیا تو ضمیر نے سخت ملامت کی اور میں بہت دیر تک بستر پر پیچ وتاب کھاتا رہا۔ شام کے وقت میبل کچھ پھول لے کر آئی۔ خیریت پوچھی، دوا پلائی، ماتھے پر ہاتھ رکھا۔ میرے آنسو ٹپ ٹپ گرنے لگے۔ میں نے کہا، (میری آواز بھرائی ہوئی تھی) ''میبل مجھے خدا کے لیے معاف کردو۔'' اس کے بعد میں نے اپنے گناہ کا اعتراف کیا اور اپنے آپ کو سزا دینے کے لیے میں نے اپنی مکاری کی ہر تفصیل بیان کردی۔ ہر اس کتاب کا نام لیا جس پر

میں نے بغیر پڑھے لمبی لمبی فاضلانہ تقریریں کی تھیں۔ میں نے کہا ''میبل، پچھلے ہفتے جو تین کتابیں تم مجھے دے گئی تھیں ان کے متعلق میں تم سے کتنی بحث کر چکا ہوں۔ لیکن میں نے ان کا ایک لفظ بھی نہیں پڑھا، میں نے کوئی نہ کوئی بات ایسی ضرور کہی ہوگی، جس سے میرا پول تم پر کھل گیا ہوگا۔''

کہنے لگی، ''نہیں تو...''

میں نے کہا، ''مثلاً ناول تو میں نے پڑھا ہی نہ تھا۔ کیرکٹروں کے متعلق جو کچھ بک رہا تھا وہ سب من گھڑت تھا۔''

کہنے لگی، ''کچھ ایسا غلط بھی نہ تھا۔''

میں نے کہا، ''پلاٹ کے متعلق میں نے یہ خیال ظاہر کیا تھا کہ ذرا ڈھیلا ہے۔ یہ بھی ٹھیک تھا؟''

اس کے بعد میری گذشتہ فریب کاری پر میں اور وہ دونوں ہنستے رہے۔ میبل رخصت ہونے لگی تو بولی، ''وہ کتابیں میں لیتی جاؤں؟''

میں نے کہا، ''ایک تائب انسان کو اپنی اصلاح کا موقع تو دو، میں نے ان کتابوں کو اب تک نہیں پڑھا لیکن اب انھیں پڑھنے کا ارادہ رکھتا ہوں۔ انھیں یہیں رہنے دو، تم تو انھیں پڑھ چکی ہو۔''

کہنے لگی، ''ہاں... میں تو پڑھ چکی ہوں۔ اچھا میں یہیں چھوڑ جاتی ہوں۔''

اس کے چلے جانے کے بعد میں نے ان کتابوں کو پہلی دفعہ کھولا،

تینوں میں سے ایک کا ورق بھی نہ کٹا تھا، میبل نے ابھی تک نہ پڑھا تھا۔

مجھے مرد اور عورت، دونوں کے برابر ہونے میں کوئی شک باقی نہ رہا۔

(یووک بھارتی: جماعت بارھویں۔ ۱۹۹۵ء)

سودیشی ریل

شوکت تھانوی

دن بھر کے تھکے ماندے بھی تھے اور رات کو سفر بھی درپیش تھا مگر 'وندے ماترم' کے نعروں پر کان کھڑے کر لینا ہماری ہمیشہ کی عادت ہے اور ان نعروں کو بھی ضد ہے کہ ہمارا چاہے جو حال بھی ہو بیمار ہوں، کسی ضروری کام سے باہر جارہے ہوں یا اور کوئی مجبوری ہو مگر یہ کچھ نہیں دیکھتے اور اپنی طرف ہم کو کشاں کشاں کھینچ کر چھوڑتے ہیں۔ چنانچہ آج بھی یہی ہوا کہ حقہ کا نیچا اور صراحیاں ایک دکان پر یہ کہہ کر رکھ دیں کہ ''بھائی ابھی آتے ہیں'' اور سیدھے پنڈال میں گھس گئے جہاں ایک صاحب جو صورت سے لیڈر معلوم ہوتے تھے یعنی سر پر گاڑھے کی گاندھی کیپ، داڑھی مونچھ سے فارغ البال، ایک لمبا سا کھدر کا کرتا، ٹانگوں میں وہی کھدر کی دھوتی اور چپل پہنے ہوئے تھے، ایک ہاتھ کو اپنی پشت پر رکھے ہوئے اور دوسرے ہاتھ کو مجمع کی طرف اٹھائے ہوئے اس طرح حرکت دے رہے تھے جیسے بینڈ ماسٹر اپنی بید کو حرکت دیتا ہے۔ وہ کچھ کہہ بھی رہے تھے مگر معلوم نہیں کیا۔ اس لیے کہ کبھی تو کہتے کہتے مشرق کی طرف گھوم جاتے تھے۔ کبھی مغرب کی طرف اور کبھی کبھی ایک دم پیچھے بھی مڑ جاتے تھے۔ بہر حال یہ فیصلہ کرنا کہ ہم ان کی پشت کی طرف ہیں یا سامنے۔ اس لیے مشکل تھا کہ ان کو خود قرار نہیں تھا۔ وہ تخت جس پر وہ کھڑے ہوئے گھوم رہے تھے مجمع کے وسط میں تھا اور تمام مجمع کا رخ تخت کی طرف۔ کبھی کسی کی طرف منہ، کسی طرف پشت ہو جانے کا سلسلہ جاری تھا اور اسی طرح ان کے الفاظ کبھی نہایت صاف، کبھی دور کی آواز کی طرح اور کبھی بالکل نہیں ہمارے کانوں پہنچ رہے تھے۔ ہاں ایک بات یہ تھی کہ ہماری طرف کے لوگ غل مچانے میں اتر دکھن اور پچھّم کے لوگوں سے زیادہ ماہر معلوم ہوتے تھے۔ اس لیے ہم تقریر سننے کے معاملہ میں ذرا گھاٹے میں تھے پھر بھی جو کچھ سنا وہ بہت کافی تھا۔ اس لیے کہ شروع سے آخر تک الفاظ بدل بدل کر کبھی، انگریزی میں، کبھی

اُردو میں کبھی نثر میں کبھی نظم میں، کبھی ہنس کر، کبھی چیخ کر کبھی ادھر مڑ کر کبھی ادھر گھوم کر وہی الفاظ کہے جارہے تھے جو ہم نے سن لیے تھے۔

''بھائیو! اب وہ وقت نہیں ہے کہ ریزولیوشن پاس ہوں اور رہ جائیں... تجاویز منظور ہوں اور شرمندہ عمل نہ بنیں... سرگرمیاں... اب تیار ہو جاؤ... ہوشیار رہو... کہ تم کو... 31 دسمبر 1929 کے بعد اپنا کام اپنے ہاتھوں انجام دینا ہے... اپنے پیروں پر کھڑا ہونا ہے... (دوسری طرف گھوم گئے) خوابِ غفلت سے بیداری کا وقت... یہ ہے... اور وہاں تم... برٹش گورنمنٹ... سوراج سودیشی... چرخہ... کھدر... (چیئرز کے بعد تقریر ختم)

دو گھنٹے میں ہم نے صرف یہیں سنا اور سمجھ لیا کہ 31 دسمبر 1929 کے بعد سوراج ضرور مل جائے گا۔ غالباً اس سے زیادہ انھوں نے کچھ کہا بھی نہیں ہوگا اور اگر کہا بھی ہو تو ہم کیا کریں۔ ہمارے لیے یہ ہی بہت تھا کہ 31 دسمبر کو سوراج ملے گا۔ ہم اسی خیال میں غرق مجمع کو ڈھکیلتے، خود دھکے کھاتے کسی نہ کسی طرح باہر نکل آئے۔ دکان پر سے حقہ کا نیچا لیا، صراحیاں یکے پر لادیں اور گھر پہنچ گئے، اسباب باندھا، کھانا کھایا، حقہ بھرا، آرام کرسی پر لیٹ کر شوق فرمانے لگے۔ گاڑی کے وقت میں ابھی پورے دو گھنٹے تھے اس لیے اطمینان بھی نصیب تھا مگر احتیاطاً شیروانی نہیں اتاری تھی کہ جیسے ہی ڈیڑھ گھنٹہ باقی رہ جائے گا اسٹیشن روانہ ہو جائیں گے۔

لیکچر کا خیال اور 31 دسمبر کے بعد سوراج کا مل جانا دماغ میں چکر لگا رہا تھا مگر ہماری سمجھ میں کسی طرح یہ بات نہیں آتی تھی کہ آخر سوراج کے لیے 31 دسمبر کیوں مقرر کی گئی ہے۔ اگر آج 31 دسمبر ہوتی تو ہم اپنی ریل پر سفر کرتے، نہ بدیشی گارڈ ہوتا، نہ فارن ڈرائیور نہ اینگلو انڈین کا علیحدہ درجہ ہوتا۔ ہم خود ہی ریل کے مالک ہوتے، چاہے تھرڈ میں بیٹھتے چاہے فرسٹ میں ہم سے کوئی پوچھنے والا نہ ہوتا۔ ہم خود، فرسٹ میں بیٹھتے اور انگریزوں کو تھرڈ میں بٹھا کر خوش ہوتے ہوئے سفر کرتے... ہم یہ سوچ رہے تھے کہ ایک دم سے کان میں پھر وہی ''وندے ماترم'' کی آواز آئی اور ہم ایک دم سے کھڑے ہو گئے۔ گھر سے باہر نکلے، دیکھتے کیا ہیں کہ ایک بڑا جلوس جھنڈوں، جھنڈیوں اور گیسوں سے سجا ہوا۔ 'وندے ماترم' کے نعروں سے آسمان اور زمین کو ٹکراتا ہوا ہمارے مکان کے سامنے سے

گزر رہا ہے۔ ہم نے لوگوں سے پوچھا کہ بھائی یہ کیا ہے؟ جواب ملا، ''کیا سو رہے تھے؟ خبر نہیں کہ سوراج مل گیا؟'' ہم نے بڑا سے منہ کھول کر کہا، ''سوراج؟'' جواب ملا، ''ہاں سوراج! سوراج!'' ہم نے اپنے دل میں کہا کہ واہ بھئی واہ! دعا تو قبول ہوئی ہماری اور سوراج مل گیا ان لوگوں کو، ارے ہم کو ملتا تو ایک بات بھی تھی۔ پھر سوچا کہ ہم اور یہ لوگ کچھ غیر تھوڑی ہیں۔ ان کو ملا یا ہم کو ایک ہی بات ہے مگر واللہ کمال ہوا کہ سوراج مل گیا۔ دل کو کسی طرح یقین آتا ہی نہیں تھا کہ سوراج مل گیا ہوگا حالانکہ جلوس ابھی تک نظروں سے اوجھل نہیں ہوا تھا۔ جب جلوس کی طرف نظریں جاتیں تو یقین ہو جاتا کہ سوراج مل گیا اور جب سوراج ملنے پر غور کرنا شروع کرتے تو دل کہتا کہ ابھی نہیں ملا؟ لیکن آخر جب ہر شخص نے سوراج ملنے کی خوش خبری سنائی تو شک دور ہوا اور ایک آزادانہ وخودمختارانہ سانس لے کر ہم نے پہلی مرتبہ اپنے آپ کو آزاد سمجھا۔ ابھی ہم اپنے آپ کو آزاد سمجھ ہی رہے تھے کہ گھنٹہ نے ٹن ٹن کر کے دس بجا دیے یعنی ہم کو خود اسٹیشن چلے جانے کا حکم دیا۔

ہمارے ایسے آدمی کے لیے سفر شروع کرنے کا یقین لوگوں کو اس وقت ہوتا ہے جب ہم ٹکٹ خرید لیں۔ چنانچہ ہم نے بھی اپنی یہ عادت ڈال رکھی ہے کہ سفر کرنے سے پہلے ٹکٹ ضرور خرید لیتے ہیں۔ چنانچہ ہم کو سب سے پہلا مرحلہ اسٹیشن پہنچ کر درپیش ہوتا ہے کہ وہ بکنگ آفس کی کھڑکی میں جھانک کر ٹکٹ خریدنے کی درخواست پیش کرنا ہے۔ چنانچہ آج بھی ہم نے بالکل اسی پروگرام پر عمل کیا اور بکنگ آفس کی کھڑکی میں ہاتھ ڈال کر کہا، ''بابو جی! کانپور کا سیکنڈ کلاس کا ٹکٹ دے دیجیے۔''

بابو جی نے بجائے اس کے کہ ٹکٹ دے دیتے پہلے ہم کو گھورا پھر نہایت اطمینان سے فرمانے لگے، ''ایک بات کہہ دیں یا مول تول؟''

میں سمجھا بابو جی مذاق کر رہے ہیں اور میں ہنس دیا۔ میرے ہنسنے پر بابو جی نے پھر کہا، ''جناب سنیے تین روپے ہوئے۔ لائیے روپے اور ٹکٹ لے لیجیے۔''

اب تو مجھے اور زیادہ تعجب ہوا اور میں نے کہا، ''جناب تین روپے کیسے ہوئے۔ ایک روپیا تیرہ آنے تو کرایہ ہے۔ آپ کہتے ہیں تین روپے۔ مجھے کانپور کا ٹکٹ چاہیے۔ کانپور کا سکینڈ کلاس۔''

بابو جی نے ذرا ترش رو کر جواب دیا، ''جناب والا! میں بہرا نہیں ہوں۔ سن لیا ہے کہ آپ کو کانپور کا سکینڈ کلاس ٹکٹ چاہیے مگر اسی کے تین روپے ہوئے، کوڑی کم نہ لوں گا۔ جی چاہے لیجیے ورنہ جانے دیجیے۔''

میں: ''مگر بابو صاحب! ابھی پرسوں تک تو ایک روپیہ تیرہ آنے کرایا تھا۔ آج کیا ہو گیا کہ ایک دم بڑھ گیا۔''

بابو: ''کل کی بات کل کے ساتھ، آج دیش ہمارا ہے۔ ہم کو سوراج مل گیا ہے۔''

میں: ''یہ کہیے کہ سوراج ریل کو بھی ملا۔ اچھا خیر ٹکٹ دیجیے نہیں تو گاڑی چھوٹ جائے گی۔''

بابو: ''لایئے روپے۔ اچھا نہ آپ کی بات نہ ہماری بات ڈھائی روپے دے دیجیے اور ٹکٹ لے لیجیے۔''

بابو صاحب ان تمام باتوں پر کچھ تو ہنسی آ رہی تھی اور کچھ غصہ آ رہا تھا کہ فضول ان باتوں میں وقت ضائع ہو رہا ہے۔ اگر گاڑی چھوٹ گئی تو اور مصیبت آئے گی۔ ٹکٹ وکٹ سب دھرا رہ جائے گا۔ آخر کار میں نے طے کر لیا کہ میں بغیر ٹکٹ کے سفر کروں گا اور یہ سوچ کر میں بکنگ آفس سے چلنے لگا۔ مجھ کو جاتا ہوا دیکھ کر بابو صاحب نے پھر آواز دی۔

''سنیے تو جناب! ٹھہریے تو جناب۔ دیکھئے تو جناب! اچھا دو روپے دے دیجیے۔ آیئے وہی ایک روپیہ تیرہ آنہ دے دیجیے...اب وہ بھی نہ دیجیے گا؟ اچھا آپ بھی کیا کہیں گے۔ لایئے ڈیڑھ روپیہ۔ اب اس سے زیادہ ہم کم نہیں کر سکتے۔ ہمارا نقصان ہو رہا ہے۔

جب ہم نے ٹکٹ کے بازار کا بھاؤ اس طرح گرتے ہوئے دیکھا تو اور اکڑ گئے اور ناک بھوں چڑھا کر ذرا گردن ترچھی کر کے وہیں سے کہہ دیا۔ ''ایک روپیہ دیں گے۔ ایک روپیہ کو دینا ہو تو دے دو''

ہم سمجھے تھے کہ بابو صاحب اس پر راضی نہ ہوں گے مگر واللہ کمال کیا۔ انھوں نے کہ گردن لٹکا کر ذرا دھیمی آواز میں کہنے لگے، ''لایئے صاحب لایئے۔ بوہنی کا وقت ہے۔ آپ ہی کے ہاتھوں بوہنی کرنا ہے۔''

ٹکٹ تو ہم نے لے لیا۔ لیکن وہ ٹکٹ ریل کا معلوم نہیں ہوتا تھا۔ نہ اس پر تاریخ

پڑی ہوئی تھی اور نہ اس پر کچھ چھپا ہوا تھا۔ بابو صاحب نے ایک کاغذ کے ٹکڑے پر'' درجہ دوم کانپور'' لکھ کر ایک ٹیڑھی سی لکیر کھینچ دی تھی جو غالباً ان کے دستخط تھے۔ ہم نے ٹکٹ کو ادھر سے دیکھا ادھر سے دیکھا اور دو تین مرتبہ غور سے الٹ پلٹ کر دیکھنے کے بعد بابو صاحب کا منہ دیکھنے لگے۔ بابو صاحب بھی ذرا قیافہ شناس تھے۔ ہماری اس حرکت سے وہ ہمارا مطلب سمجھ گئے اور متبسم ہو کر کہنے لگے:'' جناب والا! رات کو سوراجیہ ملا ہے، ابھی نئے ٹکٹ نہیں چھپے ہیں وہ دو تین دن میں چھپ جائیں گے۔ آپ کو ٹکٹ سے کیا مطلب آپ تو سفر کیجیے۔ اب آپ سے کوئی کچھ نہ پوچھے گا۔ آپ اطمینان رکھیے۔''

بابو صاحب نے تو تسلی دے دی مگر ہم دیکھ رہے تھے کہ ٹکٹ پر نہ تاریخ ہے نہ کرایہ نہ فاصلہ اور فاصلہ ہوتا تو کہاں سے۔ انھوں نے تو یہ بھی نہ لکھا کہ ہم سفر آخر کہاں سے کر رہے ہیں۔ بہر حال یہ سمجھ کر کہ یا تو یہ روپیا گیا یا تیرہ آنے کے نفع میں رہے۔ اسٹیشن میں داخل ہو گئے۔

اسٹیشن میں حالانکہ سب کچھ ویسا ہی تھا جو آج سے قبل ہم دیکھ چکے تھے مگر اس سب کچھ کے باوجود بالکل یہ معلوم ہوتا تھا گویا کسی نے اسٹیشن کو قلابازی کھلا دی ہے یا الٹا باندھ کر ٹانگ دیا ہے۔ وہی گھڑی تھی وہی گھڑیال، مگر دس بجنے میں ہنوز پچیس منٹ باقی تھے۔ حالانکہ اب گیارہ کا وقت تھا۔ اسباب کے ٹھیلے پر پان والا اپنی دکان لگائے بیٹھا تھا۔ قلیوں کا کہیں پتہ نہ تھا۔ ہماری سمجھ میں نہ آتا تھا کہ اسباب کس طرح ریل میں پہنچائیں۔ بہ مشکل تمام ایک قلی ملا۔ لیکن جیسے ہی اس سے ہم نے اسباب اٹھانے کو کہا تو اس نے چیں بہ جبیں ہو کر جواب دیا،'' اندھے ہو گئے ہو؟ دکھائی نہیں دیتا کہ ہم قلی ہیں یا اسٹنٹ اسٹیشن ماسٹر؟''

ہم:'' معاف کیجیے گا غلطی ہو گئی۔'' کہہ کر پورے ایک گز پیچھے ہٹ گئے۔ اسٹنٹ اسٹیشن ماسٹر کو سر سے پیر تک بغور دیکھ کر سوچنے لگے کہ یا اللہ! یہ کیا انقلاب ہے، پہلے تو اس صورت کے قلی ہوا کرتے تھے۔ اب اگر اس صورت کے اسٹنٹ اسٹیشن ماسٹر ہونے لگے ہیں تو پھر قلی کس صورت کا ہوگا؟ مجبوراً ہم نے اپنا اسباب خود اٹھایا اور دو مرتبہ کر کے سیکنڈ کلاس کے ڈبے میں رکھا جہاں پہلے سے ایک جنٹلمین بیٹھے چلم پی رہے تھے۔ اسباب

قرینے سے رکھ کر جب ذرا اطمینان ہوا تو ہم نے سوچا کہ یہ تحقیقات کر لینا چاہیے کہ یہی گاڑی کانپور جائے گی یا کوئی اور؟ سب سے پہلے تو ہم نے انھی حضرت سے پوچھا جو ہمارے ڈبہ میں تشریف فرما تھے لیکن انھوں نے صرف یہ جواب دیا۔ ''بانی بھیا! ہم کا ناہی مالوم''۔ یہ خالص سودیشی ریل کے سیکنڈ کلاس کے معزز پسنجر تھے۔ ان سے بھلا کیا معلوم ہوسکتا تھا۔ مجبوراً ہم پلیٹ فارم پر آئے اور دو ایک آدمیوں سے پوچھنے کے بعد یہ معلوم ہوا کہ اگر مسافر کانپور کے زیادہ ہوئے تو وہاں جائے گی۔ ورنہ جہاں کے مسافروں کی تعداد زیادہ ہوگی وہاں چلی جائے گی۔ اس لیے اب تک انجن نہیں لگایا گیا ہے کہ خدا معلوم ٹرین کو مشرق کی طرف جانا پڑے یا مغرب کی طرف۔'' ہم نے گھبرا کر پوچھا، ''لیکن یہ فیصلہ کب ہوگا؟''

جواب ملا کہ ''جب گاڑی بھر جائے گی اس وقت فیصلہ ہوسکتا ہے۔'' ہم نے پھر پوچھا۔ ''لیکن گاڑی کا وقت تو ہو چکا؟'' جواب ملا کہ ''ہو جایا کرے جب تک ریل نہ بھر جائے کس طرح چھوڑی جاسکتی ہے؟ کیا خالی ریل چھوڑ دی جائے؟''

اب ہم بالکل راضی بہ رضا ہو کر خاموش ہو گئے۔ اس انتظام کو برا نہیں کہہ سکتے تھے کہ ہماری ہی دعا تھی۔ اچھا اس لیے نہیں کہتے کہ آج ہی کانپور پہنچنا تھا جس کی اب کوئی امید بظاہر نہیں معلوم ہوتی تھی۔ غرض کہ کبھی اپنے ڈبہ میں بیٹھ کر کبھی لوٹے میں پانی لا کر، کبھی پلیٹ فارم پر ٹہل کر، کبھی انجن کو مشرق اور مغرب کی سمت حد نظر تک ڈھونڈھ کر، کبھی مسافروں کی تعداد کا اندازہ لگا کر وقت کاٹنے لگے۔ گیارہ سے بارہ، بارہ سے ایک، ایک سے دو بجے، مگر نہ گھڑی کی سوئی ہٹی نہ ٹرین اپنی جگہ سے ہلی، ہم صرف ٹہلتے رہے، خدا خدا کر کے ایک آدمی نے بہ آواز بلند چیخنا شروع کیا، ''بیٹھنے والے مسافرو! بیٹھو گاڑی چھوٹتی ہے۔''

ہم نے جلدی سے پہلے مشرق کی طرف انجن کو ڈھونڈھا پھر مغرب کی طرف، مگر دونوں طرف انجن غائب تھا اور ہماری بالکل سمجھ میں نہ آیا کہ بغیر انجن کے گاڑی کس طرح چھوٹ سکتی ہے اور ان الفاظ پر شک کرنا اس لیے کفر سمجھتے تھے کہ ان کا کہنے والا کوئی غیر ذمہ دار شخص نہ تھا بلکہ وہی اسسٹنٹ اسٹیشن ماسٹر صاحب تھے جن کو ہم قلی سمجھے تھے، بہر

حال بغیر کچھ سمجھے ہم اپنے ڈبے میں بیٹھ گئے۔ ہمارے بیٹھتے ہی دو تین درجن لٹھ بند گنوار ہمارے درجہ میں گھس آئے۔

ان سے ہم نے لاکھ کہا: ''ارے یہ سیکنڈ کلاس ہے۔ اماں سیکنڈ کلاس ہے، بھائی سیکنڈ کلاس ہے۔'' مگر انھوں نے ایک نہ سنی اور یہی کہتے رہے۔ ''ہم ہو جانت ہے ڈیوڑھا ہے۔ ہم ٹکس لیا ہے۔'' خیر صاحب ہم چپ ہو رہے اور پلیٹ فارم پر اس غرض سے آئے کہ کسی سے کہہ دیں مگر گارڈ وارڈ نظر نہ آیا مجبوراً انھیں اسسٹنٹ اسٹیشن ماسٹر سے عرض کر دیا جس کا جواب انھوں نے اپنی سودیشی شان سے صرف یہ دیا۔ ''بیٹھئے جناب سب ہندوستانی برابر ہیں، سب بھائی ہیں، سب بھارت ماتا کے سپوت ہیں۔ کوئی کسی سے بڑا یا چھوٹا نہیں ہے۔ اب سیکنڈ کلاس اور تھرڈ کلاس کے فرق کو بھول جائیے۔ سب کو برابر کا سمجھیے۔ جائیے تشریف رکھیے نہیں تو تھرڈ کلاس میں بھی جگہ نہ ملے گی۔' ہم یہ کھرا جواب سن کر منھ لٹکائے اپنے درجہ میں آ گئے جہاں ہماری جگہ پر قبضہ ہو چکا تھا اور ہم کو طے کرنا پڑا کہ کھڑے کھڑے سفر کرنا ہوگا یا غسل خانہ میں جگہ ملے گی۔ مجبوراً ہم اپنا ٹرنک گھسیٹ کر اس پر بیٹھ گئے اور گاڑی چھوٹنے کا انتظار کرنے لگے۔

ہم کو بیٹھے بیٹھے بھی ایک گھنٹہ کے قریب ہو گیا۔ گاڑی بدستور کھڑی رہی۔ گھبرا کر ہم پلیٹ فارم پر آئے تو دیکھا کہ انجن گاڑی میں لگایا جا رہا ہے اور خدا کا شکر ہے کہ کانپور ہی کی طرف لگایا جا رہا ہے۔ لیکن انجن لگنے کے بعد بھی گاڑی جب دیر تک نہ چھوٹی تو ہم نے اس تاخیر کا سبب دریافت کیا۔ معلوم ہوا کہ سیکریٹری صاحب ٹاون کانگریس کمیٹی کا انتظار ہے، وہ کانپور جائیں گے۔ انھوں نے کہلا بھیجا تھا کہ بارہ بجے آ جائیں گے لیکن ابھی تک نہیں آئے۔ آدمی لانے کے لیے گیا ہوا ہے۔ یہ پہلا موقع تھا کہ ہمارے ذہن میں یہ سوال پیدا ہوا کہ ہم کانپور جائیں یا ایک روپیہ سے صبر کر کے ارادہ ملتوی کر دیں۔ کام اشد ضروری تھا، گاڑی چھوٹتی نہ تھی اس لیے سفر ملتوی کرنے کا ارادہ تھا۔ عجیب کشمکش میں جان تھی۔ معلوم نہیں وہ کون سا وقت تھا۔ جب ہمارے منہ سے یہ دعا نکلی تھی۔ اب تو واپس کرنا بھی مشکل تھا اس لیے کہ کفران نعمت کا الزام بھی تو ہم پر لگایا جاتا۔ ہم اسی غور و فکر میں اپنے ٹرنک پر گردن جھکائے بیٹھے تھے کہ ایک دم سے 'بندے ماترم' کے فلک شگاف نعروں

سے اچھل پڑے۔ معلوم ہوا کہ سیکریٹری صاحب ٹاؤن کانگریس تشریف لے آئے۔ ہم نے بھی کھڑکی میں سے جھانک کر دیکھا تو ایک مجمع میں وہی لیڈر صاحب دکھائی دیے جنھوں نے رات کو تقریر کر کے سوراج دلوایا تھا اور اب ہم کو معلوم ہوا کہ یہی سیکریٹری ٹاؤن کانگریس کمیٹی ہیں۔ غرض ان کے تشریف لانے کے بعد ہر شخص اپنی اپنی جگہ پر بیٹھ گیا اور انجن بھی سن کرنے لگا۔ ایک کھدر پوش بزرگوار لال اور سبز گاڑھے کی جھنڈیاں لیے ہوئے بھی نمودار ہوئے اور ہم نے اپنی جگہ پر سمجھ لیا کہ یہ گارڈ ہیں۔ ان گارڈ صاحب نے کرتے کی جیب سے ایک سیٹی نکال کر بجائی اور پہلے سرخ پھر جلدی سے سبز جھنڈی اس طرح ہلانے لگے گویا پہلے غلطی سے سرخ جھنڈی ہلا دی تھی۔ دو تین مرتبہ سیٹی بجا کر اور جھنڈی ہلا کر آخر غصہ میں انجن کی طرف جھپٹے اور ڈرائیور کو ڈانٹنا شروع کر دیا۔ گھنٹہ بھر سے سیٹی بجا رہا ہوں مگر تمھارے کان میں آواز ہی نہیں آتی اور آنکھیں بھی پھوٹ گئی ہیں کہ جھنڈی بھی نہیں دیکھتے۔

ڈرائیور نے بھی ان کے بے جا غصہ کا جواب کڑک کر دیا۔ ”جناب آپ آنکھیں مجھ پر کیوں نکال رہے ہیں۔ میرا کیا قصور ہے۔؟ دو گھنٹہ سے للو فائر مین کوئلہ لینے گیا ہوا ہے۔ کہہ دیا تھا کہ لپک کر جلدی سے لے آؤ ابھی تک غائب ہے معلوم نہیں کہاں گیا۔ پتہ بھی بتا دیا تھا کہ رکاب گنج کے چوراہے سے یا عیش باغ کے پھاٹک سے لے آنا۔ دو چار پیسے کم زیادہ کا خیال نہ کرنا، مگر وہ جا کر مر رہا۔ اب بتائیے میرا کیا قصور ہے۔‘ گارڈ صاحب ڈرائیور کو بے قصور سمجھ کر چپ ہو گئے اور کوئلہ کے انتظار میں گاڑی روکنے پر مجبور ہو گئے۔ انجن میں یہ بڑی بری بات ہے کہ وہ بغیر کوئلہ کے چل ہی نہیں سکتا۔ جس طرح گھوڑے کے لیے دانہ گھاس ضروری ہے بالکل اسی طرح جب تک کوئلہ بھر نہ دیا جائے انجن چلنے کا نام ہی نہیں لیتا۔ گھوڑا بیچارہ تو تھوڑی دیر بھوکا بھی چل سکتا ہے مگر یہ اتنا بھی کام نہیں دے سکتا۔ اب بتائیے کہ ریل بھی تھی، انجن بھی، مسافر بھی تھے، گارڈ بھی، سکریٹری صاحب ٹاون ایریا کانگریس کمیٹی بھی آ گئے تھے اور ڈرائیور بھی تھا مگر ایک کوئلہ کے نہ ہونے سے سب کا ہونا نہ ہونا یکساں تھا۔ کامل ڈیڑھ گھنٹہ بعد للو فائر مین کوئلہ کی گٹھری لیے یہ کہتا ہوا آ پہنچا۔

”آدھی رات کو کوئلہ منگانے چلے ہیں۔ تمام دکانیں بند ہو چکی تھیں، ایک دکان پر

اتنا سا کوئلہ تھا وہ بھی بہ مشکل تمام ایک روپیہ نو آنے میں ملا ہے۔ بھاگتا ہوا آ رہا ہوں، راستہ میں گر بھی پڑا تھا۔ تمام گھٹنے چھل گئے۔ کوئلہ وغیرہ دن سے منگا لیا کرو"

ڈرائیور نے جلدی سے کوئلہ ڈالا اور سیٹی بجا کر گاڑی چھوڑ دی۔ گاڑی چلی ہی تھی کہ ایک شور مچ گیا۔ روکو، روکو گارڈ صاحب رہ گئے" گاڑی پھر رکی اور گارڈ صاحب کو سوار کر کے چلی۔ ابھی دو فرلانگ بھی مشکل سے چلی ہوگی کہ گاڑی پھر رکی اور گارڈ صاحب نے ڈرائیور سے چلا چلا کر پوچھنا شروع کیا۔ "ارے لائن کلیر بھی لے لیا تھا۔ لائن کلیر... ڈرائیور نے بھی چلا کر جواب دیا "لے لیا تھا لے لیا تھا۔" گارڑ صاحب نے جب اس طرف سے بھی اطمینان کر لیا تو پھر فرمایا۔ "اچھا تو چھوڑو گاڑی میں سیٹی بجاتا ہوں۔" گاڑی پھر چلی۔ اب گاڑی کی رفتار کے متعلق ہم نے سوچنا شروع کیا کہ یہ میل ہے یا ایکسپریس! اس لیے کہ اس کی رفتار سے زیادہ تیز شاید ہم خود چل لیتے اور اگر ابھی شرط لگا کر دوڑیں تو اس گاڑی سے پہلے کانپور پہنچنے کا وعدہ کرتے ہیں۔ ہم سے آخر نہ رہا گیا اور اپنے ایک شریک سفر سے پوچھا۔ "کیوں صاحب یہ میل ہے یا ایکسپریس۔ وہ پہلے ہی کچھ خفا بیٹھتے تھے۔ غالباً گاڑی پر ہوں گے، غصہ ہم پر اتارا اور جھڑک کر فرمانے لگے۔ "میاں خدا کا شکر بھیجو کہ یہ گاڑی ہی ہے۔ تم میل ایکسپریس لیے پھر رہے ہو۔" ان کا جواب سن کر ہم نے کھڑکی میں گردن ڈال کر جنگل کی سیر کرنا شروع کر دی مگر سیر سے زیادہ دلچسپ منظر یہ تھا کہ راستہ کے نئے مسافر چلتی گاڑی پر سوار ہو جاتے تھے۔ اور گاڑی چھک چھک کرتی چل رہی تھی اسی رفتار سے گاڑی چل کر اموسی کے اسٹیشن پر رکی۔ اب وہاں ایک نیا جھگڑا یہ شروع ہو گیا کہ اسٹیشن ماسٹر اموسی نے ڈرائیور پر خفا ہونا شروع کیا کہ "جب تک میں نے سگنل نہیں دیا تم کو اسٹیشن میں گاڑی لانے کا کون سا حق تھا؟"

ڈرائیور: "جب آپ نے گاڑی آتی دیکھ لی تھی تو سگنل کیوں نہیں دیا؟"

اسٹیشن ماسٹر: "ایک تو گاڑی لے آیا اوپر سے زبان لڑاتا ہے۔ ابھی نکلوا دوں گا دوسرا ڈرائیور رکھ لوں گا جو مجھ سے گستاخی کی۔ اگر گاڑی لڑ جاتی تو تمھارا کیا جاتا، آئی گئی سب ہم پر آتی۔"

ڈرائیور: "دیکھیے زبان سنبھال کر کسی شریف آدمی سے باتیں کیا کیجیے۔ نوکری کی

ہے عزت نہیں بیچی ہے۔ بڑے آئے وہاں سے نکالنے والے، جیسے ہم ان ہی کے تو نوکر ہیں۔ اچھا کیا گاڑی لائے، خوب کیا گاڑی لائے۔ اب اس ضد پر تو ہزار مرتبہ لائیں گے۔ دیکھیں ہمارا کوئی کیا کرتا ہے۔''

اسٹیشن ماسٹر: ''دیکھیے گارڈ صاحب! منع کر لیجیے اس کو، کیسی کمینے پن کی باتیں کر رہا ہے، افسری ماتحتی کا کچھ خیال نہیں، میں چھاتی پر چڑھ کر خون پی لیتا ہوں۔''

گارڈ: ''جانے بھی دو، اماں جانے بھی دو، ہائیں ہائیں یہ کیا کرتے ہو؟ اماں تم ہی ہٹ جاؤ۔ بھائی تم ہی ہٹ جاؤ۔ ارے ارے چھوڑو بھی، ہٹو بھی، سنو تو سہی۔''

اسٹیشن ماسٹر نے ڈرائیور کو اور ڈرائیور نے اسٹیشن ماسٹر کو گھونسے، لاتیں، تھپّڑ، جوتے رسید کرنے شروع کر دیے اور تمام مسافر یہ جھگڑا دیکھنے کھڑے ہو گئے۔ بہ مشکل تمام گارڈ نے بچاؤ کیا اور سمجھا بجھا کر دونوں کو ٹھنڈا کیا۔ ابھی بیچارہ سمجھا ہی رہا تھا کہ کسی نے آ کر نہایت گھبرائی ہوئی آواز میں کہنا شروع کیا، ''گارڈ صاحب! اے گارڈ صاحب! اجی وہ مال گاڑی سامنے سے آ رہی ہے اور اسی پٹری پر آ رہی ہے، غضب ہو گیا۔''

گارڈ بھی یہ سنتے ہی بدحواس ہو گیا اور چیخنا شروع کر دیا، ''مسافرو جلدی اترو، گاڑی لڑتی ہے۔ گاڑی لڑتی ہے۔ جلدی اترو۔''

سب مسافر گڑ بڑا کر اپنا اسباب کچھ لے کر کچھ چھوڑ کر گاڑی سے نکل آئے اور دیکھتے ہی دیکھتے مال گاڑی جس کا ڈرائیور سو گیا تھا اس گاڑی سے اس بری طرح ٹکرائی کہ کھڑکی کا ایک شیشہ ٹوٹ کر میرے منہ پر آ پڑا۔ میں ایک دم سے چونک پڑا۔ حقہ کی نے میرے منھ پر آ کر گری تھی۔ حقہ جل چکا تھا، آرام کرسی بھی شبنم سے تر ہوئی تھی اور گھڑی میں بھی دو بجنے کے قریب تھے۔ میں کرسی سے اٹھ کر چارپائی پر لیٹ گیا۔ اس لیے کہ اب گاڑی تو سونے کی وجہ سے چھوٹ چکی تھی۔ اب ہو ہی کیا سکتا تھا سوائے آرام سے سونے کے۔

(یووک بھارتی: جماعت بارھویں۔۱۹۹۵ء)

مولانا حسرت موہانی کے لطائف

غلام احمد فرقت کاکوروی

رئیس التحریر مولانا حسرت موہانی مرحوم ڈاڑھی نکلنے سے قبل دیکھنے والوں کو خواہ صورت سے لاکھ شاعر یا سیاستداں معلوم ہوتے ہوں مگر ان کی وہ عمر جو سیاہ سفید اور کھچڑی ڈاڑھی کی راہوں سے ہو کر گزری ہے اس میں نہ تو وہ صورت سے شاعر معلوم ہوتے تھے اور نہ رفتار و گفتار سے سیاستداں۔ لباس بھی وہ ساری عمر شاعری اور سیاستدانی سے آنکھیں چرانے والا پہنتے رہے حالانکہ گذشتہ نصف صدی کے اُردو غزل گو شعرا اور ناقدین میں وہ اپنا جواب نہیں رکھتے تھے اور یہی حال ان کی سیاستدانی کا تھا۔ سیاسی میدان میں جہاں تک آزادیٔ وطن کی راہ میں قربانیاں دینے اور جیل جانے کا سوال تھا اس میں بھی بڑے سے بڑا دھاکڑ اور جیل کا کندہ ان کے سامنے طفل مکتب کی حیثیت رکھتا تھا۔ چنانچہ ۱۹۳۰ء میں جب کانگریس نے انفرادی ستیہ گرہ کی تحریک شروع کی اور لکھنؤ میں گرفتاریوں کا سلسلہ شروع ہوا تو بھلا کیسے ممکن تھا کہ مولانا جیل نہ جاتے۔ امین الدولہ پارک میں شام کے وقت پارک کے دونوں طرف جیل کی لاریاں کھڑی رہتی تھیں۔ پارک میں کانگریسی لیڈر حکومت کے خلاف تقریریں کرتے اور یہ لاریاں ان کو بھر بھر کو حوالات میں پہنچا آتیں۔ اس زمانے میں امین آباد پارک ایسا بارونق نہیں تھا جیسا کہ اب ہے بلکہ اس میں بڑی بڑی گھاس اُگ چکی تھی مولانا اسی پارک میں گرفتار ہوئے اور جس وقت وہ گرفتار ہونے جا رہے تھے اس وقت راقم الحروف وہاں موجود تھا۔ مولانا اپنی تقریر ختم کر کے جونہی چبوترے سے اترے سپاہی آپ کو پکڑنے کے لیے لپکے۔ پہلے تو مولانا نے سپاہیوں کو ایک طرح کی جھکائی دی اس کے بعد ایک دم زمین پر اوندھے لیٹ گئے اور گھاس پکڑ لی۔ اب عالم یہ تھا کہ ایک طرف دو دو سپاہی مولانا کو اوپر کی طرف کھینچ رہے تھے اور دوسری طرف مولانا تھے کہ گوہ کی طرح زمین پکڑے تھے آخر تین سپاہیوں نے زور لگا کر جو مولانا کو پوری قوت سے کھینچا تو جڑ سمیت گھانس اکھڑ آئی اور سپاہیوں نے مولانا کو پارک کے باہر لاری کے دروازے پر گود میں لا کر اس بے دردی سے لاری میں ٹھونس دیا جس طرح انجن میں کوئلہ دیا جاتا ہے۔ مولانا نے

نون غنہ کے ساتھ انقلاب زندہ باد کا نعرہ لگایا اور راستے بھر نعرے لگاتے لاری پر جیل روانہ ہو گئے۔

۱۹۴۶ء یا ۱۹۴۷ء میں ایک دن میں نے دیکھا کہ امین آباد میں جہاں پرانی کتابوں کی دکانیں ہیں وہاں مولانا ایک یکہ والے سے کرایہ پر بحث میں مصروف ہیں۔ اس روز ان کے سر پر بجائے ترکی ٹوپی کے سفید ٹوپی تھی۔ غالبًا وہ عجوبۂ روزگار ٹوپی گھستے گھستے یا تو اپنی زندگی سے ہاتھ دھو چکی تھی یا ممکن ہے کہ انھوں نے اس کو عید بقر کے موقع پر پہننے کے لیے رکھ چھوڑا ہو، بہرحال اس وقت ان کے سر پر ایک دو پلی سہ پلی یا چوگوشئے قسم کی ایک قلندرانہ ٹوپی تھی۔ اس کے نیچے پٹے تھے جو حجام کی حسرت میں گرتے گرتے لاوارثوں کی زندگی بسر کرنے پر اتر آئے تھے۔ اس کے نیچے ایک کوٹ تھا جو ترکوں کی اس ضد میں پہن رکھا تھا کہ انھوں نے اپنے یہاں اسے متروک کیوں قرار دیا۔ اور اس کوٹ کی دلجوئی کے لیے انھوں نے اس میں دو ایک جیبوں کا اور اضافہ کر لیا تھا کہ جس وقت کتب فروش ان کی لکھی ہوئی غالب کی شرح کے ایک دو نسخے انھیں واپس کرے تو ان کے ہاتھ مصروفیت سے بچے رہیں اور چمڑے کا چرم خوردہ بٹوا یا تھیلا ان کے داہنے ہاتھ کی گرفت سے منہ نہ موڑنے پائے۔ یکہ پر غالبًا دوسری جنگ عظیم کے آغاز سے اس وقت تک جس وقت کہ یہ بحث ہو رہی تھی مولانا کو کبھی امین آباد سے باغ مولوی انور تک جانے کا اتفاق نہیں ہوا تھا اسی لیے ان کا خیال تھا کہ چوک سے امین آباد اور امین آباد سے چوک تک کا وہی تین سواری کا کرایہ ہے جو جنگ چھڑنے سے پہلے تھا۔ چنانچہ اپنے نون غنہ آمیز مکالمے میں مولانا یکہ والے سے فرمارہے تھے" میں دینکھتا ہوں کہ تم لونگ بھی برانبر سرمایہ داریں کا شکار ہونتے چلے جارہے ہوں۔ بڑے شرم کی بانت ہے" اور یکہ والا اپنی بیڑی جلانے میں اس طرح مصروف تھا کہ گویا ساری باتیں کسی اور سے ہو رہی ہیں اور اس سے کوئی واسطہ نہیں ہے نہ جانے وہ مولانا کو کیا سمجھے ہوئے تھا۔

میری کتاب 'مداوا' کی اشاعت کے بعد مولانا بھی حیدرآباد میں ترقی پسند مصنّفین کی کانفرنس میں میرے خلاف بہت کچھ کہہ کر واپس ہوئے۔ دانش محل امین آباد میں ایک دن شام کو مولانا بیٹھے تھے کہ میں پہنچ گیا۔ باتوں باتوں میں میں نے مولانا سے کہا کہ مولانا سبھوں نے تو میری مخالفت میں جو کچھ کہا وہ کہا البتہ حیرت ہے کہ آپ نے بھی ان

کی ہم نوائی کی حالانکہ جو پروڈیز میں نے آزاد مضمون پر لکھی ہیں ان کا مقصد ہرگز یہ نہ تھا کہ مجھے ان تجربوں سے اختلاف ہے جو بعض ترقی پسند ادبا اُردو شاعری میں کر رہے ہیں بلکہ اختلاف اس چیز سے تھا اور ہے کہ ہر یونیورسٹی سے نکلا ہوا نوجوان اندھا دھند شاعر بنا چلا جا رہا تھا اور ترقی پسندی کے نام پر نہ صرف ان تازہ واردان بساط ہوائے دل نے مہمل گوئی شروع کر دی تھی بلکہ وہ عریانی اور فحاشی کو بھی جزو ادب سمجھنے لگے تھے اور اسی کو وہ ادب برائے زندگی سمجھنے لگے تھے۔ بولے، ''تو کیاں فحاشی کو آپ براں سمجھتے ہیں۔ میرے نزدیک تو فحاشی یعنی فاسقانہ شاعری ہی حقیقت میں شاعری ہے۔ ورنہ بقیہ شاعری محض بناوٹ ہے۔'' انھوں نے کہا، ''اور عارفانہ شاعری کے بارے میں آپ کا کیا خیال ہے؟ بولے، ''یہ ہے اللہ اکبر، اللہ اکبر والی شاعری'' اس کے بعد بولے، ''مگر آپ نے اچھا کیا میں آپ کی رائے سے بالکل متفق ہوں۔ اس سے زیادہ سخت آپ کو لکھنا چاہیے تھا۔ میں نے کتاب نہیں پڑھی ورنہ میں بہت سخت ڈانٹتا۔''

اس کے بعد میں نے کہا کہ مولانا اگر آپ اجازت دیں تو میں دو تین باتیں آپ کی طالب علمی کے زمانے کی پوچھنا چاہتا ہوں بولے، ''اس کی کیا ضرورت ہے۔'' میں نے کہا یہ گستاخی محض اس وجہ سے کر رہا ہوں کہ آپ باقیات الصالحات میں سے ہیں اور آپ کی زبان مبارک سے نکلا ہوا ہر ایک فقرہ آئندہ نسلوں کے لیے ایک تبرک کی حیثیت رکھتا ہے۔ بولے، ''تو آپ کسی قسم کے واقعات معلوم کرنا چاہتے ہیں،'' میں نے کہا، ''مثلاً علی گڑھ کے طلبہ میں شوخی اور شریفانہ شرارتوں میں آپ کس حد تک شریک رہے؟'' بولے، ''میں گوں اپنے ساتھیوں میں بہت شریر مشہور تھا، مگر وہاں کی ایکٹی ویٹوں میں زیادہ تر حصہ نہیں لیتا تھا مگر پھر بھی ان سے گریز کرنا شرافت کے منافی سمجھتا تھا، چنانچہ میں بی اے کے دوسرے سال میں تھا تو میرے ایک ساتھی نے قریب کے ایک آم کے باغ میں سے ایک آم توڑ لیا پر باغ بچانے والے نے میرے ایک ساتھی کو پکڑ لیا۔ یہ باغات یونیورسٹی کے تھے اور ان کی فصل پک چکی تھی جس سے یونیورسٹی کی سالانہ آمدنی خاصی تھی۔ ساتھی کے پکڑے جانے پر میں اور میرے دو ایک ساتھی اور جمع ہوں گئے۔ رفعِ شر کی خاطر میں نے پوچھا کہ کیا بات ہے؟ اس پر بولا، ''ان صاحب نے سارا باغ اُجاڑا ہے۔'' اس پر

ڈانٹ کر بولا، ''باغ ایسے ہی اُجڑ تا ہے اور کیا اسے اُجاڑنے کے لیے ہاتھی آئیں گے؟'' مجھے غصہ آ گیا اور میں نے کہا، ''باغ اُجڑا تو نہیں تھا البتہ اب اُجڑے گا۔'' اس کے بعد میں نے اپنے ساتھیوں کو جمع کر کے باغ پر دھاوا بول دیا اور بری طرح تباہ کر دیا۔ اِس پر اچھی خاصی مار پیٹ ہوئی جس میں سب سے زیادہ اس نے مجھی کو مارا، سب ساتھی تو بھاگ گئے تھے مگر وہ مجھے برابر مارے جا رہا تھا اور میں ہر بات پر زمین سے ایک ڈھیلا اُٹھا کر آم کے درخت پر پھینکتا جاتا تھا اور اس کا ہاتھ نہیں رکتا تھا۔ میں کہتا تھا کہ اب جب چھوڑے گا تب نہیں کروں گا۔ اس پر وہ اور مارتا۔ آخر تھک کر اس نے مجھے چھوڑ دیا اور سیدھا پرنسپل کے پاس آیا اور ان سے ہم سبھوں کی شکایت کر دی۔ ڈاکٹر ضیاء الدین اس زمانے میں یونیورسٹی کے پرنسپل تھے اور چونکہ درجے میں بہت تیز تھا اس لیے میرا بہت خیال کرتے تھے۔ ڈاکٹر صاحب نے لڑکوں کو یونیورسٹی سے نکال دیا اور مجھ سے کہا کہ اگر تم معافی مانگ لو تو تم کو معاف کر دیا جائے گا۔ میں نے کہا کہ اگر لیے جائیں گے تو سب لیے جائیں گے ورنہ میں تنہا نہ رہوں گا اور یہ کہہ کر میں کانپور چلا آیا اور دوسرے لڑکے اپنے اپنے گھر چلے گئے۔ بعد میں ڈاکٹر صاحب سبھوں کے لینے پر تیار ہو گئے مگر میرے علاوہ اس کے بعد واپس نہیں آئے۔ اور میں نے بڑی ممتاز حیثیت سے بی اے پاس کیا۔

روایت ہے کہ مسلم لیگ میں شامل ہونے کے بعد جب ایک مشن چودھری خلیق الزماں کی سرکردگی میں مصر بھیجا گیا تو اس زمانے میں وہاں وزیرِاعظم نحاس پاشا تھے۔ اس مشن میں مولانا بھی شامل تھے۔ چنانچہ مصر پہنچ کر بڑا دلچسپ واقعہ پیش آیا۔ مصر پہنچنے پر مولانا نحاس پاشا سے ملنے گئے گیٹ کے پاسبانوں نے ان سے داخلے کا سرکاری اجازت نامہ طلب کیا۔ اس پر مولانا حد درجے چراغ پا ہو کر بولے، ''یہاں بھیں وہی پانس وانس والاں طریقاں رائج ہے۔ میں پانس وانس کے بغیر جاؤں گا۔ اس پر پاسبانوں سے خاصی جھگڑے کی صورت پیدا ہو گی۔ اتنے میں نحاس پاشا کہیں گئے ہوئے تھے۔ اپنی موٹر پر آ گئے اور سیدھے اندر چلے گئے۔ اور جب ان کو اطلاع ہوئی کی مولانا حسرت آئے ہیں تو انھوں نے اندر بلوا بھیجا۔ مولانا نے سب سے پہلے نحاس پاشا سے کہا، ''جناب آپ نے بھیں ہندوستان جیساں طریقاں اپنے یہاں جاری کر رکھا ہے یہ توں غلط ہے۔''

ہندوستان سے جو مشن گیا تھا اس کے ممبروں کو ایک روز پارلیمنٹ میں تقریر کرنے کا موقع دیا گیا۔ سب سے پہلے امیر المومنین چودھری خلیق الزماں کی تقریر ہوئی جس میں انھوں نے ہندوستان اور مصر کے قدیم تعلقات کا ذکر کرتے ہوئے درمیان میں کہیں برطانوی سیاست کی تعریف کر دی۔ اس کا سننا تھا کہ اپنی نشست پر مولانا کی حالت غیر ہونے لگی جیسے جیسے چودھری صاحب کی زبان سے برطانیہ کی مدح میں فقرے نکلتے ویسے ویسے مولانا پر ہسٹریا کے سے دورے کی شدت زور پکڑتی جاتی۔ چودھری صاحب کے بعد دوسرا نمبر مولانا ہی کا تھا۔ پندرہ منٹ مولانا کو بھی تقریر کے لیے دیے گئے تھے۔ چنانچہ موصوف نے اپنے پورے پندرہ منٹ صرف چودھری صاحب کی مذمت اور ان کی تقریر کی تردید میں صرف کر دیئے۔ اس کے بعد جو رعایتی وقت دیا گیا اس میں براہ راست برطانیہ کی مذمت میں اس کی بھڑاس نکالی۔ دوران تقریر میں پہلے وقت ختم ہونے کی گھنٹی بجی۔ اس گھنٹی کی آواز کو مولانا نے خالی دیا۔ اس کے بعد دوسری گھنٹی، تیسری گھنٹی اور مسلسل گھنٹیاں بجنا شروع ہوئیں۔ مگر وہاں نقارخانے میں طوطی کی آواز کون سنتا۔ مولانا برطانیہ پر گولہ باری کرتے یا فضول اوقات کی پابندی میں اپنا وقت ضائع کرتے آخر میں جب مولانا اس پر بھی نہیں مانے تو ان کو اٹھا کر کرسی پرلے جایا گیا مگر مولانا کرسی اور اسٹیج کے درمیانی حصے پر بھی بولتے رہے۔ اس کے بعد کہاں کی دوستی اور کہاں کا گڈول مشن وہ مصر سے ہندوستان چل پڑے۔ اور ہندوستان آتے آتے کراچی میں چودھری صاحب کی مذمت میں مزید ایک لمبا چوڑا بیان اخبار میں دے مارا۔ جس میں مصریوں کی مذمت کم اور چودھری صاحب کی مذمت زیادہ تھی۔

۱۹۴۸ء کے اوائل میں میں نے ہفتہ وار صداقت لکھنؤ کا ایک ہندوستانی نمبر شائع کیا تھا۔ مولانا اس زمانے میں یوپی اسمبلی کے ممبر تھے۔ چونکہ ان دنوں اسمبلی کا اجلاس ہو رہا تھا اس لیے لکھنؤ ہی میں مقیم تھے۔ میں اس سلسلے میں مولانا سے ایک مضمون لینے کی غرض سے کونسل چیمبر گیا۔ مولانا لنچ ٹائم میں اجلاس سے باہر نکل رہے تھے میں نے مولانا کو اپنے ملنے کا مقصد بتایا اور کہا کہ میں چاہتا ہوں کہ اس نمبر کے لیے ہندوستانی پر کوئی مضمون آپ لکھ دیں۔ مولانا یہ سنتے ہی چراغ پا گئے اور بولے، ”میں تو آنپ کی رائے سے بالکل متفق نہیں ہوں۔ آنپ کو معلوم ہے کہ اُردو اور ہندوستانی کا جھگڑا کھڑا کرنے

کے ذمہ دار کون دو صاحبان ہیں۔اول آرزوؔ لکھنوی جنھوں نے اس دور میں خالص اُردو کا جھگڑا کھڑا کیاں اور دوسرے گاندھی جی جنھوں نے اُردوں کو ہندوستانی کہہ کر اُردوں کوں اور مصیبت میں مبتلا کر دیا، دونوں نے اُردو کے ساتھ دشمنی کی ،اریں صاحب یہ خالص اُردو اور ہندوستانی کیا چیز ہوتی ہیں۔آپ سینڈھی سینڈھی اُردو لکھتے کیوں شرماتے ہیں۔"

اکتوبر ۱۹۵۱ء میں مولانا بارہویں مرتبہ فریضہ حج ادا کرنے کے بعد کراچی سے خشکی کے راستے کانپور جانے کے لیے ۱۷/اکتوبر لاہور پہنچے۔وہاں کے لوگ حسرت موہانی کے نام سے ضرور واقف تھے اوران کے کلام کو بھی پسند کرتے تھے مگران کی شکل وصورت سے نا آشنا تھے۔حسرت کے کلام ان کی شاعرانہ عظمت اوران کی سیاستدانی سے لوگوں کا خیال تھا کہ جیسے خوبصورت اور دلکش شعر کہتے ہیں ویسا ہی ان کا لباس، ان کا چہرہ اوران کی رفتار و گفتار بھی ہوگی۔ پاکستان کے صاحب بہادران یاوہاں کے حکام تو کاہے کو اس عظیم المرتبت شاعر کے استقبال کے لیے اسٹیشن آنے کی زحمت گوارا کرتے اور نہ وہاں کے سیاستدانوں ہی کو اپنی دین والی سیاست سے اتنی فرصت تھی کہ وہ حسرت جیسے مخلص کو لینے کے لیے اسٹیشن آتے۔ ہم تم تو اپنی زرق برق موٹریں بھیج دیتے۔البتہ ادھر سے گئے ہوئے چند مخلصین میں سے دو ایک جنھیں اطلاع ملی تھی کہ مولانا آرہے ہیں وہ اسٹیشن پہونچے مگر ان لوگوں میں سے بھی شاید کسی کو بالمشافہ مولانہ سے ملنے کا اتفاق نہیں ہوا تھا۔لہٰذا ان کا بھی خیال یہی تھا کہ کم از کم مولانا فرسٹ نہیں تو سیکنڈ کلاس سے تو ضرور ہی آئیں گے اور چونکہ وہ ان کے مزاج سے ناواقف تھے اس لیے یہی سمجھے ہوئے تھے کہ گاڑی رکتے ہی پہلے مولانا کا پرائیویٹ سکریٹری منہ میں سگار لگائے اور بہترین سوٹ پہنے پلیٹ فارم پر اپنے نئے جوتوں کو دیکھتا اپنے جدید وضع کے سوٹ پر فخر یہ نگاہیں ڈالتا اترے گا اور چلائے گا ، ہوشیار رئیس التحریر حضرت مولانا حسرت موہانی کی سواری آ گئی۔ اس کے بعد ان کا بہترین ریشمی ہولڈال اتارا جائے گا۔ پھر بہترین قسم کے ہینڈ بیگ ہوں گے جن کا سلسلہ ختم ہونے کے بعد ناشتہ دانوں کا سلسلہ شروع ہوگا جن میں پیلاؤ، باقرخانی اور فیرینی کی خوشبو میں مرغ مسلم اذانیں دیتے ہوں گے۔اس کے بعد مولانا عطراور کیوڑے میں بسے بہترین لباس میں فرسٹ کلاس کے ڈبے سے برآمد ہوں گے اور کائنات چلا اٹھے

گی کہ دیکھو حسرت موہانی انھیں کہتے ہیں۔ چنانچہ جس گاڑی سے مولانا آنے والے تھے اس کا عالم ان معنوں میں دیکھنے والا تھا کہ ان کے معتقدین دھڑا دھڑ گھبرائے ہر فرسٹ اور سکنڈ کلاس کے ڈبے میں ہائی جمپ اور لانگ جمپ کے مظاہرے کر رہے تھے۔ سب سے زیادہ ہائی جمپ کرنے والوں کی یورش سیکنڈ اور فرسٹ کلاس پر ہی تھی۔ ایک صاحب ایک فرسٹ کلاس میں گھس گئے اور وہاں ایک سفید پوش ریشائیل بزرگ سے فرمانے لگے، ''تشریف لے چلیے نا؟'' مگر جب انھیں معلوم ہوا کہ وہ صاحب ایک انگریز پادری ہیں جو لاہور کسی کام سے آئے ہوئے ہیں تو ایک دوسرے صاحب سے جو بہترین قسم کا سوٹ پہنے بیٹھے تھے حسرت کا شبہ کر کے مکالمے میں مصروف ہو گئے۔ گاڑی کے بالکل کنارے تھرڈ کلاس کا ایک ڈبہ لگا ہوا تھا جس میں چھت تک پنجاب کی دیہاتی عورتیں اور مرد بھرے تھے اور پورے دھکا پیل کے ساتھ اتر رہے تھے۔ اسی میں سے ایک صاحب کچلتے کچلاتے اور دھکے کھاتے اترے جن کی وضع قطع یہ تھی۔ ٹیالی سفید بے داغ داڑھی، چہرے پر ہٹی ہوئی جھریاں، بڑی بڑی آنکھوں پر ایک لمبے شیشوں والی عینک جس کا فریم پکار پکار کر کہہ رہا تھا کہ کوئی اللہ کا بندہ ہمارا بھی قصور معاف کرادے کیوں کہ کھال اترنے کے بعد فریم کی ریڑھ کی ہڈی نے اندر سے جھانکنا شروع کر دیا تھا۔ ہاتھ میں حضرت نوح علیہ السلام کے جہیز کی چھتری جس کا کپڑا اپنا سیاہ رنگ چھوڑنے کے بعد عام دنیاوی رنگوں سے مختلف رنگ اختیار کرنے پر کمر بستہ تھا۔ بغل میں ایک بستر جسے ستلی باندھ کر پھانسی دیدی گئی تھی، ایک عبادت گزار لوٹا جس کے ماتھے پر بار بار خانۂ کعبہ کی زیارت کرنے کے سبب سیاہ گھٹے پڑ گئے تھے۔ ہاتھ میں ایک چھڑی جو کسی زمانے میں خواہ کتنی چھڑی رہی ہو مگر اس وقت تو وہ ترازو کی ڈنڈی معلوم ہونے لگی تھی۔ تھوڑی دیر بعد جب وہ اپنا تھرڈ کلاس کا زرد ٹکٹ لیے پلیٹ فارم سے باہر نکلے تو نجانے کیوں ان کے گرد مجمع ہو گیا اور کچھ نے بستر اور کچھ نے جھولا ان کے ہاتھ سے لینا شروع کیا مگر اس پر ارنی اور لن ترانی کی آوازیں بلند ہونا شروع ہوئیں۔ اتنے میں ایک صاحب جو غالباً ان کو پہچانتے تھے اپنے ہمراہ لیے چلے گئے۔

یہ تھے رئیس التحریر مولانا حسرت موہانی مرحوم جن کا جواب شاید اب دنیا نہ پیدا کر سکے۔

(یووک بھارتی: جماعت بارھویں۔ ۱۹۹۵ء)

ڈائینگ ہال

رشید احمد صدیقی

سب سے دلچسپ پوزیشن (Position) ڈائینگ ہال کی تھی۔ یہاں کے کھانے کی جو شکایت میرے زمانے میں تھی اس سے پہلے بھی وہی تھی اور آج بھی وہی ہے۔ شکایات کے اعتبار سے ایسا سدا بہار ادارہ شاید ہی کہیں اور ہو۔ میری طالب علمی ہی کے زمانے میں ۱۰-۲۰ سال اُدھر کے ایک اولڈ بوائے علی گڑھ تشریف لائے تھے۔ کھانا کھانے ڈائینگ ہال پہنچے۔ ہال میں داخل ہوتے ہی مسکرائے پھر بولے:

بوئے جوئے مولیاں آید ہمی

کھانے پر بیٹھے۔ پہلا لقمہ لیا تھا کہ اچھل پڑے۔ بولے ''خدا کی قسم وہی ٹھاٹھ ہیں!۔''

کھانے کی شکایت زیادہ ہونے لگتی تو کسی دن کالج کے آنریری سکریٹری صاحب باورچی خانے سروِس روم (Room Service) ڈائینگ ہال کے ملازمین کو صلواتیں سناتے ایک آدھ بے محل شعر پڑھتے ہوئے گزر جاتے اور سارا گلہ جاتا رہتا۔

موجودہ طلبا کو شاید یقین نہ آئے کہ 1915ء سے 1921ء تک (میرے عہد تعلیم میں) جتنا اور جس طرح کا کھانا ڈائینگ ہال سے ملتا تھا اس سے بحیثیت مجموعی آج بہتر ہی ملتا ہے۔ کھانے کی طرف سے بے اطمینانی کے جو اسباب اس وقت بتائے جاتے تھے قریب قریب آج بھی وہی قرار دیے جاتے ہیں۔ یہ خیال بھی اتنا صحیح نہیں ہے جتنا کہ سمجھا جاتا ہے کہ اس زمانے میں کھاتے پیتے گھرانوں کے طالب علم آتے تھے تو ڈائینگ ہال سے علیٰحدہ یا اس کے علاوہ اپنی پسند کے کھانوں کا پرائیویٹ طور پر انتظام رکھتے تھے۔ آج کل کے طلبا بھی اس طرح کا انتظام رکھتے ہیں۔

ڈائننگ ہال کا کھانا چاہے جیسا ہو، ڈائننگ ہال کا ادارہ یہاں کے طالب علم کی عام زندگی پر بہت زیادہ اثر انداز رہا ہے۔ میں سمجھتا ہوں کہ خوش طبعی کے جتنے اور جیسے محرکات علی گڑھ والوں کے لیے مدت دراز سے ڈائننگ ہال نے فراہم کیے ہیں۔ یہاں کی عام زندگی میں شاید ہی کسی اور ادارے نے کیے ہوں۔ جو اصحاب علی گڑھ سے جا چکے ہیں ان سے گفتگو آئے باوجود ان شکایتوں کے جوان کو یہاں کے کھانے یا کسی اور بات سے رہی ہو ڈائننگ ہال اور اس کے "متعلقین اور متعلقات" کے تذکرۂ لطف کا کوئی نہ کوئی فقرہ کہے بغیر نہ کریں گے اپنے عہد میں میں نے اور ساتھیوں نے ڈائننگ ہال کے کھانے پر طبع آزمائی کرنے میں کوئی کسر نہ اٹھا رکھی تھی۔ صاحب باغ میں جہاں صرف سینیر (Senior) طلبہ رہا کرتے تھے۔ کبھی کبھی ڈائننگ ہال کے کھانوں پر ایک طرح کا سیمینار (Seminar) منعقد ہوتا۔ طرح طرح کی تنقیحیں قائم کی جاتیں اور فیصلے صادر کیے جاتے۔ ان میں بیشتر تو سپرد قلم نہیں کیے جاسکتے، بعض قانونی اور بعض نہایت درجے سائنٹفک اور ٹیکنیکل ہوتے۔ قارئین کی تفنن طبع کے لیے یہاں دو ایک عرض کیے جاتے ہیں:

ایک صاحب نے بتایا کہ ان کی تحقیقات کی رؤ سے کالج کا کوئی طالب علم نہ تو شرعی گواہ ہوسکتا ہے نہ کسی الیکشن میں ووٹر (Voter) اس لیے کہ جب تک کالج کی تعلیم حاصل کرتا اور ڈائننگ ہال کا کھانا کھاتا رہے گا نہ عاقل ہوسکتا ہے نہ بالغ۔"

ایک صاحب دائمی قبض میں مبتلا تھے۔ ان کے بارے میں تشخیص یہ ہوئی کہ "جب تک ڈائننگ ہال کا کھانا نہ چھوڑیں گے۔ قبض ان کو نہ چھوڑے گا اس لیے کہ ان کا ہاضمہ اتنا قوی اور ڈائننگ ہال کا کھانا اتنا ضعیف ہوتا ہے کہ کھانے کا فضلہ بھی ان کا جزو بدن ہو جاتا ہے۔" اسی سے ملتی جلتی ایک تشخیص یہ بھی تھی کہ "فضلے یا مادے کو انرجی (توانائی) (Energy) میں تبدیل کرنے کا انقلاب آفرین اصول اور انکشاف کچھ اسی طرح کے کرشمے کا رہینِ منّت تھا۔"

کالج کے تمام شعبوں کی طرح ڈائننگ ہال کا ڈسپلن بھی بہت سخت تھا۔ ایک سے ایک بگڑے دل طالب علم کیسے کیسے متمدن، نیم غیر متمدن دیار یا خاندانوں سے آتے تھے لیکن مانیٹر اور ڈائننگ ہال کے عملے سے کبھی تعرض یا غرفش نہیں کر سکتے تھے۔ ڈائننگ ہال

ایسی...لبورٹری بھی شاید ہی کہیں نظر آئے۔ ہر طالب علم کو اختیار تھا کہ وہ مقررہ قیمت ادا کر کے اپنے لیے کوئی اور چیز پکوائے۔ لیکن کھانا پڑتا تھا ڈائیننگ ہال ہی میں، سب کے ساتھ ایک ہی میز پر! اس لیے ساتھیوں کا لحاظ کر کے عموماً رئیسانہ ٹھاٹھ کے کھانوں کی فرمائش شاذ و نادر ہی کی جاتی۔ فرمائش چاہے مرغ مسلم کی ہو یا متنجن یا مونگ کی دال شوربا یا کھچڑی کی ان سب نام اور پتہ ایک ہی تھا یعنی ''پرہیزی''! طالب علم کی توجہ دلانے پر آواز یہی دی جاتی فلاں صاحب کا ''پرہیزی'' لاؤ۔

اوپر ڈائیننگ ہال کی مثال لبورٹری سے دی گئی ہے۔ قصہ یہ ہے کہ بنیادی کھانے تو چند ہی پکتے لیکن سروس ریسرچ روم میں لیب اسسٹنٹ (Lab Assistant-) یا باورچی چشم زدن میں ایک کھانے کو دوسرا کھانا بنا دیتے۔ مثلاً کسی کا پرہیزی ہے شامی کباب یا سیخ کباب یا کوفتہ یا قیمہ، لیکن باورچی خانے میں صرف ایک جز تیار کی جاتی یعنی ابلا قیمہ اسی قیمے کی قلب ماہیت اور مناسب ڈریسنگ کر کے اور شکل دے کر شامی کباب، سیخ کباب ،کوفتہ یا قیمے کی شکل میں پیش کر دیتے۔ صرف ابلی ہوئی ترکاری موجود ہوتی۔ ضرورت کے وقت اس کو ترکاری قلیہ، شوربے دار ترکاری و ترکاری گوشت یا محض ترکاری کی حیثیت دی جاتی۔ کھچڑی مانگی تو خشکہ اور دال مونگ کو اس طرح ملا کر پیش کر دیا کہ وہ کھچڑی ہوگئی دال مونگ اور خشکہ الگ الگ طلب کیا گیا تو وہ پہلے سے موجود ہوتا، چنانچہ تمام نسخے چند مفردات سے تیار کر کے تیار کر دیے جائے۔ آج بھی ایسا ہوتا ہو تو عجب نہیں یہ اور بات ہے کہ پہلے اس طرح کے شعبدوں کو یہاں کی زندگی یا کھیل کا ایک جز قرار دے کر خوشی خاطر قبول کر لیتے۔ اب شاید ایسا نہ کرتے ہوں ۔ واقعہ یہ ہے کہ جس کو اصطلاحی اسپورٹ کہتے ہیں اس کے ریکارڈ تو آج کل توڑتے رہتے ہیں اور توڑنے والے دنیا میں نام پاتے ہیں لیکن جس کو حقیقی معنوں میں اسپورٹسمین شپ کہتے ہیں وہ مقصود ہے۔ حالانکہ اسی کو میں افراد اور سوسائٹی دونوں کی سب سے اعلیٰ صفت (خلاصۂ انسانیت) سمجھتا ہوں تو مجھے بڑی خوشی ہوگی۔

(یووک بھارتی: جماعت بارھویں ۱۹۹۵ء)

غالبؔ جدید شعرا کی ایک مجلس میں

کنہیا لال کپور

(دور جدید کے شعرا کی ایک مجلس میں مرزا غالبؔ کا انتظار کیا جا رہا ہے۔ اس مجلس میں تقریباً تمام جلیل القدر جدید شعرا تشریف فرما ہیں۔ مثلاً م۔ ن۔ ارشدؔ، ہیرا جیؔ، ڈاکٹر قربان حسین خالصؔ، میاں رفیق احمد خوگرؔ، راجا عہد علی خاں، پروفیسر غیظ احمد غیظؔ، بکرما جیت ورما، عبدالحیٔ نگاہؔ وغیرہ وغیرہ۔ یکایک مرزا غالبؔ داخل ہوتے ہیں ان کی شکل و صورت بعینہٖ وہی ہے جو مولانا حالیؔ نے 'یادگار غالبؔ' میں بیان کی ہے۔ ان کے ہاتھ میں 'دیوانِ غالبؔ' کا ایک نسخہ ہے۔ تمام شعرا کھڑے ہوکر آداب بجالاتے ہیں۔)

غالبؔ : حضرات میں آپ کا نہایت شکر گزار ہوں کہ آپ نے مجھے جنت میں دعوت نامہ بھیجا اور اس مجلس میں مدعو کیا۔ میری مدت سے آرزو تھی کہ دور جدید کے شعرا سے شرفِ نیاز حاصل کروں۔

ایک شاعر: یہ آپ کی ذرہ نوازی ہے ورنہ ؎

وہ آئیں گھر میں ہمارے خدا کی قدرت ہے
کبھی ہم ان کو کبھی اپنے گھر کو دیکھتے ہیں

غالبؔ : رہنے بھی دیجیے اس بے جا تعریف کو۔ من آنم کہ من دانم۔

دوسرا شاعر: تشریف رکھیے گا۔ کہیے جنت میں خوب گذرتی ہے۔ آپ تو فرمایا کرتے تھے:

ہم کو معلوم ہے جنت کی حقیقت لیکن

غالبؔ : (مسکرا کر) بھئی جنت بھی خوب جگہ ہے۔ جب سے وہاں گیا ہوں۔ ایک شعر بھی موزوں نہیں کر سکا۔

دوسرا شاعر: تعجب! جنت میں تو آپ کو کافی فراغت ہے اور پھر ہر چیز میسر ہے۔ پینے کو

شراب، انتقام لینے کو پری زاد... اوراس پر یہ فکر کوسوں دور کہ

آپ کا بندہ اور پھروں ننگا

آپ کا نوکر اور کھاؤں ادھار

باوجود اس کے آپ کچھ لکھ...

تیسرا شاعر: **(بات کاٹ کر)** سنائیے اقبال کا کیا حال ہے۔

غالبؔ : وہی جو اس دنیا میں تھا۔ دن رات خدا سے لڑنا جھگڑنا۔ وہی پرانی بحث

مجھے فکر جہاں کیوں ہو جہاں تیرا ہے یا میرا

پہلا شاعر: میرے خیال میں وقت کافی ہو گیا ہے۔ اب مجلس کی کاروائی شروع کرنی چاہیے۔

دوسرا شاعر: میں کرسی صدارت کے لیے جناب م۔ن۔ ارشد کا نام تجویز کرتا ہوں۔

(ارشد صاحب کرسی صدارت پر بیٹھنے سے پہلے حاضرین مجلس کا شکریہ ادا کرتے ہیں۔)

م۔ن۔ارشد: میرے خیال میں ابتدا مرزا غالبؔ کے کلام سے ہونی چاہیے... میں نہایت ادب سے مرزا موصوف سے درخواست کرتا ہوں کہ اپنا کلام پڑھیں۔

غالبؔ : بھئی جب ہمارے سامنے شمع لائی جائے گی تو ہم بھی کچھ پڑھ کر سنا دیں گے۔

م۔ن۔ارشد: معاف کیجیے گا مرزا، اس مجلس میں شمع وغیرہ کسی کے سامنے نہیں جائے گی۔ شمع کی بجائے یہاں پچاس کینڈل پاور کا لیمپ ہے، اس کی روشنی میں ہر ایک شاعر اپنا کلام پڑھے گا۔

غالبؔ : بہت اچھا صاحب تو غزل سنئیے گا۔

باقی شعرا: ارشاد۔

غالبؔ: عرض کیا ہے۔

خط لکھیں گے گرچہ مطلب کچھ نہ ہو

ہم تو عاشق ہیں تمھارے نام کے

(باقی شعرا ہنستے ہیں۔ مرزا حیران ہو کران کی جانب دیکھتے ہیں۔)

غالبؔ: اجی صاحب، یہ کیا حرکت ہے۔ نہ داد نہ تحسین۔ اس بے موقع خندہ زنی کا مطلب؟

ایک شاعر: معاف کیجیے مرزا، ہمیں یہ شعر کچھ بے معنی سا معلوم ہوتا ہے۔

غالبؔ : بے معنی؟

ہیراجی : دیکھئے نا مرزا آپ فرماتے ہیں۔

خط لکھیں گے گرچہ مطلب کچھ نہ ہو

اگر مطلب کچھ نہیں تو خط لکھنے کا فائدہ ہی کیا۔ اور اگر آپ صرف معشوق کے نام کے ہی عاشق ہیں تو تین پیسے کا خط برباد کرنا ہی کیا ضروری ہے، سادہ کاغذ پر اس کا نام لکھ لیجیے۔

ڈاکٹر قربان حسین خالصؔ : میرے خیال میں اگر یہ شعر اس طرح لکھا جائے تو زیادہ موزوں ہے

خط لکھیں گے کیوں کہ چھٹی ہے ہمیں دفتر سے آج
اور چاہے بھیجنا ہم کو پڑے بیرنگ ہی
پھر بھی تم کو خط لکھیں گے ہم ضرور
چاہے مطلب کچھ نہ ہو۔
جس طرح سے میری اک اک نظم کا۔
کچھ بھی تو مطلب نہیں۔
خط لکھیں گے کیوں کہ الفت ہے ہمیں
میرا مطلب ہے محبت ہے ہمیں
یعنی عاشق ہیں تمھارے نام کے

غالبؔ : یہ تو اس طرح معلوم ہوتا ہے۔ جیسے آپ میرے اس شعر کی ترجمانی کر رہے ہیں۔

بک رہا ہوں جنوں میں کیا کیا کچھ
کچھ نہ سمجھے خدا کرے کوئی

ہیراجی : جنوں! جنوں کے متعلق مرزا میں نے کچھ عرض کیا ہے اگر اجازت ہو تو کہوں۔

غالبؔ : ہاں، ہاں۔ بڑے شوق سے۔

ہیراجی : جنوں ہوا جنوں ہوا
مگر کہاں جنوں ہوا
کہاں ہوا وہ کب ہوا
ابھی ہوا یا اب ہوا
نہیں ہوں میں یہ جانتا
مگر جدید شاعری
میں کہنے کا جو شوق ہے
تو بس یہی ہے وجہ کہ
دماغ میرا چل گیا
یہی سبب ہے جو مجھے
جنوں ہوا جنوں ہوا

غالبؔ : **(ہنسی کو روکتے ہوئے)** سبحان اللہ کیا برجستہ اشعار ہیں۔

م۔ن۔ارشد: اب مرزا، غزل کا دوسرا شعر فرمائیے۔

غالبؔ : میں اب مقطع ہی عرض کروں گا۔ کہا ہے۔
عشق نے غالبؔ نکما کر دیا
ورنہ ہم بھی آدمی تھے کام کے

عبدالحئی نگاہؔ: گستاخی معاف مرزا۔ اگر اس شعر کا پہلا مصرع اس طرح لکھا جاتا تو ایک بات پیدا ہو جاتی۔

غالبؔ: کس طرح؟

عبدالحئی نگاہؔ: عشق نے، ہاں ہاں تمھارے عشق نے
عشق نے سمجھے؟ تمھارے عشق نے مجھ کو نکما کر دیا
اب نہ اٹھ سکتا ہوں میں

اور چل تو سکتا ہی نہیں
جانے کیا بکتا ہوں میں
یعنی نکما کر دیا
اتنا تمھارے عشق نے
گرتا ہوں اور اٹھتا ہوں میں
اٹھتا ہوں اور گرتا ہوں میں
یعنی تمھارے عشق نے
اتنا نکما کر دیا۔

غالبؔ : (طنزاً) بہت خوب۔ بھئی غضب کر دیا۔

غیظ احمد غیظؔ: اور دوسرا مصرع اس طرح لکھا جا سکتا تھا۔

جب تک نہ مجھ کو عشق تھا
تب تک مجھے کچھ ہوش تھا
سب کام کر سکتا تھا میں
اور دل میں میرے جوش تھا
اس وقت تھا میں آدمی
اور آدمی تھا کام کا
لیکن تمھارے عشق نے
مجھ کو نکما کر دیا

غالبؔ : واللہ۔ کمال ہی تو کر دیا بھئی۔ اب آپ لوگ اپنا اپنا کلام سنائیں۔

م۔ن۔ارشد: اب ڈاکٹر قربان حسین خالصؔ جو جدید شاعری کے امام ہیں اپنا کلام سنائیں گے۔

ڈاکٹر خالصؔ : اجی ارشد صاحب میں کیا کہوں۔ اگر میں امام ہوں تو آپ مجتہد ہیں۔ آپ جدید شاعری کی منزل ہیں اور میں سنگ میل اس لیے آپ اپنا کلام پہلے پڑھیے۔

م۔ن۔ارشد: توبہ توبہ! اتنی کسرِ نفسی۔ اچھا اگر آپ مُصِر ہیں تو میں ہی اپنی نظم پہلے پڑھتا ہوں۔ نظم کا عنوان ہے۔ ''بدلہ۔'' عرض کیا ہے۔

آ مری جان مرے پاس انگیٹھی کے قریب
جس کے آغوش میں یوں ناچ رہے ہیں شعلے
جس طرح دور کسی دشت کی پہنائی میں
رقص کرتا ہو کوئی بھوت کہ جس کی آنکھیں
کرم شب تاب کی مانند چمک اٹھتی ہیں۔
ایسی تشبیہہ کی لذت سے مگر دور ہے تو
تو کہ اک اجنبی انجان سی عورت ہے جسے
رقص کرنے کے سوا اور نہیں کچھ آتا
دوپہر کو جو کبھی بیٹھے ہوئے دفتر میں
خودکشی کا مجھے یک لخت خیال آتا ہے
میں پکار اٹھتا ہوں یہ جینا بھی کیا جینا
اور چپ چاپ دریچے میں سے پھر جھانکتا ہوں
آ مری جان مرے پاس انگیٹھی کے قریب
تاکہ میں چوم ہی لوں عارضِ گلفام ترا
اور اربابِ وطن کو یہ اشارہ کردوں
اس طرح لیتا ہے اغیار سے بدلہ شاعر
اور شبِ عیش گزر جانے پر
بہرِ جمعِ درم و دام نکل جاتا ہے
ایک بوڑھے سے تھکے ماندے سے رہوار کے پاس
چھوڑ کر بستر سنجاب وسمور

(نظم سن کر سامعین پر وجد کی حالت طاری ہو جاتی ہے۔ ہیراجی یہ کہتے ہوئے سنائی دیتے ہیں۔ یہ نظم اس صدی کی بہترین نظم ہے۔ بلکہ میں تو کہوں گا کہ اگر ایک طرح

سے دیکھا جائے تو اس میں انگیٹھی، بھوت اور دفتر تہذیب وتمدن کی مخصوص الجھنوں کے حامل ہیں۔)

(حاضرین ایک دوسرے کو معنی خیز نظروں سے دیکھتے ہوئے زیرلب مسکراتے ہیں۔)

غالبؔ : ارشد صاحب معاف کیجیے آپ کی یہ نظم کم ازکم میرے فہم سے تو بالاتر ہے۔

غیظ احمد غیظ: یہ صرف ارشد ہی پر کیا منحصر ہے۔ مشرق کی جدید شاعری ایک بڑی حد تک مبہم، اور ادراک سے بالاتر ہے۔

م۔ن۔ارشد: مثلاً میرے ایک دوست کے اس شعر کو لیجیے۔

پاپوش کی کیا فکر ہے دستار سنبھالو
پایاب ہے جو موج گزر جائے گی سر سے

اب بتایئے اس شعر کا کیا مطلب ہے؟

غالبؔ : **(شعر کو دہرا کر)** صاحب سچ تو یہ ہے کہ اگر چہ اس شعر میں سر اور پیر کے الفاظ شامل ہیں۔ مگر باوجود ان کے اس شعر کا نہ سر ہے نہ پیر۔

م۔ن۔ارشد: اجی چھوڑیے اس حرف گیری کو۔ آپ اس شعر کو سمجھے ہی نہیں۔ مگر خیر اس بحث میں کیا رکھا ہے۔ کیوں نہ اب ڈاکٹر قربان حسین خالصؔ سے درخواست کی جائے کہ اپنا کلام پڑھیں۔

ڈاکٹر خالصؔ : میری نظم کا عنوان ہے 'عشق'۔ عرض کیا ہے۔

عشق کیا ہے؟
میں نے اک عاشق سے پوچھا
اس نے یوں روکر کہا۔
عشق اک طوفان ہے
عشق اک سیلاب ہے
عشق ہے اک زلزلہ
شعلۂ جوّالہ۔ عشق
عشق ہے پیغام موت

غالبؔ : بھئی یہ کیا مذاق ہے، نظم پڑھیے۔ مشاعرے میں نثر کا کیا کام؟

ڈاکٹر خالصؔ: **(جھنجھلا کر)** تو آپ کے خیال میں یہ نثر ہے؟ یہ ہے آپ کی سخن فہمی کا عالم اور فرمایا تھا آپ نے۔

ہم سخن فہم ہیں غالب کے طرفدار نہیں

غالبؔ : میری سمجھ میں نہیں آیا کہ یہ کس قسم کی نظم ہے۔ نہ ترنم۔ نہ قافیہ۔ نہ ردیف۔

ڈاکٹر خالصؔ: مرزا صاحب۔ یہی تو جدید شاعری کی خصوصیت ہے۔ آپ نے اُردو شاعری کو قافیہ اور ردیف کی فولادی زنجیروں میں قید کر رکھا تھا۔ ہم نے اس کے خلاف جہاد کر کے اسے آزاد کیا ہے اور اس طرح اس میں وہ اوصاف پیدا کئے ہیں جو محض خارجی خصوصیات سے کہیں زیادہ اہم ہیں۔

میری مراد رفعت تخیل، تازگیٔ افکار اور ندرت فکر سے ہے۔

غالبؔ: رفعت تخیل، کیا خوب۔ کیا پرواز ہے۔

میں نے اک عاشق سے پوچھا، اس نے یوں رو کر کہا

ڈاکٹر خالص: **(چڑ کر)** عاشق رو کر نہیں کہے گا تو کیا قہقہہ لگا کر کہے گا؟

مرزا آپ یہ بھی نہیں جانتے کہ عشق اور رونے میں کتنا گہرا تعلق ہے۔

غالبؔ : مگر آپ کو قافیہ اور ردیف ترک کرنے کی ضرورت کیوں پڑی؟

رفیق احمد خوگر : اس کی وجہ مغربی شعرا کا تتبع نہیں بلکہ ہماری طبیعت کا فطری میلان ہے جو زندگی کے دوسرے شعبوں کی طرح شعر و ادب میں بھی آزادی کا جویا ہے۔

اس کے علاوہ دور جدید کی روح انقلاب، کشمکش تحقیق، تجسس، تعقل پرستی اور جدو جہد ہے۔ ماحول کی اس تبدیلی کا اثر ادب پر ہوا ہے۔ اور میرے اس نکتے کو تھیکرے نے بھی اپنی کتاب 'ونیٹی فیر' میں تسلیم کیا ہے۔ چنانچہ اسی لیے ہم نے محسوس کیا کہ قدیم شاعری ناقص ہونے کے علاوہ روح میں وہ لطیف کیفیت پیدا نہیں کرسکتی جو مثال کے طور پر ڈاکٹر خالص کی شاعری کا جوہر ہے۔ قدیم شعرا اور جدید شعرا کے ماحول میں زمین و آسمان کا فرق ہے، قدیم شعرا بقول مولانا آزاد حسن و عشق کی حدود سے باہر نہ نکل سکے اور ہم جن

میدانوں میں گھوڑے دوڑا رہے ہیں نہ ان کی وسعت کی انتہا ہے اور نہ ان کے عجائب و لطائف کا شمار۔

غالبؔ : میں آپ کا مطلب نہیں سمجھا۔

م۔ن۔ارشد: خوگر صاحب یہ کہنا چاہتے ہیں کہ ہم ایک نئی دنیا میں رہتے ہیں۔ یہ ریڈیو ہوائی جہاز اور دھماکے سے پھٹنے والے بموں کی دنیا ہے۔ یہ بھوک، بیکاری انقلاب اور آزادی کی دنیا ہے۔ اس دنیا میں رہ کر ہم اپنا وقت حسن و عشق، گل و بلبل شیریں فرہاد کے افسانوں میں ضائع نہیں کر سکتے۔ شاعری کے لیے اور بھی موضوع سخن ہیں جیسا کہ ہمارے ایک شاعر نے کہا ۔

آج تک سرخ سیہ صدیوں کے سائے تلے
آدم وحوا کی اولاد پہ کیا گزری ہے
موت اور زیست کی روزانہ صف آرائی میں
ہم پہ کیا گزرے گی۔ اجداد پہ کیا گزری ہے
یہ حسیں کھیت پھٹا پڑتا ہے جوبن جن کا
یہ ہر اک سمت پر اسرار کڑی دیواریں
یہ بھی ہیں ایسے کئی اور بھی مضموں ہوں گے

راجا عہد علی خاں: بہت خوب! یہ بھی ہیں ایسے کئی اور بھی مضموں ہوں گے، ایسے ہی مضامین میں سے ایک مضمون ''ڈاک خانہ'' ہے۔ جو میری اس نظم کا جو میں ابھی آپ کے سامنے پڑھوں گا، موضوع ہے۔

غالبؔ : ڈاک خانہ؟

راجا عہد علی خاں: مرزا اس میں حیران ہونے کی کیا بات ہے۔ سنیے عرض کیا ہے ۔

ڈاک خانے کے ہے اندر آج اف کتنا ہجوم
ڈالنے کو خط کھڑے ہیں کس قدر اف آدمی
ان میں ہر اک کی تمنا ہے کہ وہ

ڈال کر جلدی سے خط یا پارسل
بھاگ کر دیکھے کہ اس کی سائیکل
ہے پڑی باہر جہاں رکھ کر اسے
ڈاک خانے میں ابھی آیا تھا وہ خط ڈالنے

جا رہے ہیں خط چہار اطراف کو۔
بمبئی کو، مصر کو لندن کو کوہ قاف کو
دیکھنا، آئی ہے اک عورت لفافہ ڈالنے
کون کہتا ہے کہ اک عورت ہے یہ
یہ تو لڑکا ہے کسی کالج کا کہ
جس کے بال خد و خال
اس قدر ملتے ہیں عورت سے کہ ہم
اس کو عورت کا سمجھتے ہیں بدل
اف ہماری لغزشیں
ہے مگر کس شخص کا یہ سب قصور
کیا نظر میری نہیں کرتی ہے کام
جھٹپٹا سا ہو گیا ہے شام کا
یا ہمارے ہے تمدن کا قصور
کہ ہمارے نوجواں
ڈاک خانے میں ہیں جب آتے لفافہ ڈالنے
اس قدر دیتے ہیں وہ دھوکا ہمیں
کہ نظر آتے ہیں ہم کو عورتیں

(زوروں کی داد دی جاتی ہے۔ ہر طرف سے مرحبا۔ بھئی کمال کر دیا، کے نعرے بلند ہوتے ہیں۔ مرزا غالبؔ کی سراسیمگی ہر لمحہ بڑھتی جا رہی ہے۔)

ن۔م۔ارشد: اب میں ہندوستان کے مشہور شاعر پروفیسر غیظ سے درخواست کروں گا کہ

وہ اپنے تازہ افکار سے ہمیں نوازیں۔

پروفیسر غیظ: میں نے تو کوئی نئ چیز نہیں لکھی۔

ہیرا جی: تو پھر وہی نظم سنا دیجیے جو پچھلے دنوں ریڈیو والوں نے آپ سے لکھوائی تھی

پروفیسر غیظ: آپ کی مرضی تو وہی سن لیجیے۔عنوان ہے ''لگائی''

فون آیا ہے دلِ زار! نہیں فون نہیں
سائیکل ہوگا، کہیں اور چلا جائے گا
ڈھل چکی رات اترنے لگا کھمبوں کا بخار
کمپنی باغ میں لنگڑانے لگے سرد چراغ
تھک گیا رات کو چلا کے ہر اک چوکیدار
گل کرو دامن افسردہ کے بوسیدہ داغ
یاد آتا ہے مجھے سرمۂ دنبالہ دار
اپنے بے خواب گھروندے ہی کو واپس لوٹو
اب یہاں کوئی نہیں کوئی نہیں آئے گا

(نظم کے دوران میں اکثر مصرعے دو دو بلکہ چار چار بار پڑھوائے جاتے ہیں اور پروفیسر غیظ بار بار مرزا غالبؔ کی طرف دادطلب نگاہوں سے دیکھتے ہیں۔مرزا غالبؔ مبہوت ہیں۔)

م۔ن۔ارشد: حضرات میرے خیال میں یہ کوئی عشقیہ نظم نہیں ہے بلکہ اس میں شاعر نے ملک کے اینٹی فاشسٹ جذبے کو خوب نبھایا ہے۔

رفیق احمد: **(سرگوشی کے انداز میں ہیرا جی سے)** بکواس ہے!

م۔ن ارشد: اب ہیرا جی اپنا کلام پڑھیں گے۔

ہیرا جی: میری نظم کا عنوان ہے۔''بینگن''

غالب: بینگن؟

ہیرا جی: بینگن۔اگر آپ آم کی صفت میں قصیدہ لکھ سکتے ہیں تو کیا بندہ بینگن پر نظم لکھنے کا حقدار نہیں۔

غالبؔ : معاف کیجیے گا، نظم پڑھیے۔

ہیراجی: عرض کیا ہے:

چنچل بینگن کی چھب نیاری
رنگ میں تم ہو کرشن مراری
جان گئی ہیں سکھیاں پیاری
رادھا رانی آ ہی گئی تو
کرشن کنہیا ڈھونڈھ رہے ہیں
لیکن میں تو بھول چکا ہوں
بینگن سے یہ بات چلی تھی
بھوک لگی ہے کتنی ہائے
جی میں ہے اک بھون کے بینگن
کھاؤں لیکن رادھا پیاری
رنگ کو اس کے دیکھ کے مجھ کو
یاد آتے ہیں کرشن مراری
اس لیے بھوکا رہنا بہتر۔
چونکہ میں ہوں پریم پجاری

(ہر طرف سے داد دی جاتی ہے بعض شعرا یہ کہتے ہوئے سنے جاتے ہیں بھئی جدید شاعری ہیراجی کا ہی حصہ ہے۔)

م۔ن۔ارشد: اب جناب بکرماجیت صاحب ورما سے استدعا کی جاتی ہے کہ اپنا کلام سنائیں۔

بکرماجیت ورما: میں نے حسب معمول کچھ گیت لکھے ہیں۔

غالبؔ : **(حیران ہو کر)** شاعر اب گیت لکھ رہے ہیں۔ میرے اللہ! دنیا کدھر جا رہی ہے۔

بکرماجیت ورما: مرزا! آپ کے زمانے میں گیت شاعری کی ایک باقاعدہ صنف قرار نہیں

دیئے گئے تھے۔ دور جدید کے شعرا نے انھیں ایک قابل عزت صنف کا درجہ دیا ہے۔

غالبؔ : جی ہاں ہمارے زمانے میں عورتیں، بھانڈ میراثی یا اس قماش کے لوگ گیت لکھا کرتے تھے۔

بکرماجیت: پہلا گیت ہے'' برہن کا سندیس۔'' عرض کیا ہے؛

اڑ جا دیس بدیس رے کوّے اڑ جا دیس بدیس
سن کر تیری کائیں کائیں

غالبؔ : خوب، سن کر تیری کائیں کائیں!

بکرماجیت ورما: عرض کیا ہے

سن کر تیری کائیں کائیں
آنکھوں میں آنسو بھر آئیں
بول یہ تیرے من کو بھائیں
مت جانا پردیس رے کوّے اڑ جا دیس بدیس۔

م۔ن ارشد: بھئی۔ کیا اچھوتا خیال ہے۔ پنڈت صاحب۔ میرے خیال میں ایک گیت آپ نے کبوتر پر بھی لکھا تھا۔ وہ بھی مرزا کو سنا دیجئے۔

بکرماجیت: سنئے پہلا بند ہے؛ بول کبوتر بول!

دیکھ کوئلیا کوک رہی ہے
من میں میرے ہوک اٹھی ہے
کیا تجھ کو بھی بھوک لگی ہے
بول غٹرغوں بول کبوتر
بول کبوتر بول

باقی شعرا: (ایک زبان ہو کر) بول کبوتر۔ بول کبوتر۔ بول کبوتر بول۔

(اس اثنا میں مرزا غالبؔ نہایت گھبراہٹ اور سراسیمگی کی حالت میں دروازے کی طرف دیکھتے ہیں۔)

بکرما جیت ورما: اب دوسرا بند سنئے:۔

بول کبوتر بول!
کیا میرا ساجن کہتا ہے
کیوں مجھ سے روٹھا رہتا ہے
کیوں میرے طعنے سہتا ہے
بھید یہ سارے کھول کبوتر
بول کبوتر بول!

باقی شعرا: (یک زبان ہوکر) بول کبوتر۔ بول کبوتر۔ بول کبوتر۔ بول۔

(اس شور وغل کی تاب نہ لاکر مرزا غالبؔ بھاگ کر کمرے سے باہر نکل جاتے ہیں۔)

(یووک بھارتی: جماعت بارھویں۔۱۹۹۵ء)

استاد مرحوم

ابنِ انشا

اللہ دین نام تھا اور چراغ تخلص۔ وطن مالوف ریواڑی جوگڑ گاؤں کے مردم خیز ضلع میں اہلِ کمال کی ایک بستی ہے اور آم کے اچار کے لیے مشہور۔ وہاں دھنیوں کے محلے میں ان کی خاندانی حویلی کے آثار اب تک موجود ہیں۔ نگڑ دادا ان کے اپنے فن کے خاتم تھے۔ شاہ غازی اورنگ زیب عالمگیر نے شہرہ سنا تو خلعت و پارچہ دے کر دلّی بلوایا اور اپنی محل سرا کے لحاف بھرنے پر مامور کیا۔ اللہ دین نام تھا لیکن نداف الملک کے خطاب سے مشہور تھے۔ دلّی میں یہ بارہ برس رہے۔

وجاہت خاندانی کے ساتھ دولت روحانی بھی استاد مرحوم کو ورثے میں ملی تھی۔ ننھیال کی طرف سے سولھویں پشت میں ان کا سلسلہ نسب نوگزے پیر سے جا ملتا ہے جن کا مزارِ اقدس پاکستان اور ہندوستان کے قریب قریب ہر بڑے شہر میں موجود ہے اور زیارت گہِ خاص و عام ہے۔ انھی دونوں نسبتوں کا ذکر کر کے کبھی کبھی کہا کرتے کہ شاعری میرے لیے ذریعہ عزت نہیں۔ اپنے نام کے ساتھ ننگ اسلاف ضرور لکھا کرتے۔ دیکھا دیکھی دوسروں نے بھی انھیں یہی لکھنا شروع کر دیا۔

استاد مرحوم کا پورا نام حضرت شاہ اللہ دین چراغ چشتی نظامی ریواڑوی تھا، ہمیں ہائی اسکول میں اُردو اور فارسی پڑھاتے تھے۔ وطن کی نسبت سے اُردو تو ان کے گھر کی لونڈی تھی ہی، فارسی میں کمال کی وجہ یہ معلوم ہوئی کہ پچیس پشت پہلے ان کے مورثِ اعلیٰ خراسان سے آئے تھے۔ کیوں آئے تھے؟ یہ سوال راقم کے دل میں بھی اکثر اُٹھتا تھا۔ آخر ایک روز موقع دیکھ کر پوچھ لیا اور احتیاطاً وضاحت کر دی کہ مقصد اعتراض نہیں، دریافت معلومات ہے۔ فرمایا۔ بابر کیوں آیا تھا؟ احمد شاہ ابدالی کیوں آیا تھا؟ اب جو راقم نے اس سوال نما

جواب کی بلاغت پر غور کیا تو اپنی کم فہمی پر بے حد شرمندگی ہوئی۔ بابر نہ آتا تو ابراھیم لودھی کس سے شکست کھاتا؟ خاندان مغلیہ کہاں سے آتا؟ اتنی صدیاں ہندوستان کی رعایا بادشاہوں کے بغیر کیا کرتی؟ مالیہ اور خراج کس کو دیتی؟ کچھ ایسی ہی حکمت استاد مرحوم کے مورث اعلیٰ کے ہندوستان آنے میں ضرور ہوگی، جس تک معمولی ذہن کی رسائی نہیں ہوسکتی۔ خیر یہ ذکر تو ضمناً آ گیا۔ مقصود کلام یہ کہ خراسان کی نسبت سے فارسی ایک طرح ان کے گھر کی زبان تھی۔ عربی کے بھی فاضل تھے، اگرچہ باقاعدہ نہ پڑھی تھی۔ عزیزم اسرار احمد کا نکاح خان بہادر ولایت علی کی پوتی سے ہوا تو استاد مرحوم ہی نے نکاح پڑھایا تھا اور کوئی کاغذ پرچہ سامنے رکھے بغیر۔

ماشاء اللہ، استغفر اللہ، نعوذ باللہ، لاحول ولا قوۃ الا باللہ اور ایسے ہی کئی اور عربی کے جملے بے تکان بولتے تھے۔ خیر خراسان بھی کہیں عرب ہی کی طرف کو ہے۔ لہٰذا عربی پر ان کا عبور جائے تعجب نہیں۔ ہاں انگریزی کی لیاقت جو انھوں نے ازخود پیدا کی تھی، اس پر راقم کو بھی حیرت ہوتی تھی۔ ایک بار ایک دیہاتی منہ اٹھائے ان کی کلاس میں گھس آیا، حضرت نے فوراً انگریزی میں حکم دیا۔ گیٹ آؤٹ۔ اسے تعمیل کرتے ہی بنی۔ علاقے کا مال افسر انگریز تھا۔ ایک روز اسکول میں نکل آیا اور آدھا گھنٹہ گفتگو کرتا رہا۔ استاد مرحوم برابر سمجھتے گئے اور سر ہلاتے گئے۔ بیچ بیچ میں موقع بہ موقع یس یس اور پلیز پلیز بھی کہتے جاتے تھے۔ پرانے بزرگوں سر سید، حالی، شبلی وغیرہ کے متعلق سنا ہے کہ انگریزی سمجھتے خوب تھے لیکن بولنا پسند نہ کرتے تھے۔ ہمارے استاد کا بھی یہی عمل تھا۔ ہمیں انگریزی میں ان کے تبحر کا پہلے علم نہ تھا۔ ہوا یہ کہ ایک روز ہماری انگریزی کی کلاس میں نکل آئے اور پوچھا لڑکو بتاؤ تو ماش کی دال کو انگریزی میں کیا کہتے ہیں؟ سب چپ۔ کون بتاتا۔ پھر سوال کیا۔ کریلے کی انگریزی کیا ہے؟ یہ بھی کوئی نہ بتا سکا۔ سب ایک دوسرے کا منہ تکنے لگے۔ آخر استاد مرحوم نے بتایا اور 'انگلش ٹیچر' کھول کر اس کی تصدیق بھی کرا دی۔ یہ کتاب جو انگریزی کے علم کا قاموس ہے، سفر و حضر میں استاد مرحوم کے ساتھ رہتی تھی اور بڑے بڑے انگریزی دان ان کے سامنے آنے سے کتراتے تھے کہ جانے کب کس ترکاری کا

انگریزی نام پوچھ لیں۔ انگریزی تحریر پر ان کی قدرت کا اندازہ اس سے کیا جا سکتا ہے کہ دستخط انگریزی ہی میں کرتے تھے۔

استاد مرحوم نے اہل زبان ہونے کی وجہ سے طبیعت بھی موزوں پائی تھی اور ہر طرح کا شعر کہنے پر قادر تھے۔ اُردو فارسی میں ان کے کلام کا بڑا ذخیرہ موجود ہے جو غیر مطبوعہ ہونے کی وجہ سے اگلی نسلوں کے کام آئے گا۔ اس علم و فضل کے باوجود انکساری کا یہ عالم تھا کہ ایک بار اسکول میگزین میں جس کے یہ نگراں تھے، ایڈیٹر نے استاد مرحوم کے متعلق لکھ دیا کہ وہ سعدی کے ہم پلہ ہیں۔ انھوں نے فوراً اس کی تردید کی۔ اسکول میگزین کا یہ پرچہ ہمیشہ اپنے پاس رکھتے اور ایک ایک کو دکھاتے کہ دیکھو لوگوں کی میرے متعلق یہ رائے ہے، حالانکہ من آنم کہ من دانم۔ ایڈیٹر کو بھی جو دسویں جماعت کا طالب علم تھا، بلا کر فہمائش کی کہ عزیزی یہ زمانہ اور طرح کا ہے۔ ایسی باتیں نہیں لکھا کرتے۔ لوگ مردہ پرست واقع ہوئے ہیں، حسد کے مارے جانے کیا کیا کہتے پھریں گے۔

اہل علم خصوصاً شعرا کے متعلق اکثر یہ سنا ہے کہ ہم عصروں اور پیشروؤں کے کمال کا اعتراف کرنے میں بخل سے کام لیتے ہیں۔ استاد مرحوم میں یہ بات نہ تھی بہت فراخ دل تھے۔ فرماتے، غالبؔ اپنے زمانے کے لحاظ سے بہت اچھا لکھتا تھا۔ میرؔ کے بعض اشعار کی بھی تعریف کرتے۔ امیر خسروؔ کے بھی معترف تھے۔ برملا کہتے کہ ذہین آدمی تھے اور ان کی کہہ مکرنیاں ہمیشہ یادگار رہیں گی۔ امیر خسرو کی ایک غزل استاد مرحوم کی ایک غزل کی زمین میں ہے۔ فرماتے، انصاف یہ ہے کہ پہلی نظر میں فیصلہ کرنا دشوار ہو جاتا ہے کہ ان میں سے کون سی بہتر ہے۔ پھر بتاتے کہ امیر خسرو مرحوم سے کہاں کہاں محاورے کی لغزش ہوئی ہے۔ اقبالؔ کے متعلق کہتے تھے کہ سیالکوٹ میں ایسا شاعر اب تک پیدا نہ ہوا تھا۔ اس شہر کو ان کی ذات پر فخر کرنا چاہیے۔ ایک بار بتایا کہ اقبالؔ سے میری خط و کتابت بھی رہی ہے دو تین خط علامہ مرحوم کو انھوں نے لکھے تھے کہ کسی کو ثالث بنا کر مجھ سے شاعری کا مقابلہ کر لیجیے۔ راقم نے پوچھا نہیں کہ ان کا جواب آیا کہ نہیں۔

استاد مرحوم کو عموماً مشاعروں میں نہیں بلایا جاتا تھا کیونکہ سب پر چھا جاتے تھے اور

اچھے اچھے شاعروں کو خفیف ہونا پڑتا۔ خود بھی نہ جاتے تھے کہ مجھ فقیر کو ان ہنگاموں سے کیا مطلب۔ البتہ حویلی کا مشاعرہ ہوا تو ہمارے اصرار پر اس میں شریک ہوئے اور ہر چند کہ مدعو نہ تھے منتظمین نے ہاتھوں ہاتھ لیا۔ دیوانہ کسمنڈوی، خیال گڑگانوی اور حسرت بانس بریلوی جیسے اساتذہ اسٹیج پر موجود تھے۔ اس کے باوجود استاد مرحوم کو سب سے پہلے پڑھنے کی دعوت دی گئی۔ وہ منظر اب تک راقم کی آنکھوں میں ہے کہ استاد نہایت تمکنت سے ہولے ہولے قدم اٹھاتے مائیک پر پہنچے اور ترنم سے اپنی مشہور غزل پڑھنی شروع کی۔

ہے رشتہ غم اور دل مجبور کی گردن
ہے اپنے لیے اب یہ بڑی دور کی گردن

ہال میں ایک سناٹا چھا گیا۔ لوگوں نے سانس روک لیے۔ استاد مرحوم نے داد کے لیے صاحب صدر کی طرف دیکھا لیکن وہ ابھی تشریف نہ لائے تھے، کرسی صدارت خالی پڑی تھی۔ دوسرا شعر اس سے بھی زوردار تھا:

صد حیف کہ مجنوں کا قدم اٹھ نہیں سکتا
اور دار پہ ہے حضرت منصور کی گردن

دوسرا مصرع تمام نہ ہوا تھا کہ داد کا طوفان پھٹ پڑا۔ مشاعرے کی چھت اُڑنا سنا ضرور تھا، دیکھنے کا اتفاق آج ہوا۔ اب تک شعرا ایک شعر میں ایک مضمون باندھتے رہے ہیں وہ بھی بمشکل۔ اس شعر میں استاد مرحوم نے ہر مصرع میں ایک مکمل مضمون باندھا ہے اور خوب باندھا ہے۔ لوگ اسٹیج کی طرف دوڑے۔ غالباً استاد مرحوم کی پابوسی کے لیے۔ لیکن رضا کاروں نے انھیں باز رکھا۔ اسٹیج پر بیٹھے استادوں نے جو یہ رنگ دیکھا تو اپنی غزلیں پھاڑ دیں اور اٹھ گئے۔ جان گئے تھے کہ اب ہمارا رنگ کیا جمے گا۔ ادھر لوگوں کے اشتیاق کا یہ عالم تھا کہ تیسرے شعر پر ہی فرمائش ہونے لگی۔ مقطع پڑھیے۔ مقطع پڑھیے... چوتھے شعر پر مجمع بے قابو ہو رہا تھا کہ صدر جلسہ کی سواری آ گئی اور منتظمین نے بہت بہت شکریہ ادا کر کے استاد مرحوم کو بغلی دروازے کے باہر چھوڑ کر اجازت چاہی۔ اب ضمناً ایک لطیفہ سن لیجیے جس سے اخبار والوں کی ذہنیت عیاں ہوتی ہے۔ دوسری صبح روزنامہ 'پتنگ'

کے رپورٹر نے لکھا کہ جن استادوں نے غزلیں پھاڑ دی تھیں، وہ یہ کہتے بھی سنے گئے کہ عجب نامعقول مشاعرے میں آگئے ہیں۔ لوگوں کی بے محابا داد کو اس بد باطن نے ہوٹنگ کا نام دیا اور استاد مرحوم کے اس مصرع کو

صد حیف کہ مجنوں کا قدم اٹھ نہیں سکتا

بوجہ لاعلمی یا شرارت بجائے تو ارد کے سرقہ قرار دیا۔ بات فقط اتنی تھی کہ منتظمین نے ایڈیٹر پتنگ کے اہل خانہ کو مشاعرے کے پاس معقول تعداد میں نہ بھیجے تھے۔ اگر یہ بات تھی تو اسے منتظمین کے خلاف لکھنا چاہیے تھا نہ کہ استاد مرحوم کے خلاف اور پھر اس قسم کے فقروں کا کیا جواز ہے کہ استاد چراغ شعر نہیں پڑھ رہے تھے روئی دُھن رہے تھے۔ صحیح محاورہ روئی دھنا نہیں روئی دھنکنا ہے۔

اس دن کے بعد سے مشاعرے والے استاد مرحوم کا ایسا ادب کرنے لگے کہ استاد اپنی کریم النفسی سے مجبور ہو کر پیغام بھجوا دیتے کہ میں شریک ہونے کے لیے آرہا ہوں تو وہ خود معذرت کرنے کے لیے دوڑے آتے کہ آپ کی صحت اور مصروفیات اس کی اجازت نہیں دیتیں۔ استاد تو استاد ہیں۔ ہمیں ان کے ناچیز شاگردوں کو بھی رقعہ آجاتا کہ معمولی مشاعرہ ہے۔ آپ کے لائق نہیں، زحمت نہ فرمائیں۔

استاد مرحوم کو رباعی، قصیدہ، غزل وغیرہ کے علاوہ تضمین سے خاص دلچسپی تھی۔ میونسپلٹی کے چیئرمین کے بچے کے ختنے پر جو دھوم دھامی مشاعرہ ہوا۔ اس کے لیے آپ نے غالبؔ کی غزل کی مخمس میں تضمین کی تھی۔ اس پر بے انتہا داد ملی۔ جب یہ بند کے چوتھے اور پانچویں مصرع پر آتے لوگ سبحان اللہ اور جزاک اللہ کے ڈونگرے برساتے۔

یہ سچ ہے کہ استاد مرحوم کا نام اتنا مشہور نہ ہوا جتنا ان کے ہمعصروں اقبالؔ، حفیظؔ، جوشؔ وغیرہ کا۔ بات یہ ہے کہ یہ زمانہ پروپیگنڈے کا ہے اور استاد مرحوم نام ونمود اور چھپنے چھپانے کے قائل نہ تھے۔ ایک بار راقم نے استاد مرحوم کے ایما پر ان کی کچھ غزلیں مختلف رسالوں کو بھجوائی تھیں۔ ان میں سے ایک لالہ چونی لال خستہؔ کے ریواڑی گزٹ میں آب وتاب سے چھپی لیکن باقی واپس آگئیں۔ آئندہ کے لیے منع کر دیا اور اپنی طرف اشارہ کر

کے یہ شعر پڑھا:

اے تماشہ گاہِ عالم روئے تو !

تو کجا بہرِ تماشہ می روی

یہی حال ان کے مجموعوں کا ہوا۔ اپنا کلام مضبوط ولائتی کاغذ پر لکھتے تھے اور جب پورا رجسٹر ہوجاتا تو اس کی جلد بندھوا کر جلد اوّل، جلد دوم وغیرہ لکھ کر الماری میں سجا دیتے۔ مولانا کے ہاں مخطوطات کا بہت بڑا ذخیرہ تھا اور ایک بات میں تو یہ ذخیرہ برٹش میوزیم، انڈیا آفس، خدا بخش لائبریری وغیرہ کے ذخیروں سے بھی ممیّز اور فائق سمجھنا چاہیے۔ ان کتب خانوں میں سب مخطوطات پرانے زمانے کے ہیں۔ بعض تو ہزار ہزار سال پرانے۔ خستہ اور بدرنگ۔ ہاتھ لگاؤ تو مٹی ہو جائیں لیکن استاد مرحوم کے سبھی مخطوطات نہایت اچھی شکل میں تھے اور زیادہ تر ان کے اپنے ہاتھ کے لکھے ہوئے بیسویں صدی کے، مخطوطات کا اتنا بڑا ذخیرہ غالباً کسی کے پاس نہ ہوگا۔ استاد کی چیزیں جو طباعت کے عیب سے آلودہ نہ ہوئیں، اسے بھی راقم مصلحت خداوندی سمجھتا ہے۔ اگر سبھی چیزیں چھپ جایا کریں تو قلمی نسخے کہاں سے آیا کریں اور قلمی نسخے نہ ہوں تو لوگ ریسرچ کس چیز پر کریں اور ریسرچ نہ ہو تو ادب کی ترقی رک جائے اور پی ایچ ڈی نقاد پیدا ہونے بند ہوجائیں۔

راقم نے ایک بار عرض کیا کہ ان نوادر کو تو کسی ریسرچ لائبریری میں ہونا چاہیے۔ فرمایا۔ میرا اپنا یہی خیال تھا اور میں نے پنجاب یونیورسٹی لائبریری کو لکھا بھی تھا اور مسودات کی فہرست منسلک کی تھی۔ ان بیچاروں نے شکریہ ادا کیا۔ لیکن معذرت کی کہ فی الحال ہماری لائبریری میں جگہ کی کمی ہے البتہ نعمت اللہ کباڑی مرحوم کہ دہلی کے ایک علم دوست گھرانے سے تعلق رکھتے تھے اکثر ان کے گھر کے چکر کاٹتے تھے اور مخطوطات جدیدہ ومفیدہ کا یہ سارا ذخیرہ اٹھانے کو تیار رہتے تھے۔ اماں بی یعنی استاد مرحوم کی منجھلی اہلیہ نے کئی بار کہا بھی کہ اس وقت اچھا بھاؤ جا رہا ہے، تلوا دو لیکن استاد مرحوم نے کبھی لالچ گوارا نہ کیا۔ جواب دیا تو یہی کہ میرا مقصد جلب منفعت نہیں، خدمت ادب ہے۔

استاد مرحوم کا خط نہایت پاکیزہ اور شکستہ تھا۔ کسی خاص صنعت میں لکھتے تھے جس کا نام اس وقت راقم کے ذہن سے اتر گیا ہے۔ خوبی اس کی یہ ہے کہ صرف لکھنے والا اسے پڑھ سکتا ہے۔ راقم التحریر کے املا میں بھی جو لوگوں کو یہ خصوصیت نظر آتی ہے، ادھر ہی کا فیضان ہے۔

طبیعت میں ایجاد کا مادہ تھا۔ لکیر کے فقیر نہ تھے۔ اب اسی لفظ فیضان کو لیجیے۔ اسے وہ 'ظ' سے لکھتے تھے۔ ایک بار طوطارام صیاد نے اس پر اعتراض بھی کیا۔ یہ صاحب ہوشیار پور کے رہنے والے تھے اور معمولی تعلیم یافتہ تھے۔ استاد مرحوم نے چمک کر جواب دیا، یہ ہماری زبان ہے پیارے، ہم جیسا لکھیں گے وہی سند ہوگا۔ ماسٹر جی اپنا سا منہ لے کر رہ گئے۔ بعد میں راقم کو استاد مرحوم نے ایک مستند قلمی نسخے میں فیضان ظ سے لکھا ہوا دکھایا۔ اس نسخے کا نام یاد نہیں۔ لیکن کم از کم پچیس سال پرانا ہوگا اور خود استاد مرحوم کے ہاتھ کا لکھا ہوا تھا۔ ان شہادتوں کے باوجود وسیع القلب اتنے تھے کہ آخر عمر میں فرمایا کرتے "ض سے لکھنا بھی غلط نہیں۔" اسی طرح بہت سے اور الفاظ تھے۔ جن کا تلفظ اور املا وہ رواجِ عام سے ہٹ کر کرتے تھے۔ کوئی انگشت نمائی کرتا تو جواب دیتے کہ ہمارے گڑگاؤں میں یونہی لکھتے اور بولتے ہیں۔ معترض چپ ہو جاتا۔

استاد مرحوم کے اوصاف حمیدہ کا حال لکھنے کے لیے ایک دفتر چاہیے۔ اس مضمون میں اس کی گنجائش نہیں، مختصر یہ کہ دریا دل آدمی تھے۔ کوئی شخص کوئی چیز پیش کرتا تو کبھی انکار نہ کرتے۔ دوسری طرف اس بات کا خیال رکھتے کہ کسی کے جذبات کو ٹھیس نہ لگے۔ کوئی سائل یا حاجتمند آتا تو نہ صرف یہ کہ خود کچھ نہ دیتے، دوسروں کو بھی منع کر دیتے تھے کہ یہ بھی تمھاری طرح انسان ہے، اس کی خودداری مجروح ہوگی۔ اس شخص کو پند و نصائح سے مطمئن کر کے بھیج دیتے۔

استاد مرحوم کی طبیعت خوشامد سے نفور تھی۔ راقم کو معلوم نہیں کہ محکمہ تعلیم کے افسروں اور ڈپٹی کمشنر کے علاوہ، کہ حاکم ضلع ہونے کے لحاظ سے اولوالامر کی تعریف میں آتے ہیں، انھوں نے کبھی کسی کا قصیدہ کہا ہو البتہ کسی افسر یا سیٹھ کے ہاں شادی ہو تو سہرا کہہ کر لے

جاتے اور ترنم سے پڑھ کر سناتے۔ فرماتے یہ وضعداری ہے۔ اس کا انعام کسی نے دے دیا تو لے لیا ورنہ اصرار نہ کرتے۔ اشاعت تعلیم سے دلچسپی تھی، چنانچہ ہیڈ ماسٹر صاحب اور انسپکٹر تعلیمات کے بچوں کو پڑھانے جایا کرتے تھے۔

استاد مرحوم کا مسلک صُلحِ کل تھا۔ جس زمانے میں مولوی محمد عمر انسپکٹر تعلیمات تھے یہ تنظیم اہل سنت کے جلسوں میں باقاعدگی سے شریک ہوتے تھے۔ ان کی جگہ ظلّ حسنین امروہوی آئے تو اِن کو تنظیم سے شکایتیں پیدا ہوگئیں۔ اور اثنا عشری مسجد میں دیکھے جانے لگے۔ اہل بیت کے جو مرثیے ان کے دیوان میں ہیں، اسی زمانے کے ہیں۔ کچھ دنوں قاضی نور احمد کا تقرر بھی اس خدمت پر رہا، یہ قادیانی احمدی تھے۔ استاد مرحوم ان دنوں برملا فرماتے کہ مجھے تو اگر اسلام کی سچی روح کہیں نظر آتی ہے تو انہی کے ہاں۔ اس سال عید کی نماز انھوں نے احمدیوں کی مسجد میں پڑھی۔ فرماتے سبھی خدا کے گھر ہیں، کوئی فرق نہیں۔ پنڈت رادھے شیام ہیڈ ماسٹر ان سے ہمیشہ خوش رہے۔ انھیں استاد مرحوم ہی سے معلوم ہوا تھا کہ کرشن جی باقاعدہ نبی تھے اور توارات میں ان کی آمد کا ذکر ہے۔

موسیقی سے شغف تھا اور گلے میں نور بھی تھا، لیکن محلے والے اچھے نہیں تھے۔ استاد کی خواہش تھی کہ شہر سے باہر تنہا کوئی مکان ہو تو دل جمعی سے تکمیل شوق کریں۔ ویسے کبھی کبھی محفل میں ہارمونیم لے کر بیٹھ جاتے تھے کہ یہی ان کا محبوب ساز تھا۔ اور سہگل مرحوم کی مشہور غزل ''نکتہ چیں ہے غم دل اس کو سنائے نہ بنے''، سنانی شروع کر دیتے۔ ایسے موقع پر نکتہ شناس لوگ آنکھوں ہی آنکھوں میں اشارے کر کے ایک ایک کر کے اُٹھ جاتے کیونکہ اس فن کے ریاض کے لیے تنہائی ضروری ہے۔

استاد مرحوم ہاتھ دیکھنے میں یدطولیٰ رکھتے تھے اور طبیب حاذق بھی تھے۔ آخر میں طبابت تو انھوں نے ترک کر دی تھی۔ کیونکہ ایک مریض کے رشتہ داروں نے جو ان کے زیر علاج تھا اور ان کی تیر بہدف دوا 'حکمی' کی ایک خوراک کھانے کے بعد خالق حقیقی سے ملا تھا، بے وجہ ایک فساد کھڑا کر دیا تھا اور نوبت پولیس تھانے تک پہنچی تھی۔ دست شناسی کا شوق البتہ جاری رہا۔ طبابت کی طرح اس فن میں بھی نہ کسی کے شاگرد تھے نہ کوئی کتاب

پڑھی۔ خود فرماتے مبداءِ فیاض کی دین ہے۔ ماضی کا حال نہایت صحت سے بتاتے۔ لیکن اجنبیوں کا ہاتھ دیکھنا پسند نہ کرتے تھے۔ انہی سے کھلتے جن سے دیرینہ واقفیت اور رسم وراہ ہوتی۔ مستقبل کے بارے میں ان کا اصول تھا کہ لوگوں کو صحیح بات نہ بتانی چاہیے۔ ورنہ ان کا تقدیر اور عالم غیب پر سے ایمان اُٹھ جاتا ہے۔ اس فن سے ان کی آمدنی خاصی تھی اور اسی پر قانع تھے۔ اسکول کی تنخواہ بچا کر خدا کی راہ میں لوگوں کو سود پر دے دیتے تھے۔

ایسی دیدہ زیب شخصیتیں چشم فلک نے کم ہی دیکھی ہوں گی جیسے استاد چراغ رحمتہ اللہ علیہ تھے۔ قد پانچ فٹ سے بھی نکلتا ہوا، جسم بھرا بھرا خصوصاً کمر کے آس پاس۔ سر پر میل خورے کپڑے کی ٹوپی اور اس کے ساتھ کی شیروانی۔ راقم نے کبھی ان کو ٹوپی کے بغیر نہ دیکھا۔ ایک بار خود ہی فرمایا کہ ایک تو یہ خلاف تہذیب ہے۔ دوسرے بچے ٹھونگیں مارتے ہیں۔ ٹانگیں چھوٹی چھوٹی تھیں، جس کی وجہ سے چال میں بچوں کی سی معصومیت تھی۔ رنگ سرمئی۔ آنکھیں سرخ وسفید اور پھر جلال ایسا کہ مائیں دیکھ کر بچوں کو چھپا لیتی تھیں۔ دانت تمباکو خوری کی کثرت سے شہید ہو گئے تھے۔ لہٰذا تمباکو چھوڑ دیا تھا۔ فقط نسوار کا شوق رکھا تھا۔ چشمہ لگاتے تھے، لیکن ہماری طرح چشمے کے غلام نہ تھے، بالعموم اس کے اوپر سے دیکھتے تھے۔ سرخ کمر بند میں چابیوں کا گچھا چاندی کے گھنگھروؤں کی طرح بجتا۔ دور ہی سے معلوم ہو جاتا کہ حضرت تشریف لا رہے ہیں۔ ایک ہاتھ میں چھ انگلیاں تھیں، اس لیے گیارہ تک بآسانی گن لیتے تھے۔ حواس پر ایسا قابو تھا کہ جس محفل میں چاہتے بیٹھے بیٹھے سو جاتے اور خراٹے لینے لگتے۔ پھر آپ ہی آپ اُٹھ بھی بیٹھتے۔ کھانے کا شوق ہمیشہ سے تھا۔ خصوصاً دعوتوں میں۔ فرماتے کھانے میں دو خوبیاں ہونی چاہئیں۔ اچھا ہو اور بہت ہو۔ کھانے کے آداب کا ذکر کرتے تو فرماتے کہ سب سے پہلے شروع کرو اور سب سے آخر میں ختم کرو۔ جس ضیافت میں استاد مرحوم ہوتے، لوگ کھاتے کم اور ان کی طرف رشک سے دیکھتے زیادہ تھے۔ لیکن یہ جوانی کی باتیں ہیں۔ آخر عمر میں پرہیزی کھانا کھانے لگے۔ میزبان کے ہاں پہلے سے کہلوا دیتے کہ یخنی وغیرہ کا انتظام کر لینا اور میٹھے میں سوائے حلوے کے اور کچھ نہ ہو۔ چوزے کے متعلق فرماتے کہ زود ہضم ہے۔ خون صالح

پیدا کرتا ہے، دال سے احتراز فرماتے کہ نفخ پیدا کرتی ہے۔

بذلہ سنجی استاد مرحوم کی طبیعت میں ایسے تھی جیسے باجے میں راگ، جیسے تلوار میں جوہر۔ ''لطائف بیربل و ملا دو پیازہ'' کے سب لطیفے نوک زبان تھے۔ ان سے محفلوں کو گرماتے تھے۔ سچ تو یہ ہے کہ لطیفوں کی تخصیص نہیں، لوگ ان کی دوسری باتوں پر بھی ہنستے تھے۔

ایسا بڑا آدمی اور سادگی کا یہ عالم کہ کبھی خیال نہ کیا کہ لباس میلا ہے یا پیوند لگا ہے۔ فرماتے انسان کا مَن اُجلا ہونا چاہیے تن تو ایک عارضی چولا ہے۔ اس مضمون کا کبیر کا ایک دوہا بھی پڑھتے۔ کپڑا پہننے کا سلیقہ تھا۔ ایک کالی اچکن کو پورے بیس سال تک چلایا۔ جب سردی آتی، اس کو جھاڑ کر پہن لیتے۔ فرماتے کپڑے کے دشمن دو ہیں، دھوبی اور استری۔ واقعی سچ ہے۔ یہ اچکن جو آخر میں ملگجے رنگ کی ہوگئی تھی اور دور سے چرمی نظر آتی تھی، دھوبی اور استری کے ہتھے چڑھ جاتی تو کبھی کی غارت ہوگئی ہوتی۔ ایک روز اسے پہنے راقم کے ہمراہ کسی قوالی میں جا رہے تھے۔ قوالی کرنے نہیں، سننے، کہ چوراہے پر رکنا پڑا۔ ایک مردشریف نے نہ جانے کیا خیال کر کے ان کے ہاتھ پر ٹکا رکھ دیا۔ راقم کچھ کہنے کو تھا کہ استاد مرحوم نے اشارے سے منع کر دیا اور ٹکا جیب میں ڈال لیا۔ یہی حال جوتے کا تھا۔ فرماتے جوتا ایسی چیز ہے کہ کبھی ناکارہ ہو ہی نہیں سکتا۔ تلا پھٹ جاتا تو نیا لگوا لیتے۔ اوپر کا حصہ پھٹ جاتا تو اسے بدلوا لیتے۔ ڈاڑھی مہاراجا رنجیت سنگھ کی طرح پُررُعب، گھنی اور لمبی، اسے ترشواتے نہیں تھے۔ فرماتے خدا کا نور ہے۔ بعض لوگوں کو گمان تھا کہ پیسہ بچانے کے لیے ایسا کرتے ہیں۔ لیکن یہ غلط ہے۔ ان کے پاس پیسے بہت تھے اور جمع کرنے کا شوق بھی تھا۔ لیکن پیسے کی طمع ان میں نہ تھی۔

استاد مرحوم یوں تو اپنے سبھی شاگردوں سے محبت کرتے تھے۔ حاجی امام دین سوختہ بیکری والے۔ خلیفہ اے۔ڈی۔ مقراض مالک جنٹلمین ہیر کٹنگ سیلون۔ حسین بخش مدعی، عرائض نویس وغیرہ سبھی ان کے اخلاق حسنہ اور الطاف عمیم کی گواہی دیں گے لیکن راقم سے ان کو ربط خاص تھا۔ فرماتے میرے علم و فضل کا صحیح جانشین تو ہوگا۔ رات کا کھانا اکثر راقم

کے ساتھ کھاتے اور وقت کی پابندی کا لحاظ اس درجہ تھا کہ ادھر ہم دسترخوان پر بیٹھے ادھر استاد مرحوم پھاٹک سے نمودار ہوئے۔ بچوں سے لگاؤ تھا۔ جو بچہ ہمت کر کے ان کے قریب آتا انعام پاتا۔ ایک بار راقم کے بڑے بھتیجے کو ایک اکنی دی تھی۔ وہ اب تک استاد مرحوم کی یادگار کے طور پر رکھے ہوئے ہے۔

ایک دن فرمایا۔ ایک بات کہوں؟ راقم نے عرض کیا۔ فرمایئے۔ بولے جھوٹ تو نہ سمجھو گے؟ راقم نے کہا۔ خانہ زاد کی کیا مجال! فرمایا۔ تو کان کھول کر سنو۔ میری نظر میں تم جوشؔ، جگرؔ وغیرہ بلکہ آج کل کے سبھی شاعروں سے اچھا لکھتے ہو۔ راقم نے آبدیدہ ہو کر ان کے ہاتھ کو بوسہ دیا اور عرض کیا کہ سب آپ کا فیض ہے، ورنہ بندہ کچھ بھی نہ تھا۔ قارئین اسی سے اندازہ کر سکتے ہیں کہ استاد مرحوم کی نظر کتنی گہری تھی اور رائے کتنی صائب۔ ان کا یہ قول راقم نے اکثر لوگوں کو سنایا۔ بعضوں نے جو انصاف پسند تھے، اعتراف کیا کہ ہاں ایسے استاد کا ایسا شاگرد کیوں نہ ہو۔ کچھ ایسے بھی تھے، جنھوں نے کہا کہ یہ بات شاید استاد نے فقط تمھارا دل بڑھانے کو کہی ہو۔ ان سے راقم کیا بحث کرتا، یہی کہا کہ آپ جو فرمائیں بجا ہے لیکن دل میں سوچا کہ جس شخص کو زندگی بھر تملق اور زمانہ سازی سے واسطہ نہ رہا ہو وہ اس بات میں کیوں مبالغہ کرنے لگا اور پھر اپنے ایک ادنیٰ شاگرد کے لیے؟

۱۹۶۳ء عجب ظالم سال تھا۔ اس میں دنیا کو ایک طرف صدر کینیڈی کا داغ دیکھنا پڑا اور دوسری طرف علم و فضل اور جود و سخا کا یہ آفتاب جس نے واقعی چراغ بن کر زمانے کو روشن کیا تھا، غروب ہو گیا۔ عمر عزیز کے ۲۸ برس ابھی پورے نہ ہوئے تھے۔ کچھ دن باقی ہی تھے، ہائے استاد

تم کون سے ایسے تھے کھرے داد و ستد کے
کرتا ملک الموت تقاضا کوئی دن اور

وصال تاندلیانوالہ ہی میں ہوا جہاں استاد مرحوم پاکستان بننے کے بعد مقیم ہو گئے تھے اور گھی کی آڑھت کرتے تھے۔ سنا ہے معمولی بخار ہوا تھا اور ہر چند کہ اپنے ہی مجربات سے علاج کیا، طبیعت بگڑتی ہی گئی۔ راقم کو خبر ملی تو دنیا آنکھوں میں اندھیر ہو گئی۔ بے

ساختہ زبان سے نکلا۔ ''ہائے الہ دین کا چراغ بجھ گیا''۔ عدد گنے تو پورے ۱۳۸۳ھ۔ کیسی برجستہ اور سہل ممتنع تاریخ ہے۔ آج استاد مرحوم زندہ ہوتے تو اس کی داد دیتے۔

اُستاد کے خاندان کی کیفیت بھی مختصر الفاظ میں عرض کر دوں۔ چار شادیاں کی تھیں، پانچویں عمر بھر نہ کی کیونکہ شرع سے انحراف منظور نہ تھا۔ آہ بھر کر فرماتے جب تک چاروں زندہ ہیں، ایک اور کیسے کرلوں۔ شرع میں چار کی اجازت بھی اس شرط کے ساتھ ہے کہ سلوک یکساں ہو۔ سو الحمدللہ کہ چاروں کا سلوک ان سے یکساں تھا۔ لیکن استاد بھی ایسے صابر تھے کہ کبھی حرف شکایت زبان پر نہ لاتے۔ اولاد صرف ایک سے ہوئی۔ امید ہے کہ عزیز مکرم ہدایت علی ان کے فرزند اکبر جو خود بھی موزوں طبع ہیں اور فراغ تخلص کرتے ہیں، اپنے والد کے صحیح جانشین ثابت ہوں گے۔ رسمی تعلیم ان کی زیادہ نہیں۔ صفائے باطن کے مراحل فقیروں کے تکیوں اور قوالی کی محفلوں میں طے کیے۔ یہ معلوم کر کے خوشی ہوئی کہ استاد مرحوم کے وصال کے بعد سر عام شراب پینا انھوں نے ترک کر دیا ہے۔ اور افیم بھی اب اعتدال سے کھاتے ہیں۔ یہ بھی اپنے نامی والد کی طرح روپے کو ہاتھ کا میل سمجھتے ہیں۔ لہٰذا تعزیت کے خط کے جواب میں فوراً پانچ سو روپے منگوا بھیجے۔ راقم نے لکھا کہ عزیزی اس خانوادے پر متاع دل و جان نثار کر چکا ہوں۔ روپیہ کیا پیچھے رہ گیا؟ تم یوں کرو کہ استاد مرحوم کی قبر پر سبز چادر چڑھا کر بیٹھ جاؤ۔ خدا برکت دے گا۔ اور وہیں رزق پہنچا دیا کرے گا۔ اور اگر فتح علی، مبارک علی راضی ہو جائیں تو سبحان اللہ۔ سال کے سال عرس سراپا قدس کا اہتمام بھی کرو۔ معلوم نہیں یہ خط ان کو ملا کہ نہیں کیونکہ پھر جواب نہیں آیا اور راقم کو بھی مکروہات دنیوی سے اتنی فرصت نہ ملی کہ دوبارہ خط لکھتا۔

(یووک بھارتی: جماعت بارھویں۔ ۱۹۹۵ء)

❖❖❖

ہمارا انٹرویو

مشتاق احمد یوسفی

منا باؤ کے اجاڑ اسٹیشن پر دو راتیں تاروں بھرے آسمان کے نیچے گزارنے سے گلا خراب ہو گیا تھا اور محسوس ہوتا تھا گویا حلق میں کوئی بدچلن مینڈک پھنس گیا ہے۔ ذرا منہ کھولتے تو ٹرّانے لگتا۔ بینک کا ہیڈ آفس تلاش کرنے میں کوئی دشواری نہیں ہوئی، ہم نے ایک چھپی ہوئی پرچی پر اپنا نام لکھ کر جنرل مینیجر مسٹر ڈبلو۔ جی۔ ایم اینڈرسن کو بھجوایا۔ تقریب بہر ملاقات کے خانے میں باریک حروف میں ''سرکاری'' لکھ دیا، جس سے ہماری مراد نجی یعنی بسلسلہ ملازمت تھی اور آخر، جلی حروف میں: ''فرستادہ... مسٹر ایم۔ اے۔ اصفہانی، چیئرمین بینک ہٰذا'' سفارش میں لپٹی ہوئی یہ دھمکی ہمارے کام نہ آئی، اس لیے کہ ہمارے بعد آنے والے ملاقاتی جو ہمارے حسابوں ہم سے زیادہ خوش پوش اور حیثیت دار نہ تھے، باری باری شرف باریابی حاصل کرکے رخصت ہو گئے اور ہم سر جھکائے سوچتے ہی رہ گئے کہ مری بار کیوں دیر اتنی کری؟

ڈیڑھ دو گھنٹے بینچ پر انتظار ساغر کھینچنے کے بعد جی میں آئی کہ لعنت بھیجو ایسی ذلت کی نوکری سے بے روزگاری بھلی۔ دیر ہے، اندھیر بھی ہوگا۔ چل خسرؔو گھر آپنے سانجھ بھئی چوندیس۔ مرزا غالبؔ بھی تو فارسی مدرس کی سو روپے ماہوار کی اسامی کے لیے پالکی میں بیٹھ کر ٹامسن کے پاس انٹرویو کے لیے گئے تھے، لیکن الٹے پھر آئے۔ اس لیے کہ وہ ان کی پیشوائی کے لیے باہر نہیں آیا۔ کہاروں سے کہا بس ہو چکی ملاقات، پالکی اٹھاؤ۔ ہم بھی استاد کے تتبع میں واپس پالکی میں سوار ہو رہے تھے کہ اندر والا بولا، ہوش میں آؤ۔ تم کہاں کے دانا ہو، کس ہنر میں یکتا ہو؟ مرزا تو شاعر آدمی ٹھہرے۔ اس کے بعد بھی جب کوئی نواب

گورنر جنرل بہادر نیا آتا تو ایک قصیدہ بطریق نذر گزرانتے رہے اور پنشن کے علاوہ سات پارچے کا خلعت مع جیغہ وسرپیچ و مالائے مروارید برابر وصول کرتے رہے۔ تم کیا کرو گے؟ تم تو صرف نثر میں خوشامد کرنی جانتے ہو۔ پھر واپسی کے لیے باہر پالکی بھی تو نہیں ہے کہ تنتناتے ہوئے بیٹھ کے گھر آ گئے اور راستے میں کہاروں کو کندھا تک نہ بدلنے دیا۔ اور ہاں روزی پر لات مار کر چلے بھی گئے تو اس مظاہرہ پندار کو شہرت دوام بخشنے کے لیے محمد حسین آزاد کو کہاں سے لاؤ گے؟ کہاں وہ خودداری کہاں یہ سجدہ ناقبول۔ بندہ ناخدا! مزے سے بیٹھے کشکول بجاتے رہو۔ تین برس تم ڈپٹی کمشنر رہے۔ سچ کہو کبھی کسی اہل غرض سے سیدھے منہ بات کی؟

کچھ دیر بعد چپراسی ہماری کس مپرسی پہ ترس کھا کے خود ہی کہنے لگا کہ اگر نوکری کی سفارش لے کر آتے ہو تو آج مڈبھیڑ نہ کرو، اکھا باٹلی دارو پیئے لا ہے۔ پاکٹ میں چھوٹا باٹلی کے اندر 'مکسچر' بھر کے لایا ہے۔ دو کلاک پہلے سگریٹ سے تجوری کھولنا مانگتا تھا۔ اصلی رنگت سولہ آنے مولی کے موافق ہے۔ پن اس ٹیم جاستی بلڈ پریشر سے ایکدم چقندر لگتا پڑا ہے۔ تمیرا کام آج کے دن نہیں ہونے سکتا۔

پون بجے جب اسٹاف ایک ایک کر کے لنچ کے لیے سٹکنے لگا اور مہتر اس چابکدستی سے جھاڑو دینے لگا کہ گرد کا ایک ایک ذرہ کھینچ کر ہماری عینک اور چہرے پر جمع ہو جائے تو زور سے گھنٹی بجی اور بجتی ہی چلی گئی۔ معلوم ہوتا تھا کوئی گھنٹی کے بٹن پر بیٹھ گیا ہے چپراسی نے کوئی نوٹس نہ لیا۔ چند لمحے پہلے سلگائی ہوئی پہلوان مارکہ بیڑی کے کش لیتا رہا۔ پھر اسے چھنگلیا میں دبا کر الوداعی دم لگایا اور جوتے کی ایڑی پر رگڑ کر بجھا دیا۔ بیڑی کا بنڈل، چونی اور فلمی گانوں کا کتابچہ بھی سر پر رکھا اور ان پر ترکی ٹوپی کو کج کیا۔ پھر اس 'سیف ڈپازٹ لاکر' کا پھندنا ہلا کر کہنے لگا کہ لگتا پڑا ہے اب کے تمھاری باری آئی ہے۔ قسمت کی بدنصیبی کو صیاد کیا کرے۔

کمرے میں داخل ہونے سے پہلے ہم نے اپنی دائیں ہتھیلی کا پسینہ پونچھ کر ہاتھ مصافحہ کے لیے تیار کیا۔ سامنے کرسی پر ایک نہایت بارعب انگریز نظر آیا۔ سربیضوی اور ویسا

ہی صاف اور چکنا، جس پر پنکھے کا عکس اتنا صاف تھا کہ اس کے بلیڈ گنے جا سکتے تھے۔ آج کل کے پنکھوں کی طرح اس پنکھے کا وسطی حصہ نیچے سے چپٹا نہ تھا، بلکہ اس میں ایک گاؤ دم چونچ نکلی ہوئی تھی، جس کا مصرف بظاہر یہ نظر آیا کہ پنکھا سر پر گرے تو کھوپڑی پاش پاش نہ ہو بلکہ اس میں ایک صاف گاؤ دم سوراخ ہو جائے۔ بعد میں اکثر خیال آیا کہ سر پر اگر بال ہوتے تو اس کی وجاہت و دبدبے میں یقیناً فرق آجاتا۔ میز کے نیچے ایک ادھڑا ادھڑا 'کیمل کلر' کا قالین بچھا تھا۔ رنگ میں واقعی اس قدر مشابہت تھی کہ معلوم ہوتا تھا کوئی خارش زدہ اونٹ اپنی کھال فرش راہ کیے پڑا ہے۔ بھرے بھرے چہرے پر سیاہ فریم کی عینک۔ کچھ پڑھنا یا پاس کی چیز دیکھنی ہو تو ماتھے پر چڑھا کر اس کے نیچے سے دیکھتا تھا، دور کی چیز دیکھنی ہو تو ناک کی بھننگ پر رکھ کر اس کے اوپر سے دیکھتا تھا۔ البتہ آنکھ بند کر کے کچھ دیر سوچنا ہو تو ٹھیک سے عینک لگا لیتا تھا۔ بعد میں دیکھا کہ دھوپ کی عینک بھی ناک کی نوک پر ٹکائے، اس کے اوپر سے دھوپ کا معائنہ کرتا ہوا بینک آتا جاتا ہے۔ آنکھیں ہلکی نیلی جو یقیناً کبھی روشن رہی ہوں گی۔ ناک ستواں ترشی ترشائی۔ نچلا ہونٹ تحکمانہ انداز سے ذرا آگے کو نکلا ہوا۔ سگریٹ کے دھویں سے ارغوانی۔ بائیں ابرو بے ایمان دکاندار کی ترازو کی طرح مستقلاً اوپر چڑھی ہوئی، گرجدار آواز۔ جسم مائل بہ فربہی۔ رنگ وہی جو انگریزوں کا ہوتا ہے۔ آپ نے شاید دیکھا ہو گا کہ چینیوں کا چہرہ عمر سے بے نیاز ہوتا ہے اور انگریزوں کا جذبات سے عاری، بلکہ بعض اوقات تو چہرے سے بھی عاری ہوتا ہے لیکن یہ بالکل مختلف چہرہ تھا۔ ایک عجیب تمکنت اور دبدبہ تھا اس چہرے پر۔ کمرے میں فرنیچر برائے نام، نہ آرائش کی کوئی چیز۔ سارا کمرہ اس کے چہرے سے ہی بھرا بھرا نظر آتا تھا۔ یہ مقابل ہو تو اور کوئی چیز... اس کا اپنا جسم بھی نظر نہیں آتا تھا۔ اس کا سراپا ہے یہ مصرعہ:

چہرہ ہی چہرہ پاؤں سے سر تک

ہم نے تیار شدہ ہاتھ مصافحہ کو بڑھایا تو اس نے اپنا ہاتھ پتلون کی جیب میں ڈال لیا۔ کچھ دیر 'کریون اے' کا 'کارک پٹڈ' سگریٹ ڈبے سے نکال کر الٹی طرف سے ہونٹوں میں دبایا۔ وہ بہت برے موڈ میں تھا۔ کانپتے ہوئے ہاتھ سے چائے کی پیالی اٹھائی اور

دوسرے کانپتے ہوئے ہاتھ سے زیادہ کانپتے ہوئے ہاتھ کو تھاما۔ کپ کی ڈگڈگی سی بجنے لگی اور چائے چھلک کر ہماری درخواست کو رنگین کر گئی۔ اب ایک دیا سلائی کو اپنے بہتر ہاتھ میں مضبوطی سے پکڑ کر اس پر ڈبیا رگڑنے لگا۔ لیکن کسی طرح جل کر نہیں دیتی تھی، خواہ مخواہ کا تکلف تھا ورنہ چاہتا تو اسے اپنے بلڈ پریشر پر رگڑ کے بہ آسانی جلا سکتا تھا۔

اس نے غلط طرف سے سگریٹ سلگایا۔ کارک کچھ دیر بعد خود جل جلا کر ہماری گیلی درخواست پر چھن سے بجھ گیا۔ اس نے چھنگلیا کے اشارے سے ایک کرسی پر بیٹھنے کو کہا۔ ہم تعمیلاً بیٹھنے والے ہی تھے کہ ناگاہ اسی کرسی کی گہرائیوں سے ایک کتا اٹھ کھڑا ہوا اور ہمارے شانوں پر دونوں پنجے رکھ کر ہمارا گرد آلود منہ اپنی زبان سے صاف کیا۔ ''مائی ڈاگ اِز ویری فرینڈلی'' کہتے سے تعارف کرانے کے بعد اس نے ایک ہی سانس میں سب کچھ پوچھ لیا۔ کیسے ہو؟ کون ہو؟ کیا ہو؟ اور کیوں ہو؟

سوائے آخری سوال کے ہم نے تمام سوالات کے نہایت تسلی بخش جواب دیے۔

''تمھیں معلوم ہونا چاہیے کہ اس بینک کو میں چلا رہا ہوں، مسٹر اصفہانی نہیں۔ خیر۔ تم نے معاشیات پڑھی ہے؟'' اس نے کہا۔

''نو سر!''

''حساب میں بہت اچھے تھے؟''

''نو سر! حساب میں ہمیشہ رعایتی نمبروں سے پاس ہوا، حالانکہ انٹرمیڈیٹ سے لے کر ایم اے تک فرسٹ ڈویژن فرسٹ آیا۔''

''حساب میں فیل ہونے کے علاوہ تمھارے پاس اس پیشے کے لیے اور کیا کوالی فکیشن ہے؟''

''میں نے فلسفے میں ایم اے کیا ہے۔''

''ہا ہا ہا! تمھارا سوشل بیک گراؤنڈ کیا ہے؟ کس خاندان سے تعلق ہے؟''

''میرا تعلق اپنے ہی خاندان سے ہے۔''

''سچ بولنے کا شکریہ''

جی تو بہتیرا چاہا کہ لگے ہاتھوں یہ بھی بتا دیں کہ بزرگ حب جاہ و مال سے بے نیاز تھے، فقط ہمیں اپنی نشانی چھوڑا۔ نادر شاہ نے تو اپنی ولدیت شمشیر، ابن شمشیر، ابن شمشیر بتا کر بدخواہوں اور مورخوں کا منہ بند کر دیا تھا۔ لیکن یہ فقیر ابن آدم، ابن آدم، ابن آدم کے علاوہ کیا بتا تا؟

اس کے منہ سے ایسی لپٹ آرہی تھی جیسی روئی کے اُس پھوئے سے آتی ہے جو انجکشن لگانے سے پہلے نقطۂ اذیت پر رگڑا جاتا ہے۔ استفسار فرمایا ''تم کب اور کہاں ڈلیور ہوئے تھے؟ ہاہاہا وہ زور سے ہنسا۔ ہم ذرا چکرائے تو کہنے لگا، اچھا یہ بتاؤ کہ جس سنہ میں تم پیدا ہوئے، اس سال اور کون سا بین الاقوامی سانحہ ہوا تھا؟

انٹرویو کے سلسلے میں ایک عرصہ پہلے ہم نے معلومات عامہ کے نامعقول سے نامعقول سوالوں کے جواب رٹ لیے تھے، مثلاً کرکٹ کی گیند کا وزن، مکھی کی ٹانگوں اور بیل کے دانتوں کی تعداد، نپولین کا قد۔ اگر بینک سے صرف 100 روپے، % سود پر قرض لیے جائیں تو وہ کس طرح ۲۵۰ سال میں 2217902400 ہو جائیں گے! خالص سونا کتنے کیرٹ کا ہوتا ہے۔ بلی کی آنتوں کی لمبائی۔ کتا زبان کیوں باہر نکالے رکھتا ہے؟ انسان منہ کھولنے سے کیوں ڈرتا ہے؟ اچھا خاصا L اور Rs لکھ کر انھیں حرف غلط کی طرح کاٹا (£LRS) کیوں جاتا ہے تخلص پر ڈوئی کیوں بنائی جاتی ہے؟ بانس پولا کیوں ہوتا ہے؟... وغیرہ وغیرہ -- لیکن اپنی پیدائش کے بین الاقوامی متوازیات کی طرف ہمارا دھیان کبھی نہیں گیا تھا۔

ہمارا ادھا جسم جو اس کے مقابل تھا بالکل ٹھنڈا ہو گیا اور ہم انتہائی بے بسی کے عالم میں جھورنے لگے تو اس نے ہماری درخواست میں سن پیدائش دیکھ کر اندوہ گیں لہجے میں کہا کہ ''بائی دی وے، جس سال تم پیدا ہوئے اسی سال میرے باپ کا انتقال ہوا۔ بڑا منحوس تھا وہ سال!''

''رہنے والے کہاں کے ہو؟''

ایک دفعہ تو جی میں آئی کہ میرؔ بے دماغ کی طرح کہہ دیں

کیا بود و باش پوچھو ہو پورب کے ساکنو!

لیکن یہ لکھنؤ کا مشاعرہ نہیں، ملازمت کا انٹرویو تھا۔

''جے پور... اجمیر کے پاس ہے۔'' ہم نے معذرتی لہجے میں اس شہر کا نام لیا جو کبھی عالم میں انتخاب تھا۔

''آخر تم یہ پیشہ کیوں اختیار کرنا چاہتے ہو؟ کوئی معقول وجہ؟''

ہم کافی نروس ہو چکے تھے۔ دو تین دفعہ زور لگانے کے بعد جو آواز اچانک ہمارے منہ سے نکلی وہ اس سے پہلے ہم نے کبھی نہیں سنی تھی۔

شاید اسے بھی ترس آ گیا۔ اب کے آسان سوال کیا۔ ''جوانی، میرا مطلب ہے طالب علمی کے زمانے میں کن کھیلوں سے دلچسپی رہی؟''

''کیرم اور لوڈو''

''میرا مطلب مردانہ کھیلوں سے تھا۔''

ہمارا یہ خانہ بالکل خالی تھا۔ پانچویں جماعت میں البتہ سالانہ اسپورٹس کی دوڑ میں ہمارا اکیسواں نمبر آیا تھا۔ دوڑ میں اتنے ہی لڑکے شریک ہوئے تھے۔ کچھ دن فٹ بال سے بھی سر مارا۔ آخری لمحۂ اتصال تک یہ فیصلہ نہیں کر پاتے تھے کہ اس دفعہ فٹ بال پر اپنا دایاں پاؤں ماریں یا بایاں زیادہ مناسب رہے گا۔ دودھ کے دانت ٹوٹنے سے پہلے ہم خاصے دبیز شیشے کی عینک لگانے لگے تھے۔ (جو حضرات ضعف بصارت سے محروم ہیں، ان کی اطلاع کے لیے عرض ہے کہ اب ہم کبھی عینک اتار کر آئینہ دیکھتے ہیں تو بخدا اپنے کان نظر نہیں آتے۔) کئی دفعہ عینک توڑنے کے بعد اب ہم اسے اتار کر بے خطر کھیلنے لگے تھے۔ کھیلتے کیا تھے، ہر ایک سے مینڈھے کی طرح ٹکریں لیتے پھرتے تھے۔ مخالف ٹیم میں ہمیشہ بہت 'پاپولر' اس لیے کہ اپنی ہی ٹیم سے گیند چھینتے، انھیں کو فاؤل مارتے پھرتے تھے۔ کھیل کے شروع میں 'ٹاس' کیا جاتا۔ جو کپتان ٹاس ہار جاتا وہ ہمیں اپنی ٹیم میں شامل کرنے کا پابند ہوتا۔ جب تک مخالف کھلاڑی تاک کر ہمارے پاؤں پر زور سے فٹ بال نہ مارے وہ ہماری کک سے محروم ہی رہتی۔ چونکہ سر ہمارے دیدۂ نیم بینا سے قریب ترین عضو تھا، اس

لیے ہم نے سر سے فٹ بال روکنے اور گول کرنے کی مشق ومہارت پیدا کی۔ ایک دن ہم نے تین فٹ اچھل کر ''ہیڈ'' کیا تو جس گول شے سے ہم نے آنکھ بند کر کے اپنی پوری قوت سے ٹکر لی وہ دیوقامت جسونت سنگھ چوہان کا مُنڈا ہوا سر نکلا۔ وہ شام کو ٹھنڈائی (بھنگ) پی کر فٹ بال کھیلتا تھا۔ ہماری ناک کا بانسہ اور دل ہمیشہ کے لیے ٹوٹ گیا۔

ہم نے عینک اتار کر مردانہ کھیل سے اپنی دیرینہ وابستگی کا ثبوت اینڈرسن کو دکھایا۔ ناک کی خمیدہ ہڈی دیکھ کر بہت ہنسا۔ کہنے لگا تمھارا ایک کان بھی ٹیڑھا لگا ہوا ہے۔

بھلا وا دے کر پھر وہی سوال دہرایا، ''سفارش اپنی جگہ، لیکن بینک میں کیوں ملازمت کرنا چاہتے ہو؟ بینکر کے کیا فرائض اور ذمہ داریاں ہوتی ہیں؟''

یہ سوال سنتے ہی ہمارے ہاتھوں کے روایتی طوطے دوبارہ اڑ گئے اور ایسے اڑے کہ پھر نہ لوٹے ہم پھر جھورنے لگے۔ معقول وجہ کے بجائے لطیفے یاد آنے لگے، لیکن یہ موقعہ اس کے دامن کو ظریفانہ کھینچنے کا نہیں تھا۔ ہم نے تادم تقریر وتقرر کسی بینک کو اندر سے نہیں دیکھا تھا۔ البتہ اتنا معلوم تھا کہ اگر کوئی یہ ثابت کر دے کہ اس کے پاس اتنی جائیداد اور سرمایہ ہے کہ قرض کی قطعاً ضرورت نہیں تو بینک اسے قرض دینے پر رضامند ہو جاتا ہے۔ مارک ٹوین کا یہ مقولہ بھی کہیں پڑھا تھا کہ بینکر اچھے وقتوں کا بہترین ساتھی ہوتا ہے۔ موسم اچھا ہو تو زبردستی اپنی چھتری ہاتھ میں تھما دیتا ہے لیکن جیسے ہی چھینٹے پڑنے لگیں تو کہتا ہے لاؤ میری چھتری۔ ہمیں تو بس اتنا بتایا گیا تھا کہ بینکر دھڑلے سے سود لیتے ہیں سود دیتے ہیں اور سود کا حساب رکھتے ہیں۔ اور تینوں فعل از روئے شرع حرام ہیں۔ اس زمانے میں ہمیں اپنی معلوماتِ عامہ پر بڑا گھمنڈ تھا اور دِن میں بھی وہ سرمستی ونخوت طاری رہتی تھی جو خاقانی ہند شیخ ابراہیم ذوق کو صرف رات کے وقت میسر آتی تھی۔

شب کو میں اپنے سر بستر خواب راحت
نشہ علم میں سرمست غرور ونخوت

لیکن اس کڈھب سوال سے سارا نشہ علم ہرن ہو گیا۔

(Negotiable Instrument Act) کا نام ضرور سنا تھا۔ شروع میں تو ہم

سمجھتے تھے کہ Arms Act کی طرح سودخوروں کے لیے انتقال آلاتِ قتل کا کوئی قانون ہوگا۔ بعد میں معلوم ہوا تو بس اتنا کہ کسی لیڈر کی روح عالمِ بالا کو پرواز کر جائے یا سکے کی قیمت زمین پر آ رہے تو بینک اس قانون کے تحت بند کیے جاتے ہیں۔ لیکن جب تک کوئی لیڈر قوم کو داغِ مفارقت نہ دے تو اس قانون کا کیا مصرف ہے۔ بینک اس طویل وقفۂ انتظار میں وقت گزاری کے لیے کیا کرتے ہیں... اس کے بارے میں کبھی سوچا ہی نہ تھا۔

بینکاری کے اسرار و رموز تو کجا، ہم نے تو کسی مسلمان بینکر کا نام بھی نہیں سنا تھا۔ تقسیمِ ہند سے پہلے اس 'آؤٹ آف باؤنڈز' پیشے میں اعلیٰ ہی نہیں ادنیٰ عہدوں پر بھی انگریز اور ہندو فائز تھے۔ البتہ مسلمانوں پر اپنی جمع جتھا سیونگ بینک اکاؤنٹ میں جمع کرانے پر کوئی پابندی نہیں تھی۔

اور بچارے مسلماں سے فقط وعدۂ سود!

لیکن ہم دھوکے میں آنے والے نہیں۔ بزرگوں نے صدیوں پہلے کفایت شعاری کو ہندوانہ رسم سمجھ کر ترک کر دیا تھا۔ سو پشت سے جن قوموں اور قبیلوں کا پیشۂ آبا سپہ گری (یعنی پہلے دشمن بنانا اور پھر انھیں ڈھونڈ ڈھونڈ کر موت کے گھاٹ اتارنا یا وہ اس پر رضامند نہ ہوں تو خود اتر جانا) رہا ہو وہ تجارت کو پتلی دال کھانے والے بقالوں کا حق سمجھ کر اس سے اجتناب کریں تو تعجب نہ ہونا چاہیے۔ مہابلی اکبر نے بھی آخر کار محکمہ مال کا چارج راجا ٹوڈرمل کو تفویض کیا اور فیضی کو بھگوت گیتا اور مہابھارت کے فارسی ترجمے میں جوت دیا۔

ہم تو سوچ بھی نہیں سکتے تھے کہ سود جسے حرام ٹھہرایا گیا ہے اور ربا جس کی حرمت میں ہمیں آج بھی شمہ برابر شبہ نہیں، ہمارا ذریعۂ معاش ہی نہیں، بلکہ ہر اعتبار سے غالب و کارآفرین، کارکشا و کارساز ثابت ہوگا۔ والد مرحوم پاکستان آنے لگے تو اپنے پوسٹ آفس سیونگ بینک اکاونٹ میں ساڑھے چار ہزار روپے چھوڑ آئے تھے جو ان کے حساب سے بیس سال کے سود کی رقم بنتی تھی۔ وہ کسی ایسے مسلمان کے ہاں دعوت کھانا تو بڑی بات ہے پانی پینا بھی حرام سمجھتے تھے جس کے متعلق انھیں معلوم ہو کہ وہ اپنے اکاؤنٹ پر سود لیتا ہے۔ انھوں نے ایک دن امام ابوحنیفہ کا قصہ سنایا تھا کہ ایک شخص کی تدفین کے بعد لوگ

ایک مکان کی دیوار کے سائے میں کھڑے ہو گئے مگر امام ابوحنیفہ دور چلچلاتی دھوپ میں کھڑے رہے۔ کسی نے پوچھا حضرت! آپ سائے میں کیوں نہیں آ جاتے؟ آپ نے جواب دیا اس مکان کا مالک میرا مقروض ہے، اگر میں اس کے سایۂ دیوار سے فائدہ اٹھاؤں تو ڈرتا ہوں کہ روزِ حساب اس کا شمار سود میں نہ ہو جائے۔ خیال آیا کہ ملازمت مل بھی گئی تو ایسے باپ کو کیسے بتائیں گے کہ مچھندر نے بہر طور روٹی کمانے کے لیے کیا کسب اختیار کیا ہے؟

''تم یہ پیشہ کیوں اختیار کرنا چاہتے ہو؟ کوئی معقول وجہ؟''

ذہن پر زور دیا۔ وہ اگر معقول کی پخ نہ لگاتا تو ہم ایک ہزار ایک وجوہات گنوا سکتے تھے اور اس نے اگر ہماری سچ بولنے کی عادت کو اس شدت سے نہ سراہا ہوتا تو ہم یہ جھوٹ بول کر پیچھا چھڑا لیتے کہ حساب کتاب سے ہمیں پیدائشی لگاو ہے۔

مسٹر اینڈرسن نے آخری مرتبہ بڑی دھیرج سے سوال کیا، ''تم اس پیشے میں کیوں آنا چاہتے ہو؟ میں یہ سوال تمھیں اِنٹرویو میں فیل کرنے کے لیے نہیں پوچھ رہا ہوں۔ اگر یہی منشا ہوتا تو میں یہ بھی پوچھ سکتا تھا کہ بتاؤ اس کتے کے والد کا کیا نام ہے؟ ہو! ہو! ہو!''

''میرا تقرر مسٹر ایم اے اصفہانی نے اورینٹ ایرویز میں کیا تھا۔ میں سول سروس چھوڑ کر ہندوستان سے کراچی آیا۔ یہاں معلوم ہوا کہ حال ہی میں ایک ہوائی جہاز گر گیا ہے۔''

''تم پائلٹ ہو؟''

''نہیں تو! ایر کریش میں وفات پانے کے لیے آدمی کا پائلٹ ہونا ضروری نہیں۔''

''You are telling me!''

''سر مجھے یوں بھی ہوائی جہاز سے سخت نفرت ہے۔'' ہم نے جھوٹ بولا جس میں سچ کا عنصر صرف اس قدر تھا کہ مناباؤ سے کھوکرا پار تک ہندوستان و پاکستان کا سرحدی علاقہ ہم نے اونٹ کی کوہان پر بیٹھ کر طے کیا تھا۔ (اونٹ کے بقیہ حصوں پر دوسروں کا اسباب رکھا تھا۔) انٹرویو کے دن تک ہماری ٹانگوں کا درمیانی فاصلہ اسی کوہان کے برابر

یعنی ایک گز تھا، جیسے کسی نے چمٹے کو چیر کر سیدھا کر دیا ہو۔

''ہاہاہا! عالی دماغ لوگ ایک ہی طرح سوچتے ہیں۔ مجھے بھی اس شیطانی ایجاد سے سخت چڑ ہے۔ سمندری سفر سے بہتر کوئی سفر نہیں۔ شاہی سواری صرف ایک ہے ... اسٹیمر، سب سے بڑی خوبی یہ کہ چوبیس گھنٹے کا سفر چوبیس دن میں طے ہوتا ہے۔ میں تو پچھلے تیس سال سے لندن سے ہمیشہ بحری جہاز سے آتا ہوں۔

Don't you agree! After all, a ship-wreck is much safer than an air crash?

مجھے یہ جان کر بے انتہا خوشی ہوئی کہ تم بھی ہوائی جہاز سے الرجک ہو۔ آج سے تم خود کو بینک کا Covenanted Officer سمجھو۔''

اس انٹرویو کو تیئیس سال ہو گئے۔ ہمارا خیال کیا، پختہ یقین ہے کہ اس نے ہمیں بینک میں محض اس لیے ملازم رکھ لیا کہ ہمیں بھی ہوائی جہاز سے نفرت تھی۔ ہوائی کمپنی اور خدا ہمیں معاف کرے، ہمیں اس کے ایجاد سے ابھی تک کوئی نقصان نہیں پہنچا۔ تا دم تحریر ہم کسی ہوائی حادثے میں ہلاک نہیں ہوئے، جیسا کہ بہت سے ذہین قارئین نے اندازہ لگا لیا ہوگا۔ لیکن کبھی ایک فقرے سے بھی آدمی کے دن پھر جاتے ہیں، بشرطیکہ سننے والا بھی اس صنفِ سخن کا قدرداں ہو۔

اس نے ہمیں تقرری پر مبارکباد دی۔ ہم نے بھی جی کھول کر اس کے حسنِ انتخاب کو سراہا۔

(یووک بھارتی: جماعت بارھویں۔ ۱۹۹۵ء)

✤✤✤

سند باد جہازی کا سفر نامہ

مجتبیٰ حسین

حضرات ! میں سند باد ہوں۔ وہی سند باد جہازی جو سفر کم کرتا تھا اور سفر نامے زیادہ لکھا کرتا تھا۔ بلکہ کئی سفر نامے تو سفر کے بغیر ہی لکھ دیتا تھا۔ میرے سفر نامے اتنے مقبول ہوئے کہ پبلشروں نے مجھے بغیر رائلٹی دیئے ہی ان کے کئی کئی ایڈیشن شائع کر لیے اور میرے کان پر جوں تک نہ رینگنے دی۔ ادھر عرصہ سے پبلشروں کا تقاضہ تھا کہ میں کوئی ایسا سفر نامہ لکھوں جسے زیورِ طبع سے آراستہ کر کے وہ اپنی بیویوں کو زیورِ طلائی سے پیراستہ کر سکیں۔ اور میں بدستور اپنی لنگوٹی میں مگن رہوں۔ پبلشروں کو لاکھ سمجھایا کہ اب پیرانہ سالی اتنی بڑھ چکی ہے کہ ہاتھ میں لکڑی پکڑتا ہوں تو سمجھ میں نہیں آتا کہ میں نے لکڑی کو پکڑ رکھا ہے یا لکڑی نے مجھے۔ پھر یہ عذر بھی پیش کیا کہ عرصے سے بلاٹکٹ سفر کرنے کی پریکٹس چھوٹ چکی ہے۔ ٹکٹ خرید کر سفر کروں گا تو اپنی کج کلاہی پر آنچ آئے گی اور فقیرانہ شان الگ متاثر ہوگی لہٰذا اجازت ہو تو حسب عملدرآمد قدیم سفر کے بغیر ہی سفر نامہ لکھ ڈالوں۔ لیکن پبلشروں کا استدلال یہ تھا کہ جب میں نے اتنے سارے فرضی سفر نامے لکھ ڈالے ہیں تو اب تجربے کے طور پر عملاً ایک آدھ سفر کر لینے میں کیا قباحت ہے۔ سوچتا رہا کہ جب سفر کرنا ہی ٹھہرا تو کیوں نہ اس مقصد کے لیے کسی اچھے ملک کا انتخاب کیا جائے۔ اسی اثناء میں ملک ہندوستان سے یہ اطلاعیں دھڑا دھڑا ملنے لگیں کہ وہاں آئے دن فرقہ وارانہ فساد کا سلسلہ جاری ہے اور ہر سال فسادات کے بیج بو کر انسانی سروں کی فصلیں کاٹی جا رہی ہیں۔ ہندوستان کے فرقہ وارانہ فسادات کے بارے میں اخبارات میں بہت کچھ پڑھ رکھا تھا اور دل بے چین تھا کہ اپنی چشم گہنہ گار سے ان فسادات کو دیکھوں اور اپنی نظر کو سرور عطا کروں۔

اپنے بے روزگار دوستوں سے اس سلسلہ میں مشورہ کیا تو ایک نے رائے دی۔ ’’اگر فسادات کو دیکھنا ہی آپ کی منزل مقصود ہے تو امریکہ چلے جایئے ، وہاں بھی نسلی

فسادات کا دور دورہ ہے (بلکہ دور کم اور دورہ زیادہ ہے۔)'' مگر دوسرے دوست نے مداخلت کرتے ہوئے کہا ''لیکن آپ خالص فسادات دیکھنا چاہتے ہیں تو پھر ہندوستان ہی جائیے۔ یہاں کے فسادات اتنے خالص ہوتے ہیں کہ ان میں کہیں بھی انسانیت کی ملاوٹ نہیں ہوتی۔ اس صفائی سے انسانوں کے سر کاٹے جاتے ہیں اور ان کے جسموں میں چھرے بھونک دیئے جاتے ہیں کہ عقل حیران اور نظر دنگ رہ جاتی ہے۔'' مجھے بتایا گیا کہ فرقہ وارانہ فسادات ہندوستان کا قدیم کھیل ہے۔ اگر اس کھیل کو نہ دیکھا تو اس دنیا میں پیدا ہونے کا مقصد ہی کیا ہوا۔'' ایک اور دوست نے کہا، ''ویسے ہندوستان میں تاج محل، ایلورہ اور اجنٹہ بھی دیکھنے سے تعلق رکھتے ہیں لیکن فرقہ وارنہ فسادات کی تو بات ہی جداگانہ ہے۔''

اس خیال کے آتے ہی میں نے دوستوں سے سامان سفر مانگنا شروع کر دیا اور اسے باندھ کر ہندوستان کی سیاحت پر روانہ ہوگیا۔ خشکی کے سفر کی بے شمار صعوبتیں جھیل کر اور راستہ بھر ٹی ٹی آئی کی نظروں سے بچ کر میں بخیر و عافیت ہندوستان پہنچ گیا مگر ہندوستان کو بخیر و عافیت پہنچنا تو بہت آسان ہے لیکن وہاں سے بخیر و عافیت واپس آنا بہت مشکل ہے، لہٰذا ہندوستان کی سرزمین پر قدم رکھتے ہی مجھے واپسی کی فکر لاحق ہوگئی، چنانچہ میں نے اپنا سامان سفر بدستور باندھے رکھا کہ خطرہ کی گھنٹی بجتے ہی میں اسے اٹھا کر بھاگ کھڑا ہو جاؤں۔

میرے قیام و طعام کا یہاں کوئی مستقل بندوبست نہیں تھا لیکن بعد میں لوگوں نے بتایا کہ ہندوستان میں خود اہل ہند کے قیام و طعام کا کوئی مستقل بندوبست نہیں ہے۔ وہ تو بس سارے ملک کو ایک سرائے کے طور پر استعمال کرتے ہیں اور آخر میں سرائے کا کرایہ بقایا میں رکھ کر اس عالم فانی سے عالم جاودانی کی طرف روانہ ہو جاتے ہیں۔ لہٰذا میں نے ایک ریلوے پل کے نیچے وسیع اور پر فضا جگہ اپنے قیام کے لیے منتخب کر لی وہاں میری طرح اور بھی چار مقامی سیاح رہتے تھے جو دِن بھر بھیک مانگا کرتے اور رات کو اپنے سفر نامے ایک دوسرے کو سنایا کرتے تھے۔ ہندوستان میں سیاحوں کو درویش کہا جاتا ہے۔ میں بھی ان درویشوں میں یوں شامل ہوگیا جیسے دودھ میں چینی شامل ہوتی ہے۔ ہم سب

ایک تھیلی کے چٹے بٹے تھے لیکن مقامی درویشوں کو جب یہ معلوم ہوا کہ میں بیرونی سیاح ہوں اور میرا نام سند باد جہازی ہے تو ان سب نے مل کر قہقہہ لگایا اور مجھ سے کہا، '' ابتدا میں یہاں آنے والا ہر سیاح اپنے آپ کو سند باد جہازی ہی کہتا ہے۔ تم آٹھویں سند باد ہو۔ چند دن اس ملک میں ٹھہر جاؤ گے تو خود بخود تمھارا نشہ ہرن ہو جائے گا۔ میں ان درویشوں کی غلط فہمی کو دور نہیں کرنا چاہتا تھا، اس لیے کہ میرے پھٹے پرانے کپڑوں میں بھاری رقم موجود تھی۔ وہ مجھے اپنی ہی طرح درویش سمجھتے رہے۔ میں نے ان سے کہا کہ میں بھی ان کے ساتھ ہر روز بھیک مانگنے چلوں گا۔ تفریح بھی ہو جائے گی اور پیٹ بھی بھر جائے گا۔ مگر درویشوں نے کہا میں بیرونی درویش ہوں اور اس اعتبار سے ان کا مہمان ہوں۔ اہل ہند مہمان نوازی کے لیے بدنامی کی حد تک شہرت رکھتے ہیں۔ وہ ان کو بھیک مانگنے نہیں دیتے بلکہ خود بھیک مانگ کر مہمان کا پیٹ بھرتے ہیں۔ سچ پوچھیے تو یہ بڑی آسان قسم کی مہمان نوازی ہے۔ کیونکہ اس میں میزبان کو ہینگ لگتی ہے نہ پھٹکری اور رنگ بھی چوکھا آجاتا ہے۔ مجھے بتایا گیا کہ یہ طریقہ عمل یہاں اوپر سے نیچے تک رائج ہے۔ اگر عوام کبھی حکومت سے کسی مسئلہ پر مدد طلب کرتے ہیں تو حکومت جواباً بیرونی ملکوں سے مدد طلب کرتی ہے اور سارا حساب بے باق ہو جاتا ہے۔ گویا اس طرح اہل ہند کے کاروبار بالا بالا ہی طے پا جاتے ہیں۔ میں عرصہ تک ان درویشوں کی صحبت سے لطف اندوز اور بھنگ چرس اور گانجا جیسی مفرح اور مقوی اشیا کے استعمال میں ید طولیٰ حاصل کرنے کی کوشش کرتا رہا۔

میں نے ان درویشوں کو اپنے ہندوستان آنے کا کوئی مقصد نہیں بتایا تھا کیونکہ اہل ہند کسی مقصد کے بغیر زندگی گزارنے میں بڑی مہارت رکھتے ہیں، لہٰذا وہ نہ تو اپنی زندگی میں کوئی مقصد تلاش کرتے ہیں اور نہ کسی کے مقصد کے بارے میں استفسار کرنے کو ضروری سمجھتے ہیں۔

ایک دن میں نے موقع کو غنیمت جان کر ان درویشوں سے کہا۔ '' بھائیو! میں اصل میں آپ کے اس عظیم الشان ملک کے عظیم الشان فسادات کو دیکھنے کے لیے آیا ہوں اس لیے ایسی کوئی ترکیب کیجیے کہ میں فسادات کو اپنی آنکھوں سے دیکھنے کی سعادت حاصل

کرسکوں۔''

فساد کا نام سنتے ہی درویشوں کے کان کھڑے ہو گئے۔ ایک درویش نے کہا: ''اے سند باد! تم کوئی بیرونی ایجنٹ نظر آتے ہو۔ ہمیں تمھاری نیت پر شبہ ہونے لگا ہے۔ خبردار جو تم نے ہم درویشوں کے سامنے پھر کبھی فسادات کا ذکر کیا۔ انھیں فسادات کی وجہ سے تو ہم درویش بن گئے ہیں اور اس ریلوے پل کے نیچے اپنی زندگی کا بقیہ حصہ گزار رہے ہیں۔ یہاں آنے سے پہلے ہم بھی ہندو اور مسلمان تھے۔ ہم اتفاق سے پڑوسی تھے اور خود ہم نے فسادات میں ایک دوسرے کے گھر جلائے تھے اور ایک دوسرے پر لاٹھیوں سے حملہ کیا تھا۔ لیکن جب ہمارا سب کچھ لٹ گیا اور ہمارے افراد خاندان فسادات میں مارے گئے تو ہمیں محسوس ہوا کہ ہم ہندو اور مسلمان باقی نہیں رہے ہیں۔ کیونکہ نہ ہمارے پاس زر و جواہرات تھے اور نہ ہی کوئی مال و متاع۔ ہمارے پاس کچھ تھا ہی نہیں کہ جس کی بنیاد پر ایک دوسرے سے نفرت کی جا سکے۔ گویا وہ شاخ ہی نہ رہی جس پر نفرت کا آشیانہ تھا، لہٰذا ہم چاروں درویشوں نے ایک دوسرے کو غربت کے رشتہ میں باندھ لیا۔ اب ہم اس پل کے نیچے رہتے ہیں۔ یہیں آ کر ہم اس لیے اچھے پڑوسی بن سکے کہ ہمارے مکان نہیں ہیں۔ ہم اچھے دوست اس لیے بن سکے کہ نفرت کرنے کے لیے ہمارے پاس کوئی اونچ نیچ نہیں ہے لہٰذا سند باد تم فسادات کا ذکر نہ کرو کہ ہم اپنی غربت میں مالا مال ہیں اور ایک دوسرے کو سمجھنے کے قابل ہو گئے ہیں۔''

دوسرے درویش نے کہا: ''تمھارا اب ہمارے درمیان رہنا مناسب نہیں ہے ورنہ اندیشہ ہے کہ کہیں ہم خود تمھارے خلاف فساد نہ کر بیٹھیں۔ تمھاری خیریت اسی میں ہے کہ تم یہاں سے اسی وقت چلے جاؤ اور اس پل کا تخلیہ کر دو ورنہ ہم سے برا کوئی نہ ہوگا۔'' دوسرے درویش کی سختی کو محسوس کر کے میں خوف زدہ ہو گیا اور اپنا سامان اٹھا کر بھاگ کھڑا ہوا۔ کئی دنوں تک پیدل چلنے کے بعد میں ایک شہر میں پہنچا جو ویرانی اور تباہی کا جیتا جاگتا نمونہ تھا۔ لوگ سہمے ہوئے اور خوفزدہ تھے۔ میں نے ایک شخص سے پوچھا۔ ''بھائی آپ کے شہر پر نحوست کیوں برس رہی ہے۔'' اس شخص نے کہا: ''ابھی دو دن پہلے اس شہر پر فساد نازل ہوا تھا۔''

فساد کا نام سنتے ہی میری باچھیں کھل اٹھیں۔ میں نے بڑے اشتیاق سے پوچھا ''کہاں ہو رہا ہے فساد' مجھے وہاں لے چلیے، میں ہزاروں میل کی مسافت طے کر کے یہاں اسی لیے تو آیا ہوں، مجھے فوراً فساد کے پاس لے چلیے۔''

اس شخص نے حیران نظروں سے میری طرف دیکھتے ہوئے کہا: ''آپ بھی عجیب آدمی ہیں۔ بھلا فساد بھی کوئی ملنے والی چیز ہے وہ بس آندھی کی طرح آتا ہے اور بگولہ کی طرح نکل جاتا ہے۔'' میں نے پوچھا'' پھر کب آئے گا فساد اس شہر میں؟''

وہ بولا'' ابھی ابھی تو فساد نے سارے شہر میں جھاڑو سی پھرا دی ہے۔ جب تک یہ شہر ازسرنو ترقی نہیں کرے گا اور یہاں کے لوگ خوش حال نہ ہو جائیں گے اس وقت تک یہاں فساد کے آنے کا کوئی امکان نہیں ہے۔ لہٰذا آپ فساد کو تلاش کرنے کے لیے کسی خوشحال اور آباد شہر کی طرف چلے جائیں۔ اس وقت تو فساد نے اس شہر کو لیموں کی طرح نچوڑ لیا ہے اور انسانی سروں کی فصل کٹ چکی ہے پھر فسادات کے ماہرین بھی اس شہر کو چھوڑ کر دوسرے آباد شہروں کی طرف چلے گئے ہیں۔

میں بہت مایوس ہوا، اور دوسرے شہر کی طرف نکل کھڑا ہوا۔ فسادات کے اور میرے درمیان اچھی خاصی آنکھ مچولی جارہی تھی۔ میں ہر روز اخبارات کا مطالعہ کرتا۔ اطلاعیں ملتیں کہ فلاں شہر میں فساد ہو گیا، فلاں گاؤں میں اتنے مکانات جل گئے، فلاں شہر میں کئی سو افراد نے بیک وقت داعیٔ اجل کو لبیک کہا اور داعیٔ اجل کا کام بڑھا دیا۔ مگر افسوس کہ میرے پہنچنے تک فسادات کی تباہی ختم ہو چکی ہوتی اور امن کمیٹیوں کی تباہیوں کا آغاز ہو چکا ہوتا۔ میں ایک ایک شخص سے فسادات کا پتہ پوچھتا رہا۔ یہاں تک کہ میں تقریباً مایوس ہو گیا۔ مجھے اپنا وطن بے ساختہ یاد آنے لگا اور میں اپنے وطن واپس جانا چاہتا تھا کہ ایک دن اچانک میری ملاقات ایک شخص سے ہوگئی جسے لوگ اپنا لیڈر سمجھتے تھے اور سر آنکھوں پر بٹھاتے تھے۔ اسی لیڈر سے جب میں نے اپنا تعارف کرایا تو وہ بہت خوش ہوا۔ مگر بعد میں لوگوں نے بتایا کہ اس کی خوشی صرف ایک سیاسی چال تھی۔ اسی لیڈر کی غذا یہ تھی کہ وہ صبح میں اپنے نام کے ساتھ 'زندہ باد۔ زندہ باد' کے نعرے سنتا۔ دوپہر میں اپنے حواریوں کی چاپلوسی سے لطف اندوز ہوتا اور رات میں وہ سارے کام کرتا جن کے کرنے

کے لیے قدرت نے رات بنالی ہے۔ جب اسے معلوم ہوا کہ میں سند باد جہازی ہوں تو اس نے دوسرے کمرے میں جا کر اپنے سکریٹری سے سند باد جہازی کے بارے میں معلومات حاصل کیں، کمرے سے نکل کر میرے سفرناموں کی تعریف کرنے لگا۔ جب میں نے پوچھا تھا کہ آپ کو میرا کون سا سفرنامہ زیادہ پسند آیا تو وہ پھر اپنے سکریٹری کے کمرے کی طرف چلا گیا اور واپس آ کر کہنے لگا،

''میرے سکریٹری کو اب یہ یاد نہیں رہا کہ مجھے آپ کا کون سا سفرنامہ پسند آیا تھا میں نے سکریٹری سے کہہ رکھا ہے کہ وہ شام تک کوئی سفرنامہ پسند کر کے آپ کو اس کی اطلاع دے دے۔''

اس لیڈر سے میری گفتگو نہ صرف دلچسپ بلکہ مضحکہ خیز بھی رہی۔ باتوں باتوں میں میں نے اس لیڈر سے اپنے ہندوستان آنے کا مقصد بیان کیا اور شکایت کی کہ آپ لوگ اپنے شہرۂ آفاق فسادات کسی طے شدہ پروگرام کے مطابق کیوں نہیں کرتے تاکہ سیاحوں کو ان کے انعقاد کی پہلے سے اطلاع مل جائے تو وہ وقت مقررہ پر پہنچ کر ان سے لطف اندوز ہوں۔ پھر میں نے کہا کہ میں فسادات کا نظارہ کرنے کی غرض سے ہندوستان آیا تھا لیکن فسادات ایسے شہروں میں ہوتے رہے جو مجھ سے دور واقع تھے۔ اب یہ حسرت اپنے دل میں لیے اس ملک سے جا رہا ہوں۔

میرے اس بیان کو سن کر لیڈر نے زور دار قہقہہ لگایا اور بولا : مسٹر سند باد بڑے معصوم آدمی نظر آتے ہیں۔ اجی فسادات کو دیکھنا کون سا مشکل کام ہے۔ اگر آپ کا دل چاہے تو میں کل ہی اس شہر میں ایک فساد کروا دیتا ہوں۔ ہم ہندوستانی اپنے مہمانوں کا خیال رکھتے ہیں میں اتنا بڑا لیڈر رہوں کیا آپ کی اتنی چھوٹی سی آرزو بھی پوری نہیں کر سکتا۔''

لیڈر کی اس تقریر دلپذیر کو سن کر میں گیند کی طرح اچھل پڑا اور بولا: ''لیڈر صاحب میں آپ کا یہ احسان عمر بھر نہ بھلا سکوں گا۔ آپ نے میری مشکل آسان کر دی۔ اب میں اطمینان سے آپ کے ملک کے فسادات کو دیکھ کر اپنے وطن واپس جاؤں گا اور بقیہ زندگی سفرنامے لکھنے میں گنوادوں گا۔''

اس پر لیڈر نے میری بات کاٹتے ہوئے کہا: ''مسٹر سند باد مگر یہ بتایئے کہ آپ کس قسم کا فساد دیکھنا پسند کریں گے؟'' میں نے پوچھا آپ کے پاس فساد کی کتنی قسمیں ہیں؟'' وہ بولا: اے سے لے کر زیڈ کلاس تک فسادات کی کئی قسمیں ہیں۔ افواہی فساد، تباہی فساد، خواہی نخواہی فساد واہی تباہی فساد۔ ایک قسم ہو تو گناؤں بھی۔ یہ بتایئے کہ آپ سیدھا سادا فساد دیکھنا پسند کریں گے یا ایک دم ہنگامہ خیز۔'' میں نے پوچھا: ''ان دونوں فسادات میں کیا فرق ہے؟''

وہ بولا: ''سیدھا سادا فساد اصل میں ہنگامہ خیز فساد کا ٹریلر ہوتا ہے۔ اس میں صرف دکانات و مکانات جلائے جاتے ہیں۔ باشندوں کی تھوڑی سی ہڈیاں اور پسلیاں توڑی جاتی ہیں اور اگلے فساد کی تمہید باندھی جاتی ہے۔ ہنگامہ خیر فسادا ایک دم ٹاپ کلاس ہوتا ہے۔ اس میں دکانات اور مکانات جلانے کے علاوہ انسانوں کا خون بھی بہایا جاتا ہے۔ ان کے پیٹوں میں چھرے بھونکے جاتے ہیں، بچوں کو ذبح کیا جاتا ہے۔ الغرض بڑا ہی لطف آتا ہے۔''

میں نے کہا'' جب اتنی دور سے آیا ہوں تو اے کلاس فساد کو دیکھنا ہی پسند کروں گا بار بار ایسا موقع پھر کہاں ملے گا۔''

لیڈر نے کہا ''تو گویا بات پکی ہوگئی سمجھے۔ آپ کو اس فساد کے انعقاد کے لیے تیس ہزار روپے دینے ہوں گے تاکہ میں فسادیوں کو تیار کر سکوں۔ آپ اطمینان رکھیں کہ اگر آج آپ فساد کا آرڈر ہمارے پاس بک کرائیں تو کل شام تک فساد تیار ہو جائے گا۔''

میں نے خوشی خوشی تیس ہزار روپے نکال کر لیڈر کو دے دیے۔ اس نے فوراً اپنے آدمیوں کو بلوایا اور ان کے ہاتھ میں کرنسی نوٹ رکھتے ہوئے بولا: ''میرے دوست سند باد، ایک دم اے کلاس فساد دیکھنا چاہتے ہیں، تم لوگ کل شام تک فساد کے انتظامات مکمل کر لینا۔ کل شام میں ٹھیک چھ بجے مسٹر سند باد شہر کے چوک میں فساد کو دیکھنے آئیں گے۔ وہ ہمارے مہمان ہیں ان کا خیال رکھنا۔ جب اس کے آدمی چلے گئے تو میں نے اس کا شکریہ ادا کیا اور فسادات کے بارے میں اس سے مختلف استفسارات کرنے لگا۔

میں نے پوچھا: ''آپ ہندوستانی اس قدر آسانی سے کس طرح فساد برپا کر لیتے ہیں؟ بھئی کمال ہے۔'' وہ بولا: ''فساد برپا کرنا ہم ہندوستانیوں کے بائیں ہاتھ کا کھیل

ہے۔ برسوں کے ریاض کے بعد اب ہم نے اس فن میں وہ مہارت حاصل کرلی ہے کہ کسی وجہ کے بغیر ہی فساد برپا کر دیتے ہیں۔ فساد کے لیے ایک ہندو ایک مسلمان کا ہونا نہایت ہی ضروری ہے۔ ان دونوں کے اتحاد کے بغیر فساد کا ہونا ناممکن ہے۔ اگر ایک ہندو نے کسی مسلمان کی طرف گھور کر دیکھا تو یہ بات خود ایک ہنگامہ خیز فساد کے لیے بہت کافی ہے۔ ہندو اور مسلمان کی بات تو چھوڑیئے اگر کسی مسلمان کے کتے نے کسی ہندو کے کتے پر بھونکنا شروع کیا تو سمجھ لیجیے کہ فساد کی بنیادیں تعمیر ہو رہی ہیں۔ جب کتے ایک دوسرے پر بھونکنا بند کر دیں گے تو ان کے مالکین ایک دوسرے پر بھونکنے لگ جائیں گے اور بھونکنے کی یہ وبا اتنی عام ہو جائے گی کہ فضا میں شور و غل مچ جائے گا اور اگر ایسے میں کسی منچلے نے مذاق مذاق میں اپنا چاقو کسی کے پیٹ میں اتار دیا تو سمجھ لیجیے کہ فسادات کا باضابطہ افتتاح ہو گیا ہے۔''

میں بڑی دیر تک اس لیڈر سے فسادات کے بارے میں تفصیلات حاصل کرتا رہا اور اپنے سفرنامے کے اہم نوٹس لیتا رہا۔ مجھ سے کہا گیا کہ میں دوسرے دن ٹھیک چھ بجے شہر کے چوک میں موجود رہوں اور حسبِ استطاعت فسادات کا نظارہ کروں۔ میں نے لیڈر سے رخصت ہو کر رات ایک کباڑ خانے میں گزاری اور دوسرے دن صبح ہی سے ہندوستان کے شہرہ آفاق فسادات کا دیدار کرنے کی تیاریاں کرنے لگا۔

شام کو چھ بجے مقررہ وقت سے کچھ پہلے جب میں چوک میں پہنچا تو خوب چہل پہل تھی یوں لگتا تھا جیسے فساد کا دور دور تک کہیں کوئی پتہ نہیں ہے۔ مجھے شبہ ہونے لگا کہ کہیں مجھے لیڈر نے دھوکہ نہ دیا ہو۔ دور دور تک اس کے آدمی نظر نہیں آتے تھے۔ زندگی بڑی حسین نظر آ رہی تھی۔ میں چوک کے کلاک ٹاور پر چڑھ گیا تاکہ محفوظ مقام سے فسادات کا نظارہ کر سکوں۔ چھ بجنے میں ابھی ایک منٹ باقی تھا کہ اچانک سڑک پر ایک اسکوٹر کی ٹکر... دوسری اسکوٹر سے ہوگئی۔ کسی نے چیخ کر کہا ''جس اسکوٹر نے ٹکر دی ہے وہ مسلمان اسکوٹر ہے۔'' کسی نے کہا ''جی نہیں، یہ ساری کارستانی ہندو اسکوٹر کی ہے ہم اپنے مذہب پر اتنے بڑے حملے کو برداشت نہیں کر سکتے'' حالانکہ میں نے کلاک ٹاور پر سے دیکھا کہ دونوں اسکوٹروں پر لیڈر کے آدمی سوار تھے اور جو اصحاب شور و غل مچا رہے تھے وہ بھی لیڈر کے آدمی ہی تھے۔ میں کلاک ٹاور پر سے چیخ کر کہنا چاہتا تھا کہ میں دھوکہ دہی کے

ذریعے ہونے والے فساد کو نہیں دیکھنا چاہتا کہ اسی اثنا میں ایک چاقو فضا میں چمک اٹھا، پھر آن کی آن میں کئی چاقو فضا میں لہرانے گئے۔ برچھے اور بھالے بھی فضا میں بلند ہوئے۔ ہندو چاقو مسلمان کی گردن تلاش کرنے لگا اور مسلمان چاقو ہندو کی گردن۔ زندگی میں پہلی بار مجھے ہندوستان کے مشہور و معروف فسادات کو دیکھنے کا شرف حاصل ہو رہا تھا۔ آج دل کی مراد پوری ہو رہی تھی میں بہت خوش تھا۔ انسانوں کے سر اس قدر صفائی سے کٹ رہے تھے کہ میں عش عش کرنے لگا۔ ایک فسادی نے ایک کمسن بچے کو اس کمال سے اپنے نیزے پر اٹھا لیا کہ میرے منہ سے بے ساختہ تعریف نکل گئی۔ میں نے اس کے فن پر یوں داد دی جیسے اس نے کوئی شعر کہہ دیا ہو۔ اس نے میری تعریف کے جواب میں مؤدّبانہ سلام کیا تو چیخ کر کہا، ''مکرر ارشاد ہو'' اس پر اس نے جھپٹ کر ایک اور بچے کو نیزے پر اٹھا لیا مجھے اس کا وار کچھ زیادہ پسند نہ آیا۔ تو میں نے ہوٹنگ کے انداز میں اس سے کہا ''اب مقطع کی طرف آجایئے۔'' وہ آگ بگولہ ہو گیا اور کلاک ٹاور کی طرف بڑھنے لگا۔ اس وقت تک شہر میں کشتوں کے پشتے لگ گئے تھے اور بازار میں صرف انسانوں کا خون بک رہا تھا۔ میں ابھی اچھی طرح فسادات کا نظارہ کر بھی نہ پایا تھا کہ وہ فسادی کلاک ٹاور پر چڑھ گیا وہ میرے سر پر آن کھڑا ہوا اور اپنا نیزہ بلند کر کے مقطع ارشاد کرنا ہی چاہتا تھا کہ میں نے گڑگڑا کر اس سے کہا: ''میں بیرونی باشندہ ہوں۔ میں تو صرف فساد کو دیکھنے کے لیے یہاں آیا ہوں۔ مجھے نہ مارو۔'' اس پر اس نے پوچھا۔ ''بتاؤ تم ہندو ہو یا مسلمان؟'' میں نے کہا: ''میں نہ ہندو ہوں نہ مسلمان میں تو صرف ایک انسان ہوں'' اس پر وہ بولا: ''جب تک آدمی ہندو یا مسلمان نہ بنے اس وقت تک وہ انسان کیسے بن سکتا ہے؟'' تب میں نے کہا: ''لیکن ہندو اور مسلمان بننے کے بعد تو انسان انسان کہاں باقی رہ جاتا ہے۔ گاجر اور مولی میں تبدیل ہو کر رہ جاتا ہے۔''

وہ میری گستاخی کا جواب نیزے سے دینا چاہتا تھا کہ میں نے اچانک اس لیڈر کا حوالہ دیا جسے میں نے فساد کے لیے بھاری رقم دی تھی۔ لیڈر کا نام سن کر اس نے نیزہ اپنے ہاتھ سے پھینک دیا مگر اسی اثنا میں دوسرے فسادیوں نے مجھے نرغے میں لے لیا میں نے گڑگڑا کر کہا کہ مجھے ایک بار لیڈر سے مل لینے دو۔ اس کے بعد میرے ساتھ جو چاہو سلوک کر لینا۔

وہ سب مجھے دھکے دے کر اپنے لیڈر کے پاس لے گئے لیکن لیڈر اس وقت بہت مصروف تھا کسی نے بتایا کہ وہ امن کمیٹی کا صدر نشین بن گیا ہے۔ اور کمیٹی کے اجلاس کی صدارت کر رہا ہے میں نے کھڑکی میں سے جھانک کر دیکھا، وہ فساد میں ہلاک ہونے والوں کی یاد میں اپنی آنکھوں سے خشک آنسو بہا رہا تھا۔ اس نے کہا: '' فسادات ہمارے ملک کے ماتھے پر کلنک کا ٹیکہ ہیں۔ ہمارا سر شرم سے جھک گیا ہے۔'' میں حیران نظروں سے لیڈر کو کیوں دیکھتا رہا جیسے اسے پہلے کبھی نہ دیکھا ہو۔ تھوڑی دیر خاموش رہنے کے بعد لیڈر نے اعلان کیا کہ میں اس تباہی سے متاثر ہونے والوں کی امداد کے لیے اپنی طرف سے ریلیف فنڈ میں دس ہزار روپے کا عطیہ دیتا ہوں۔ اس پر سارے ہال میں تالیاں گونج اٹھیں۔ لیڈر کی جئے جئے کار ہونے لگی اور میں۔ تالیوں کی گونج میں پکارتا رہا، ''حضور میں نے آپ کو تیس ہزار روپے دیے تھے آخر بقیہ بیس ہزار آپ نے صرف اپنے ریلیف کے لیے کیوں رکھ لیے؟''

لیکن میری آواز کا وہی حشر ہوا جو نقار خانے میں طوطی کی آواز کا ہوتا ہے۔ میں نے لیڈر سے اپنی دی ہوئی رقم کا حساب پوچھنے کا خیال ترک کر دیا کیوں کہ اس وقت میرے کانوں میں خطرے کی گھنٹیاں بج رہی تھیں۔ میں فسادیوں کی نظر بچا کر بھاگ کھڑا ہوا اور کئی دنوں تک بھاگتا رہا۔ ایک دن بالآخر میں اپنے وطن پہنچ گیا لیکن مجھے اب بھی یوں محسوس ہوتا ہے جیسے مسلسل بھاگ رہا ہوں اور فسادی میرا تعاقب کر رہے ہیں۔ اب ہندوستان کے تاج محل ایلورہ اور اجنتا تو مجھے یاد نہیں رہے۔ ہاں صرف وہاں کے فسادات کی یاد تازہ ہے اور اس قدر تازہ ہے کہ میں اکثر نیند سے چونک کر اُٹھ بیٹھتا ہوں اور چیخنے لگتا ہوں، ''مجھے لیڈر سے ایک بار مل لینے دو''۔

اور مجھے یوں محسوس ہوتا ہے جیسے میرا سارا وجود ایک ایسا نیزہ بن گیا ہے جس پر ایک معصوم بچے کا سر لٹکا ہوا ہے۔

(یوک بھارتی: جماعت بارھویں۔ ۱۹۹۵ء)

رموزِ شکم پروری

یوسف ناظم

ایک اچھی توند جس کی دیکھ بھال بھی معقول طریقے پر کی گئی ہو عمدہ صحت کی نشانی ہے۔ یہ اگر قدرت سے نصیب ہو جائے تو کیا کہنے ورنہ آدمی خود بھی توجہ کرے تو کچھ بعید نہیں ہے کہ وہ ایک متناسب توند کا مالک نہ بن سکے۔ بس تھوڑی سی محنت درکار ہے۔ باڈی بلڈنگ کے کام کے لیے کسی میونسپل لائسنس کی ضرورت نہیں پڑتی اور یہ کوئی غیر قانونی کام بھی نہیں ہے۔ آدمی اپنے جسم کو جیسا اس کا جی چاہے، ترتیب دے سکتا ہے۔ مردوں کے لیے خاص طور پر توند ایک ضروری چیز ہے۔ مردانہ وجاہت اسی کے سہارے بارآور ہوتی ہے۔ جو لوگ یہ سمجھتے ہیں کہ توند آدمی کو تکلیف پہنچاتی ہے وہ غلط سوچتے ہیں۔ ایک توند کسی دوسرے آدمی کو تو تکلیف پہنچا سکتی ہے لیکن خود اس کے مالک کو اس سے کوئی گزند نہیں پہنچ سکتی۔

توند آدمی کے جسمانی حسن میں اضافہ کرتی ہے اور یہ اضافہ دور ہی سے نظر آجاتا ہے۔ اس اضافے کے لیے کوئی حد بھی مقرر نہیں ہے، جمالیاتی فائدے کے علاوہ اس کے اور بھی کئی فائدے ہیں۔ جن میں ایک تو تعلیمی فائدہ ہے۔ توند اگر بہت ابھری ہوئی ہو ایک سطح مرتفع کی طرح اور اس کا گھراؤ بھی خاصا بڑا ہو تو گھر میں بچوں کو یہ سمجھانے میں آسانی ہوتی ہے کہ دنیا گول ہے۔ ثبوت کے طور پر توند پیش کی جا سکتی ہے۔ یہ حتمی دلیل ہوتی ہے اور عین الیقیں کے کام آتی ہے۔ کرۂ ارض کا اس سے بہتر اور کون سا نمونہ ہو سکتا ہے۔ دنیا کا نقشہ بنانے والے جغرافیائی گولے اب بہت قیمتی ہو گئے ہیں بلکہ اب یہ صنعت ڈھاکے کی ململ اور اورنگ آباد کے ہمرو کی صنعت کی طرح روبہ زوال ہے اور دنیا کی گولائی پر مشتمل جست یا کسی اور خام مال کی مدد سے جو گولے بنتے ہیں ہر شخص کی قوت خرید کے احاطے میں نہیں ہوتے۔ ان حالات میں توند ہی سے کام لینا پڑتا ہے۔ یہ گھومتی نہیں ہے لیکن کوشش کی جائے تو گھوم بھی سکتی ہے۔ قدرتی اشیا کو یوں بھی مصنوعات پر

ترجیح حاصل ہے۔ توند میں ہوتا کچھ نہیں ہے صرف توند ہوتی ہے اور اگر یہ تنومند اور شکم پرور ہو تو چلتے وقت یوں ہلتی ہے کہ بعض لوگوں کو محسوس ہوتا ہے کہ شاید اب گرنے والی ہو۔ لیکن یہ ممکن نہیں ہے بلکہ ایسا سوچنا بھی توند کی بے حرمتی کرنے کے علاوہ قدرت کی کاریگری کے متعلق سوئے ظن ہے۔ قدرت نے اسے جزو لاینفک بنایا ہے۔ کچھ لوگ خود اپنی محرومی اور کم مائیگی کی وجہ سے دوسروں کی اس نعمت کو اچھی نظر سے نہیں دیکھتے اور بناوٹی اخلاق کو زیر استعمال لا کر توند کو چھانٹنے کا مشورہ دیتے ہیں اور اپنے مشورے کی تائید میں کچھ طبی اور طبعیاتی مقولے پیش کرتے ہیں۔ یہ سب بغض و حسد کی بنا پر ہوتا ہے۔ ان کے مشورے پر کچھ لوگ عمل بھی کرتے ہیں اور بعد میں پچھتاتے ہیں۔ توند کوئی بادل تو ہے نہیں کہ چھٹ جائے۔ اسے رفع کرنے کے لیے جو ورزش کرنی پڑتی ہے اس میں نہ صرف وقت ضائع ہوتا ہے بلکہ اس سے آدمی کی معیشت بھی متاثر ہوتی ہے۔ چہل قدمی اور جاگنگ پارک میں جا کر کود پھاند میں وہ جوتے جو آج کل چاندی کے بھاؤ بک رہے ہیں اور جن کی پائیداری کی چھ ماہ کی ضمانت دی جاتی ہے اور یہ صرف سہ ہفتوں میں یا تو اپنی باچھیں کھول دیتے ہیں یا ان کی ایڑی اتنی گھس جاتی ہے کہ آدمی کی توند تو کم نہیں ہوتی اس کا قد ضرور گھٹ جاتا ہے۔ اس سلسلے میں گھوڑے کی سواری یا تیراکی کا مشورہ بھی دیا جاتا ہے (مشورہ دینے میں اپنے گھر سے تو کچھ جاتا نہیں ہے) لیکن گھوڑے کی سواری کا تو سوال ہی نہیں پیدا ہوتا۔ گھوڑے کرائے پر ضرور مل جاتے ہیں لیکن وہ صرف (جائز) شادی کے موقعوں پر دولھوں کے استعمال کے لیے دیئے جاتے ہیں۔ اسپ تازی کے لیے نہیں دیئے جاتے۔ گھوڑا بھی آخر مخلوق خداوندی ہے اور ریس گے گھوڑوں کو توند دور کرنے کے مشن میں استعمال کرنا قدرے خطرناک ہے دونوں کے لیے۔ اور تیرنے کی ورزش کا معاملہ تو اسے نقش بر آب سمجھئے۔ ہر علاقے میں سوئمنگ پول تو ہوتے نہیں اور جو ہوتے ہیں ان میں اتنی گنجائش نہیں ہوتی کہ دنیا گول ہے کا مظاہرہ پیش کرنے والوں کے لیے جگہ نکالی جا سکے۔ اس کے علاوہ یہ حوض مقامات مہ وشاں ہوتے ہیں۔ اعلیٰ درجے کے کلب میں غسل آبی کے لیے جو حوض بنائے جاتے ہیں ان کے گرداوران کے اندر تیرنے والوں سے زیادہ ڈوبنے والوں کا مجمع ہوتا ہے۔ بڑے شہروں میں سوئمنگ پول کے علاوہ بوٹ

کلب بھی ہوتے ہیں۔ لیکن یہ بھی ہمارے ممدوحین کے اغراض و مقاصد کے کام نہیں آسکتے۔ اول تو کلب تک پہنچنے کا راستہ بالعموم ان خادمان ملک وقوم کے زیر استعمال رہتا ہے جو اپنے کاروبار کی عملی وضاحت کے لیے ہر روز ایک ریلی منعقد کرتے ہیں۔

ریلی اس چیز کو کہتے ہیں جس کے لیے دنیا کا کوئی قانون کام نہیں آ سکتا۔ یہ ہمیشہ اور ہر جگہ منعقد ہوتی رہے گی اور ایسے ملک میں جہاں روزگار تلاش کرنے والوں کی بہتات ہو، ہر روز کم سے کم چار ریلیاں تو ہونی چاہئیں۔ ان ریلیوں میں ہر وہ شخص حصہ لیتا ہے جسے یہ معلوم نہیں ہوتا کہ اس ریلی کی وجہ تسمیہ کیا ہے۔ ہمارے یہاں خوش قسمتی سے چونکہ لا علم لوگوں کی کمی نہیں ہے اس لیے اس قسم کی ریلیوں میں ایک تا پانچ لاکھ افراد کی شرکت ایک معمول ہے۔ یہ راحت کا معاملہ ہے۔ ریلی کے شرکا کے اخراجات وما حضر سربراہان ریلی کے ذمہ ہوتے ہیں اور ایک ریلی میں شرکت کا نتیجہ یہ ہوتا ہے کہ کم سے کم دو شب و روز شکم سیر ہو کر گزارے جا سکتے ہیں. ان شب و روز میں سے دن کے مقابلے میں رات بہتر گزرتی ہے۔ یہ مخلوط ریلیاں ہوتی ہیں۔

حساب داں لوگوں کا خیال ہے کہ ایک ریلی پر اس غریب اور مقروض ملک میں جتنی رقم خرچ ہوتی ہے اس رقم سے پورے ملک کی شکستہ سڑکوں کی مرمت کی جا سکتی ہے۔ کم سے کم گڑھوں کی خانہ پری تو ہو ہی سکتی ہے۔ یہ کام اس لیے ضروری ہے کہ یہ سڑکیں آخر ریلیوں اور رتھ یاتراؤں ہی میں استعمال ہوں گی۔ ہمارے یہاں اب اس کے علاوہ بھی ہوتا ہے کیا؟ سڑکوں کی مرمت ہو جائے تو ضمناً ضرورت مند لوگ بھی انھیں استعمال کر لیں گے۔ یہ بات بہر حال طے ہے کہ ان ریلیوں کے پس پشت جو لوگ ہوتے ہیں وہ خود ان میں اس لیے حصہ نہیں لیتے کہ اتنے طویل سفر کی وجہ سے ان کے تن و توش پر برا اثر نہ پڑے۔ کچھ توندیں تیل کے ذخائر کی طرح فیض رساں ہوتی ہیں اور ملک وقوم کے بہی خواہ ان ذخائر کی طرح حسب ضرورت تیل حاصل کرتے رہنے کے ماہر ہوتے ہیں یہ ٹیکنالوجی کسی نصاب درس کی نہیں بلکہ میدان سیاست میں برسہابرس کی ریاضت کا نتیجہ ہوتی ہے۔ اس ٹیکنالوجی کی مدد سے خود ان ماہرین کی توند بھی بن جاتی ہے لیکن یہ نظر نہیں آتی۔ سارے چمتکار دکھائی تھوڑے ہی دیتے ہیں۔ ان لوگوں کے دامن کانٹوں سے محفوظ رہتے

ہیں اس کی وجہ یہ بتائی جاتی ہے کہ نباتات میں بھی جان ہوتی ہے۔ یہ بات اب تسلیم کر لی گئی ہے اور اب تو خار دار درختوں اور پودوں کے کانٹے بھی اتنے حساس ہو گئے ہیں کہ وہ کوئی ایسا دامن نہیں تھامتے جو صاف نہ ہو۔ عوام کے ہمدرد لوگ اسی لیے کسی جگہ بھی جائیں کوئی دامن گیر نہیں ہوتا۔ ان کے سرخرو ہونے کے لیے ہر جگہ گرین سگنل موجود ہے۔ ہمیں کچھ کچھ یاد ہے کہ کسی شاعر نے کہا تھا کہ ع

گلوں سے خار بہتر ہیں جو دامن تھام لیتے ہیں

لیکن یہ کوئی کار آمد بات نہیں تھی بلکہ ایک شاعر نے تو اپنے راستے میں کانٹے بچھے دیکھ کر کہا تھا کہ

جی خوش ہوا ہے راہ کو پرخار دیکھ کر

بھلا یہ بھی کوئی نظریۂ حیات ہوا۔ اسی قسم کی باتوں سے تو زندگی میں اداسی اور مایوسی در آتی ہے۔ زندگی گزارنے کا فن صرف ان لوگوں کو آتا ہے جو گلوں کی بات کرتے اور وقتاً فوقتاً گل عذاروں سے انسپریشن حاصل کرتے ہیں اور اس کے لیے آدمی کو یا تو سیاسی شطرنج کا کھلاڑی ہونا چاہیے یا پھر کم سے کم امتحانی پرچوں کا ممتحن، بلکہ ممتحن، ہونے میں فائدے زیادہ ہیں۔ اسٹار ٹی وی کے پروگراموں سے گہرا تعلق رکھنے والے (ذہین) طالب علموں کے (مجبور) والدین ممتحنوں کی فلاح و بہبود کے لیے ہمہ تن فکرمند رہتے ہیں۔ یہ بھی ان کے روزمرہ مشاغل میں ایک اہم مصروفیت ہوتی ہے اور ان کی اسی فکر اور توجہ کے طفیل یہ طالب علم کبھی فیل نہیں ہونے پاتے۔ البتہ کمپیوٹر فیل ہو جاتے ہیں۔ کمپیوٹروں کے انہی پوشیدہ فوائد کی وجہ سے اب ہر نوجوان ان کی طرف راغب ہوتا جا رہا ہے۔ بعض صورتیں تو اتنی خوش گوار ہوتی ہیں کہ مخصوص طالب علموں کے چند منتخب جوابی پرچے ممتحن تک پہنچنے ہی نہیں پاتے اور گم شدہ پرچوں پر شبہ کا فائدہ دیے جانے کا مقبول عام طریقہ جو حال میں رائج ہوئے اس سے طالب علموں کی اعلیٰ تعلیم کے دروازے کھول دیے ہیں اور یہ دروازہ پچھلا دروازہ نہیں حسن انتظام کہا جاتا ہے۔ ریلیوں کے شرکا کی طرح یہاں بھی متعلقین کے دو چار شب و روز اچھے گزر جاتے ہیں۔

ان والدین کو بھی مناسب داد دینی چاہیے جو اپنے فرزندار جمند یا دختر نیک اختر کی

شادی کے موقع پر اپنے مہمانوں کو صرف دعوتی کارڈ ہی نہیں بھیجتے بلکہ ساتھ میں چاندی کا سکہ بھی بھیجتے ہیں۔ اپنے نام کا سکہ جاری کرنے کا اس سے بہتر اور کوئی موقع نہیں ہوتا۔ ان سکوں میں 100 فیصدی چاندی استعمال کی جاتی ہے۔ یہ نہیں کہ سرکاری سکوں کی طرح ملاوٹ کے سکے جاری کر دیے جائیں۔ اپنے نام کے سکے جاری کرنے کا حق پچھلے زمانے میں صرف بادشاہوں، راجاوں اور مہاراجاؤں کا تھا۔ ہر سکے پر ان کی شبیہہ بھی ہوتی۔ شبیہہ تو اتنی صاف نہیں ہوتی تھی لیکن تاج شاہی والا حصہ بہت صاف رہتا تھا اور تاج کے پورے خدوخال نمایاں رہتے تھے۔ اڑتی چڑیا کے پر گن لینے والے لوگ تو تاج میں لگے ہوئے موتی بھی گن لیتے تھے۔ راجے مہاراجے اور بادشاہ اپنے اپنے مداحوں کے منہ اشرفیوں سے بھر دیتے تھے (مشہور تو یہی ہے) یہ والدین اپنے باراتیوں کے منہ چاندی کے سکے سے بھرتے تو نہیں ہیں لیکن بند ضرور کر دیتے ہیں۔ قارون کے خزانے کے دفن ہو جانے کے واقعے سے ہمارا اعتقاد اٹھتا جا رہا ہے (ضعیف العمری اور ضعیف الاعتقادی میں بھی شاید بہناپا ہو۔)

ہم نے ٹیلی ویژن پر کچھ ایسے پہلوانوں کو بھی دیکھا ہے جن کی کمر میں ہاتھ نہیں ڈالا جاسکتا۔ یہ اتنی وسیع اور فراخ ہوتی ہے کہ قانون کے لمبے ہاتھ بھی یہاں کام نہیں آ سکتے۔ اس کمر کو کمر کہنا مناسب نہیں ہے۔ ان پہلوانوں میں سے کم ترین کمر رکھنے والے پہلوان کی کمر میں کم سے کم وہ سو کمریں سما سکتی ہیں جن کا ذکر اُردو شاعری میں آیا ہے ایسی مدور، مرغن اور سڈول کمر کے بارے میں معلوم نہیں ہمارے شاعر طبع آزمائی کرنے سے کیوں ہچکچاتے ہیں اس کی وجہ شاید یہ ہوگی کہ یہ کمر ایک شعر میں سما نہیں سکتی اس کے لیے پورا ایک شاہ نامہ درکار ہے۔ یہ امر بھی دریافت طلب ہے کہ آخر یہ کمر آتی کسی کام ہے۔ کوئی فیتہ اسے ناپ نہیں سکتا۔ اور سرخ فیتہ تو کب کا بیکار ہو چکا۔

(یووک بھارتی: بارھویں۔ ۱۹۹۵ء)

لیٹر پیڈ

شکیل اعجاز

آپ جس جگہ تشریف رکھتے ہیں وہاں سے سامنے کی برتھ پر سیدھی طرف دیکھیے، وہ جو کھڑکی کے پاس نوجوان بیٹھا ہے، کیسا معصوم صورت دکھائی دیتا ہے لیکن اس کے دل میں بھی یہ خواہش ہوسکتی ہے کہ سامنے بیٹھے ہوئے گنجے کے سر پر چپت رسید کرے اور واپس اسی بے نیازی سے بیٹھا رہے لیکن وہ گنجے کی صحت مند جسم کے آس پاس بیٹھے پہلوانوں سے ڈرتا ہے۔ جہاں دونوں نہیں ہوں گے وہ اپنی خواہش پوری کرے گا۔ شیطانی خواہشیں ہم میں موجود ہوتی ہیں۔ ہم انھیں رسیوں سے باندھ کر اندھیری کوٹھری میں ڈال دیتے ہیں تاہم جب کبھی موقع ملتا ہے رسیاں تڑانے کی کوشش شروع ہوجاتی ہے۔ کئی نامور ادیب وشعرا کے بارے میں پڑھا ہے کہ وہ مختلف شیطانی خواہشات دلوں میں پالتے تھے۔ چوری کرنے کے شوقین کوئی صاحب اگر جبراً تعلیم یافتہ بنا دیے گئے ہوتو کتابیں چرا کر تسکین پالیتے ہیں کہ کسی نے پکڑ بھی لیا تو سزا دینے کی بجائے اور مزید کتابیں ہی دے دے گا۔ ذوق مطالعہ سے متاثر ہوکر ہم کہنا یہ چاہتے ہیں کہ شریف النفس نظر آنے والوں میں بیشتر کے دلوں میں مجرمانہ خیالات کبھی نہ نکلنے والے کرایہ داروں کی طرح مقیم ہوتے ہیں۔

اگر آپ کے دماغ میں بھی یہ خیال سانپ کی طرح سرسرانے لگا ہو کہ کسی کے ساتھ دغا فریب کریں اور قانون سے بچے بھی رہیں تو اس کا آسان طریقہ یہ ہے کہ لیٹر پیڈ چھپوا لیجیے۔ فی الحال اس سے زیادہ دھوکہ باز چیز کوئی اور نہیں، یقین نہ ہو تو ایک خوبصورت لیٹر پیڈ والا خط نکالیے اور صاحب لیٹر پیڈ سے ملنے جائیے۔ واپس لوٹیں گے تو جھنجھلاہٹ کے چلو بھر پانی میں ڈوب مرنے کی کوشش کر رہے ہوں گے۔ آپ کے

تصورات کا شیش محل حقیقت کے ایک ہی پتھر سے پاش پاش ہو چکا ہوگا۔ اس لئے کہ لیٹر پیڈ جتنا چکنا تھا وہ اتنے ہی کھردرے نکلے۔ یہ جتنا نفیس، وہ اتنے ہیں گندے، یہ جتنا کشادہ، وہ اتنے ہی کوتاہ دل، پھر آپ نے ہمت کر کے سوال کا ایک چابک ان کے کانوں پر رسید بھی کر دیا کہ...

''آپ اسی طرح رہتے بستے ہیں تو ایسا دھوکے باز لیٹر پیڈ کیوں چھپوایا؟''

دوٹوک جواب کے مضبوط ہاتھ آپ کو پوری طاقت سے شرمندگی کے کیچڑ میں اوندھے منہ گرا دیں گے۔

''ہم میں جو نفاست اور دلکشی تھی اس پر صرف کر دی۔ آپ ہی بد ذوق اور نا سمجھ ہیں کہ لیٹر پیڈ دیکھ کر ملاقات کرنے چلے آئے۔ کل آپ یہ بھی کریں گے کہ اسٹیج پر کسی کو اکبر اعظم کا رول کرتے دیکھ کر فوراً جاگیر مانگنے چلے جائیں گے۔''

آپ بے بس ہیں نہ پولیس میں رپورٹ لکھوا سکتے ہیں نہ ان کو پکڑ کر پیٹ سکتے ہیں۔ کہاں لکھا ہے اچھا لیٹر پیڈ چھپوانا جرم ہے۔

حالات' زمانے کا شکار ہوتے رہتے ہیں۔ کبھی یہ دستور تھا کہ گھوڑا رکھنا شان سمجھا جاتا تھا۔ گھر میں چوری کرنے جیسا کچھ نہ ہو تب بھی دربان بٹھانا وضع داری میں داخل تھا اب لیٹر پیڈ چھپوانا باعث افتخار سمجھا جانے لگا ہے۔

دل کی سرزمین غلط فہمیوں کے درختوں کے لیے بڑی زرخیز ہوتی ہے اب یہ غلط فہمی بھی اپنی جڑیں مضبوط کر چکی ہے کہ لباس اور مکان کی طرح لیٹر پیڈ سے بھی شخصیت ابھرتی ہے۔ بعض لوگ اس مردم شناسی میں طاق ہوتے ہیں۔ لیٹر پیڈ سے شخصیت کے اظہار والی بات مشہور ہونے سے یہ نقصان ہوا کہ لوگ شخصیت کی بجائے صرف لیٹر پیڈ سنوارنے پر صلاحیتیں صرف کرنے لگے۔ ایک سے ایک خوش رنگ، خوش بو اور خوش قیمت لیٹر پیڈ چھپنے لگے اس سے سب کا تاثر ختم ہو گیا۔ بالکل اسی طرح جیسے الفاظ کے مسلسل استعمال سے ہوتا ہے۔ سب واقف ہیں کہ 'السلام علیکم!' کا مفہوم 'تم پر سلامتی' ہوتا ہے تاہم دل میں صد فیصد

نفرت رکھ کر سلام کرنے والوں کی کمی نہیں۔ خود آپ نے کئی دفعہ کسی ناپسندیدہ شخص سے ہاتھ ملاتے ہوئے 'بڑی خوشی ہوئی آپ سے مل کر' کہا ہوگا اور مقابل نے بھی یقین کر لیا ہو گا کہ آپ کو قطعی خوشی نہیں ہوئی۔

گیارہویں جماعت میں ٹیچر نے ایک دن کہا کہ کل سے گیدرنگ شروع ہو رہی ہے یونیفارم کے بجائے عام لباس میں آسکتے ہیں۔ دوسرے دن سے ہم میں قیمتی کپڑوں کے مقابلے شروع ہو گئے۔ ہر ایک کی یہی خواہش کہ سب سے منفرد دکھائی دے۔ ہمارے ایک دوست نے سوتی کپڑے کا پاجامہ کرتا اور مرزا غالبؔ ٹائپ ٹوپی سلوائی، شوز کے زمانے میں کہیں سے کھڑاؤں لے آئے اور نہ صرف کلاس میں بلکہ پورے اسکول میں سب سے منفرد ٹھہرے۔ ایک سیدھے سادھے لباس نے قیمتی لباسوں کی چمک دمک ماند کر دی تھی۔ لیٹر پیڈ کا بھی یہی معاملہ ہوا۔ جب ساری شان وشوکت پیڈ پر سمٹ آنے لگی تو کسی نے سادے کاغذ پر مختصر سا نام پتہ لکھوا لیا اور ہزاروں کی بھیڑ سے الگ نظر آیا۔ آج کل پیڈ پہیلیوں کی شکل میں بھی آنے لگے ہیں۔ کسی پر صرف ایک چڑیا بنی ہیں آپ پہچانیے کہ یہ فلاں شاعر کا ہے۔ کسی پر چھری ہے آپ سوچیے کہ یہ تنقید نگار کا ہے۔ بعض پیشوں سے مناسبت رکھتے ہیں، چنانچہ کسی پر قینچی اور استرا بنا ہوتا ہے۔ بہت سے لوگ لیٹر پیڈ چھپوا کر مشکل میں پڑ جاتے ہیں اور بادل ناخواستہ خطوط لکھتے رہتے ہیں۔ عموماً اس قسم کے لوگ اخبارات میں مراسلے اور ریڈیو فرمائشیں بھیجتے ہیں۔ ایک روپیہ بچانے کے لئے دس روپے خرچ کرنے والی بات آپ نے سنی ہوگی۔ اس کا عملی تجربہ کرنا ہو تو کسی کو لیٹر پیڈ چھپا کر دے دیجیے وہ اپنا سارا پیسہ بہت احتیاط سے ڈاک ٹکٹوں پر خرچ کرے گا۔ خطوط کے لیے موضوع کی تلاش کریں گے۔ کہیں بھیڑ دکھائی دی اور یہ اس امید پر وہاں لپکے کہ کسی کا قتل ہو گیا ہوگا پھر یہ دیکھ کر اداس ہو گئے کہ یہ تو ناقابل تحریر معمولی خراش والا معاملہ ہے۔ تھک ہار کر پڑوسیوں کو آپس میں لڑوا دیا اور فریقین کے رشتے داروں کو لیٹر پیڈ سے مطلع کر کے اطمینان کی سانس لی۔ یہ ساری بھاگ دوڑ صرف اس لیے کہ لیٹر پیڈ پڑے

پڑے خراب نہ ہو جائے۔ یہ بھی کنجوسی کی ایک قسم ہے۔ ہم نے اپنے ایک کنجوس دوست کو سر درد کی دس ٹکیاں یہ کہہ کر دے دیں کہ ایک ماہ بعد بے کار ہو جائیں گی۔ دوسرے دن وہ دکانوں پر پوچھتے پھر رہے تھے کہ صاحب سر میں درد 'اٹھنے' کی گولیاں ہوں تو دیجیے۔ مہینہ بھر تک سر میں درد اٹھنے کی دعا صدق دل سے کرتے رہے۔ کنجوس لوگ یوں بھی دلچسپ ہوتے ہیں۔ ایک صاحب ٹیلی گراف ڈپارٹمنٹ سے ریٹائرڈ ہوئے تو اور معاملوں کے علاوہ بات کرنے میں بھی کنجوس ہو گئے تھے۔ دس سوالوں کا ایک جواب دیتے، جیسے زیادہ بولیں گے تو چارج بڑھ جائے گا۔ بکواس کرنے والوں کو 'فضول خرچ' کہا کرتے تھے۔

کوئی شخص رشتے داروں کی کوششوں سے میٹرک پاس ہو جائے تو سرٹیفیکٹ فریم کروا کر دیوار پر لگایا جاتا ہے۔ کسی کی ایک آدھ تصویر فوٹو گرافر کی لغزش سے اچھی نکل آئے تو اسے ڈرائنگ روم میں بارہ سینگھوں کے سینگ یا شیر کی کھال کی طرح سجاتا ہے۔ ایک کہنہ مشق لیکن بے تکے شاعر کے گھر میں ایک فریم اہتمام سے لگی دیکھ کر پوچھا تو پتہ چلا کہ کسی ایسے نقاد نے، جو اچھے اچھوں کو شاعر نہیں مانتا، ان پر ترس کھا کر دو تین تعریفی جملے لکھ دیے تھے۔ اسی طرح جو لوگ کافی تگ و دو اور منت سماجت سے دو ایک انجمنوں کی صدارت... یا سکریٹریٹ سے جھولی بھرنے میں کامیاب ہو جاتے ہیں وہ لیٹر پیڈ میں اس کا ذکر ضرور کرتے ہیں۔ بلکہ ذکر کے لیے ہی پیڈ چھپاتے ہیں۔ برسوں بعد ایک دوست کا خط ملا تو ہم بہت حیران ہوئے۔ پیڈ پر ان کے نام کے نیچے جلی حروف میں یہ لکھا تھا۔

'صدر اور سکریٹری انجمن نصیب ماراں' اسکول لائف میں وہ بڑے مظلوم سے تھے۔ اچانک اتنے سرگرم کیسے ہو گئے کہ صدر اور سکریٹری بننے لگے۔ چھان بین پر پتہ چلا کہ یہ جس انجمن کے صدر ہیں اس میں دو ہی ممبر ہیں۔ ایک تو یہ خود ہیں اور دوسرے بھی یہی خود ہیں۔ ہمیں یقین ہے کہ لیٹر پیڈ پر جن کمیٹیوں اور انجمنوں کا ذکر ہوتا ہے ان میں سے بیشتر ایسی ہی ہوتی ہیں۔ ایسے پیڈ عہدوں سے بھرے ہوتے ہیں۔ خط لکھنے کے لیے ذرا سی جگہ بچ رہتی ہے۔ اور اگر عدم خود اعتمادی یا احساس کمتری کا آتش فشاں پھٹ نہ پڑا

تو سابق عہدوں کا بھی تذکرہ ہوتا ہے جیسے : سابق اسکول کیپٹن پرائمری اسکول نمبر 3

ان میں سابق بہت چھوٹے قلم سے لکھا ہوتا ہے

ممکن ہے مستقبل میں ایسے پیڈ بھی چھپیں جن میں آئندہ عہدوں کا تذکرہ ہو۔

گورنر آف دی اسٹیٹ...(مستقبل)

نوبل پرائز یافتہ...(مستقبل)

دنیا کا سب سے اچھا اور عقلمند آدمی...(مستقبل)

تیسرے درجے کا عشق پیڈ کے بغیر ادھورا ہے۔ یہ نامہ بر کی ترقی یافتہ شکل ہے۔ عشق جتنا سطحی ہوگا پیڈ اتنا قیمتی ہوگا۔ بے روزگار عاشق دکانوں پر پیڈ تلاش کرتے پھرتے ہیں۔ کامیاب تاجر وہی ہوگا جو گاہک کی دکھتی رگ پکڑ سکتا ہو۔ چنانچہ کمپنیاں خصوصی پیڈ تیار کرتی ہیں۔ جن میں عمر خیام، بیل باٹم پہنے، ایک ہاتھ میں سگریٹ اور دوسرے ہاتھ میں خالی گلاس لیے (جو عمر خیام نے بے خودی میں الٹا پکڑ رکھا ہے۔) لڑکی کی طرف غصیلی نظروں سے دیکھ رہے ہیں۔ ہاتھ میں ایک صراحی ہے جس کے ٹوٹی اور پیندا نہیں ہے۔ وہ فرط مسرت سے ایسی دیوانی ہو چکی ہے کہ الٹے گلاس کی بجائے سگریٹ میں انڈیل رہی ہے۔ سچا عشق وہی جو بس بھروسہ کر لیتا ہے۔ دلائل نہیں مانگتا۔ اس لیے عاشق و معشوق پر لازم ہے کہ وہ اس طرف توجہ نہ دیں کہ 'عدم پیندگی' کے باوجود صراحی سے گڑ کی چائے کیوں نکل رہی ہے۔ محبت سچی ہو تو صراحی کو پیندے کی ضرورت نہیں پڑتی۔ جنگل کے سارے پھول اڑ اڑ کر دونوں کے پاس آ گئے ہیں۔ پس منظر میں سورج کی روشنی پھیلی ہوتی ہے اور بادلوں سے چاند نکل رہا ہے۔ بارش زوروں سے ہو رہی ہے۔ کمپنیوں کے مالک بھلے ہی جاہل ہوں مگر اس راز سے واقف ہیں کہ اشعار میں جادو ہوتا ہے۔ وہ پڑھے لکھے کو بلا کر کسی بڑے شاعر کے شعر کی نمائش کرتے ہیں۔ پڑھا لکھا غور سے دیکھتا ہے کہ عمر خیام زمین پر بے چینی کے عالم میں بیٹھے ہوئے ہیں۔ لڑکی کے گلے میں زنجیر لٹک رہی ہے۔ اور یہ شعر لکھ دیتا ہے۔

اسپ تازی شدہ مجروح بہ زیرِ پالان
طوق زریں ہمہ در گردن خرمی بینم

دونوں شعر پڑھتے اور سر دھنتے ہیں۔ (شعر سمجھ میں نہ آئے تو سر دھننے میں زیادہ لطف آتا ہے۔)

کوئی صاحب غلط فہمی کے مسحور کن بازوؤں میں سمٹے نہ رہیں کہ لیٹر پیڈ ترقی یافتہ دور کی دین ہے۔ یہ تو اسی وقت وجود میں آ گیا تھا جب انسان نے لکھنا شروع کیا تھا۔ فرق یہ ہے کہ آج کا لیٹر پیڈ کاغذ سے بنتا ہے، پرانے وقتوں میں چٹانوں اور پہاڑوں سے بنتا تھا۔ وہ زیادہ پائیدار ہوتا تھا۔ نہ پھٹنے جلنے کا خدشہ، نہ تحریریں مٹ جانے کا ڈر، ہزاروں سال پرانی یہ لیٹر پیڈ چٹانوں اور پہاڑوں کی صورت میں آج بھی محفوظ ہیں اور قیامت تک رہیں گے۔

تاریخ نویسوں نے قدیم شہنشاہوں کے بارے میں یہ افواہ پھیلا رکھی ہے کہ انھیں عمارتیں بنوانے کا شوق تھا۔ دراصل انھیں لیٹر پیڈ بنوانے کا شوق تھا۔ یقین نہ آئے تو لال قلعہ، اشوک کی لاٹ، تاج محل، قطب مینار اور دوسری عمارتیں دیکھ آیئے۔ وہاں جابجا آپ کو تحریریں دکھائی دیں گی۔ تاج محل کو بھلے آپ مقبرہ کہیں ہم تو لیٹر پیڈ کہیں گے۔ دیکھیے کیسا خوبصورت خوب رنگت اور خوب قیمت لیٹر پیڈ ہے۔

(یووک بھارتی: بارھویں۔ ۱۹۹۵ء)

✤✤✤

طنزیہ و مزاحیہ مضامین

جنونِ لطیفہ

مشتاق احمد یوسفی

عام طور پر یہ سمجھا جاتا ہے کہ بدذایقہ کھانا پکانے کا ہنر صرف تعلیم یافتہ بیگمات کو آتا ہے لیکن ہم اعداد وشمار سے ثابت کرسکتے ہیں کہ پیشہ ور باورچی اس فن میں کسی سے پیچھے نہیں۔ اصل بات یہ ہے کہ ہمارے ہاں ہر شخص یہ سمجھتا ہے کہ اسے ہنسنا اور کھانا آتا ہے۔ اسی وجہ سے پچھلے سو برس سے یہ فن کوئی ترقی نہیں کرسکے۔ ایک دن ہم نے اپنے دوست مرزا عبدالودود بیگ سے شکایتاً کہا ''اب وہ خانساماں جو ستر قسم کے پلاو پکا سکتے تھے، رفتہ رفتہ ناپید ہوتے جارہے ہیں۔'' جواب میں انھوں نے بالکل الٹی بات کہی۔

کہنے لگے ''خانساماں وانساماں غایب نہیں ہورہے بلکہ غایب ہورہا ہے وہ ستر قسم کے پلاو کھانے والا طبقہ جو بٹلر اور خانساماں رکھتا تھا اور اڑد کی دال بھی ڈنر جیکٹ پہن کر کھاتا تھا۔ اب اس وضعدار طبقے کے افراد باورچی نوکر رکھنے کے بجائے نکاحِ ثانی کرلیتے ہیں۔ اس لیے کہ گیا گزرا باورچی بھی روٹی کپڑا اور تنخواہ مانگتا ہے۔ جبکہ منکوحہ فقط روٹی کپڑے پر ہی راضی ہوجاتی ہے، بلکہ اکثر وبیشتر کھانے اور پکانے کے برتن بھی ساتھ لاتی ہے۔''

مرزا اکثر کہتے ہیں کہ خود کام کرنا بہت آسان ہے مگر دوسروں سے کام لینا بہت دشوار ہے۔ بالکل اسی طرح جیسے خود مرنے کے لیے کسی خاص قابلیت کی ضرورت نہیں پڑتی لیکن دوسروں کو مرنے پر آمادہ کرنا بڑا مشکل کام ہے۔ معمولی سپاہی اور جرنیل میں یہی فرق ہے۔

اب اسے ہماری سخت گیری کہیے یا نااہلی یا کچھ اور، کہ کوئی خانساماں ایک ہفتے سے زیادہ نہیں ٹکتا۔ ایسا بھی ہوا ہے کہ ہنڈیا اگر شبراتی نے چڑھائی تو بگھار رمضانی نے دیا اور دال بلاقی خاں نے بانٹی۔ ممکن ہے مذکورالصدور حضرات اپنی صفائی میں یہ کہیں کہ:

ہم وفادار نہیں تو بھی تو دل دار نہیں!

لہٰذا ہم تفصیلات سے احتراز کریں گے۔ مقصد سردست ان باورچیوں کا تعارف کرانا ہے جن کی دامے درمے خدمت کرنے کا شرف ہمیں حاصل ہو چکا ہے۔ اگر ہمارے لہجے میں کہیں تلخی جھلک آئے تو اسے تلخی کام و دہن پر محمول کرتے ہوئے، باورچیوں کو معاف فرمائیں۔

کچھ دن ہوئے ایک مڈل فیل خانساماں ملازمت کی تلاش میں آ نکلا اور آتے ہی ہمارا نام اور پیشہ پوچھا۔ پھر سابق خانساماؤں کے پتے دریافت کیے۔ نیز یہ کہ آخری خانساماں نے ملازمت کیوں چھوڑی؟ باتوں باتوں میں انھوں نے یہ عندیہ بھی لینے کی کوشش کی کہ ہم ہفتے میں کتنی دفعہ باہر مدعو ہوتے ہیں اور باورچی خانے میں چینی کے برتنوں کے ٹوٹنے کی آواز سے ہمارے اعصاب اور اخلاق پر کیا اثر مرتب ہوتا ہے۔ ایک شرط انھوں نے یہ بھی لگائی کہ اگر گرمیوں کی چھٹیوں میں پہاڑ پر جائیں گے تو پہلے ''عوضی مالک'' پیش کرنا پڑے گا۔

کافی ردوکد کے بعد ہمیں یوں محسوس ہونے لگا جیسے وہ ہم میں وہی خوبیاں تلاش کر رہے ہیں جو ہم ان میں ڈھونڈ رہے تھے۔ یہ آنکھ مچولی ختم ہوئی اور کام کے اوقات کا سوال آیا تو ہم نے کہا کہ'' اصولاً ہمیں محنتی آدمی پسند ہیں۔ خود بیگم صاحبہ صبح پانچ بجے سے رات کے دس بجے تک گھر کے کام کاج میں لگی رہتی ہیں۔'' کہنے لگے،''صاحب! ان کی بات چھوڑیئے۔ وہ تو گھر کی مالک ہیں۔ میں تو نوکر ہوں!'' ساتھ ہی ساتھ انھوں نے یہ وضاحت بھی کر دی کہ برتن نہیں مانجھوں گا۔ جھاڑو نہیں دوں گا۔ ایش ٹرے صاف نہیں کروں گا، میز نہیں لگاؤں گا، دعوتوں میں ہاتھ نہیں دھلاؤں گا۔

ہم نے گھبرا کر پوچھا، ''پھر کیا کرو گے؟''

''یہ تو آپ بتایئے۔ کام آپ کو لینا ہے۔ میں تو تابع دار ہوں۔''

جب سب باتیں حسبِ منشاو ضرورت (ضرورت ہماری، منشا ان کی) طے ہو گئیں تو ہم نے ڈرتے ڈرتے کہا'' بھئی سودا سلف لانے کے لیے فی الحال کوئی علیحدہ نوکر نہیں ہے۔ اس لیے کچھ دن تمھیں سودا بھی لانا پڑے گا۔ تنخواہ طے کرلو۔''

فرمایا،'' جناب! تنخواہ کی فکر نہ کیجیے۔ پڑھا لکھا آدمی ہوں۔ کم تنخواہ میں بھی خوش رہوں گا۔''

''پھر بھی؟''

کہنے لگے، ''پچھتّر روپے ماہوار ہوگی لیکن اگر سودا سلف لانا پڑا تو چالیس روپے ہوگی!''

ان کے بعد جو خانساماں آیا، اس نے کہا کہ ''میں چپاتیاں بیٹھ کر پکاؤں گا۔ مگر برادے کی انگیٹھی پر۔'' چنانچہ ان کے لیے لوہے کی انگیٹھی بنوائی۔ تیسرے کے لیے چکنی مٹّی کا چولھا بنوانا پڑا۔ چوتھے کے مطالبے پر مٹّی کے تیل سے جلنے والا چولھا خریدا۔ اور پانچواں خانساماں اتنے سارے چولھے دیکھ کر ہی بھاگ گیا۔

ایک ظالم کا نام یاد نہیں آرہا۔ البتہ صورت اور خدوخال اب تک یاد ہیں۔ ابتدائے ملازمت سے ہم دیکھ رہے تھے کہ وہ اپنے ہاتھ کا پکا ہوا نہیں کھاتا، بلکہ پابندی سے ملباری ہوٹل میں اکڑوں بیٹھ کر دو پیسے کی چٹ پٹی دال اور ایک آنے کی تنوری روٹی کھاتا ہے۔ آخر ایک دن ہم سے نہ دیکھا گیا اور ہم نے اس کا سبب پوچھا تو تنک کر بولا، ''صاحب! ہاتھ بیچا ہے، زبان نہیں بیچی!''

اس نے نہایت مختصر مگر غیر مبہم الفاظ میں یہ واضح کردیا کہ اگر اسے اپنے ہاتھ کا پکا کھانا کھانے پر مجبور کیا گیا تو وہ فوراً استعفیٰ دے دے گا۔ اس کے رویے سے ہمیں بھی شبہ ہونے لگا کہ وہ واقعی خراب کھانا پکاتا ہے۔

گزشتہ سال ہمارے حال پر رحم کھا کر ایک کرم فرما نے ایک تجربہ کار باورچی بھیجا۔ جو ہر علاقے کے کھانے پکانا جانتا تھا۔ ہم نے کہا، ''بھائی اور تو سب ٹھیک ہے مگر تم سات مہینے میں دس ملازمتیں چھوڑ چکے ہو۔ یہ کیا بات ہے؟''

کہنے لگے، ''صاب! آج کل وفادار مالک کہاں ملتا ہے؟''

اسی دن شام کو ہم نے گھبرا کر پوچھا کہ دال میں پرانے جوتوں کی بو کیوں آ رہی ہے؟

جواب میں انھوں نے ایک دھواں دھار تقریر کی جس کا لب لباب یہ تھا کہ مارواڑی سیٹھوں کے پھلنے پھولنے اور پھیلنے کا راز ہینگ میں مضمر ہے۔

اور دوسرے دن جب ہم نے دریافت کیا کہ بندہ خدا یہ چپاتی ہے یا دستر خوان؟

تو ہنس کر بولے کہ وطن مالوف میں روٹی کے حدود اربعہ یہی ہوتے ہیں۔

آخر کئی فاقوں کے بعد ایک دن ہم نے بہ نظرِ حوصلہ افزائی کہا:

''آج تم نے چاولوں کا اچار بہت اچھا بنایا ہے۔''

دہکتے ہوئے توے پر بیڑی سلگاتے ہوئے بولے، ''کاٹھیاواڑی پلاو میں قورمے کے مسالے پڑتے ہیں!''

''خوب! مگر یہ قورمے کا مزہ تو نہیں!''

''وہاں قورمے میں اچار کا مسالہ ڈالتے ہیں!''

پھر ایک دن شام کے کھانے پر مرزا نے ناک سکیڑ کر کہا، ''میاں! کیا کھیر میں کھٹملوں کا بگھار دیا ہے؟''

سفید دیوار پر کوئلے سے سودے کا حساب لکھتے ہوئے حقارت سے بولے، ''آپ کو معلوم نہیں؟ شاہان اودھ لگی ہوئی فیرنی کھاتے تھے؟''

''مگر تم نے دیکھا کیا انجام ہوا اودھ کی سلطنت کا؟''

مختصر یہ کہ ڈیڑھ مہینے تک وہ صبح و شام ہمارے ناپختہ ذوق و ذائقہ کو سنوارتا اور

مشروبات و ماکولات سے وسیع المشربی کا درس دیتا رہا۔ آخر آخر میں مرزا کو شبہ ہو چلا تھا کہ وہ غیر ملکی ایجنٹ ہے جو سالن کے ذریعے صوبائی غلط فہمیاں پھیلا رہا ہے۔

احباب نے مشورہ دیا کہ "ریفریجریٹر خرید لو۔ روز روز کی جھک جھک سے نجات مل جائے گی۔ بس ایک دن لذیذ کھانا پکوالو۔ اور ہفتے بھر ٹھاٹ سے کھاؤ اور کھلاؤ۔"

قسطوں پر ریفریجریٹر خریدنے کے بعد ہمیں واقعی بڑا فرق محسوس ہوا۔ اور وہ فرق یہ ہے کہ پہلے جو بدمزہ کھانا صرف ایک ہی وقت کھاتے تھے، اب اسے ہفتے بھر کھانا پڑتا ہے۔

ہم نے اس عذاب مسلسل کی شکایت کی تو وہی احباب تلقین فرمانے لگے کہ "جب خرچ کیا ہے صبر بھی کر، اس میں تو یہی کچھ ہوتا ہے۔"

کل پھر مرزا سے اپنی گوناگوں مشکلات کا ذکر کیا تو کہنے لگے: "یہ الجھنیں آپ نے اپنے چٹورپن سے خواہ مخواہ پیدا کر رکھی ہیں۔ ورنہ سادہ غذا اور اعلیٰ خیالات سے یہ مسئلہ کبھی کا خود بخود حل ہو گیا ہوتا۔ یہی آئین قدرت ہے اور یہی آزاد تہذیب کی اساس بھی! آپ نے مولوی اسماعیل میرٹھی کا وہ پاکیزہ شعر نہیں پڑھا؟

ملے خشک روٹی جو آزاد رہ کر
تو وہ خوف و ذلت کے حلوے سے بہتر

عرض کیا، "مجھے کسی کے آزاد رہنے پر، خواہ وہ شاعر ہی کیوں نہ ہو، کوئی اعتراض نہیں۔ لیکن اس شعر پر مجھے عرصہ سے یہ اعتراض ہے کہ اس میں آزادی سے زیادہ خشک روٹی کی تعریف کی گئی ہے۔ ممکن ہے عمدہ غذا اعلیٰ تہذیب کو جنم نہ دے سکے، لیکن اعلی تہذیب کبھی خراب غذا برداشت نہیں کر سکتی"۔

فرمایا، "خراب کھانا کھا کے بدمزہ نہ ہونا، یہی شرافت کی دلیل ہے۔"

گزارش کی، "مردانگی تو یہ کہ آدمی عرصہ تک عمدہ غذا کھائے اور شرافت کے جامے سے باہر نہ ہو!"

مشتعل ہوگئے، ''بجا! لیکن یہ کہاں کی شرافت ہے کہ آدمی اُٹھتے بیٹھتے کھانے کا ذکر کرتا رہے۔''

ہم نے ٹوکا، ''آپ بھول رہے ہیں کہ فرانس میں کھانا کھانے اور پکانے کا شمار فنونِ لطیفہ میں ہوتا ہے۔''

وہ بگڑ گئے، ''مگر آپ نے تو اسے جنونِ لطیفہ کا درجہ دے رکھا ہے۔ اگر آپ واقعی اپنی بے قصور قوم کی اصلاح کے درپے ہیں تو کوئی کام کی بات کیجیے اور ترقی کی راہیں سجھایئے۔''

مزہ لینے کی خاطر چھیڑا، ''ایک دفعہ قوم کو اچھا پہننے اور کھانے کا چسکا لگ گیا تو ترقی کی راہیں خود بخود سوجھ جائیں گی۔''

قطع کلامی کی معافی مانگے بغیر بولے، ''آپ فنِ غذا شناسی کو فلسفہ شناسی سمجھ بیٹھے ہیں۔ خود آپ کے محبوب یونانی فلسفی جو بھرپور زندگی کے قائل تھے، دماغ سے محسوس کرتے اور دل سے سوچتے تھے۔ مگر آپ تو معدے سے سوچتے ہیں اور دیکھا جائے تو آپ آج بھی وہی مشورہ دیتے ہیں جو ملکہ میری انطونیت نے دیا تھا۔ ایک درباری نے جب اس کے گوش گزار کی کہ روٹی نہ ملنے کے سبب ہزاروں انسان پیرس کی گلیوں میں دَم توڑ رہے ہیں تو اس نے حیرت سے پوچھا کہ ''یہ احمق کیک کیوں نہیں کھاتے؟''

(یووک بھارتی: جماعت بارھویں۔ ۲۰۰۷ء)

گرفتاری

کنہیالال کپور

اس کا قصور صرف اتنا تھا کہ وہ ایک ایسی دکان کے سامنے سے گزرتا ہوا دیکھا گیا تھا جہاں 'لال کتابیں' فروخت کی جاتی ہیں۔ غالبًا اسے کسی سپاہی نے جس کی ڈیوٹی اس دکان پر کڑی نگرانی رکھنا تھی، دیکھا تھا۔ سپاہی نے اس سنسنی خیز واقعے کی اطلاع تحصیل ہیڈ کوارٹرز میں پہنچائی۔ تحصیل ہیڈ کوارٹرز نے ضلع ہیڈ کوارٹرز کو بذریعہ تار مطلع کیا۔ ضلع ہیڈ کوارٹرز نے کمشنری ہیڈ کوارٹرز سے ٹیلیفون پر مشورہ کیا۔ کمشنری ہیڈ کوارٹرز نے ہدایت بھیجی کہ اس سے پیشتر کہ ملزم 'انڈر گراؤنڈ' ہو جائے اسے گرفتار کر لیا جائے۔ دوسرے دن جب وہ دفتر جانے کی تیاری کر رہا تھا۔ ایک انسپکٹر صاحب جن کے ساتھ نصف درجن سپاہی تھے۔ اس کے مکان پر وارد ہوئے اور انھوں نے اسے یہ دلچسپ خبر سنائی کہ وہ تلاشی دینے کے لیے تیار ہو جائے۔

''تلاشی!'' اس نے ذرا گھبرا کر کہا۔ ''لیکن مجھ سے کون سا جرم سرزد ہوا ہے؟''

''یہ ہم آپ کو کیسے بتا سکتے ہیں۔ آپ کا جرم صیغہ راز میں ہے۔'' انسپکٹر صاحب نے روکھے پن سے جواب دیا۔

''ذرا اپنا کوٹ اتار دیجیے۔'' انسپکٹر صاحب نے اوپر کی جیب سے ایک فونٹین پین نکالا۔ غور سے اس کا جائزہ لیا اور اس کی نب کی طرف دیکھتے ہوئے کہا، '' اس کی نب ضرورت سے زیادہ تیز معلوم ہوتی ہے اس کی وجہ بیان کیجیے۔''

''لکھنے میں اچھی رہتی ہے۔''

انسپکٹر صاحب نے کاغذ پر نب سے لکھتے ہوئے کہا، '' آپ پین میں لال سیاہی

کیوں استعمال کرتے ہیں؟''

''مجھے لال سیاہی اچھی لگتی ہے۔''

''اور اس پر آپ کہتے ہیں کہ آپ سے کوئی جرم سرزد نہیں ہوا۔'' انسپکٹر نے سپاہیوں کی طرف ایک طنزیہ مسکراہٹ پھینکتے ہوئے کہا۔

کوٹ کی جیب سے ایک لاکٹ برآمد ہوا۔ اس میں ایک لڑکی کی تصویر تھی۔

''یہ کس کی تصویر ہے؟'' انسپکٹر صاحب نے نہایت سنجیدگی سے پوچھا۔

''ایک لڑکی کی۔''

''اس کا نام؟''

''اس کا نام میں نہیں بتا سکتا۔''

''صیغۂ راز میں ہے؟''

''ہے نہیں انسپکٹر صاحب! تھی!''

''یہ قصہ ہے تب کا جب آتش جواں تھا''

''آتش؟ آتش کون ہے؟''

''ایک شاعر''

''اس کا پتہ لکھوائیے''

''آتش لکھنوی عدم آباد؟''

''عدم آباد یوپی میں ہے نا؟''

''نہیں''

''تو پھر کون سے صوبے میں ہے؟''

''اٹلس میں تلاش کر لیجیے گا۔''

انسپکٹر صاحب ذرا کھسیانے ہو کر ایک اور جیب کی تلاشی لینے لگے۔ اس میں سے جیب گھڑی نکال کر انھوں نے ایک سپاہی سے کہا۔ ''ذرا اس گھڑی کو کھول کر دیکھو تو''

''گھڑی کس لیے کھولنا چاہتے ہیں؟ اس نے ذرا ترش روئی سے کہا۔
''میں یہ دیکھنا چاہتا ہوں کہ آپ نے اس میں کوئی چیز تو نہیں چھپا رکھی۔''
''گھڑی میں کون سی چیز چھپائی جا سکتی ہے؟''
''ہزاروں چیزیں۔ مثلاً کاغذ کے پرزے۔ خفیہ دستاویزیں۔''
''وائرلیس، پیغام بھیجنے کا آلہ۔'' ایک سپاہی نے اپنے افسر کی مدد کرتے ہوئے کہا۔
گھڑی کھولی گئی لیکن اس سے کوئی متوقع چیز برآمد نہ ہوئی۔ ''اچھا اب گھر کی تلاشی دیجیے۔'' انسپکٹر صاحب نے ساتھ والے کمرے میں داخل ہوتے ہوئے کہا۔
''اس میں کیا ہے؟'' انھوں نے ایک کنستر کی طرف اشارہ کرتے ہوئے پوچھا۔
''مٹی کا تیل''
''مجھے تو اس سے تیزاب کی بو آتی ہے۔'' انسپکٹر صاحب نے کنستر پر جھکتے اور اسے سونگھتے ہوئے فرمایا۔
''یہ آپ کی ناک کا قصور ہے۔''
''یہ لوہے کے ٹکڑے یہاں کیوں پڑے ہیں؟''
''تالا توڑا تھا۔ یہ اس کے ٹکڑے ہیں۔''
''کس کا تالا توڑا تھا آپ نے؟''
''اپنا''
''کیوں توڑا تھا؟''
''چابی گم ہوگئی تھی۔''
''اس الماری میں کیا ہے؟''
''کتابیں۔''
انسپکٹر صاحب کتابوں کے ناموں پر نظر دوڑانے لگے۔ معاً انھوں نے ایک کتاب نکال کر پوچھا۔

''اس کتاب میں کیا لکھا ہے؟''

''پڑھ لیجیے۔''

''میں ذرا انگریزی کم سمجھتا ہوں۔''

''تو پھر رہنے دیجیے۔''

''نہیں آپ یہ چند سطریں جو اس کے گرد پوش پر لکھی ہیں۔ پڑھ کر مجھے سنائیے۔''

لکھا ہے کہ ''جس ملک میں آزادی تحریر وتقریر پر پابندیاں لگائی جاتی ہیں وہ ملک مہذب کہلانے کا حقدار نہیں''

''الفاظ قابل اعتراض ہیں۔''

''یہ پنڈت نہرو کے الفاظ ہیں۔''

''پھر ٹھیک ہیں''

انسپکٹر صاحب نے چار پائی پر پڑی ہوئی رضائی کی طرف دیکھتے ہوئے کہا۔''اس رضائی میں کیا ہے؟''

''دھنی ہوئی روئی۔''

''میرا مطلب ہے روئی کے علاوہ۔''

''ہوا۔''

''میں کپڑے کو ادھیڑ کو دیکھنا چاہتا ہوں۔''

''فائدہ؟''

''شاید کوئی قابل اعتراض چیز نکل آئے''

جب رضائی کا کپڑا ادھیڑا گیا۔ روئی کے اوپر ایک مرا ہوا کیڑا پایا گیا۔

''ان ٹرنکوں میں کیا ہے؟''

''بم اور پستول''

''مذاق مت کیجیے۔ ٹھیک بتائیے۔''

''اینٹیں اور پتھر''

''آپ پھر مذاق کر رہے ہیں۔ صاف صاف کہیے۔''

''آپ کے خیال میں کیا ہوسکتا ہے؟''

''کپڑے''

''پھر پوچھ کس لیے رہے ہیں؟''

''یہ میرا فرض ہے۔''

تمام ٹرنک کھلوائے گئے۔ ہر ایک کپڑے کو الٹ پلٹ کر دیکھا گیا۔ ٹین کو ٹھو کے دے کر تسلی کی گئی کہ واقعی ٹین ہی ہے۔

اس طرح تلاشی کا سلسلہ تین گھنٹے جاری رہا۔ ان تمام چیزوں کی فہرست بنائی گئی جو کیمیکل ایگزامنر اور اسلحہ جات کے ماہرین کے پاس بھیجی جائے گی۔ فہرست میں یہ چیزیں خاص طور پر قابل ذکر تھیں۔ مٹی کے تیل کا کنستر، لوہے کے ٹکڑے، فونٹین پین۔ فہرست تیار کرنے کے بعد انسپکٹر صاحب نے اسے مخاطب کرتے ہوئے کہا، ''میں تمھیں زیر دفعہ تین پبلک سیفٹی ایکٹ گرفتار کرتا ہوں۔''

چھ مہینے جیل میں نظر بند رہنے کے بعد جب وہ رہا ہوا تو اسے پتا چلا کہ اس کی گرفتاری اس لیے عمل میں لائی گئی تھی کہ وہ ایک ایسی دکان کے سامنے سے گزرتا ہوا دیکھا گیا تھا جہاں لال کتابیں فروخت کی جاتی ہیں۔

(یووک بھارتی: جماعت بارھویں۔۲۰۱۳ء)